A ESPADA DO DESTINO

A ESPADA DO DESTINO
Andrzej Sapkowski

Tradução do polonês
TOMASZ BARCINSKI

wmf **martinsfontes**

SÃO PAULO 2024

Esta obra foi publicada originalmente em polonês com o título
MIECZ PRZEZNACZENIA
por Supernova, Varsovia
Copyright © 1993 by Andrzej Sapkowski
Publicado através de acordo com Literary Agency "Agence de L'Est".
Copyright © 2012, Editora WMF Martins Fontes Ltda.,
São Paulo, para a presente edição.

1ª edição 2019
7ª tiragem 2024

Tradução do polonês
TOMASZ BARCINSKI

Acompanhamento editorial
Márcia Leme
Preparação do original
Márcia Menin
Revisões
Solange Martins
Adriana Cristina Bairrada
Edição de arte
Adriana Maria Porto Translatti
Projeto gráfico
Gisleine Scandiuzzi
Produção gráfica
Geraldo Alves
Paginação
Studio 3 Desenvolvimento Editorial
Ilustração da capa
Ezekiel Moura

Dados Internacionais de Catalogação na Publicação (CIP)
(Câmara Brasileira do Livro, SP, Brasil)

Sapkowski, Andrzej
  A espada do destino / Andrzej Sapkowski ; tradução do polonês Tomasz Barcinski. – São Paulo : Editora WMF Martins Fontes, 2019.

  Título original: Miecz przeznacenia.
  ISBN 978-85-469-0289-7

  1. Ficção – Literatura juvenil I. Título.

19-29852 CDD-028.5

Índices para catálogo sistemático:
1. Ficção : Literatura juvenil   028.5

Cibele Maria Dias – Bibliotecária – CRB-8/9427

Todos os direitos desta edição reservados à
Editora WMF Martins Fontes Ltda.
Rua Prof. Laerte Ramos de Carvalho, 133 01325-030 São Paulo SP Brasil
Tel. (11) 3293-8150 e-mail: info@wmfmartinsfontes.com.br
http://www.wmfmartinsfontes.com.br

ÍNDICE

O limite do possível • **7**

Um fragmento de gelo • **89**

O fogo eterno • **133**

Um pequeno sacrifício • **189**

A espada do destino • **253**

Algo mais • **321**

O LIMITE DO POSSÍVEL

I

— Ele não sairá mais dali — disse o pustulento, meneando a cabeça com convicção. — Faz mais de uma hora e quinze minutos que ele entrou. Já era.

O pessoal do lugar permanecia calado no meio das ruínas, com os olhos fixos na negra abertura entre os escombros, uma entrada semioculta para o subsolo. Um homem corpulento trajando um gibão amarelo deu alguns passos, pigarreou e tirou da cabeça uma boina amassada.

— Vamos esperar mais um pouco — afirmou, enxugando o suor das ralas sobrancelhas.

— Para quê? — rosnou o pustulento. — O senhor prefeito se esqueceu de que lá, nas masmorras, vive um basilisco? Todo aquele que entrar ali pode ser dado por morto. Por acaso foram poucos os que sumiram para sempre naquele buraco? Portanto, esperar por quê?

— Mas foi o que combinamos — respondeu o gordão, hesitante.

— O senhor combinou com um homem vivo, senhor prefeito — falou um gigante metido num avental de açougueiro. — E aquele lá está morto mesmo, sem sombra de dúvida. Já era sabido de antemão que ele estava indo para a morte certa, assim como aqueles que o precederam. Além do mais, ele nem chegou a levar um espelho, apenas sua espada. E todos sabem que sem um espelho não é possível matar um basilisco.

– O senhor acabou economizando uns trocados, prefeito – acrescentou o pustulento –, já que não terá a quem pagar pelo basilisco. Portanto, volte tranquilamente para casa. Quanto ao cavalo e aos pertences do feiticeiro, nós cuidaremos deles; seria uma pena deixá-los jogados por aí.

– É isso mesmo – concordou o açougueiro. – Uma bela égua e alforjes cheios. Vamos dar uma espiada dentro deles.

– Esperem aí! O que vocês pretendem?

– Fique caladinho, senhor prefeito, e não se meta onde não foi chamado se não quiser acabar com um galo na cabeça – advertiu o pustulento.

– Bela égua – repetiu o açougueiro.

– Deixe esse cavalo em paz, meu querido.

O açougueiro virou-se lentamente na direção de um desconhecido que saíra de uma brecha no muro às costas da multidão que se aglomerara em torno da entrada ao calabouço.

O desconhecido, de cabeleira castanha encaracolada, vestia uma túnica acolchoada marrom, calçava botas de montaria de cano alto e não portava arma.

– Afaste-se do cavalo – insistiu, sorrindo de modo mordaz. – O que significa isso? O cavalo não é seu, tampouco os alforjes, e, assim mesmo, você lança sobre eles seu olhar ávido e estende seus braços infames em sua direção? Isso é coisa que se faça?

O pustulento, enfiando lentamente a mão no bolso do casaco, olhou de soslaio para o açougueiro. Este assentiu com a cabeça e fez um sinal na direção do grupo, do qual surgiram dois grandalhões de cabelos rapados. Cada um segurava nas mãos um porrete daqueles usados para abater animais num matadouro.

– E quem é você – perguntou o pustulento, sem tirar a mão do bolso – para nos ensinar o que é certo e o que é errado?

– Esse é um assunto que não lhe interessa, meu querido.

– Você não anda armado.

– É verdade – respondeu o desconhecido, sorrindo ainda mais sarcasticamente –, não ando.

– O que não é bom – continuou o pustulento, tirando do bolso uma faca de lâmina comprida. – É muito ruim não andar armado.

O açougueiro também puxou uma faca, que mais parecia uma curta espada. Os outros dois deram um passo à frente, erguendo os porretes.

– É que eu não preciso andar – disse o desconhecido, sem se mover. – Minhas armas vêm atrás de mim.

Mal acabou de falar, emergiram das ruínas duas jovens, que avançaram com passos fluidos e seguros. O grupo de espectadores se abriu, recuando de imediato.

As jovens sorriam com dentes brilhantes e olhos semicerrados, de cujos cantos estendiam-se até as orelhas largas tatuagens azul-arroxeadas. Os músculos das coxas, visíveis por entre as peles de raposa que lhes rodeavam os quadris, e dos braços, desnudos acima de luvas de cota de malha de aço, eram bem desenvolvidos e rijos. Dos ombros, também envoltos por cota de malha, sobressaíam empunhaduras de espadas.

Lentamente, muito lentamente, o pustulento dobrou os joelhos e deixou a faca cair no chão.

Do buraco nos escombros emanou um barulho de pedras desabando e logo emergiram da escuridão duas mãos, que se agarraram às danificadas bordas do muro. Depois apareceram, pouco a pouco, uma cabeça de cabeleira branca polvilhada de pó de tijolos, um rosto pálido e um ombro revelando a empunhadura de uma espada. Um murmúrio percorreu a multidão.

O homem de cabelos brancos retirou do buraco um corpo esquisito, coberto de pó misturado com sangue. Puxando o estranho ser pela longa cauda crocodiliana, atirou-o sem dizer uma palavra aos pés do gordo prefeito. Este deu um pulo para trás, tropeçou num fragmento de muro e ficou olhando para o bico de pássaro arqueado, para as asas membranosas e para as garras recurvadas nas patas cheias de escamas. Viu a inchada goela – que já fora carmim e, agora, era ruivo-suja – e os olhos cavados e vítreos.

– Eis o basilisco – falou o homem de cabelos brancos, sacudindo o pó de tijolos das calças. – Conforme combinado, gostaria de receber meus duzentos lintares.

O prefeito sacou sua bolsa com mãos trêmulas. O homem de cabelos brancos olhou em volta, retendo o seu olhar por um instante no pustulento e na faca caída a seus pés. Depois, observou o homem de túnica marrom e as duas jovens com peles de raposa.

– É sempre assim – afirmou, tirando a bolsa das mãos do prefeito. – Eu arrisco meu pescoço por uns trocados e, enquanto isso, vocês querem se apossar de meus pertences. Vocês nunca vão mudar, seus miseráveis.

– Seus pertences estão intactos, senhor – murmurou o açougueiro, ao mesmo tempo que os dois grandalhões com porretes se misturavam na multidão. – Ninguém tocou neles.

– O que me alegra muito – sorriu o homem de cabelos brancos. – E é por isso que você também não será tocado. Vá em paz, mas rápido, antes que eu mude de ideia.

Ao ver aquele sorriso, que mais parecia uma ferida aberta no pálido rosto do matador do basilisco, a multidão começou a se dispersar. O pustulento também queria partir. As pústulas ficaram ainda mais nítidas no rosto empalidecido.

– Espere um momento – disse-lhe o homem de túnica marrom. – Você se esqueceu de um detalhe.

– Qual detalhe, meu senhor?

– O de você ter sacado uma faca contra mim.

A mais alta das jovens plantou-se com as pernas abertas e girou agilmente o quadril. A espada, sacada da bainha não se sabia quando, sibilou ameaçadoramente. A cabeça do pustulento rodopiou no ar, caindo no buraco da masmorra, enquanto seu corpo desabava rija e pesadamente no meio dos tijolos esmigalhados. A multidão soltou um grito de pavor. A segunda jovem segurou a empunhadura da espada e virou-se rapidamente com o intuito de proteger as costas da companheira. Não foi preciso. A multidão, tropeçando e caindo nas ruínas, fugia para a cidade o mais rápido que as pernas lhe permitiam. À frente de todos, saltando com impressionante agilidade, corria o obeso prefeito, apenas a alguns passos do gigantesco açougueiro.

– Belo golpe – comentou friamente o homem de cabelos brancos, protegendo os olhos contra o sol com a mão enfiada numa luva negra. – Um belo golpe de uma espada zerricana. Curvo-me respeitosamente diante da perícia e da beleza das guerreiras de Zerricânia. Sou Geralt de Rívia.

— E eu sou Borch, conhecido como Três Gralhas — respondeu o homem de túnica marrom, apontando para um desbotado brasão bordado na parte da frente de seu traje, com a imagem de três aves negras pousadas num campo dourado. — E estas são minhas duas jovens: Tea e Vea. É como eu as chamo, pois seus verdadeiros nomes são difíceis de pronunciar. As duas, como o senhor acertou, são zerricanas.

— E é graças a elas que eu ainda tenho minha égua e minhas coisas. Muito obrigado, bravas guerreiras, e também lhe agradeço, senhor Borch.

— Três Gralhas. E não me trate por "senhor". Existe algo que o prenda a este lugarejo, Geralt de Rívia?

— Nada; muito ao contrário.

— Ótimo. Tenho uma proposta: perto daqui, na encruzilhada junto do caminho ao porto fluvial, há uma taberna chamada O Dragão Pensativo. Não há cozinha que se iguale em toda a região. Estava dirigindo-me até lá para comer algo e passar a noite. Ficaria muito contente se você aceitasse fazer-me companhia.

— Borch — falou o homem de cabelos brancos, virando-se de sua montaria e fitando o desconhecido diretamente nos olhos —, não gostaria que surgisse algum mal-entendido entre nós. Sou bruxo.

— Foi o que imaginei, mas percebi que você falou isso como se estivesse dizendo: "Sou leproso".

— Há pessoas — respondeu pausadamente Geralt — que prefeririam a companhia de um leproso à de um bruxo.

— E há quem prefira a companhia de ovelhas à de mulheres — riu Três Gralhas. — O que se pode fazer com pessoas assim? Somente sentir pena delas, tanto de umas como das outras. Renovo minha proposta.

Geralt tirou a luva e apertou a mão que lhe estava sendo estendida.

— Aceito, e me alegro muito por tê-lo conhecido.

— Portanto, sigamos em frente, porque estou começando a ficar com fome.

II

O taberneiro limpou com um pano o áspero tampo da mesa e sorriu. Faltavam-lhe os dois dentes da frente.

— Pois é... — falou Três Gralhas, olhando para o teto esfumaçado e cheio de teias de aranhas. — Em primeiro lugar, cerveja, e, para que você não tenha de andar muito, traga logo um barril inteiro. Já como tira-gosto para acompanhar a cerveja... o que você nos sugere, meu querido?

— Queijo? — arriscou o taberneiro.

— Não — respondeu Borch, fazendo uma careta. — O queijo você vai servir na sobremesa. Para acompanhar a cerveja, queremos algo azedo e picante.

— Pois não. — O taberneiro sorriu ainda mais, mostrando que os dois dentes da frente não eram os únicos que lhe faltavam. — Enguias em alho com azeite e vinagre ou então pimentões verdes em salmoura.

— Ótimo. Traga os dois e, em seguida, aquela sopa que já tomei aqui, cheia de moluscos, peixinhos e outras pequenas delícias.

— Sopa dos balseiros?

— Isso mesmo. Depois, cordeiro assado com cebola e, então, cinco dúzias de caranguejos. Em seguida, queijo de cabra com salada. Por enquanto é só.

— Pois não. O mesmo para todos, ou seja, quatro porções?

A zerricana mais alta meneou negativamente a cabeça, batendo com a palma da mão na cintura coberta por uma apertada blusa de linho.

— Esqueci — disse Três Gralhas, piscando maliciosamente para Geralt — que as meninas estão zelando pela silhueta. Senhor taberneiro, o cordeiro é apenas para nós dois. Traga já a cerveja e as enguias marinadas. Quanto ao restante do pedido, espere um pouco, para que não esfrie. Não viemos aqui para comer como glutões, mas para passar um tempo conversando.

— Entendido — respondeu o taberneiro, inclinando-se respeitosamente.

— A sagacidade é fundamental em seu ramo de negócio. Estique a mão, meu querido.

Ouviu-se o tilintar de moedas de ouro, e o taberneiro sorriu até o limite que a boca lhe permitia.

— Isso não é um adiantamento do que terei de lhe pagar — informou-o Três Gralhas. — É um extra. E agora, meu bom homem, corra para a cozinha e prepare nossa comida.

No interior da taberna fazia calor. Geralt desafivelou o cinturão, tirou o gibão e enrolou as mangas da camisa.

— Pelo que vejo — falou —, não lhe falta dinheiro. Você desfruta os privilégios do feudalismo?

— Em parte — sorriu Três Gralhas, sem entrar em detalhes.

Em pouco tempo acabaram com as enguias e com um quarto do barril de cerveja. As duas zerricanas não fizeram cerimônia com a bebida, de modo que ficaram alegres e animadas, sussurrando entre si. Vea, a mais alta, repentinamente soltou uma gargalhada.

— As meninas falam a língua comum? — perguntou Geralt em voz baixa, olhando de soslaio para elas.

— Não muito. Além do mais, elas não são tagarelas, o que é uma grande virtude. Que tal a sopa, Geralt?

— Humm.

— Bebamos.

— Humm.

— Geralt — disse Três Gralhas, pondo de lado a colher e soltando um discreto arroto —, voltemos por um momento à conversa que mantivemos enquanto vínhamos para cá. Pelo que pude entender, você é um bruxo que viaja de um canto do mundo a outro e, caso encontre um monstro pelo caminho, mata-o em troca de dinheiro. É nisso que consiste a profissão de bruxo?

— Mais ou menos.

— E o que acontece quando você é chamado para realizar uma tarefa específica? Você a aceita e executa?

— Depende de quem me chamar e para fazer o quê.

— E de quanto se oferecer.

— Sim, também. Tudo está ficando mais caro e é preciso viver, como costuma dizer uma amiga feiticeira.

— Uma abordagem bastante seletiva, diria até que prática. Contudo, no fundo sempre existe uma ideia básica, Geralt. O conflito entre as forças da Ordem e as forças do Caos, como dizia um feiticeiro meu conhecido. A imagem que eu tinha de alguém como você é a de quem cumpre uma missão e defende as pessoas do Mal, não importando quando nem onde, e sem discriminação alguma. Achava que você se mantinha de um dos lados claramente definidos da paliçada.

— Forças da Ordem e forças do Caos. Que palavras mais sonoras, Borch! Você faz questão de me colocar de um dos lados da paliçada num conflito que, pelo que se acredita universalmente, é eterno, que começou muito antes de nós e que continuará existindo quando não estivermos mais aqui por muito tempo. De que lado fica o ferreiro que ferra as cavalgaduras? Ou, então, nosso taberneiro, que, neste exato momento, está vindo para cá com o cordeiro assado? O que, em sua opinião, define a fronteira entre o Caos e a Ordem?

— Uma coisa extremamente simples — respondeu Três Gralhas, fixando os olhos diretamente nos de Geralt. — Aquilo que representa o Caos é uma ameaça, é o lado agressivo. Já a Ordem é a parte ameaçada, que tem de ser defendida e precisa de um defensor. Mas vamos fazer uma pausa para tomar uns tragos e atacar o cordeiro.

— De acordo.

Como as zerricanas estavam zelando pela silhueta, elas pararam de comer e passaram a beber em ritmo mais acelerado. Vea, inclinada sobre o ombro da companheira, estava mais uma vez sussurrando algo, roçando o tampo da mesa com a trança. Tea, a mais baixa, riu prazerosamente, com as pálpebras tatuadas semicerradas.

— Muito bem — falou Borch, roendo um osso. — Se concordar, vamos retomar nossa conversa. Pelo que entendi, você não está encantado com a ideia de se colocar do lado de qualquer uma das forças. O que você quer é, simplesmente, exercer sua profissão.

— Sim.

— No entanto, não conseguirá se livrar do conflito entre o Caos e a Ordem. Embora tenha feito uma comparação com o ferreiro para provar seu ponto de vista, você não é ferreiro. Vi como trabalha. Você adentra uma cava em ruínas e retira de lá um basilisco destroçado. Existe, meu caro, uma enorme diferença entre ferrar um cavalo e matar um basilisco. Você acabou de dizer que, caso a recompensa seja condigna, vai até o fim do mundo para acabar com um monstro que lhe seja indicado. Digamos um furioso dragão que cos...

— Você escolheu o exemplo errado — interrompeu-o Geralt. — Logo de saída, fez uma baita confusão, porque não mato dragões, apesar de eles serem, sem dúvida, representantes do Caos.

— O quê? Você não mata dragões? — espantou-se Três Gralhas, lambendo os dedos. — Afinal, imagino que o dragão seja o mais terrível, o mais cruel e o mais encarniçado de todos os monstros. É o mais asqueroso dos répteis. Ele ataca pessoas, lança chamas pelas ventas e rapta as... como se diz mesmo?... ah, sim, as donzelas. Você não ouviu suficientes histórias sobre isso? Não posso acreditar que você, um bruxo, não tenha diversos dragões no rol de suas vítimas.

— Eu não caço dragões — disse Geralt secamente. — Forcaudos, osluzgos, dermopteras, sim, mas não dragões. Nem os verdes, nem os negros, tampouco os vermelhos. Acredite no que estou dizendo.

— Você me surpreende — falou Três Gralhas. — Muito bem, acredito. Contudo, não falemos mais sobre dragões por enquanto; vejo algo vermelho no horizonte e tenho certeza de que são nossos caranguejos. Bebamos!

Tratava-se realmente dos caranguejos, e os dois homens passaram a destroçar com os dentes as vermelhas carapaças e a sugar a saborosa carne branca. A salgada água do mar ardia na boca e escorria por entre os dedos. Borch continuou servindo a cerveja, já raspando com o caço o fundo do barril. As zerricanas ficaram ainda mais alegres, lançando olhares desafiadores pela taberna. O bruxo tinha certeza de que estavam procurando um pretexto para criar confusão. Três Gralhas também deve ter pensado o mesmo, pois as ameaçou com um caranguejo que segurava por uma das patas. As jovens deram uma risadinha marota, e Tea, juntando os lábios como se fosse dar um beijo, semicerrou os olhos de maneira coquete, o que, em seu rosto tatuado, produziu uma impressão bastante macabra.

— Elas são selvagens como linces — rosnou Três Gralhas para Geralt. — É preciso ficar de olho nelas o tempo inteiro. Com elas, meu querido, basta um momento de distração e o chão se cobre de tripas. Mas valem qualquer preço. Se você soubesse do que são capazes...

— Sei — respondeu Geralt. — Dificilmente você acharia uma escolta melhor. As zerricanas são guerreiras natas, treinadas para lutar desde a mais tenra idade.

— Não era a isso que me referia — falou Borch, cuspindo sobre a mesa uma pata de caranguejo. — Referia-me a como elas são na cama.

Geralt lançou um olhar nervoso para as jovens. Ambas sorriram. Vea, com um movimento rapidíssimo, quase imperceptível, pegou um caranguejo da travessa. Encarando o bruxo com olhos semicerrados, despedaçou a carapaça. Seus lábios brilharam, umedecidos pela água salgada. Três Gralhas arrotou, dessa vez abertamente.

— Quer dizer, Geralt — disse —, que você não caça dragões, nem os verdes nem os das outras duas cores. Registrei essa informação. E por que, se é que posso perguntar, somente os dessas três cores?

— Quatro, para sermos exatos.

— Você mencionou apenas três.

— Vejo que está muito interessado em dragões. Algum motivo especial?

— Não. Simples curiosidade.

— Compreendo. Quanto às cores, é essa a descrição comum dos verdadeiros dragões, embora não seja totalmente precisa. Os dragões verdes, os mais populares, tendem mais para o cinza, assim como simples osluzgos. Os vermelhos são mesmo vermelhos ou da cor de tijolo. Já os enormes dragões marrom-escuros costumam ser chamados de negros. Os mais raros são os dragões brancos; nunca cheguei a ver um. Dizem que eles vivem mais ao norte.

— Interessante. E você sabe de que outros dragões ainda ouvi falar?

— Sei — respondeu Geralt, tomando mais um gole de cerveja.

— Dos mesmos que eu. Dos dourados. Só que eles não existem.

— E em que você se baseia para fazer tal afirmação? No fato de jamais ter visto um? Pelo que você acabou de dizer, você também nunca viu um branco.

— Não se trata disso. Nas regiões do além-mar, como Ofir e Zangweb, há cavalos com listras pretas. Também nunca os vi, mas sei que existem. Em contrapartida, um dragão dourado é apenas um ser mítico, lendário, como a fênix. Fênices e dragões dourados não existem.

Vea, apoiada sobre os cotovelos, olhava para ele com interesse.

— Você deve saber o que está falando; afinal, é um bruxo — falou Borch, pegando mais cerveja do barril. — No entanto, acredito que todo mito e toda lenda devem ter algumas raízes, e estas têm um quê de verdade.

— E têm — confirmou Geralt. — Na maioria das vezes são sonhos, desejos ocultos, nostalgias. A fé de que não existe um limite para o possível ou, vez por outra, um acaso.

— Exatamente, um acaso. Quem sabe se uma vez não existiu um dragão dourado, uma mutação única e irreproduzível?

— Se existiu, então teve o mesmo destino de todos os mutantes. — O bruxo virou a cabeça. — Diferenciava-se demais para sobreviver.

— Espere um momento — retrucou Três Gralhas. — Você está renegando as leis da natureza, Geralt. Aquele feiticeiro meu amigo costuma dizer que na natureza todos os seres têm sua continuidade e conseguem sobreviver de uma ou outra maneira. O fim de um é o começo de outro. Não existe limite para o possível. Pelo menos, não na natureza.

— Esse seu amigo feiticeiro é um grande otimista. No entanto, ele não levou em consideração um fato fundamental: os erros cometidos pela natureza ou por aqueles que ousam brincar com ela. Caso tivessem existido, tanto o dragão dourado quanto os outros mutantes como ele não poderiam ter perdurado. Eles teriam se defrontado com o muito natural limite do possível.

— E que limite seria esse?

— Os mutantes são estéreis, Borch — respondeu Geralt em voz baixa, com os músculos da face tremendo de modo violento. — Somente nas lendas sobrevive aquilo que não pode perdurar na natureza. Apenas as lendas e os mitos desconhecem o limite do que é possível.

Três Gralhas permaneceu calado. Geralt olhou para as jovens, que ficaram repentinamente sérias. De modo inesperado, Vea inclinou-se em sua direção e abraçou seu pescoço com o braço musculoso. Geralt sentiu na bochecha o toque de seus lábios umedecidos de cerveja.

— Elas gostam de você — disse Três Gralhas lentamente. — Por mais estranho que possa parecer, elas gostam de você.

— E o que há de estranho nisso? — indagou o bruxo, com um sorriso triste.

— Nada. Mas isso tem de ser comemorado condignamente. Taberneiro! Mais um barril de cerveja!

— Não exagere. No máximo, uma jarra.

— Duas jarras! — gritou Três Gralhas. — Tea, preciso sair por um momento.

A zerricana se ergueu, pegou a espada do banco e lançou um olhar provocador pela sala. Embora alguns pares de olhos tivessem previamente olhado com cobiça para a recheada bolsa de dinheiro de Três Gralhas, ninguém teve disposição de segui-lo quando ele, andando meio trôpego, saiu da taberna. Tea deu de ombros e seguiu o patrão.

— Como é seu nome verdadeiro? — perguntou Geralt à jovem que ficara à mesa.

Vea mostrou seus dentes brilhantes em um sorriso. Sua blusa estava desamarrada quase ao limite do possível, e o bruxo não tinha dúvida alguma de que aquela era uma segunda provocação aos ocupantes da sala.

— Alveaenerle.

— Bonito — falou Geralt, certo de que a zerricana faria beicinho e piscaria para ele. Não se enganou.

— Vea?

— Hã?

— Por que vocês acompanham Borch? Logo vocês, guerreiras livres? Pode responder?

— Humm...

— Humm, o quê?

— É que ele é... — A zerricana ficou pensativa, procurando a palavra adequada. — Ele é... o mais... formoso.

O bruxo meneou a cabeça. Não era a primeira vez que os critérios adotados pelas mulheres para avaliar o aspecto físico dos homens eram um enigma para ele.

Três Gralhas retornou à taberna abotoando as calças e dando novas ordens ao taberneiro. A dois passos dele, Tea, fingindo estar entediada, percorreu atentamente a sala com o olhar, do qual os comerciantes e balseiros esforçaram-se para desviar. Enquanto isso, Vea, depois de sugar a carne de mais um caranguejo, não parou de lançar olhares insinuantes para o bruxo.

— Encomendei mais uma enguia, desta vez assada — informou Três Gralhas, sentando-se pesadamente. — Cansei desses caranguejos e fiquei com mais fome ainda. Arrumei estada para você, Geralt. Não faz o menor sentido você ficar vagando por aí à noite. Vamos nos divertir. À saúde de vocês, meninas!

— Vessekheal — falou Vea, batendo com seu caneco contra o dele.

Tea piscou e se espreguiçou, mas, contrariando a expectativa de Geralt, seu atraente busto não rasgou a frente da blusa.

— Vamos farrear — disse Três Gralhas, inclinando-se sobre a mesa e dando um tapinha no traseiro de Tea. — Vamos nos divertir à beça, caro bruxo. Ei, taberneiro! Aproxime-se!

O taberneiro veio rapidamente, enxugando as mãos no avental.

— Você teria uma tina? Uma daquelas de lavar roupa, sólida e grande?

— Quão grande, senhor?

— Para quatro pessoas.

— Para... quatro... — gaguejou o taberneiro, com a boca aberta.

— Para quatro — confirmou Três Gralhas, sacando sua bolsa.

— Certamente temos — respondeu o dono do estabelecimento, lambendo os beiços.

— Ótimo — riu Borch. — Mande que a coloquem em meu quarto e encham de água quente. Rápido, meu querido. E mande também que levem cerveja, três jarras.

As zerricanas deram risadinhas e piscadelas simultâneas.

— Qual das duas você prefere, Geralt? — indagou Três Gralhas.

O bruxo coçou a cabeça.

— Sei que é difícil escolher — falou Três Gralhas, com voz compreensiva. — Às vezes, até eu fico atrapalhado. Muito bem, vamos pensar nisso quando estivermos dentro da tina. Ei, meninas! Ajudem-me a subir as escadas!

III

Na ponte havia um obstáculo em forma de cancela: uma longa e pesada viga apoiada sobre estacas de madeira. Na frente e atrás dela estavam postados alabardeiros vestidos com casaco de couro tacheado e capuz pontudo. Sobre a cancela esvoaçava uma bandeira púrpura com a imagem de um grifo prateado.

— Que diabo será isso? — espantou-se Três Gralhas, cavalgando devagar na direção da ponte. — Não se pode passar?

— Onde está o salvo-conduto? — perguntou o alabardeiro mais próximo, sem tirar da boca um palito que mordiscava não se sabia se por fome ou por não ter nada melhor a fazer.

— Que salvo-conduto? O que está acontecendo? Uma epidemia de peste negra? Uma guerra? Quem lhes ordenou bloquear a passagem?

— O rei Niedamir, senhor de Caingorn — respondeu o guarda, sem tirar o palito da boca e apontando para a bandeira. — Sem o salvo-conduto ninguém pode aproximar-se das montanhas.

— Deve ser um engano — falou Geralt, com voz cansada. — Não estamos em Caingorn, mas nos domínios de Holopole. E é Holopole, e não Caingorn, que tem o direito de cobrar pedágio nas pontes do Braa. O que Niedamir tem a ver com isso?

— Não perguntem a mim — disse o guarda, cuspindo o palito. — Isso não me diz respeito. Minha função é verificar os salvo--condutos. Se quiserem, podem falar com nosso decurião.

— E onde está ele?

— Lá atrás do posto aduaneiro, pegando um solzinho — respondeu o alabardeiro, sem olhar para Geralt, mas sim para as desnudas coxas das zerricanas, confortavelmente montadas nos cavalos.

O decurião estava sentado numa pilha de ressecados troncos de árvores e, com a ponta da haste de sua alabarda, desenhava na areia uma mulher, ou melhor, uma parte dela, vista de um ângulo pouco comum. A seu lado, dedilhando suavemente as cordas de um alaúde, encontrava-se um homem esbelto de chapeuzinho cor de ameixa com uma fivela de prata e uma longa pluma de garça irrequieta.

Geralt conhecia aquele chapeuzinho e aquela pena, famosos desde Buina até Yaruga e conhecidos em todas as cortes, castelos, tabernas, estalagens e, principalmente, prostíbulos.

– Jaskier!

– O bruxo Geralt! – Sob o chapeuzinho destacou-se um par de alegres olhos azul-escuros. – Ora, vejam! Você por aqui? Por acaso você não teria um salvo-conduto?

– Que droga de salvo-conduto é esse? – perguntou Geralt, saltando do cavalo. – O que está acontecendo aqui, Jaskier? O cavaleiro Borch Três Gralhas, eu e nossa escolta queríamos passar para a outra margem do Braa e, pelo jeito, não podemos.

– O mesmo ocorre comigo – respondeu Jaskier, erguendo-se, tirando o chapeuzinho e fazendo uma reverência exagerada para as duas zerricanas. – Imaginem que esse decurião, que, como vocês mesmos podem constatar, também é artista, não deixa passar para o outro lado a mim, Jaskier, o mais famoso menestrel e poeta num raio de mil milhas.

– Não vou deixar passar ninguém que não tenha salvo-conduto – afirmou soturnamente o decurião, bicando a areia com a ponta da haste da alabarda e, com isso, acrescentando o detalhe final a seu desenho.

– Bem, diante disso, teremos de seguir pela margem esquerda – falou o bruxo. – É verdade que o caminho para Hengfors vai ficar mais longo, mas se não há outra saída...

– Para Hengfors? – espantou-se o bardo. – Quer dizer que você não está seguindo Niedamir? Não vai procurar o dragão?

– Que dragão? – interessou-se Três Gralhas.

– Então vocês não sabem? Realmente? Vejo que vou ter de lhes contar tudo. Disponho de muito tempo, pois também estou retido aqui na esperança de aparecer algum conhecido com salvo-conduto. Sentem-se, por favor.

– Um momento – disse Três Gralhas. – O sol já está a três quartos do zênite e estou morrendo de sede. Não vamos ficar conversando com a garganta seca. Tea, Vea, deem um pulo até o vilarejo e comprem uma barrica de cerveja.

– O senhor me agrada, senhor...

– Borch, mais conhecido como Três Gralhas.

– Jaskier, chamado de Inigualável por umas e outras donzelas.

– Conte logo, Jaskier – impacientou-se Geralt. – Não vamos ficar aqui até o fim do dia.

O bardo pegou o alaúde e dedilhou as cordas.

– Como vocês preferem: na versão simples ou na poética?

– Na simples.

– Muito bem – concordou Jaskier, sem largar o alaúde. – Então, ouçam, distintos senhores, o que ocorreu há uma semana na não mui distante cidade franca chamada Holopole. À tênue claridade da aurora, mal o solzinho matinal lançara seus raios róseos sobre a esvoaçante névoa dos prados...

– Você disse que seria simples – lembrou-lhe o bruxo.

– E não está sendo? Ah, compreendo. Devo ser breve e deixar as metáforas de lado. Pois bem: um dragão sobrevoou os pastos de Holopole.

– Eeeh – falou Geralt. – Isso me parece muito pouco provável. Há anos ninguém vê um dragão por estas bandas. Não teria sido um simples osluzgo? Alguns deles chegam a ser tão grandes que...

– Não me ofenda, bruxo. Sei o que estou falando. Por mero acaso estive na feira de Holopole e pude vê-lo com os próprios olhos. Já preparei uma balada sobre ele, mas vocês não quiseram ouvi-la...

– E continuamos não querendo. Prossiga com seu relato. Ele era grande?

– Tinha o comprimento de três cavalos, com a anca não muito maior que a de um, mas muito gordo. E era acinzentado.

– Quer dizer, verde.

– Sim. Apareceu voando repentinamente, não se sabe de onde, desabou sobre um rebanho de ovelhas, espantou os pastores, matou uma dúzia de ovelhas, devorou quatro delas e partiu.

– E partiu... – repetiu Geralt, meneando a cabeça. – Isso é tudo?

— Não. No dia seguinte, apareceu de novo, só que mais perto da cidade. Mergulhou sobre um grupo de mulheres que lavavam roupa no rio Braa. Vocês não podem imaginar a gritaria! Jamais ri tanto em toda a vida. O dragão sobrevoou Holopole um par de vezes e seguiu para o pasto, onde voltou a atacar as ovelhas. Foi quando realmente começou uma grande confusão, porque, até então, as pessoas não deram muito crédito ao relato dos pastores. O prefeito mobilizou a guarda municipal, mas, antes de esta entrar em forma, a plebe tomou o assunto em suas mãos... e o resolveu de maneira satisfatória.

— Como?

— Lançando mão de um interessante expediente popular. O mestre sapateiro local, um tal de Comecabras, inventou um sistema para derrotar o réptil. Mataram uma ovelha e a rechearam com heléboro, beladona, cicuta, pólvora e piche de sapateiro. Para completar, o farmacêutico local adicionou dois quartos de litro de sua mistura contra tumores, e o sacerdote do templo de Kreve fez umas rezas sobre o cadáver. Depois, colocaram a assim preparada ovelha entre as demais, apoiando-a numa estaca. A bem da verdade, ninguém esperava que o dragão ficasse tentado por aquela merda fedorenta, mas a realidade ultrapassou todas as expectativas. Desprezando as ovelhas vivas, que baliam sem cessar, o réptil engoliu a isca com a estaca.

— E o que aconteceu em seguida? Conte logo, Jaskier.

— E por acaso estou fazendo algo diferente? Estou contando. Em menos tempo do que um homem experiente leva para desamarrar o espartilho de uma dama, o dragão começou a urrar e a soltar fumaça, tanto pela frente como por trás. Virava cambalhotas, tentava alçar voo, mas logo caía. Por fim, ficou imóvel. Dois voluntários se ofereceram para se aproximar e se certificar de que o dragão estava definitivamente morto: o coveiro local e o idiota da cidade, engendrado pela filha de um lenhador violada por um destacamento de mercenários que passava por Holopole ainda nos tempos da revolta do voivoda Nurybob...

— Como você mente, Jaskier!

— Não minto, apenas exagero. São duas coisas distintas.

— Não muito. Mas continue seu relato e não desperdice mais tempo.

— Como eu ia dizendo, o coveiro e o valente idiota foram até o bicho, e nós, mais tarde, erguemos para eles um túmulo... pequeno, porém agradável aos olhos.

— Ah! — falou Borch. — Quer dizer que o dragão continuava vivo.

— E como! — respondeu Jaskier alegremente. — Estava vivo, mas tão fraco que não comeu nem o coveiro nem o idiota. Apenas lambeu o sangue deles. Depois, para desapontamento geral, voou para longe, decolando com grande dificuldade. A cada légua e meia caía com estrondo, erguendo-se logo em seguida. Em alguns momentos chegou a andar, arrastando as patas traseiras. Os mais atrevidos foram atrás dele, mantendo contato visual. E vocês sabem o que aconteceu?

— Não.

— O dragão se meteu numa garganta dos Montes Desnudos, perto da nascente do rio Braa, e sumiu numa das grutas de lá.

— Agora está tudo claro — disse Geralt. — O dragão certamente vivia em estado letárgico naquelas cavernas havia séculos; já ouvi falar de casos semelhantes. E ali deve estar escondido seu tesouro. Agora compreendo por que fecharam a ponte. Alguém quer se apossar do tesouro... e esse alguém é Niedamir de Caingorn.

— Precisamente — confirmou o trovador. — Toda Holopole está fervendo por causa disso, porque seus habitantes acham que o dragão e o tesouro pertencem a eles, mas não têm coragem suficiente para entrar em conflito com Niedamir. Embora o rei seja um garoto que nem começou a fazer barba, já demonstrou que não vale a pena provocá-lo. Ele tem especial interesse naquele dragão, e foi por isso que reagiu tão rápido.

— Você quis dizer que ele tem especial interesse no tesouro.

— Não, Niedamir está mesmo mais interessado no dragão do que no tesouro, porque, saibam vocês, ele está de olho em Malleore, um reino vizinho ao seu, no qual, com a súbita e muito estranha morte do príncipe, restou uma princesa com a idade... se é que posso me expressar dessa maneira... apropriada para ser levada para a cama. Os nobres de Malleore olham atravessado para Niedamir e os demais concorrentes, pois sabem que um novo governante encurtaria suas rédeas, hoje afrouxadas nas mãos da jovem soberana. Diante disso, desencavaram uma velha e empoeirada profecia segundo a qual a coroa e a mão da princesa seriam daquele que derrotasse um dragão. Como fazia séculos ninguém via um dragão, acreditavam que estavam seguros. Se Niedamir quisesse, poderia tomar Malleore à força, não dando a menor atenção a lendas antigas. Entretanto, quando surgiu a notícia sobre o dragão de Holopole, ele percebeu que poderia derrotar a nobreza malleorina com as próprias armas. Caso lá aparecesse carregando a cabeça de um dragão, seria acolhido pelo povo como um monarca enviado pelos deuses, e os nobres não teriam coragem de dar um pio. E então, vocês ainda acham estranho ele partir no encalço do dragão como um cão atrás de uma lebre? Principalmente de um que mal consegue se manter de pé? Para ele, aquilo é uma pechincha, um golpe de sorte, um sorriso da fortuna.

— Então foi por isso que ele fechou as estradas. Para bloquear a concorrência.

— Evidentemente. E não só a concorrência, como também os habitantes de Holopole. Além disso, ele despachou mensageiros com salvo-condutos para quem estivesse disposto a matar o dragão, porque Niedamir não está muito inclinado a entrar ele mesmo na caverna, com apenas uma espada na mão. E, assim, foram convocados às pressas os mais famosos caçadores de dragões, a maioria dos quais você, Geralt, deve conhecer.

— É bem possível. Quem veio?

— Em primeiro lugar, Eyck de Denesle.

— Que dro... — O bruxo assoviou baixinho. — O pio e virtuoso Eyck, o cavaleiro sem medo e sem mácula em pessoa.

— Você o conhece, Geralt? — indagou Borch. — Ele é realmente um grande caçador de dragões?

— E não somente de dragões. Eyck é capaz de dar cabo de qualquer monstro. Matou diversos grifos e manticoras. Também ouvi que deu fim a alguns dragões. Ele é muito bom, mas prejudicial a meus negócios, porque não cobra por seus serviços. Quem mais veio, Jaskier?

– Os Rachadores de Crinfrid.

– Ah, é? Então o dragão já pode ser considerado morto, mesmo que tenha se recuperado. Aqueles três não são de brincadeira; lutam de maneira desleal, porém extremamente eficaz. Acabaram com todos os osluzgos e forcaudos da Redânia e, à mesma época, mataram três dragões vermelhos e um negro, o que não deixa de ser um grande feito. Mais alguém?

– Sim. Um grupo de seis anões; cinco barbudos comandados por Yarpen Zigrin.

– Não sei quem é ele.

– Mas deve ter ouvido falar do dragão dos Montes Quartzíferos.

– Sem dúvida. Não só ouvi, como cheguei a ver algumas pedras provenientes de seu tesouro. Havia entre elas safiras de cores jamais vistas e diamantes do tamanho de cerejas.

– Pois saiba que foram exatamente Yarpen Zigrin e seu bando que deram fim àquele dragão. Até compuseram uma balada sobre esse feito, mas muito fraca, porque não é de minha autoria. Você nada perdeu se não a ouviu.

– E esses são todos?

– Sim, sem contar você. Você afirmou que não sabia do dragão, o que talvez até seja verdade. Agora, porém, você sabe. E então?

– Então, nada. Já lhe disse que não tenho interesse nesse dragão.

– Muito esperto, Geralt, tendo em vista que você não dispõe de salvo-conduto.

– Repito que não estou interessado nesse dragão. Mas não consigo entender o que você está fazendo aqui. O que o atraiu tanto para estas bandas?

– O de sempre – respondeu o trovador. – É preciso estar perto dos acontecimentos e das atrações. Vai se falar muito da luta com esse dragão e, embora eu possa facilmente compor uma balada com base num relato, ela soará muito melhor se entoada por alguém que presenciou o confronto com os próprios olhos.

– Um confronto? – gracejou Três Gralhas. – Será algo mais parecido com a matança de um porco ou o esquartejamento de um cadáver. Ouço vocês e não consigo controlar meu espanto.

Guerreiros famosos que vêm para cá a pleno galope para dar cabo de um já quase morto dragão envenenado por um patife. Não sei se devo rir ou vomitar.

– Você se engana – retrucou Geralt. – Como o dragão não morreu de imediato, seu organismo deve tê-lo livrado do veneno e a besta está totalmente recuperada. Mas isso não tem importância alguma, pois os Rachadores de Crinfrid vão matá-lo de qualquer modo, num confronto digno de ser visto.

– Devo entender que serão os Rachadores que darão cabo dele?

– Evidentemente.

– Não tanto assim – falou o até então calado decurião-artista. – Um dragão é um ser mágico e só poderá ser morto com magia. Se alguém vai acabar com ele, será aquela feiticeira que passou ontem por aqui.

– Quem? – perguntou Geralt, repentinamente atento.

– Uma feiticeira – repetiu o decurião. – Foi o que acabei de dizer.

– Ela se identificou? Disse seu nome?

– Disse, mas o esqueci. Ela tinha salvo-conduto. Era jovem e até atraente à sua maneira, mas seus olhos... Os senhores sabem do que estou falando: um simples olhar dela já nos arrepia.

– Você sabe quem poderia ser ela, Jaskier?

– Não – respondeu o bardo, com uma careta. – Jovem, bonita e olhos que impressionam... Grande definição! Todas elas são assim. Nenhuma das que conheci, e você bem sabe que conheci muitas, aparentava ter mais do que 25, 30 anos, e, segundo se fala, muitas delas se lembram dos tempos em que havia uma floresta onde hoje fica Novigrad. Afinal, para que servem os elixires de mandrágora? E elas ainda pingam gotas de mandrágora nos olhos para que brilhem. Mulheres serão sempre mulheres.

– Ela era ruiva? – perguntou o bruxo.

– Não – respondeu o decurião. – Morena.

– E qual era a cor de seu cavalo? Castanho, com uma estrela branca no focinho?

– Não, negro. E eu afirmo aos senhores que será ela quem matará o dragão. Um dragão é serviço para feiticeiros. As forças humanas não podem com ele.

— Gostaria de saber o que diria disso o sapateiro Comecabras — riu Jaskier. — Caso ele tivesse à mão algo mais forte do que apenas heléboro e beladona, a pele do dragão estaria secando na paliçada de Holopole, a balada teria sido composta e eu não precisaria estar desbotando neste sol infernal...

— Por que Niedamir não levou você com ele? — indagou Geralt, olhando de esguelha para o poeta. — Pelo que me consta, você estava em Holopole quando ele partiu. Será que o rei não gosta de artistas? O que o fez ficar desbotando ao sol, em vez de tocar seu alaúde junto dos estribos do monarca?

— Foi por culpa de uma jovem viúva, que o diabo a carregue — falou Jaskier soturnamente. — Fiquei brincando com ela mais tempo do que devia, e, quando me dei conta, dois dias depois, Niedamir e sua trupe já tinham atravessado o rio. Levaram com eles até Comecabras e batedores da milícia holopolina; só se esqueceram de mim. Tento explicar isso ao decurião, mas ele insiste em sua ladainha...

— Se tem salvo-conduto, deixo passar... — falou o alabardeiro, impassível, urinando na parede do posto aduaneiro. — Se não tem, não deixo. São as ordens que recebi...

— Olhem! As meninas estão retornando com a cerveja — interrompeu-o Três Gralhas.

— E não estão sozinhas — acrescentou Jaskier, pondo-se de pé. — Olhem só para aquele corcel. Parece um dragão.

Vindo do bosque de álamos, as duas zerricanas flanqueavam, trotando, um cavaleiro montado num gigantesco e aguerrido garanhão.

O bruxo também se ergueu.

O cavaleiro trajava um aveludado gibão cor de violeta com galões prateados e um curto casaco forrado de zibelina. Sentado ereto sobre a sela, olhava para eles com grande empáfia. Geralt conhecia aquele tipo de olhar, que não lhe agradava nem um pouco.

— Saudações a todos. Sou Dorregaray — apresentou-se o desconhecido, descendo lenta e dignamente do cavalo. — Mestre Dorregaray. Feiticeiro.

— Mestre Geralt. Bruxo.

— Mestre Jaskier. Poeta.

— Borch, chamado de Três Gralhas. Quanto a minhas garotas, que neste momento estão destampando a barrica, o senhor já as conheceu.

— É verdade — falou o feiticeiro, sem um traço de sorriso. — Eu e as belas guerreiras de Zerricânia já nos cumprimentamos.

— Muito bem; então bebamos para celebrar este encontro — sugeriu Jaskier, distribuindo recipientes de couro trazidos por Vea. — Senhor Borch, devo servir também o decurião?

— Claro. Venha se juntar a nós, bravo guerreiro.

— Imagino — disse o feiticeiro, depois de tomar um pequeno e discreto gole de cerveja — que os senhores estão aqui, junto desta cancela, pelo mesmo motivo que me trouxe para cá, não é verdade?

— Se o que o senhor tem em mente é o dragão, senhor Dorregaray — afirmou Jaskier —, então sim. De minha parte, gostaria de estar lá para compor uma balada. Infelizmente, o decurião aqui presente, um homem incivilizado, não quer deixar-me passar. Exige um salvo-conduto.

— Peço mil perdões — falou o alabardeiro, bebendo um pouco de cerveja e estalando a língua —, mas me deram ordens, sob pena de me cortarem a garganta, para não deixar passar ninguém que não tivesse salvo-conduto. E, segundo se comenta, toda Holopole está pronta para partir para as montanhas atrás daquele dragão. Minhas ordens...

— Suas ordens, soldado — retrucou Dorregaray, franzindo o cenho —, têm a ver com a ralé que poderia causar confusão, com mulheres vadias capazes de espalhar doenças e com toda espécie de plebe ignara, escória social e gentalha... mas, decididamente, não comigo.

— Não deixarei passar ninguém sem salvo-conduto — enfureceu-se o decurião. — Juro por tudo o que é mais sag...

— Não jure em vão — interrompeu-o Três Gralhas. — Em vez disso, tome mais um trago. Tea, sirva o valente guerreiro. E vamos sentar-nos. Beber de pé, às pressas e sem a dignidade que esse ato merece, não condiz com pessoas tão nobres como nós.

Todos se sentaram sobre as vigas em torno da barrica. O alabardeiro recém-promovido a nobre enrubesceu de satisfação.

— Beba, destemido centurião — encorajava-o Três Gralhas.

— Não sou centurião, e sim apenas decurião. — O alabardeiro corou ainda mais.

— Mas, seguramente, será um centurião em pouco tempo — falou Borch, arreganhando os dentes. — Você tem boa cabeça e sua promoção é certa.

Dorregaray, recusando uma nova rodada de bebida, virou-se para Geralt.

— Na cidade ainda se fala daquele basilisco, nobre bruxo, e, pelo que vejo, você já está indo atrás de um dragão — murmurou. — Estou curioso: é por premente necessidade de recursos ou por puro prazer que você assassina seres ameaçados de extinção?

— Estranha curiosidade — respondeu Geralt —, especialmente vindo de alguém que se esforça tanto para chegar a tempo da matança de um dragão com o intuito de arrancar-lhe os dentes, tão preciosos na preparação de medicamentos e elixires. É verdade, senhor feiticeiro, que os dentes arrancados de um dragão ainda vivo são os mais valiosos?

— E você tem certeza de que é por isso que estou aqui?

— Tenho. Só que alguém se adiantou a você, Dorregaray. Antes de sua chegada, passou por aqui uma confreira sua com um salvo-conduto que você não possui. Uma morena, caso queira saber.

— Montada num corcel negro?

— Ao que parece.

— Yennefer — murmurou Dorregaray, com ar soturno. O bruxo sentiu um calafrio percorrer-lhe o corpo, mas ninguém percebeu.

Seguiu-se um momento de silêncio, interrompido pelo arroto do futuro centurião.

— A ninguém... sem salvo-conduto...

— Duzentos lintares serão suficientes? — perguntou calmamente Geralt, sacando a bolsa que recebera do gordo prefeito.

— Geralt — sorriu enigmaticamente Três Gralhas —, pelo jeito...

— Queira me desculpar, Borch — interrompeu-o o bruxo. — Sinto muito, mas não irei com vocês até Hengfors. Talvez da próxima vez. Quem sabe se não nos encontraremos novamente?

— Não há nada que me obrigue a seguir para Hengfors — falou lentamente Três Gralhas. — Absolutamente nada.

— Guarde essa bolsa com dinheiro, senhor — falou ameaçadoramente o futuro centurião. — O senhor está querendo me subornar, mas saiba que nem por trezentos lintares eu o deixaria passar.

— E por quinhentos? — perguntou Borch, pegando sua bolsa.

— Guarde seu dinheiro, Geralt, e deixe que eu pague o pedágio. Esta história está começando a me divertir. Quinhentos, nobre soldado. Cem por cabeça, contando minhas meninas como uma só, mas linda. E então?

— Ai, ai — lamentou-se o futuro centurião, guardando sob o casaco a bolsa de Borch. — O que direi ao rei?

— Você lhe dirá — falou Dorregaray, empertigando-se e tirando de trás do cinturão uma vareta de marfim ornamentada — que se assustou com o que viu.

— E o que foi que vi, senhor?

O feiticeiro fez um gesto com a vareta e gritou um encanto. O pinheiro que crescia à beira do rio explodiu, cobrindo-se imediatamente de enormes labaredas, desde a raiz até a copa.

Jaskier ergueu-se de um pulo, colocou o alaúde às costas e berrou:

— Aos cavalos! Aos cavalos, meus senhores e minhas senhoras!

— Levantar a cancela! — ululou o rico alabardeiro, com grandes chances de se tornar centurião.

Do outro lado da cancela, Vea puxou as rédeas, e seu cavalo galopou com estrondo sobre as tábuas da ponte. A jovem, com suas tranças esvoaçando ao vento, soltou um grito de guerra.

— É isso mesmo, Vea! — entusiasmou-se Três Gralhas. — Vamos em frente, senhores. Cavalgaremos à zerricana: com estrondo e sibilação!

IV

— Ora, vejam — falou Boholt, o mais velho dos Rachadores, cujo torso mais parecia o tronco de um velho carvalho. — Niedamir não os dispersou pelos quatro cantos do mundo, embora, meus senhores, eu tenha imaginado que ele faria exatamente isso. Não cabe a nós, simples vassalos, questionar as decisões reais. Portanto, sejam bem-vindos à nossa fogueira e armem seu acampamento. E, cá entre nós, bruxo, sobre o que você conversou com o rei?

— Sobre nada — respondeu Geralt, ajeitando mais confortavelmente a cabeça na sela colocada próxima do fogo. — Ele nem se dignou de sair da tenda. Apenas enviou seu factótum, cujo nome agora me escapa...

— Gyllenstiern — soprou-lhe Yarpen Zigrin, um anão corpulento e barbudo, enquanto atirava ao fogo um pesado tronco arrastado do meio do mato. — Trata-se de um bobão arrogante, um porco seboso. Assim que chegamos, ele apareceu com o nariz empinado e, cheio de empáfia, ficou nos alertando sobre quem está no comando aqui, a quem devemos obedecer, que a palavra do rei tem o peso de lei e outras bobagens desse teor. Fiquei ouvindo aquilo e até pensei em mandar meus garotos derrubá-lo e tirar seu casaco para que eu mijasse nele, mas desisti para evitar que voltassem a circular boatos de que os anões são malvados, agressivos, filhos da puta, que é impossível... como se diz?... ah, sim... que é impossível coexistir com eles, o que resultaria em novas perseguições contra nós em alguma cidade. Por isso, ouvi aquela baboseira caladinho, meneando a cabeça.

— Pelo jeito, o senhor Gyllenstiern não sabe dizer nada além disso — observou Geralt —, porque foi exatamente o que nos disse, e nós também tivemos de ouvir meneando a cabeça.

— Pois eu teria preferido — disse outro Rachador, colocando mais lenha na fogueira — que Niedamir tivesse expulsado vocês. É incrível a quantidade de pessoas que estão vindo para cá. Um autêntico formigueiro humano. Isto aqui não é mais uma caçada, mas um cortejo fúnebre, e não me agrada a ideia de combater no meio de uma multidão.

— Deixe disso, Devasto — repreendeu-o Boholt. — É muito mais agradável viajar em grupo. Até parece que você nunca participou de uma caçada a dragões. A possibilidade de pegar um dragão sempre atrai uma porção de pessoas, quase como uma feira ou um lupanar móvel. No entanto, assim que o réptil aparece, você sabe muito bem quem fica no campo. Nós, e ninguém mais.

Boholt calou-se por um momento, sorveu um longo trago de um garrafão coberto de musgo, estalou os lábios e pigarreou.

— Por outro lado — continuou —, a prática tem demonstrado que, por mais de uma vez, somente após a morte do dragão é que começa a verdadeira matança, com cabeças caindo como ervilhas. É na hora de repartir o tesouro que os caçadores saltam ao pescoço uns dos outros. Não é assim, Geralt? Não estou certo? Geralt, estou falando com você.

— Conheço casos desse tipo — respondeu o bruxo secamente.

— Conhece, diz você. Só se for de ouvir, porque nunca recebi a notícia de você ter caçado um dragão. Em toda minha vida, jamais ouvi falar de um bruxo que caçasse dragões. Portanto, acho muito estranha sua presença entre nós.

— É verdade — falou lenta e enfaticamente Kennet, o mais jovem dos Rachadores, apelidado Penhorisco. — Isso é muito estranho, e nós...

— Espere um momento — interrompeu-o Boholt. — Sou eu que estou falando. Aliás, não pretendo alongar-me. O bruxo sabe aonde quero chegar. Eu o conheço e ele me conhece. Até agora, nunca atrapalhamos um ao outro e acho que continuaremos agindo assim. Porque vocês hão de convir que, se eu, por exemplo, fosse atrapalhar seu trabalho ou roubasse um butim debaixo de seu nariz, ele logo me acertaria com a lâmina de sua espada, ato ao qual ele teria todo o direito. Estou certo, rapazes?

Ninguém concordou nem discordou; a bem da verdade, Boholt não parecia muito interessado numa resposta a sua indagação.

— Pois é — continuou ele. — Como já disse, viajar em grupo é muito mais agradável, e o bruxo pode continuar em nossa companhia. Esta região é selvagem e deserta, e, caso sejamos atacados por uma quimera, uma heteroptera ou uma estrige, não teremos problemas com Geralt por perto, porque essa é sua especialidade. Um dragão, porém, não é especialidade dele, não é verdade?

Novamente, ninguém confirmou ou negou.

– O senhor Três Gralhas – prosseguiu Boholt, passando o garrafão ao líder dos anões – está viajando com Geralt, e isso me basta. Portanto, quem está atrapalhando vocês? Não posso acreditar que seja Jaskier.

– Jaskier – falou Yarpen Zigrin, entregando o garrafão ao bardo – sempre aparece onde algo interessante vai acontecer, e todos sabem que ele não vai estorvar, nem ajudar, nem mesmo atrasar nossa marcha. É como uma pulga na cauda de um cachorro. Concordam, meninos?

Os corpulentos e barbudos "meninos" riram alegremente, sacudindo a barba. Jaskier puxou seu chapeuzinho para trás e sorveu um gole do garrafão.

– Oooh, que merda – gemeu, arfando. – Cheguei a perder a fala. De que é feita esta porcaria? De escorpiões?

– Só uma coisa me desagrada, Geralt – disse Penhorisco, pegando o garrafão do menestrel. – O fato de você ter trazido aquele feiticeiro. Já temos feiticeiros suficientes.

– É verdade – o anão aproveitou a deixa. – Penhorisco está coberto de razão. Precisamos desse Dorregaray como um porco precisa de uma sela. Já temos nossa feiticeira, a mui distinta Yennefer.

– Pois é – falou Boholt, coçando seu pescoço taurino, do qual acabara de desprender uma armadura de couro coberta de puas de aço. – Temos feiticeiros demais entre nós, meus senhores. Para ser exato, dois. E, para meu gosto, eles estão muito apegados a Niedamir. Olhem para nós aqui, debaixo destas estrelas e sentados ao relento em volta de uma fogueira, enquanto eles, meus senhores, ficam na tenda real, no bem-bom, aquecidos e confabulando. Niedamir, a bruxa, o feiticeiro e Gyllenstiern, dos quais Yennefer é a pior. E querem saber o que eles tramam tanto? Estão procurando a melhor maneira de nos chutar o traseiro.

– E se deliciam com carne de cervo – acrescentou Penhorisco soturnamente –, enquanto o que nós comemos? Uma marmota. E o que é uma marmota?, pergunto. Nada mais do que um rato. Eis o que comemos: um rato!

– Não faz mal – falou Devasto. – Em breve poderemos nos deliciar com uma cauda de dragão. Não há iguaria que se iguale a uma cauda de dragão assada na brasa.

– Yennefer – prosseguiu Boholt – é uma mulher horrível, malvada e respondona. Ela não é como suas garotas, senhor Borch, quietas e simpáticas. Olhem para elas: estão sentadinhas junto de seus cavalos e afiam suas espadas, e, quando passei perto delas, soltei uma gracinha e elas sorriram mostrando seus dentinhos. Sim, elas me agradam, ao contrário de Yennefer, que vive tramando sem cessar. Digo a vocês que precisamos ficar atentos para que nosso trato não acabe em merda.

– A que trato você está se referindo, Boholt? – indagou Geralt.

– O que você acha, Yarpen? Podemos contar ao bruxo?

– Não vejo impedimento algum – respondeu o anão.

– Acabou a vodca – falou Penhorisco, virando o garrafão de cabeça para baixo.

– Então traga mais. Você é o mais jovem de todos. Quanto ao trato, Geralt, nós o arquitetamos porque não somos mercenários nem uns esbirros que Niedamir possa mandar para lutar com um dragão em troca de algumas moedas de ouro. A verdade é que nós podemos dar conta dele sem Niedamir, enquanto Niedamir não pode prescindir de nossos serviços. Isso demonstra claramente quem vale mais e quem deve receber a parte mais substancial. Então, adotamos um critério extremamente justo: os que derrotarem o dragão num combate direto terão direito à metade do tesouro. Niedamir, em razão de sua nobre origem e de seu título, levará um quarto. Os demais dividirão entre si por igual o quarto restante. O que você acha disso?

– E qual foi a reação de Niedamir?

– Não falou nem sim, nem não. Mas é melhor ele não se meter, pois, como já disse, ele não está em condições de lançar-se sozinho contra o dragão e terá de contar com profissionais, ou seja, conosco, os Rachadores, e Yarpen Zigrin e seus rapazes. Seremos nós, e ninguém mais, que enfrentaremos diretamente o dragão. Quanto aos outros, nos quais incluo os feiticeiros, caso nos ajudem de maneira honesta, poderão dividir entre si um quarto do tesouro.

— E quem mais, além dos feiticeiros, vocês incluem nesses "outros"? — interessou-se Jaskier.

— Certamente não músicos e versejadores — riu Yarpen Zigrin. — Incluímos aqueles que trabalham com armas, e não com alaúdes.

— Ah! — falou Três Gralhas, olhando para o céu estrelado. — E com o que trabalhará o sapateiro Comecabras e sua patuleia?

Yarpen Zigrin deu uma cusparada na fogueira, murmurando algumas palavras na língua dos anões.

— A milícia de Holopole conhece estas serras de merda e nos tem fornecido guias — falou Boholt em voz baixa —, de modo que nada seria mais justo do que deixar seus membros participarem da divisão. Já no caso do sapateiro, a questão é outra. Não seria bom a plebe chegar à conclusão de que, quando aparece um dragão em sua vizinhança, basta dar-lhe um venenozinho e continuar se divertindo com as garotas em montes de feno, em vez de chamar os profissionais. Se esse costume se firmar, acho que nós acabaremos virando mendigos, não é verdade?

— Sem dúvida — confirmou Yarpen. — E é por isso que digo a vocês que algo ruim tem de acontecer àquele sapateiro, antes de o filho da puta tornar-se lenda.

— Se tem de acontecer, então acontecerá — disse Devasto, enfático. — Podem deixar por minha conta.

— E Jaskier — acrescentou o anão — vai ridicularizá-lo em sua balada, cobrindo seu nome de vergonha e ignomínia por séculos e séculos.

— Vocês se esqueceram apenas de um detalhe — falou Geralt. — Há entre nós um homem que poderá frustrar seu plano. Um homem que se recusará a participar de quaisquer acordos. Refiro-me a Eyck de Denesle. Vocês chegaram a abordar o assunto com ele?

— É de que serviria isso? — perguntou Boholt, ajeitando as toras na fogueira. — Não dá para conversar com Eyck. Ele não entende de negócios.

— Nós passamos por ele quando estávamos chegando ao acampamento de vocês — contou Três Gralhas. — Estava vestido com uma armadura e olhava para o céu, ajoelhado sobre umas pedras.

— Ele costuma agir assim — disse Penhorisco. — Fica rezando ou meditando. Afirma que isso lhe é necessário porque recebeu dos deuses a incumbência de defender os seres humanos de todo o Mal.

— Lá em nossa terra, em Crinfrid — murmurou Boholt —, mantemos pessoas desse tipo em estábulos, presas por uma corrente, e lhes damos pedaços de carvão para que pintem coisas maravilhosas nas paredes. Mas vamos parar de fofocar e passemos a tratar de negócios.

No círculo da luz da fogueira surgiu repentinamente uma mulher de cabelos negros presos por uma rede dourada e envolta numa capa negra.

— Que fedor é esse? — perguntou Yarpen Zigrin, fingindo não tê-la visto. — Será de enxofre?

— Não — respondeu Boholt, olhando para um lado e fungando de maneira ostensiva. — É almíscar ou outra substância malcheirosa.

— Não, acho que é... — O anão fez uma careta. — Sim! É a distinta Yennefer! Seja bem-vinda!

A feiticeira percorreu lentamente o olhar pela assembleia, detendo por um instante os olhos brilhantes na figura do bruxo. Geralt sorriu discretamente.

— Posso sentar-me junto de vocês?

— Mas é claro que sim, nossa benfeitora — disse Boholt, soltando um soluço. — Sente-se aqui, nesta sela. Mova a bunda daí, Kennet, e ceda a sela para a distinta feiticeira.

— Pelo que ouvi, os senhores estão tratando de negócios. — Yennefer sentou-se, esticando as bem torneadas pernas enfiadas em meias pretas. — Sem minha presença?

— Nós não ousamos — disse Yarpen Zigrin — incomodar uma pessoa tão importante.

— Quanto a você, Yarpen — Yennefer virou-se na direção do anão, com os olhos semicerrados —, o melhor que pode fazer é ficar calado. Desde o primeiro dia você me trata como se eu fosse feita de ar, portanto continue assim, sem se incomodar, porque, para ser sincera, eu também não me incomodo.

– Mas o que a senhora está dizendo, distinta dama? – sorriu Yarpen, mostrando uma fileira de dentes irregulares. – Que eu seja devorado por pulgas caso eu a tratasse pior do que o ar. Estando sozinho ao ar livre, eu poderia peidar e infestá-lo, algo que jamais ousaria fazer em sua presença.

Os "meninos" barbudos explodiram numa gargalhada, mas imediatamente se calaram à visão de uma azulada aura que, repentinamente, envolveu a feiticeira.

– Mais uma palavra, Yarpen, e será você quem se transformará em ar estragado – falou ela, com voz metálica. – E sobrará apenas uma poça negra na grama.

– Vamos parar com isso – pigarreou Boholt, desanuviando um pouco o ambiente e interrompendo o silêncio que se seguira. – Mantenha a boca calada, Zigrin, e vamos ouvir o que nos tem a dizer a senhora Yennefer. Ela se queixou de que discutíamos negócios sem sua participação, o que me faz crer que ela tem uma proposta a nos fazer. Escutemos, portanto, o teor dessa proposta, desde que não seja a de ela, usando apenas sua magia, matar o dragão sozinha, sem ajuda alguma de nossa parte.

– E por que não? – perguntou Yennefer, erguendo orgulhosamente a cabeça. – Você acha que eu não sou capaz, Boholt?

– Talvez até seja. Mas, para nós, isso seria péssimo, porque na certa a senhora exigiria a metade do tesouro do dragão para si.

– No mínimo – respondeu a feiticeira friamente.

– Pois é. Como todos podem constatar, isso não seria um bom negócio para nós. É preciso que a senhora saiba que somos apenas pobres guerreiros, e, se o butim nos escapar debaixo do nariz, a fome baterá a nossa porta. Nós nos alimentamos somente com azedinha e cevada...

– E é uma festa quando conseguimos caçar uma marmota – acrescentou Yarpen Zigrin tristemente.

– E bebemos somente água pura – falou Boholt, sorvendo um gole do garrafão e fazendo uma careta. – Para nós, digníssima senhora Yennefer, não há saída. Ou um butim, ou ficar debaixo de uma ponte morrendo de frio, porque as estalagens custam caro.

— Sem mencionar o preço da cerveja — interveio Devasto.

— Nem o das jovens despudoradas... — enterneceu-se Penhorisco.

— E será por isso — disse Boholt, olhando para o céu — que nós mataremos o dragão sozinhos, sem quaisquer feitiços e sem a ajuda da senhora.

— Você está tão certo disso? Não se esqueça de que há limite para o que é possível, Boholt.

— Talvez até haja, mas nunca deparei com um. Não, minha senhora. Volto a repetir que mataremos o dragão sozinhos, sem quaisquer feitiços.

— Sobretudo — acrescentou Yarpen Zigrin — porque os feitiços também têm lá seus limites de possibilidades, que, ao contrário dos nossos, nós desconhecemos.

— Você chegou sozinho a essa brilhante conclusão — indagou lentamente Yennefer — ou alguém lhe soprou? Não será a presença do bruxo nesta nobre assembleia que lhes permite tanta petulância?

— Não — respondeu Boholt, olhando para Geralt, que parecia dormitar, estendido preguiçosamente sobre uma coberta, com a cabeça apoiada numa sela. — O bruxo não tem nada a ver com isso. Ouça-me bem, distinta Yennefer. Nós fizemos ao rei uma proposta e ele ainda não nos honrou com uma resposta. Como somos muito pacientes, aguardaremos até amanhã cedo. Se o rei aceitar o trato, seguiremos juntos em frente. Se não aceitar, daremos meia-volta e iremos embora.

— Nós também — rosnou o anão.

— Além disso, não estamos dispostos a qualquer tipo de barganha — continuou Boholt. — A resposta tem de ser simples: sim ou não. Portanto, distinta Yennefer, tenha a bondade de transmitir nossas palavras a Niedamir. Quanto ao trato, quero que saiba que ele pode ser vantajoso para a senhora e para Dorregaray, pois a única parte do cadáver do dragão que nos interessa é a cauda; o resto poderá ficar para vocês. Não regatearemos nem os dentes, nem o cérebro, nem nada do que vocês precisem para seus feitiços.

— E é óbvio — acrescentou Yarpen Zigrin, com um sorriso sarcástico — que a carniça ficará para vocês, feiticeiros, e para ninguém mais, a não ser que apareçam outros abutres.

Yennefer se levantou, dobrando a capa sobre o braço.

— Niedamir não vai esperar até o amanhecer — falou secamente. — Ele aceita as condições de vocês agora mesmo, embora eu e Dorregaray o tenhamos aconselhado o contrário.

— Niedamir — disse Boholt devagar — revelou uma inteligência surpreendente para um rei tão jovem. Porque para mim, prezada senhora Yennefer, a inteligência consiste, entre outras coisas, em ser capaz de descartar conselhos tolos e hipócritas.

Yarpen Zigrin soltou uma sonora gargalhada.

— Vocês pensarão de outra maneira — afirmou a feiticeira, apoiando as mãos nos quadris — quando amanhã o dragão os esmagar, perfurar e quebrar suas tíbias. Aí, vocês vão querer lamber minhas botas e implorar por ajuda. Como de costume. Conheço muito bem gente de sua laia! Chego a ficar enjoada.

Yennefer, então, deu-lhes as costas e desapareceu na escuridão, sem uma palavra de despedida.

— Em meus tempos — falou Yarpen Zigrin —, as feiticeiras viviam em torres, liam livros científicos e mexiam em caldeirões de barro com uma colher de pau. Não se enfiavam entre as pernas de guerreiros nem se metiam em nossos negócios. Tampouco rebolavam a bunda diante de rapazes.

— Uma bundinha e tanto, diga-se de passagem — disse Jaskier, afinando seu alaúde. — O que você acha, Geralt? Geralt? Onde se meteu o bruxo?

— E o que nós temos a ver com isso? — grunhiu Boholt, jogando mais lenha na fogueira. — Sumiu. Talvez tenha ido urinar no meio das árvores. É problema dele.

— Certo — concordou o bardo, batendo com os dedos nas cordas do alaúde. — Querem que lhes cante algo?

— Pode cantar à vontade — falou Yarpen Zigrin. — Só não pense que lhe pagarei um litar sequer por seus mugidos. Não estamos numa corte.

— Deu para perceber — respondeu o trovador.

V

— Yennefer.

A feiticeira virou-se fingindo surpresa, embora o bruxo não tivesse dúvida alguma de que ela ouvira seus passos muito tempo antes. Colocou no chão o balde de madeira, endireitou-se e ajeitou as rebeldes madeixas que saíam da rede dourada.

— Geralt.

Como de costume, estava vestida com apenas duas cores: branco e preto. Cabelos negros, longas pestanas negras encobrindo os olhos e exigindo que se adivinhasse sua cor. Saia preta, casaquinho preto com gola de pele branca, blusa branca do mais puro linho. No pescoço, uma fita de veludo negra adornada com uma estrela de obsidiana cravejada de diamantes.

— Você não mudou nada.

— Nem você. — Yennefer torceu os lábios num simulacro de sorriso. — Isso, em ambos os casos, é normal ou, se preferir, igualmente normal. De qualquer modo, embora falar disso possa ser uma forma adequada de iniciar uma conversação, não me parece fazer nenhum sentido. Você não concorda?

— Concordo — respondeu o bruxo, olhando na direção da tenda do rei Niedamir e das fogueiras dos arqueiros reais semicobertos pelos escuros contornos das carroças. Da outra fogueira, mais distante, chegava a ele a sonora voz de Jaskier cantando "Estrelas sobre o caminho", uma de suas mais consagradas baladas de amor.

— Muito bem — falou a feiticeira. — Já que deixamos a introdução de lado, aguardo o que virá em seguida.

— Como você pode ver, Yennefer...

— Vejo — cortou-o ela secamente — e não compreendo. Por que veio para cá, Geralt? Não vai dizer-me que foi por causa do dragão, pois imagino que nada tenha mudado em você nesse aspecto.

— Não. Nada mudou.

— Portanto, insisto: o que o fez juntar-se a nós?

— Se eu lhe disser que foi por sua causa, vai acreditar?

Yennefer encarou-o em silêncio, com um brilho desagradável nos grandes olhos negros.

— Acreditarei; por que não? — falou finalmente. — Os homens gostam de reencontrar suas antigas amantes, de reviver lembranças agradáveis. Eles gostam de imaginar que os momentos de êxtase amoroso de outrora lhes dão uma espécie de posse permanente de sua parceira, até o fim de seus dias. Isso lhes é muito útil para elevar seu estado de ânimo. Pelo que vejo, você, apesar de tudo, não foge à regra.

— Apesar de tudo, Yennefer — sorriu Geralt —, você está certa. Sua visão faz muito bem a meu estado de ânimo. Em outras palavras, estou muito contente em ver você.

— E isso é tudo? Muito bem. Nesse caso, digamos que eu também estou muito contente e, já que é assim, desejo-lhe boa noite. Como pode ver, estou indo dormir. Antes disso, vou me lavar e, para tanto, costumo me despir. Portanto, tenha a bondade de se afastar o suficiente para que eu possa ter alguma privacidade.

— Yen — murmurou Geralt, estendendo as mãos.

— Não me chame assim! — sibilou Yennefer furiosamente, dando um passo para trás e disparando feixes de centelhas azuis e vermelhas da ponta dos dedos na direção de Geralt. — Se você ousar me tocar, queimarei seus olhos, canalha.

O bruxo recuou. A feiticeira, mais calma, voltou a afastar os cabelos que lhe caíam sobre a testa e parou diante dele com os punhos apoiados nos quadris.

— O que você pensou, Geralt? Que teríamos uma conversa agradável recordando os velhos tempos? E que, depois, iríamos juntos até uma dessas carroças e faríamos amor para reavivar as lembranças? Era isso que você tinha em mente?

Geralt, sem saber ao certo se a feiticeira estava lendo sua mente ou simplesmente adivinhava o que lhe passava pela cabeça, permaneceu calado, sorrindo meio sem graça.

— Estes quatro anos serviram para alguma coisa. Estou livre de você e é somente por causa disso que não lhe cuspi na cara quando o vi. Mas não se iluda com minha aparente gentileza.

— Yennefer...

— Cale-se! Dei-lhe muito mais do que a qualquer outro homem, seu patife. Eu mesma não sei por que justamente a você e em troca de quê... Oh, não, meu caro. Não sou uma vadia ou uma elfa encontrada por acaso numa floresta, a quem se pode abandonar de manhã deixando um buquê de violetas em cima da mesa. A quem se pode expor ao ridículo. Tenha cuidado! Se disser uma única palavra, vai se arrepender amargamente!

Geralt permaneceu calado, sentindo claramente quanta fúria fervia no peito de Yennefer. A feiticeira voltou a afastar as madeixas da testa e fixou os olhos diretamente nos do bruxo.

— Encontramo-nos, que se há de fazer — falou baixinho. — Não vamos dar um espetáculo para todo mundo. Mantenhamos nossa dignidade e finjamos que somos apenas dois conhecidos de longa data. Mas não cometa um erro, Geralt. No que se refere a nós dois, tudo está terminado, entendeu? E se dê por satisfeito por eu ter abandonado certos projetos que, até pouco tempo atrás, tive em mente em relação a você. Isso, porém, não quer dizer de maneira alguma que eu o perdoei. Nunca hei de perdoá-lo. Nunca.

Yennefer, então, virou-se bruscamente, pegou o balde e, respingando água por todos os lados, foi para trás de uma das carroças.

Geralt espantou com a mão um mosquito que insistia em zumbir junto de sua orelha e, lentamente, retornou à fogueira em volta da qual ecoavam discretas palmas dirigidas à performance de Jaskier. Olhou para o céu azul-marinho visível sobre os picos das montanhas e teve um súbito desejo de rir. Não sabia por quê.

VI

— Tomem cuidado! Prestem atenção! — gritava Boholt, virando-se na sela em direção à coluna. — Mais perto dos rochedos! Fiquem atentos!

As carroças avançavam saltitando sobre os pedregulhos. Os carroceiros, batendo com as rédeas na anca dos cavalos, soltavam palavrões, inclinavam-se cuidadosamente para o lado e verificavam, preocupados, se as rodas estavam suficientemente afastadas da borda do precipício junto do qual passava a estreita trilha irregular. Lá embaixo borbulhava por entre as rochas a límpida água do rio Braa.

Geralt freou a égua, encostando-se à parede de rocha coberta por musgo marrom e florescências brancas parecidas com líquen. Deixou passar a carroça dos Rachadores. Da testa da coluna veio a galope Penhorisco, que, com os batedores de Holopole, conduzia a caravana.

— Muito bem! — berrou. — Movam-se! Mais adiante a trilha fica mais larga!

O rei Niedamir e Gyllenstiern, ambos montados e escoltados por arqueiros, chegaram ao lugar onde se encontrava Geralt. Atrás deles, rolavam com estrondo as carroças com os apetrechos reais e, por fim, vinha a carroça dos anões, conduzida por Yarpen Zigrin, que gritava sem cessar.

Niedamir, um adolescente magricela e sardento, vestido com casaco de peles branco, passou pelo bruxo lançando-lhe um olhar cheio de empáfia e tédio. Gyllenstiern deteve o cavalo e empertigou-se.

— Gostaria de trocar algumas palavras com o senhor, senhor bruxo — disse de maneira imperiosa.

— Pois não — respondeu Geralt, esporeando a égua e pondo-se a cavalgar lentamente atrás das carroças reais ao lado do chanceler. Estava espantado por Gyllenstiern, apesar da enorme barriga, ter preferido viajar sobre uma sela a ficar confortavelmente instalado em uma das carroças.

— Ontem — falou Gyllenstiern, encurtando as rédeas cravejadas de tachas de ouro e atirando a aba de sua capa turquesa sobre um dos ombros — o senhor disse que não estava interessado no dragão. Então, o que o interessa, senhor bruxo? Por que se juntou a nós?

— Estamos num país livre, senhor chanceler.

— Por enquanto. Só que neste cortejo, senhor Geralt, cada um deve conhecer seu lugar, assim como que papel desempenhar, segundo os desejos de Sua Majestade, o rei Niedamir. Fui bastante claro?

— Aonde quer chegar, senhor Gyllenstiern?

— Já vou lhe dizer. Parece que ultimamente está sendo difícil entrar em acordo com vocês, bruxos. O problema consiste no fato de que, sempre que se aponta um monstro a um bruxo, este, em vez de pegar a espada e acabar logo com ele, põe-se a meditar e a se questionar se aquilo é digno ou indigno, se não ultrapassa o limite do possível, se não é contrário a seu código e se o monstro é realmente um monstro, como se isso não estivesse claro desde o primeiro momento. Tenho para mim que vocês começaram a ficar demasiadamente bem de vida. Em meus tempos, os bruxos não fediam a dinheiro, mas a meias sujas. Não hesitavam, e sim golpeavam tudo o que lhes era ordenado, fosse um lobisomem, um dragão ou um cobrador de impostos. O que importava era se o golpe havia sido suficientemente bem dado.

— Tem uma tarefa para mim, senhor Gyllenstiern? — indagou o bruxo secamente. — Se tem, desembuche logo, e aí poderemos pensar sobre o assunto. Se não tem, então não acha que está gastando saliva à toa?

— Uma tarefa? — suspirou o chanceler. — Não, não tenho. O que está em jogo aqui é um dragão, e isso claramente ultrapassa o limite do possível para você, bruxo. Prefiro os Rachadores. Minha intenção foi preveni-lo, alertá-lo. Sua Majestade, o rei Niedamir, e eu podemos até tolerar os devaneios de um bruxo que divide os monstros em duas categorias, os bons e os maus, mas não queremos ouvir falar desses caprichos da imaginação e muito menos vê-los postos em prática. Não se meta nos assuntos de Sua Majestade, bruxo, e não fique demasiadamente íntimo de Dorregaray.

— Não costumo manter relações de intimidade com feiticeiros. O que o fez pensar uma coisa dessas?

— Os devaneios de Dorregaray — respondeu Gyllenstiern — chegam a ultrapassar os dos bruxos. Ele não divide os monstros em bons e maus. Segundo ele, todos são bons.

— Ele exagera um pouco.

— Sem dúvida. No entanto, defende seus pontos de vista com uma teimosia fora do comum. A bem da verdade, eu não ficaria surpreso se algo lhe acontecesse. E, considerando que ele se juntou a nós numa companhia mais do que estranha...

— Não faço companhia a Dorregaray, nem ele a mim.

— Não me interrompa. Você há de convir que a companhia é mais do que estranha: um bruxo tão cheio de escrúpulos quanto uma pele de lince cheia de pulgas, um feiticeiro repetindo as asneiras dos druidas sobre o equilíbrio da natureza, um cavaleiro calado chamado Borch Três Gralhas com sua escolta da Zerricânia, onde, como todos sabem, são feitas oferendas diante da imagem de um dragão. E todo esse pessoal aparece repentinamente juntando-se à caçada. Você não acha estranho?

– Tenho de admitir que sim.

– Portanto – disse o chanceler –, saiba que os problemas mais complexos encontram, como nos demonstra a prática, as soluções mais simples. Não me obrigue, bruxo, a lançar mão delas.

– Não estou entendendo.

– Está, está. Agradeço sua atenção, Geralt.

Gyllenstiern esporeou seu cavalo, juntando-se ao cortejo real, enquanto Geralt freava o seu para deixar passar o cavaleiro Eyck de Denesle, que, vestido com um gibão forrado de pele clara e montado num gigantesco cavalo, puxava outro menor, com uma armadura, um escudo prateado e uma lança sobre o dorso. Geralt cumprimentou-o erguendo o braço, mas o desvairado cavaleiro virou a cabeça e, apertando os lábios, seguiu em frente.

– Pelo jeito, ele não morre de amores por você – observou Dorregaray, que acabara de se aproximar.

– Está claro que não.

– Será por causa da concorrência? Vocês dois exercem atividades parecidas, só que Eyck é idealista e você, profissional. É uma diferença pequena, principalmente para aqueles que vocês matam.

– Não me compare a Eyck, Dorregaray. Só os diabos sabem a quem você mais insulta com essa comparação, se a mim ou a ele, mas não nos compare.

– Como queira. Com toda a sinceridade, tanto você como ele são igualmente repugnantes para mim.

– Obrigado.

– Não há de quê – respondeu o feiticeiro, acariciando o pescoço de seu cavalo, que se assustara com os gritos de Yarpen e seus anões. – Para mim, chamar o ato de assassinar de "vocação" é algo ignóbil, baixo e tolo. Nosso mundo vive em equilíbrio. Assim, o assassinato, ou seja, o extermínio de qualquer ser que o habita, destrói esse equilíbrio, e a falta de equilíbrio nos aproxima cada vez mais da autoaniquilação e do fim do mundo tal como o concebemos.

— Conheço essa teoria — afirmou Geralt. — É a dos druidas. Ela me foi exposta por um velho hierofante, ainda em Rívia. Dois dias depois de nossa conversa, ele foi devorado por ratazanas. Não deu para perceber alteração alguma no tal equilíbrio.

— O mundo, repito — disse Dorregaray, olhando com indiferença para o bruxo —, está em equilíbrio. Em equilíbrio natural. Cada espécie tem seus inimigos naturais e é inimiga natural das outras. O mesmo se aplica aos seres humanos. A eliminação de seus inimigos naturais, a arte na qual você se especializou e cujos resultados já são observados, pode ser o prenúncio da degeneração da raça humana.

— Sabe de uma coisa, feiticeiro? — indagou Geralt, irritado. — Procure a mãe de uma criança que foi devorada por um basilisco e lhe diga que ela deveria estar feliz, pois foi graças a isso que a raça humana não se degenerou. Você verá sua reação.

— Excelente argumento, bruxo — falou Yennefer, que se aproximara deles, montada em seu corcel negro. — Quanto a você, Dorregaray, tenha cuidado com o que diz.

— Não tenho o costume de ocultar meus pontos de vista.

Yennefer colocou seu corcel entre Geralt e Dorregaray. O bruxo notou que a rede dourada sobre seus cabelos fora substituída por uma faixa de tecido branco.

— Então comece a ocultá-los o mais rápido possível — disse. — Principalmente diante de Niedamir e dos Rachadores, que estão começando a suspeitar que você pretende impedi-los de matar o dragão. Enquanto ficar apenas falando, eles o tratarão como um maníaco inofensivo. Contudo, se passar das palavras às ações, eles torcerão seu pescoço antes de você soltar um pio.

O feiticeiro sorriu com desdém e despreocupação.

— Além disso — continuou Yennefer —, ao expor essas suas ideias, você diminui a autoridade de nosso ofício e de nossa vocação.

— E como seria isso?

— Suas teorias podem até ser válidas para qualquer ser ou verme, Dorregaray, mas não se aplicam aos dragões, porque eles são os piores inimigos naturais dos seres humanos. E não se trata mais da degeneração da raça humana, e sim de sua sobrevivência. Para sobreviver, é preciso se livrar dos inimigos e de todos aqueles que possam impossibilitar tal sobrevivência.

– Os dragões não são inimigos dos homens – interveio Geralt.

A feiticeira olhou para ele e sorriu, mas apenas com os lábios.

– Nessa questão – falou – deixe a avaliação para nós, humanos. Você, bruxo, não está aqui para avaliar. Sua função é a de executar as tarefas que lhe forem designadas.

– Como um golem pré-programado, sem autonomia alguma?

– Foi você, e não eu, quem fez essa comparação – respondeu Yennefer friamente. – Mas, na verdade, ela é correta.

– Yennefer – disse Dorregaray. – Para uma mulher de sua idade e de sua formação intelectual, você fala muita bobagem. O que a fez escolher exatamente os dragões para serem os principais inimigos do homem? Por que não outros seres, que são cem vezes mais perigosos e têm na consciência cem vezes mais vítimas do que os dragões? Por que não hirikkas, anfisbenas, manticoras ou grifos? Por que não lobos?

– Pois vou lhe dizer: porque a supremacia do ser humano sobre as demais raças e espécies, assim como sua luta para encontrar um lugar na natureza para dispor de um espaço vital, apenas será ganha quando for eliminado definitivamente o nomadismo, aquele deslocamento de um lugar para outro em busca de comida de acordo com o calendário da natureza. Caso contrário, não se alcançará o indispensável crescimento demográfico; o bebê humano leva muito tempo para ter independência. Somente a segurança proporcionada pelos muros de uma cidade ou de uma fortaleza poderá proporcionar às mulheres a possibilidade de darem à luz no ritmo adequado, ou seja, todo ano. A fertilidade, Dorregaray, representa desenvolvimento e é o pré-requisito da sobrevivência e da dominação. E é nesse ponto que chegamos aos dragões. Eles são os únicos que podem ameaçar uma cidade ou uma fortaleza. Se os dragões não tivessem sido extintos, as pessoas, em vez de se agruparem, se dispersariam para se proteger, porque o fogo das ventas de um dragão num lugar repleto de gente é um autêntico pesadelo, com cen-

tenas de mortos. É por isso que os dragões têm de ser exterminados, Dorregaray.
Ele a encarou, com um estranho sorriso nos lábios.
– Sabe, Yennefer? Eu não gostaria de estar vivo quando seu conceito sobre o domínio do homem se realizar e quando pessoas como você ocuparem o lugar que lhes é devido na natureza. Por sorte, nada disso acontecerá. Antes, vocês vão acabar se matando uns aos outros, envenenados ou com doenças como o tifo. Porque não são os dragões, mas a imundice e os piolhos que ameaçam suas magníficas cidades, nas quais as mulheres dão à luz uma vez por ano... só que apenas um de cada dez recém-nascidos consegue viver mais do que dez dias. Sim, Yennefer. Fertilidade, fertilidade e de novo fertilidade. Dedique-se, minha cara, à tarefa de produzir filhos, pois essa função é muito mais natural para você. Com isso, você ocuparia melhor seu tempo, em vez de desperdiçá-lo pensando em bobagens. Passe bem.
Dito isso, o feiticeiro trotou na direção da coluna. Geralt, lançando um olhar para o rosto pálido e retorcido de ódio de Yennefer, ficou com pena antecipada de Dorregaray. Sabia do que se tratava. Yennefer, como a maioria das feiticeiras, era estéril. Contudo, era uma das raras que sofriam muito com tal condição, e sua simples menção provocava nela acessos de fúria. Dorregaray decerto tinha consciência disso, mas não, provavelmente, de quanto Yennefer era capaz de ser vingativa.
– Ele vai se meter em apuros – sibilou a feiticeira –, em apuros muito sérios. Cuidado, Geralt. Não pense que vou protegê-lo quando isso acontecer e você não demonstrar a devida sensatez.
– Não precisa se preocupar, Yennefer – sorriu Geralt. – Nós, bruxos e golens pré-programados, agimos sempre de maneira sensata, pois temos claramente definido o limite do possível dentro do qual podemos agir.
– Ora, vejam só – falou Yennefer, com o rosto ainda pálido. – Você se ofendeu como uma garotinha acusada de não ser mais virgem. Você é um bruxo, e não há nada neste mundo que possa mudar isso. Sua vocação...
– Pare de falar dessa tal vocação, Yen, porque isso me causa náuseas.

— Já lhe disse para não me chamar assim. E não me interessam suas náuseas, tampouco todas as demais reações do limitado leque de opções comportamentais dos bruxos.

— No entanto, você acabará se defrontando com algumas delas se não parar com seus discursos sobre missões elevadas e lutas para o bem da humanidade. Quanto aos dragões, os terríveis inimigos da espécie humana, é bom que você saiba que entendo muito mais deles do que você.

— Ah, é? — A feiticeira semicerrou os olhos. — E o que você sabe de especial sobre eles?

— Sei que, se não tivessem tesouros — respondeu Geralt, ignorando as violentas vibrações do medalhão em seu pescoço —, ninguém se importaria com eles, principalmente os feiticeiros. É interessante notar como em cada caçada a dragões sempre está envolvido um ou outro feiticeiro ligado à Confederação dos Joalheiros. Como você, por exemplo. E depois, quando era de esperar que o mercado de joias fosse inundado de pedras preciosas, nada disso ocorre e o preço das pedras não desaba. Portanto, não me venha com essas histórias sobre vocações e lutas para preservação da espécie. Conheço você muito bem e por tempo demais para cair nessa conversa mole.

— Por tempo demais, sim — repetiu a feiticeira, contorcendo os lábios de modo desagradável. — Infelizmente. Mas não tão bem, seu filho da puta. Como eu fui idiota!... Que os diabos o carreguem! Não consigo olhar para você sem ficar furiosa!

Em seguida, puxou violentamente as rédeas de seu cavalo negro e partiu em frente. O bruxo deteve sua égua, deixando passar a carroça dos anões, que gritavam, blasfemavam e soltavam sons agudos de seus pífaros de osso. Entre eles, deitado sobre sacos de feno, o trovador Jaskier dedilhava seu alaúde.

— Ei! — berrou Yarpen Zigrin, sentado no banco do condutor, apontando para Yennefer. — Vejo uma mancha escura no caminho. O que pode ser? Parece uma égua!

— E é mesmo! — gritou Jaskier de volta, puxando para trás seu chapeuzinho arroxeado. — Uma égua montada por um castrado! Que coisa mais extraordinária!

Os "meninos" de Yarpen soltaram uma sonora gargalhada, enquanto Yennefer fingia não ter ouvido a jocosa observação.

Geralt deixou passar um destacamento de arqueiros de Niedamir. Atrás deles, a certa distância, cavalgava lentamente Borch, seguido pelas duas zerricanas, formando o fim do cortejo. Geralt esperou até eles o alcançarem, conduziu sua égua para junto do cavalo de Borch e ficou cavalgando em silêncio a seu lado.

– Bruxo – falou Três Gralhas repentinamente. – Gostaria de lhe fazer uma pergunta.

– Pois não.

– Por que você não dá meia-volta e se desliga desta caravana?

O bruxo ficou por certo tempo calado, olhando atentamente para o rosto de Borch.

– Você quer mesmo saber?

– Sim – respondeu Três Gralhas, encarando o bruxo.

– Acompanho esta caravana porque sou um golem sem vontade própria. Porque sou um arbusto arrastado pelo vento ao longo da trilha. Para onde, diga-me, eu deveria ir? E para quê? Aqui, pelo menos, encontrei algumas pessoas com as quais posso conversar. Pessoas que não interrompem o que estão dizendo quando me aproximo e que, se não gostam de mim, dizem-no diretamente na minha cara, em vez de atirar pedras de trás de uma cerca. Juntei-me a esta companhia pelo mesmo motivo pelo qual aceitei seu convite para aquele albergue dos balseiros. Porque, para mim, tanto faz. Não tenho um lugar ao qual gostaria de ir. Não tenho uma meta a ser alcançada no fim do caminho.

Três Gralhas pigarreou.

– Há uma meta no fim de todos os caminhos. Todos a têm, até você, embora pareça diferenciar-se dos demais.

– Agora, chegou minha vez de lhe fazer uma pergunta.

– Pergunte.

– Você tem um objetivo no fim deste caminho?

– Tenho.

– Então você é um homem de sorte.

– Não se trata de sorte, e sim daquilo em que você acredita e a que você está disposto a se dedicar. Sendo bruxo, você deveria saber disso melhor do que ninguém.

— Não paro de ouvir referências a vocações — suspirou Geralt.
— A vocação de Niedamir é a de se apossar de Malleore. A de Eyck de Denesle é a de defender os homens dos dragões. Já a de Dorregaray é a oposta. Yennefer, em razão de certas alterações às quais foi submetido seu organismo, não está em condições de cumprir sua vocação e sofre muito por causa disso. Somente os Rachadores e os anões não têm vocação alguma; querem apenas encher a burra. Quem sabe se não é por esse motivo que eu me sinta tão atraído por eles?

— Não há nada que o atraia a eles, Geralt de Rívia. Você não é cego nem surdo, e não foi ao ouvir o nome deles que você meteu a mão em sua algibeira, mas ao que me parece...

— Não tente adivinhar o que não lhe diz respeito.

— Perdão.

— Também não precisa pedir perdão.

Frearam os cavalos apenas a tempo de não se chocarem com a coluna dos arqueiros de Caingorn, que parara repentinamente.

— O que aconteceu? — indagou Geralt, erguendo-se nos estribos. — Por que paramos?

— Não sei — respondeu Borch, virando o rosto, enquanto Vea, com a expressão tensa, sussurrava rapidamente algumas palavras a seu ouvido.

— Vou até a testa da caravana para ver o que está acontecendo — falou o bruxo.

— Não saia daqui.

— Por quê?

Três Gralhas ficou calado por um momento, olhando para o chão.

— Por quê? — repetiu Geralt.

— Vá. Pode ser melhor assim.

— O que pode ser melhor?

— Vá.

A ponte que ligava as duas bordas do precipício parecia ser sólida, uma vez que fora construída com grossas vigas de pinho apoiadas num pilar quadrangular, contra o qual espumava com grande estrondo a borbulhante corrente da água.

— Ei, Penhorisco! — gritou Borch, aproximando seu cavalo da carroça. — Por que você parou?

— E eu lá sei como é essa ponte?

— Por que tomamos este caminho? — perguntou Gyllenstiern, que também se aproximara. — Não me agrada a ideia de atravessar com as carroças uma ponte como essa. Ei, você, sapateiro! Por que está nos conduzindo por aqui e não pela trilha? A trilha não segue para o oeste?

O heroico envenenador de Holopole aproximou-se, tirando da cabeça o gorro de pele de ovelha. Sua aparência era bastante cômica, pois sobre o rude casaco campesino trajava uma velha couraça de metal certamente forjada ainda à época do rei Sambuk.

— Este caminho é mais curto, Majestade — respondeu diretamente a Niedamir, que mantinha no rosto a mesma expressão de tédio.

— De que modo? — indagou Gyllenstiern, franzindo a testa.

— Aqueles três picos — Comecabras apontou para o outro lado do despenhadeiro — são Chiava, Pústula e Dente Apontado. A trilha segue até as ruínas da antiga fortaleza e circunda Chiava pelo norte, por trás da nascente do rio. Se formos pela ponte, encurtaremos o caminho. Passaremos por uma garganta entre as montanhas e, caso não encontremos nela pegadas do dragão, poderemos seguir mais para o oeste, à procura delas nos barrancos. Mais a oeste ainda, encontraremos pastos extensos e lisos, que levam diretamente a Caingorn, os domínios de Vossa Majestade.

— E onde foi que você, Comecabras, adquiriu tão vasto conhecimento desta região toda? — perguntou Boholt. — Em seu banquinho de sapateiro?

— Não, digníssimo senhor. Quando jovem, eu costumava vir aqui para pastorear ovelhas.

— E essa ponte suportará o peso das carroças? — Boholt ergueu-se nos estribos, olhando para o espumoso rio no fundo do precipício. — O abismo tem pelo menos quarenta braças de profundidade.

— Ela aguentará, senhor.

— Aliás, como se explica a existência de uma ponte dessas no meio de um lugar tão abandonado e deserto?

— Essa ponte — falou Comecabras — foi construída há muito tempo pelos trolls, e qualquer pessoa que quisesse atravessá-la tinha de pagar um pesado pedágio. Como, porém, era pouco usada, os trolls foram embora e a ponte ficou.

— Eu insisto em alertar — disse Gyllenstiern, visivelmente irritado — que as carroças estão carregadas de materiais pesados e alimentos e que nós poderemos acabar atolados numa dessas trilhas secundárias. Não seria melhor continuarmos pela trilha principal?

— É claro que poderíamos continuar pela trilha principal — o sapateiro deu de ombros —, mas o caminho será mais longo. E o rei falou que estava com muita pressa para encontrar o dragão, dizendo que ansiava por ele como um sedento por uma aguaceira.

— Um aguaceiro — corrigiu-o o chanceler.

— Que seja aguaceiro — concordou Comecabras. — O fato é que, se passarmos pela ponte, chegaremos mais cedo.

— Então vamos em frente, Comecabras — decidiu Boholt. — Vá primeiro com seu pessoal. Costumamos dar prioridade aos mais corajosos.

— Não mais do que uma carroça de cada vez — alertou Gyllenstiern.

— Muito bem. — Boholt açoitou os cavalos, fazendo a carroça estrondar sobre as travessas da ponte. — Siga-nos, Penhorisco! Preste atenção para que as rodas estejam alinhadas!

Geralt se deteve. Os arqueiros de Niedamir, metidos no traje purpúreo-dourado e aglomerados na cabeceira da ponte, bloqueavam sua passagem.

A égua do bruxo relinchou. A terra se moveu. As montanhas estremeceram e, por um instante, as escarpas pareceram se desfazer, enquanto as paredes rochosas emitiam um som profundo e surdo.

— Cuidado! — gritou Boholt, já do outro lado do precipício.

As primeiras pedras, pequenas de início, começaram a rolar e quicar sobre o espasmodicamente agitado talude. Diante dos olhos de Geralt, o chão rachou, abrindo um vão negro que crescia numa velocidade assustadora e pelo qual parte da trilha desabou com estrondo no fundo do abismo.

— Atiçar os cavalos!!! — berrou Gyllenstiern. — Majestade! Rápido! Para o outro lado!

Niedamir, com o rosto enfiado na crina de seu cavalo, galopou sobre a ponte, seguido por Gyllenstiern e alguns dos arqueiros. Atrás deles, fazendo uma barulheira infernal, rolou a carroça real com a bandeira do grifo tremulando no ar.

— É uma avalancha! Saiam do caminho! — urrou Yarpen Zigrin, açoitando os cavalos, ultrapassando a segunda carroça de Niedamir e dispersando os arqueiros restantes. — Saia do caminho, bruxo! Saia da frente!

Eyck de Denesle, retesado sobre a sela, cavalgava ao lado da carroça dos anões. Não fosse a mortal palidez do rosto e os lábios firmemente cerrados, poder-se-ia supor que o desvairado cavaleiro nem estava notando as pedras e rochas que desabavam por todos os lados. Mais atrás, entre os arqueiros, alguém gritava e cavalos relinchavam.

Geralt puxou violentamente as rédeas de sua montaria. Diante dele, a terra parecia ferver com pedaços de rocha despencando da escarpa. A carroça com os anões esbarrou nos pedregulhos, deu um salto no ar e caiu de lado com estrondo, com um eixo partido. Uma das rodas resvalou na balaustrada e despencou precipício abaixo, mergulhando nas águas revoltas do rio.

A égua do bruxo, atingida pela chuva de pedras, empinou. Geralt tentou saltar da sela, mas a fivela de sua bota prendeu-se no estribo, e ele caiu de lado sobre a trilha. A égua soltou um relincho e partiu em disparada na direção da ponte, que balançava perigosamente e sobre a qual corriam os anões gritando e praguejando.

— Rápido, Geralt! — gritou Jaskier, correndo atrás dos anões.

— Venha, bruxo! — berrou Dorregaray, esforçando-se para manter sob controle seu excitado cavalo.

Atrás deles toda a trilha estava envolta por uma nuvem de poeira levantada pelas pedras, que, àquela hora, esmagavam e destroçavam as carroças de Niedamir. O bruxo agarrou-se às tiras da bolsa de couro presa na parte traseira da sela do feiticeiro. Ouviu um grito.

Yennefer caíra com seu cavalo. Conseguiu desvencilhar-se das patas agitadas a esmo, colou o corpo ao chão e protegeu a cabeça com os braços. Geralt soltou as tiras de couro e correu em sua direção, mergulhando na tempestade de pedras e pulando sobre as fendas que se abriam sob seus pés. A feiticeira, agarrada pelos ombros, conseguiu ficar de joelhos. Seus olhos estavam arregalados e um filete de sangue proveniente de um corte na sobrancelha já chegava até a ponta de sua orelha.

— Levante-se, Yen!
— Geralt! Cuidado!

Um enorme bloco de pedra deslizava pela escarpa diretamente sobre eles. O bruxo atirou-se sobre a feiticeira, protegendo seu corpo com o dele. No mesmo instante, o bloco explodiu, dividindo-se em centenas de fragmentos, que caíram sobre eles, picando-os como abelhas.

— Rápido! — gritou Dorregaray. Montado em seu agitado corcel, ele apontava com uma varinha para as rochas que desabavam a sua volta, destroçando-as uma atrás de outra. — Corra para a ponte, bruxo!

Yennefer crispou os dedos, fez um gesto com a mão e gritou algo incompreensível. As pedras, batendo numa redoma azulada que aparecera repentinamente sobre suas cabeças, desapareceram como gotas de água ao entrar em contato com uma chapa aquecida.

— Para a ponte, Geralt! — berrou a feiticeira. — Mantenha-se perto de mim!

Correram atrás de Dorregaray e de alguns arqueiros desmontados. A ponte rangia e se balançava. Suas travessas retorciam-se para todos os lados, fazendo com que as pessoas fossem atiradas de uma balaustrada a outra.

— Mais rápido!

De repente, a ponte se rompeu com estrondo. Metade dela, a que já haviam atravessado, desabou no precipício com a carroça dos anões, que despedaçou na ponta das rochas que emergiam do leito do rio, entre desesperados relinchos dos cavalos. A outra metade, na qual eles se encontravam, ainda resistiu, porém Geralt logo percebeu que estavam correndo sobre um plano que foi ficando cada vez mais inclinado.

— Deite-se, Yen, e agarre-se com unhas e dentes!

O bruxo conseguiu segurar-se, colocando os dedos numa das fendas entre as travessas, mas Yennefer, soltando um grito quase infantil, começou a escorregar para baixo. Geralt, mantendo-se pendurado por um dos braços, sacou a adaga e enfiou sua lâmina entre duas travessas, agarrando a empunhadura com ambas as mãos. As juntas de seus ossos chegaram a estalar quando Yennefer se pendurou em seu cinturão e na bainha de sua espada presa a suas costas. O resto da ponte estalou, ficando numa posição praticamente vertical.

— Yen — gemeu Geralt. — Faça alguma coisa... Lance um encanto!

— E você acha que eu posso? — ouviu sua raivosa resposta. — Estou pendurada!

— Libere uma das mãos!

— Não consigo...

— Ei! — gritou Jaskier, inclinando-se sobre a borda. — Vocês estão aguentando firme?

Geralt achou que a pergunta não merecia resposta.

— Joguem uma corda! — berrou Jaskier. — Rápido, com todos os diabos!

Junto do trovador apareceram os Rachadores, os anões e Gyllenstiern. Geralt ouviu Boholt sussurrar:

— Espere um instante, músico. Ela já vai cair, e aí nós puxaremos o bruxo para cima.

Yennefer sibilou como uma serpente, retorcendo-se nas costas de Geralt. O cinturão comprimiu dolorosamente o peito do bruxo.

— Yen? Você consegue se apoiar em algo? Dá para você fazer alguma coisa com suas pernas?

— Sim — gemeu ela. — Balançá-las.

Geralt olhou para baixo. Viu o rio correndo por entre rochas pontudas, contra as quais se chocavam destroços da ponte, o corpo de um cavalo e um cadáver vestido com as berrantes cores de Caingorn. Além das rochas, através da cristalina água verde-esmeralda, avistou vários afusados corpos de gigantescas trutas nadando preguiçosamente.

— Está aguentando, Yen?

— Por enquanto... sim...

— Tente alçar-se um pouco. Você tem de encontrar um ponto de apoio.

— Não... consigo...

— Tragam logo essa corda! — berrava Jaskier. — O que está havendo com vocês? Ficaram abobados? Daqui a pouco os dois vão desabar!

— Quem sabe se isso não seria melhor para todos nós? — murmurou Gyllenstiern.

A ponte voltou a ranger e deslizou ainda mais. Geralt começou a perder a sensibilidade nos dedos que envolviam a empunhadura da adaga.

— Yen...

— Cale a boca e pare de se mexer...

— Yen?

— Não me chame assim...

— Você vai aguentar?

— Não — respondeu ela friamente, já sem lutar e pendendo como um peso morto sobre suas costas.

— Yen?

— Cale a boca.

— Yen... Perdoe-me.

— Nunca. Jamais.

Algo rápido como uma serpente deslizava sobre as travessas.

Uma corda, da qual parecia emanar uma luz fria, tocou com sua ponta a nuca de Geralt e contorceu-se como se estivesse viva debaixo de suas axilas, formando uma laçada. Pendurada a suas costas, a feiticeira soltou um gemido. O bruxo estava convencido de que ela soluçara, mas se enganou.

— Atenção! — gritou Jaskier. — Estamos puxando vocês para cima! Devasto! Kennet! Puxem-nos!

Uma sacudida e, então, o dolorido e asfixiante aperto da linha tensionada. Yennefer soltou um gemido, e ambos foram içados rapidamente, raspando a barriga nas toscas travessas da ponte.

Uma vez no topo, Yennefer foi a primeira a se erguer.

VII

— De todo o comboio de Vossa Majestade — falou Gyllenstiern —, sobrou apenas uma carroça, além da dos Rachadores. Do destacamento dos arqueiros, salvaram-se apenas sete. Do outro lado do abismo não há mais vestígio algum da trilha, somente rochas e um liso paredão, até a dobra da garganta. Quanto aos que não conseguiram atravessar a ponte antes de ela ruir, não sabemos se alguém se salvou.

Niedamir não respondeu. Eyck de Denesle plantou-se diante do rei, fixando nele seus olhos febris.

— Persegue-nos a ira dos deuses — afirmou, erguendo as mãos —, porque pecamos, rei Niedamir. Nossa empresa deveria ser sagrada, dedicada ao combate contra o mal. Porque o dragão é a personificação do mal. Sim, cada dragão é o mal encarnado. Não costumo passar indiferentemente diante de qualquer mal; eu o esmago sob os pés, de acordo com o que mandam os deuses e o Livro Sagrado.

— O que ele está tagarelando? — perguntou Boholt, franzindo o cenho.

— Não sei — respondeu Geralt, ajeitando os arreios de sua égua. — Não consegui entender uma só palavra.

— Fiquem quietos — disse Jaskier. — Estou me esforçando para guardar suas palavras na memória; talvez elas possam ser aproveitadas caso eu consiga rimá-las adequadamente.

— O Livro Sagrado diz — exaltou-se Eyck — que uma serpente emergirá de uma caverna, um horrendo dragão com sete cabeças e dez cornos! E, sobre seu dorso, estará sentada uma mulher envolta em púrpura e escarlate, com um cálice de ouro na mão e um sinal da mais profunda devassidão e licenciosidade escrito na testa.

— Eu a conheço! — exclamou Jaskier alegremente. — É Cília, a mulher do prefeito de Sommerhalder!

— Fale mais baixo, senhor poeta — admoestou-o Gyllenstiern. — E, quanto a você, cavaleiro de Denesle, faça um esforço para ser mais claro no que diz.

— Para enfrentar o mal — falou Eyck —, é preciso apresentar-se com o coração puro, a consciência limpa e a cabeça erguida! E, no entanto, quem vemos aqui? Anões ateus, que nascem nas trevas e veneram magia negra! Feiticeiros blasfemos usurpadores dos direitos, das forças e dos privilégios dos deuses! Um bruxo que é uma asquerosa mutação, um ser inatural e amaldiçoado. E vocês ainda se espantam por ter caído sobre nós o castigo divino? Rei Niedamir! Alcançamos o limite do possível! Não ponhamos à prova a misericórdia divina! Convoco Vossa Majestade a limpar essa escória social de nossas fileiras, antes de...

— Nem uma palavra sobre mim — falou Jaskier, com voz queixosa. — Nem uma palavrinha sobre os poetas. E eu tenho me esforçado tanto!

Geralt sorriu para Yarpen Zigrin, que acariciava lentamente o gume do machado enfiado por trás de seu cinto. O anão, divertido, arreganhou os dentes. Yennefer virou-se de costas de maneira ostensiva, fingindo que o longo rasgão até o quadril em sua saia a deixara mais aborrecida do que as palavras proferidas por Eyck.

— Não acha que está exagerando, senhor Eyck? — disse Dorregaray rudemente. — Por mais nobres que fossem suas intenções, achei totalmente desnecessário pôr-nos a par do que pensa sobre feiticeiros, anões e bruxos, embora, em minha opinião, estejamos acostumados a ouvir essas suas opiniões descorteses e indignas de um cavaleiro. Além disso, elas são ainda mais incompreensíveis porque foi o senhor, e ninguém mais, que correu e atirou uma corda mágica de elfos ao bruxo e à feiticeira em risco de vida. Pelo que diz, era de esperar que o senhor rezasse para que eles caíssem no precipício.

— Que coisa! — sussurrou Geralt para Jaskier. — Foi ele quem jogou aquela corda? Não foi Dorregaray?

— Não — murmurou de volta o bardo. — Foi Eyck; de fato foi ele.

Geralt meneou a cabeça, incrédulo. Yennefer empertigou-se, soltando baixinho um palavrão.

— Nobre guerreiro Eyck — falou, com um sorriso que todos, à exceção de Geralt, poderiam considerar franco e sincero. — Não consigo atinar com sua atitude. Sou escória social e, no entanto, o senhor me salva a vida?

— A senhora é uma dama, senhora Yennefer — respondeu o cavaleiro, inclinando-se rigidamente. — E seu rosto, belo e honesto, me permite crer que a senhora renunciará um dia a essas malditas feitiçarias.

Boholt soltou uma gargalhada.

— Agradeço-lhe, cavalheiro — disse Yennefer secamente. — E o bruxo Geralt também lhe é grato. Agradeça-lhe, Geralt.

— Não tenho a mínima intenção — retrucou o bruxo, com desarmante sinceridade. — Por que deveria? Sou uma asquerosa mutação e meu rosto, além de não ser belo nem honesto, não dá esperança alguma de uma possível melhora. O cavaleiro Eyck me içou do abismo sem querer, exclusivamente por eu estar agarrado com todas as forças a uma bela dama. Caso estivesse pendendo sozinho, ele não teria movido um dedo. Não estou certo, cavaleiro?

— Pois saiba que está enganado, senhor Geralt — falou calmamente o desatinado cavaleiro. — Jamais negarei ajuda a qualquer pessoa que esteja em perigo, nem mesmo a um bruxo.

— Agradeça, Geralt, e peça desculpas — insistiu a feiticeira, em tom cortante. — Do contrário, você apenas confirmará que ele tinha razão em dizer o que disse, pelo menos a seu respeito. Você não consegue conviver com os humanos porque é diferente. Sua participação nesta empreitada não passa de um grande mal-entendido. Você foi atraído para cá por uma meta sem sentido algum. Portanto, o mais sensato seria desligar-se de nossa caravana. Imagino que já tenha se dado conta disso; se não, chegou a hora de se dar.

— De que meta a senhora está falando? — interveio Gyllenstiern.

A feiticeira nem se dignou a responder. Jaskier e Yarpen Zigrin trocaram entre si olhares significativos, mas tendo o cuidado de não serem notados pela feiticeira.

O bruxo fixou os olhos diretamente nos de Yennefer. Eram frios.

— Peço desculpas e agradeço, nobre guerreiro de Denesle — falou, curvando a cabeça. — Agradeço a todos os presentes a imediata ajuda que me foi prestada sem um segundo de hesitação. Quando pendia sobre o abismo, pude ouvir claramente como correram para me ajudar. Também peço perdão a todos, com exceção da distinta Yennefer, a quem apenas agradeço, sem nada pedir. Adeus. Esta escória social resolve se afastar por livre e espontânea vontade, porque está farta da companhia de vocês. Até a vista, Jaskier.

— Ei, Geralt! — gritou Boholt. — Pare de bancar a donzela ofendida e não faça tempestade em copo d'água. Com todos os diabos...

— Genteeeeeeeee!

Da boca do desfiladeiro vinham correndo Comecabras e alguns homens de Holopole que haviam sido enviados como batedores.

— O que foi? Por que ele está berrando? — indagou Devasto, erguendo a cabeça.

— Pessoal... Excelências... Majestade... — arfava o sapateiro.

— Fale logo, meu bom homem — pediu Gyllenstiern, enfiando os polegares por trás do cinturão de ouro.

— O dragão!... Lá... O dragão!

— Onde?

— Do outro lado da garganta... No prado... Senhor, ele...

— Aos cavalos! — ordenou Gyllenstiern.

— Devasto! — gritou Boholt. — Entre na carroça! Penhorisco, monte no cavalo e siga-me!

— Rápido, meninos! — urrou Yarpen Zigrin. — Rápido, seus miseráveis!

— Ei, esperem por mim! — gritou Jaskier, atirando o alaúde às costas. — Geralt! Leve-me em seu cavalo!

— Vamos, monte!

O desfiladeiro terminava num amontoado de rochas esbranquiçadas, que, pouco densas, formavam um círculo irregular. Atrás dele, o terreno descia num suave declive até um platô coberto de grama e fechado de todos os lados por paredes calcárias com milhares de orifícios. Três gargantas estreitas — bocas de leitos secos de riachos antigos — acabavam no platô.

Boholt, que foi o primeiro a chegar à barreira dos rochedos, freou repentinamente o cavalo e ergueu-se nos estribos.

— Com os diabos! — exclamou. — Com os diabos do inferno. Isso... isso não pode ser!

— O quê? — perguntou Dorregaray, aproximando-se, enquanto Yennefer saltava da carroça dos Rachadores, encostava o peito nas rochas e recuava, esfregando os olhos.

– O que foi? – gritou Jaskier, olhando por cima dos ombros de Geralt. – O que está acontecendo?

– Esse dragão... é dourado.

A criatura encontrava-se sobre uma pequena colina graciosamente ovalada, a menos de cem passos da boca do desfiladeiro do qual haviam saído. Estava sentada, com o longo e esbelto pescoço formando um arco regular, a estreita cabeça apoiada sobre o peito proeminente e a cauda cobrindo as patas dianteiras.

Havia naquele ser, na posição em que estava sentado, uma espécie de graça felina, algo que contradizia sua evidente procedência reptiliana. Sem dúvida reptiliana, pois estava coberto de escamas claramente definidas, que brilhavam a ponto de ferir os olhos, com uma tonalidade de ouro claro. Porque aquele ser sentado na colina era dourado – dourado da ponta das garras enfiadas na terra à extremidade da longa cauda, que se movia lentamente por entre as folhas dos cardos que cresciam no meio dos montículos de terra. Olhando para os recém-chegados com os enormes olhos dourados, a criatura abriu um par de enormes asas de morcego douradas e permaneceu imóvel, exigindo ser admirada.

– Um dragão dourado – sussurrou Dorregaray. – É impossível. Uma lenda viva!

– Não existem, puta merda, dragões dourados – afirmou Devasto, dando uma cusparada. – Sei o que estou dizendo.

– Então o que é aquilo que está sentado na colina? – perguntou Jaskier.

– Deve ser um truque.

– Uma ilusão de óptica.

– Não, não é uma ilusão – falou Yennefer.

– É um dragão dourado – afirmou Gyllenstiern. – Um autêntico e real dragão dourado.

– Mas os dragões dourados existem somente em lendas!

– Parem com isso – irritou-se Boholt. – Não há motivo algum para ficarem tão agitados. Qualquer imbecil pode ver que isso aí é um dragão dourado. E eu lhes pergunto: que diferença faz ele ser dourado, roxo, cor de merda ou quadriculado? Não é muito grande e poderemos dar cabo dele em pouco tempo. Penhorisco, Devasto, descarreguem a carroça. Grande diferença: dourado ou não dourado!

— Há uma diferença, sim, Boholt — retrucou Penhorisco. — E ela é básica. Esse dragão não é o mesmo que estávamos perseguindo. Não é aquele que foi envenenado em Holopole e que, agora, deve estar oculto numa caverna, sentado num monte de ouro e de pedras preciosas. Esse aí está sentado apenas em cima do rabo. Para que precisamos dele?

— Esse dragão é dourado, Kennet — rosnou Yarpen Zigrin. — Você já viu um como ele? Será que não se dá conta de que com sua pele lucraremos muito mais do que com um simples tesouro?

— E isso sem estragar o mercado de pedras preciosas — acrescentou Yennefer, sorrindo desagradavelmente. — Yarpen tem razão. Nosso trato continua de pé. Vamos ter o que dividir entre nós, não concordam?

— Ei, Boholt! — gritou Devasto de cima da carroça, revirando o equipamento. — O que vamos colocar sobre nós e sobre os cavalos? O que esse bicho dourado poderá cuspir? Fogo? Ácido? Vapor?

— E eu lá sei? — respondeu Boholt, preocupado. — Ei, feiticeiros! Vocês sabem se as lendas ensinam como matar um dragão desses?

— Como matá-lo? Matando, ora bolas! — gritou Comecabras. — Não há o que meditar. Tragam logo um bicho qualquer. Vamos enchê-lo com plantas venenosas e jogá-lo ao réptil.

Dorregaray olhou de soslaio para o sapateiro, Boholt cuspiu para o lado, Jaskier virou a cabeça com expressão de nojo, enquanto Yarpen Zigrin, com as mãos nos quadris, sorriu de maneira despudorada.

— Por que vocês estão me olhando assim? — perguntou Comecabras. — Mãos à obra, gente. Temos de decidir o que vamos enfiar na isca para o réptil morrer o mais rápido possível. Precisa ser algo extremamente venenoso ou podre.

— Ah — falou o anão, sem parar de sorrir. — Algo venenoso, horrível e fedorento ao mesmo tempo. Já sei, Comecabras. Vamos enfiar você.

— O quê?

– O que merda nenhuma. Suma daqui, seu miserável, e não deixe meus olhos pousarem mais sobre sua figura nojenta.
– Senhor Dorregaray – disse Boholt, aproximando-se do feiticeiro. – Mostre-se útil. Lembre-se de algumas lendas e mitos populares. O que o senhor sabe sobre dragões dourados?
– O que eu sei sobre dragões dourados, pergunta você? Pouco, mas o suficiente.
– Pois nos conte.
– Então escutem, e escutem atentamente. Ali, diante de nós, está sentado um dragão dourado. Uma lenda viva e, talvez, o último exemplar de sua espécie que conseguiu escapar da sanha assassina de vocês. Uma lenda não pode ser morta. Eu, Dorregaray, não permitirei que qualquer um de vocês toque nesse dragão. Entenderam? Podem embrulhar suas coisas e voltar para casa.

Geralt tinha certeza de que o discurso de Dorregaray provocaria uma reação furiosa. Estava enganado.

– Prezado senhor feiticeiro – a voz de Gyllenstiern rompeu o silêncio –, preste atenção a quem está se dirigindo. O rei Niedamir pode mandar o senhor embrulhar suas coisas e voltar para casa, mas não o inverso. Está claro?

– Não – respondeu o feiticeiro orgulhosamente –, não está. Não está porque eu sou o mestre Dorregaray e não vou receber ordens de alguém cujo reino ocupa uma área que pode ser vista, em toda sua extensão, de cima da paliçada de uma mísera e fedorenta fortaleza. O senhor se dá conta, senhor Gyllenstiern, que, caso eu diga umas palavras mágicas e faça um gesto com a mão, o senhor se transformará num montículo de bosta de vaca, e seu adolescente monarca, em algo indescritivelmente pior? Está claro?

Antes que Gyllenstiern pudesse responder, Boholt aproximou-se de Dorregaray e agarrou-o pelo braço. Devasto e Penhorisco, calados e com ar sombrio, apareceram a suas costas.

– Agora chegou sua vez de ouvir, senhor mágico – falou o enorme Rachador em voz baixa. – E ouça bem antes de pensar em fazer qualquer gesto com a mão. Eu poderia ficar muito tempo explicando o que sou capaz de fazer com suas proibições, suas lendas e seu estúpido lero-lero, mas não estou com vontade. Portanto, espero que isso lhe sirva de resposta.

E, ato contínuo, Boholt tampou uma narina e expeliu um jato de muco sobre a ponta dos sapatos do feiticeiro.

Dorregaray ficou pálido, porém não se moveu. Via – aliás, como todos a sua volta – a maça de pontas aguçadas pendendo de uma corrente de ferro na mão de Devasto. Sabia – como todos – que o tempo necessário para lançar um encanto era muito maior que o que Devasto precisaria para destroçar sua cabeça.

– Muito bem – disse Boholt. – Agora, tenha a bondade de se afastar polidamente para um canto e, se por acaso lhe der vontade de abrir a boca de novo, enfie rapidamente nela um punhado de grama. Porque, caso eu volte a ouvir mais uma vez um gemido seu, você não se esquecerá de mim tão cedo. – Ele se virou e esfregou as mãos. – Vamos, Devasto e Penhorisco. Não percamos mais tempo, porque o réptil poderá acabar escapando.

– Nada indica que ele tenha a mínima intenção de fugir – afirmou Jaskier, olhando para a ovalada colina. – Olhem para ele.

O dragão dourado soltou um bocejo, ergueu a cabeça, agitou as asas e bateu com a cauda na grama.

– Ouçam-me, rei Niedamir e guerreiros – rugiu, com uma voz que soava como uma tuba de bronze. – Sou o dragão Villentretenmerth! Vejo que nem todos foram detidos pela avalanche que eu, sem querer me gabar, fiz desabar sobre suas cabeças. E, assim, conseguiram chegar até aqui. Como podem ver, só existem três saídas deste vale. Uma delas vai para o leste, na direção de Holopole, e outra, para o oeste, na direção de Caingorn. Se quiserem, podem usá-las. Já a terceira, para o norte, os senhores não poderão adentrar, porque eu, Villentretenmerth, lhes proíbo. Se algum dos senhores quiser desobedecer a essa proibição, desafio-o a um combate, um duelo limpo e digno, apenas com armas convencionais, sem feitiçarias ou lançamentos de chamas. Aguardo a resposta dos senhores, que, de acordo com a tradição, deverá me ser transmitida por um arauto.

Todos estavam boquiabertos.

– Ele fala! – bufou Boholt. – É inacreditável!

– E não só fala, como se expressa maravilhosamente – disse Yarpen Zigrin. – Alguém sabe o que quer dizer "armas convencionais"?

— Armas comuns, sem poderes mágicos — respondeu Yennefer, franzindo o cenho. — No entanto, o que me espanta é o fato de ele poder falar de maneira articulada tendo uma língua bifurcada. O patife está usando telepatia. Portanto, tenham cuidado, porque a telepatia funciona nos dois sentidos, o que quer dizer que ele pode ler nossa mente.

— Ele está doido? — enervou-se Kennet Penhorisco. — Um duelo limpo e digno com um réptil qualquer? Onde já se viu uma coisa dessas? Vamos atacá-lo juntos! A união faz a força!

— Não.

Todos se viraram.

Eyck de Denesle, montado, com armadura e a lança apoiada num dos estribos, apresentava-se muito melhor do que a pé. Debaixo da viseira do elmo erguida, podiam-se ver um par de olhos febris e um rosto pálido.

— Não, senhor Kennet — repetiu o cavaleiro. — Só se for sobre meu cadáver. Jamais permitirei que a honra da cavalaria seja maculada em minha presença. Todo aquele que ousar quebrar os fundamentos de um duelo leal — Eyck falava cada vez mais alto e exaltado, com a voz tremendo de emoção —, que desrespeitar os fundamentos estará desrespeitando a mim, e seu sangue, ou o meu, há de jorrar sobre esta terra cansada. A besta exige um duelo? Pois que seja! Que o arauto anuncie meu nome! Que a decisão seja tomada pelo tribunal dos deuses! O dragão conta com a força de suas garras e a fúria dos infernos, enquanto eu...

— Que cretino — murmurou Yarpen Zigrin.

— ... eu conto com a justiça, conto com a fé, conto com as lágrimas das donzelas que esse réptil...

— Acabe logo com isso, Eyck, porque dá vontade de vomitar! — gritou Boholt. — Vá em frente! Em vez de falar coisas sem sentido, enfrente o dragão!

— Espere um momento, Boholt — falou o anão repentinamente, alisando a barba. — Você se esqueceu de nosso trato? Se Eyck derrotar o réptil, ele terá direito à metade...

— Eyck não terá direito a nada — sorriu Boholt, mostrando os dentes. — Eu o conheço muito bem. Ele se dará por satisfeito se Jaskier fizer uma balada sobre seu grande feito.

— Silêncio — anunciou Gyllenstiern. — Que seja assim: o dragão será enfrentado pelo desvairado nobre guerreiro Eyck de Denesle, lutando sob as cores de Caingorn como se fosse a lança e a espada do rei Niedamir. Essa é a decisão de Sua Majestade.

— Que bela merda! — Yarpen Zigrin rangeu os dentes. — A lança e a espada de Niedamir. O reizinho de Caingorn armou-nos uma. E o que vamos fazer agora?

— Nada — respondeu Boholt, cuspindo de lado. — Não creio que você queira provocar Eyck. Ele pode falar de modo atabalhoado, mas, se montou em seu cavalo e ficou excitado, é melhor sair de seu caminho. Deixe o desgraçado acabar com o dragão e, depois, vamos ver o que poderá ser feito.

— E quem vai ser o arauto? — perguntou Jaskier. — O dragão exigiu um. Posso ser eu?

— Não. Aqui não se trata de canções, Jaskier — respondeu Boholt, franzindo o cenho. — O mais indicado para ser arauto é Yarpen Zigrin. Sua voz é como a de um touro.

— Tudo bem, que seja eu — concordou Yarpen. — Mas, para que as coisas se passem da maneira devida, vou precisar de um porta-bandeira com um pendão.

— Fale polidamente, senhor anão — lembrou-lhe Gyllenstiern.

— Não precisa ensinar-me boas maneiras — retrucou o anão, estufando o peito com empáfia. — Eu já fui emissário real quando vocês ainda engatinhavam.

Enquanto isso, o dragão continuava sentado calmamente na pequena colina, abanando alegremente a cauda. O anão subiu na mais alta das rochas, pigarreou e cuspiu.

— Ei, você aí! — berrou, apoiando as mãos nos quadris. — Seu dragão de merda! Escute o que vai lhe dizer o arauto! Ou seja, eu! O primeiro a travar um duelo honrado com você será o desvairado cavaleiro Eyck de Denesle, que vai lhe enfiar uma lança no rabo, segundo o sagrado costume de cavalaria e para a alegria das donzelas desta região e de Sua Majestade, o rei Niedamir. O combate deve ser honorável e de acordo com as regras, sem lançar chamas e apenas com agressões mútuas de modo confessional, até um dos dois desfalecer ou cair morto, algo que lhe desejamos do fundo do coração! Entendeu, dragão?

O dragão bocejou, agitou as asas, grudou no chão e, com extraordinária rapidez, deslizou da colina para o platô.

— Entendi suas palavras, arauto! — urrou. — Que venha para a liça o nobre guerreiro Eyck de Denesle. Estou pronto!

— Parece um teatro de marionetes — rosnou Boholt por entre os dentes, cuspindo e acompanhando com olhar soturno a figura de Eyck emergindo de trás da barreira formada pelas rochas. — É absolutamente ridículo...

— Cale a boca, Boholt! — berrou Jaskier, esfregando as mãos. — Olhe! Eyck está se lançando ao ataque! Que balada maravilhosa vai resultar desse confronto!

— Hurra! Viva Eyck! — gritou um dos arqueiros de Niedamir.

— Se dependesse de mim — falou Comecabras soturnamente —, eu o teria enchido de enxofre, só por segurança.

Eyck, já no platô, saudou o dragão erguendo a lança, fechou com um som metálico a viseira do elmo e esporeou o cavalo.

— Que coisa! — disse o anão. — Ele pode ser meio aloucado, mas entende de cargas de cavalaria. Olhem!

Eyck, encolhido na sela, abaixou a lança em pleno galope. O dragão, contrariamente ao que imaginara Geralt, não pulou para um lado nem descreveu um semicírculo. Em vez disso, abaixou-se ao máximo e lançou-se diretamente contra o atacante.

— Acabe com ele, Eyck! — gritou Yarpen.

Embora impulsionado pelo galope, Eyck não tentou enfiar a lança de qualquer modo, sem fazer pontaria. No último momento e com surpreendente destreza, passou a lança sobre a cabeça do cavalo e, ao aproximar-se do dragão, empurrou-a com toda a força, erguendo-se nos estribos. Todos gritaram a uma só voz, exceto Geralt.

O dragão evitou a investida com uma finta delicada, contorcendo-se como uma vibrante faixa dourada, e, num movimento rápido como um raio, mas ao mesmo tempo suave — verdadeiramente felino —, aplicou um golpe na barriga do cavalo com a pata provida de garras. O animal relinchou e ergueu as patas traseiras com violência. O cavaleiro estremeceu na sela, porém não soltou a lança. No momento exato em que o cavalo praticamente enfiava o focinho na grama, o dragão arrancou Eyck da sela com um rápido movimento da pata. Todos viram pedaços da armadura metálica girando no ar e ouviram o estrondo com o qual o guerreiro desabou por terra.

O dragão, com um gesto negligente, manteve o cavalo preso ao solo e abaixou a bocarra repleta de dentes pontudos. O animal soltou um relincho desesperador, agitou-se todo e ficou quieto.

No silêncio que se seguiu, todos puderam ouvir a profunda voz do dragão Villentretenmerth:

– O bravo guerreiro Eyck de Denesle pode ser retirado da liça. Ele não está mais em condições de continuar combatendo. Aguardo o próximo adversário.

– Puta merda! – falou Yarpen Zigrin, no meio de um silêncio mortal.

VIII

– Ele quebrou as duas pernas – disse Yennefer, enxugando as mãos num pano de linho – e, provavelmente, algo na coluna vertebral. A armadura estava tão amassada nas costas como se tivesse sido golpeada por um martelo gigantesco, e os pés foram atingidos por sua própria lança. Levará muito tempo para que ele consiga montar de novo, se é que vai conseguir.

– São os riscos do ofício – observou Geralt.

A feiticeira franziu o cenho.

– Isso é tudo o que você tem a dizer? – indagou.

– E o que mais gostaria de ouvir, Yennefer?

– Que esse dragão é incrivelmente rápido. Que é rápido demais para ser enfrentado por um ser humano.

– Sei aonde você quer chegar. Não, Yen. Eu não.

– Por princípio? – sorriu a feiticeira maliciosamente. – Ou será pela simples e ordinária noção de medo? Terá sido esse o único sentimento humano que não lhe castraram?

– Tanto por princípio como por medo – admitiu o bruxo. – Qual a diferença?

– Pois é. – Yennefer aproximou-se. – Praticamente nenhuma. Os princípios podem ser quebrados e o medo, domado. Mate esse dragão, Geralt. Para mim.

— Para você?
— Para mim. Eu quero esse dragão. Inteiro. Só para mim.
— Então lance algum encanto e o mate.
— Não. Mate-o você. Enquanto isso, usarei meus feitiços para evitar que os Rachadores e os demais o atrapalhem.
— Haverá mortos e feridos, Yennefer.
— E desde quando você se importa com isso? Ocupe-se do dragão e deixe os seres humanos por minha conta.
— Yennefer — falou o bruxo friamente. — Não consigo entender. Para que você precisa desse dragão? Será que o brilho dourado de suas escamas a cegou a tal ponto? Pelo que me consta, você tem boas condições financeiras, possui uma fonte de renda e é famosa. Portanto, de que se trata afinal? Só não me fale de vocação, por favor.
— Existe uma pessoa que poderá me ajudar. Aparentemente... você sabe do que eu estou falando... Aparentemente, aquilo não é irreversível. Há uma chance. Ainda poderei ter... Está entendendo?
— Estou.
— Trata-se de uma operação complicada e muito cara, mas, em troca de um dragão dourado... Geralt?
O bruxo permaneceu calado.
— Quando estávamos pendurados naquela ponte — falou a feiticeira —, você me pediu uma coisa. Atenderei a seu pedido. Apesar de tudo.
O bruxo sorriu tristemente, tocando com o dedo indicador na estrela de obsidiana no pescoço de Yennefer.
— Tarde demais, Yen. Já não estamos pendurados. Não faço mais questão daquilo. Apesar de tudo.
Geralt esperava pelo pior — por uma explosão de raiva, bofetadas no rosto, ofensas, maldições. No entanto, espantou-se ao ver apenas o esforço de Yennefer para conter o tremor dos lábios. A feiticeira lentamente lhe deu as costas, e ele arrependeu-se de suas palavras, lamentando as emoções que despertaram. O limite do possível fora ultrapassado e se partira como a corda de um alaúde. Olhou para Jaskier e notou a rapidez com a qual o trovador virara a cabeça, evitando seu olhar.

Boholt, já trajando sua armadura, aproximou-se do rei Niedamir, que continuava sentado sobre uma pedra, com uma inalterada expressão de tédio no rosto.

— Majestade — disse o líder dos Rachadores —, a questão da honra cavaleiresca já está resolvida. A honra cavaleiresca jaz ali, num canto, gemendo baixinho. A ideia de despachar Eyck na qualidade de vassalo e cavaleiro de Sua Majestade não foi muito brilhante, digno senhor Gyllenstiern. Não pretendo apontar meu dedo para ninguém, mas sei a quem Eyck deve seus ossos quebrados. E, assim, de um só golpe, livramo-nos de dois problemas: o de um cavaleiro desvairado que, em sua loucura, imaginava reviver as lendas sobre um guerreiro audaz derrotar um dragão num combate individual e o de um espertalhão que queria ganhar dinheiro a suas custas. O senhor deve ter adivinhado quem tenho em mente, não é verdade, senhor Gyllenstiern? Ótimo. E agora chegou nossa vez. Agora seremos nós, os Rachadores, que daremos cabo daquele dragão, mas para exclusivo benefício nosso.

— E quanto ao trato, Boholt? — perguntou o chanceler por entre os dentes. — O que você tem a dizer sobre o trato?

— Estou cagando para ele.

— Isso é inédito! É uma afronta a Sua Majestade — bateu o pé Gyllenstiern. — O rei Niedamir...

— O que tem o rei? — berrou Boholt, apoiando-se na empunhadura de um gigantesco espadão de dois gumes. — Talvez o rei queira enfrentar o dragão pessoalmente? Ou quem sabe o senhor, seu fiel chanceler, não enfie suas banhas numa armadura e adentre a liça? Não temos objeção alguma a isso; somos pacientes e poderemos esperar. Vocês tiveram sua chance, Gyllenstiern. Caso Eyck tivesse derrotado o dragão, vocês se apossariam de todo o corpo, não deixando uma só escama do dorso para nós. Mas agora é tarde demais. Olhe em volta: não há um só homem que possa bater-se sob as cores de Caingorn. Vocês não encontrarão outro imbecil igual a Eyck.

— Não é verdade! — gritou o sapateiro Comecabras, dirigindo-se ao rei, que continuava com os olhos fixos em algum ponto no horizonte somente visto por ele. — Majestade! Aguarde apenas por um momento, até os camponeses de Holopole chegarem! Cuspa nesses sabichões e expulse-os de seu acampamento! E aí Vossa Majestade poderá constatar quem é valente de verdade com os braços, e não só com a boca!

– Feche essa matraca – falou Boholt calmamente, limpando uma mancha de ferrugem em sua armadura. – Feche essa maldita matraca, senão eu a fecharei de tal maneira que todos seus dentes lhe cairão na garganta.

Ao ver Kennet e Devasto aproximarem-se dele, Comecabras recuou rapidamente, escondendo-se entre os membros da milícia de Holopole.

– Majestade! – exclamou Gyllenstiern. – O que Vossa Majestade ordena?

A expressão de tédio desapareceu como por encanto do rosto de Niedamir. O adolescente monarca enrugou o nariz sardento e se ergueu.

– O que eu ordeno? – disse, com voz de falsete. – Finalmente você perguntou isso, Gyllenstiern, em vez de decidir por mim, falar por mim e em meu nome. Pois que isso fique assim, Gyllenstiern. A partir deste momento, você permanecerá calado e, calado, escutará minhas ordens. E eis a primeira delas: junte nosso pessoal e mande colocar Eyck de Denesle numa carroça. Retornaremos a Caingorn.

– Majestade...

– Nem mais uma palavra, Gyllenstiern. Prezada senhora Yennefer e distintos cavalheiros, despeço-me de vocês. Perdi um pouco de tempo nesta expedição, mas ganhei muitas coisas. Aprendi muito. Agradeço suas palavras, senhora Yennefer, senhor Dorregaray e senhor Boholt... assim como agradeço seu silêncio, senhor Geralt.

– Majestade – falou Gyllenstiern. – Não faça isso. O dragão está aqui ao lado; basta estender o braço. Majestade, seu sonho...

– Meu sonho – repetiu Niedamir, pensativo. – Ainda não o tive. E, se eu ficar aqui... é bem possível que nunca o terei.

– E quanto a Malleore? E a mão da princesa? – O chanceler agitou os braços, não se dando por vencido. – E o trono? Majestade, aquele povo o reconhecerá como...

— Estou cagando para aquele povo, como diria o senhor Boholt — riu Niedamir. — O trono de Malleore será meu de qualquer maneira, porque tenho em Caingorn trezentos cavaleiros com armaduras e mil e quinhentos soldados de infantaria, contra mil míseros carregadores de escudos. E eles me reconhecerão, sim. Vou ficar enforcando, decapitando e esquartejando até eles me reconhecerem. Já no que se refere à princesa, ela não passa de uma novilha gorda e pouco me importa sua mão; a única coisa dela de que preciso é o útero e, assim que ela me der um herdeiro, mandarei envená-la. Com o método do mestre Comecabras. Mas basta de lero-lero, Gyllenstiern. Comece a cumprir minhas ordens.

— Efetivamente — sussurrou Jaskier para Geralt — ele aprendeu muito.

— Muito — confirmou Geralt, olhando para a colina na qual o dragão dourado, com a cabeça triangular abaixada, lambia com a língua bifurcada algo oculto na grama perto dele. — Mas eu não gostaria de ser um de seus súditos.

— E o que você acha que vai acontecer agora?

O bruxo observava calmamente um pequenino ser cinza-esverdeado agitando asinhas de morcego, junto das patas do dragão inclinado sobre ele.

— E o que você tem a dizer sobre tudo isso, Jaskier? Qual é sua opinião?

— E que importância pode ter minha opinião? Eu sou apenas um poeta, Geralt. Por acaso o que penso pode ter algum significado?

— Sim, pode.

— Então vou lhe dizer. Eu, Geralt, quando vejo um réptil, como uma serpente ou um lagarto, por exemplo, fico todo arrepiado de nojo e medo. Mas esse dragão...

— Sim?

— Ele é... ele é belo, Geralt.

— Obrigado, Jaskier.

— Obrigado por quê?

Geralt virou a cabeça e, lentamente, levou a mão à fivela do cinturão que atravessava diagonalmente seu peito, encurtando-o em dois furos. Ergueu a mão direita, verificando se a empunhadura da espada estava na posição correta. O poeta acompanhava seus gestos com olhos arregalados.

— Geralt? Você pretende...

— Sim — respondeu o bruxo calmamente. — Existe um limite do possível. Estou farto disso tudo. Você vai partir com Niedamir ou ficar aqui, Jaskier?

O trovador inclinou-se, colocou cuidadosamente seu alaúde sob um rochedo e empertigou-se.

— Vou ficar aqui. Como foi mesmo que você falou? Limite do possível? Reservo essa expressão para o título de uma balada.

— Você corre o risco de ela ser sua última balada.

— Geralt...

— Sim?

— Não o mate...

— Uma espada é uma espada, Jaskier, e quando ela é desembainhada...

— Pelo menos, esforce-se.

— Vou me esforçar.

Dorregaray soltou uma risada, virou-se para Yennefer e os Rachadores e apontou para o cortejo real, que se afastava.

— Vejam a partida do rei Niedamir, que já não emite ordens reais pela boca de Gyllenstiern. Essa decisão demonstrou seu bom-senso. É ótimo que esteja aqui, Jaskier, pois poderá começar a compor sua balada.

— Balada sobre o quê?

— Sobre como — respondeu o feiticeiro, tirando a varinha de dentro do casaco — o mestre Dorregaray, um feiticeiro, expulsou para casa a ralé que queria matar de maneira ignóbil o último dragão dourado que restou no mundo. Não se mexa, Boholt! Yarpen, afaste as mãos do machado! Yennefer, nem pense em mover um dedo sequer! Sumam todos daqui, seus patifes; sigam o rei como se ele fosse a mãe de vocês. Andem! Montem em seus cavalos e subam em suas carroças. Estou avisando: transformarei num tufo de grama qualquer um que fizer o menor gesto. Não estou brincando.

— Dorregaray! — exclamou Yennefer.

– Nobre feiticeiro – falou Boholt, em tom conciliador. – O senhor acha digno...

– Cale-se, Boholt. Eu já tinha dito que vocês não tocariam naquele dragão. Não se mata uma lenda. Deem meia-volta e sumam daqui.

O braço de Yennefer ergueu-se repentinamente. A terra ao redor de Dorregaray explodiu numa chama azul-celeste, formando um redemoinho cheio de pedregulhos e tufos de grama. O feiticeiro, envolto em chamas, cambaleou. Devasto jogou-se sobre ele, desferindo-lhe um soco no rosto. Dorregaray caiu, e de sua varinha emanou um raio vermelho que se apagou inofensivamente no meio das rochas. Penhorisco, atacando o feiticeiro pelo outro lado, deu-lhe um pontapé e preparou-se para repetir a dose. Geralt atirou-se entre os dois, empurrou Penhorisco para trás, sacou a espada e desfechou um golpe plano, mirando o espaço aberto entre o protetor de ombro e o peitoral da armadura do Rachador. Foi impedido por Boholt, que aparou o golpe com um dos gumes de seu espadão. Jaskier tentou dar uma rasteira em Devasto, mas este se desviou, agarrou o bardo pela gola do gibão multicolorido e aplicou-lhe um soco bem no meio dos olhos, enquanto Yarpen Zigrin, vindo por trás, completava o serviço com um poderoso golpe com o cabo de seu machado na parte posterior dos joelhos do menestrel.

Geralt, com uma pirueta, desviou-se do espadão de Boholt e, ao mesmo tempo, desferiu um curto golpe em Penhorisco, arrancando a luva metálica de sua mão direita. Penhorisco deu um pulo para trás, tropeçou e caiu. Boholt, arfando, fazia movimentos semicirculares com o espadão como se fosse uma foice. Geralt saltou por cima da sibilante lâmina e, com a empunhadura da espada, golpeou o peitoral da couraça de Boholt, preparando-se para atingir-lhe o rosto com a lâmina. Boholt, percebendo que não teria tempo de aparar o golpe com seu pesado espadão, saltou para trás, caindo de costas. O bruxo pulou para junto dele e... no mesmo momento sentiu a terra cedendo sob seus pés. Viu a linha do horizonte tornar-se vertical. Tentou em vão cruzar os dedos formando o Sinal e desabou com estrondo no chão, soltando a espada de sua mão paralisada. Seus ouvidos zumbiam e latejavam.

– Amarrem-nos enquanto dura o feitiço – falou Yennefer, com uma voz que parecia vir do alto e de muito longe. – Os três. Dorregaray e Geralt, atordoados e impotentes, deixaram-se ser amarrados e presos à carroça sem oferecer resistência. Jaskier ficou se agitando, de modo que acabou levando duas bofetadas antes de ser imobilizado.

– Para que amarrar esses traidores filhos de uma cadela? – perguntou Comecabras. – Acabemos com eles de uma vez por todas.

– Você também é filho, e não apenas de uma cadela – disse Yarpen Zigrin. – Não ofenda a raça canina, seu merda. Suma daqui.

– Vocês estão se revelando muito valentes – rosnou Comecabras. – Vamos ver se continuarão a ser tão valentes quando chegar meu pessoal de Holopole, que já está perto. Então...

Yarpen, girando-se com surpreendente agilidade para alguém de sua postura, aplicou-lhe um golpe com o cabo do machado na cabeça. Devasto, que se encontrava a seu lado, concluiu a agressão com um violento pontapé. Comecabras virou uma ou duas cambalhotas, acabando com o nariz enfiado na grama.

– Vocês ainda vão se arrepender! – gritou, caído de quatro. – Vocês todos....

– Rapazes! – urrou Yarpen Zigrin. – Enfiem o cabo do machado no rabo desse filho da puta. Pegue-o, Devasto!

Comecabras não esperou. Ergueu-se de um pulo e saiu correndo na direção da garganta oriental. Os demais membros da milícia de Holopole fizeram o mesmo. Os anões, soltando gostosas gargalhadas, ficaram atirando pedras atrás deles.

– Vejam como o ar ficou repentinamente mais fresco – riu Yarpen. – Vamos, Boholt. Chegou a hora de nos ocuparmos do dragão.

– Calma – falou Yennefer, erguendo a mão. – Vocês podem se ocupar, mas de sua partida. Ponham-se daqui para fora. Vocês todos.

– Como é? – perguntou Boholt, com um brilho maligno nos olhos. – O que você disse, distintíssima senhora feiticeira?

– Disse para vocês sumirem daqui, assim como o sapateiro – repetiu Yennefer. – Todos. Darei conta do dragão sozinha, lançando mão de armas não convencionais. E, ao irem embora, podem me agradecer, pois, se não fosse minha intervenção, vocês teriam sentido o gosto da espada do bruxo. Mas não percam tempo. Partam rapidamente antes que eu me enerve. Estou avisando: conheço um encanto com o qual basta eu apontar um dedo para transformá-los em capões.

– Ah, é? – rosnou Boholt por entre os dentes. – Minha paciência chegou ao limite do possível. Não deixarei que me façam de bobo. Devasto, arranque um dos varais da carroça. Estou sentindo que também precisarei de armas não convencionais. Daqui a pouco alguém levará uma surra no traseiro. Não apontarei o dedo, mas garanto que uma horrenda feiticeira acabará apanhando.

– Tente, Boholt. Você apenas alegrará meu dia com isso.

– Yennefer – falou o anão, em tom de censura. – Por quê?

– Talvez por eu não gostar de dividir meus ganhos com ninguém, Yarpen.

– Pois é... – sorriu Yarpen Zigrin. – Uma característica extremamente humana. Tão humana que chega a ser quase igual à dos anões. É muito bom ver nossos traços de caráter numa feiticeira. Porque, assim como você, eu também não gosto de dividir meus ganhos, Yennefer.

Yarpen, então, encolheu-se num gesto rápido como um raio. Uma bola de aço – não se sabia quando e de onde sacada – rodou no ar e acertou Yennefer no meio da testa. Antes que a feiticeira pudesse se dar conta do que acontecera, Devasto e Penhorisco a ergueram, segurando firmemente seus braços, e Yarpen amarrou seus dedos com uma correia de couro. Yennefer soltou um grito de raiva, mas, às suas costas, um dos rapazes de Yarpen jogou uma rédea sobre sua cabeça e puxou-a com força. A brida entrou bruscamente em sua boca aberta, impossibilitando novos gritos.

– E então, Yennefer – disse Boholt –, como você me transformará num capão se não consegue mover um dedo sequer?

Em seguida, rompeu a gola do casaco da feiticeira e rasgou sua blusa. Yennefer emitiu um som agudo, sentindo-se sufocada pela rédea.

– É uma pena eu não dispor de tempo no momento – Boholt acariciou despudoradamente os seios expostos –, mas espere um pouco, sua bruxa. Assim que acabarmos com o dragão, vamos nos divertir com você. – Virou-se para seus asseclas e ordenou: – Prendam-na a esta roda. Amarrem suas mãozinhas aos aros de tal maneira que ela não possa sequer mexer o dedo mindinho. E que ninguém toque nela. A ordem pela qual vamos desfrutá-la será definida pelo comportamento de cada um durante o combate ao dragão.

– Boholt – falou Geralt em voz baixa, calma e ameaçadora. – Não se iluda. Você sabe que o encontrarei nem que seja no fim do mundo.

– Você me surpreende – respondeu o Rachador, também com calma. – Se eu estivesse em seu lugar, ficaria caladinho. Conheço você e terei de tratar sua ameaça seriamente. Não vou ter outra saída. Você não sairá vivo daqui, bruxo. Mas basta de papo por ora; voltaremos a conversar sobre isso. Devasto, Penhorisco, aos cavalos.

– Que situação! – gemeu Jaskier. – Por que cargas-d'água fui me meter nisto?

Dorregaray abaixou a cabeça e ficou olhando para as volumosas gotas de sangue que escorriam lentamente de seu nariz para a barriga.

– Você poderia ter a decência de não ficar me encarando desse jeito? – berrou Yennefer para Geralt, contorcendo-se como uma serpente por entre as tiras de couro e tentando em vão ocultar seus encantos expostos.

O bruxo abaixou obedientemente a cabeça, mas Jaskier não seguiu seu exemplo.

– Para isso que eu contemplo – riu o bardo –, você deve ter usado mais de um barril de elixir de mandrágora, Yennefer. Sua pele é a de uma adolescente, minha cara.

– Cale a boca, filho da puta! – gritou a feiticeira.

– Afinal, quantos anos você tem de verdade? – Jaskier não se deu por vencido. – Duzentos? Digamos que cento e cinquenta. E, no entanto, você se comportou como uma...

Yennefer girou o pescoço e cuspiu no bardo, errando o alvo.

– Yen – repreendeu-a o bruxo, limpando com o ombro a saliva do ouvido.

– Faça com que ele pare de olhar para mim!

— Não tenho a mínima intenção de parar — falou Jaskier, sem desviar os olhos da agradável visão revelada pela blusa rasgada. — É por causa dela que nós estamos aqui. Eles poderão nos cortar a garganta, enquanto o maior perigo que ela corre é o de ser violada, o que, na idade dela...

— Feche a matraca, Jaskier — irritou-se o bruxo.

— De maneira alguma. Pretendo compor uma balada sobre duas tetas, portanto, por favor, não me interrompa.

— Jaskier — disse Dorregaray, fungando com o nariz cheio de sangue —, será que você não consegue ser sério pelo menos uma vez na vida?

— Estou sendo sério, com todos os diabos.

Boholt, vestindo uma pesada armadura de couro e armado até os dentes, teve de ser empurrado pelos anões para conseguir subir na sela. Devasto e Penhorisco já estavam montados, portando enormes espadões, daqueles que só podem ser manejados com ambas as mãos.

— Estou pronto — anunciou Boholt. — Podemos ir atrás dele.

— Não — ecoou uma voz profunda, como uma trompa de madeira ou marfim. — Sou eu que venho atrás de vocês.

De trás do anel formado pelos rochedos surgiram uma achatada cabeça brilhante como ouro, um esbelto pescoço provido de uma fileira de pontudos apêndices triangulares e um par de patas com garras. Debaixo de pálpebras corníferas, dirigiam-se para eles dois malvados olhos com estreitas pupilas verticais.

— Não pude mais aguentar de tanto esperar por vocês — falou o dragão Villentretenmerth, olhando em volta —, portanto vim para saber o que os estava detendo. Pelo que vejo, o número dos dispostos a me enfrentar diminuiu consideravelmente.

Boholt colocou as rédeas de seu cavalo entre os dentes e agarrou o espadão com ambas as mãos.

— Se tier ragem — disse confusamente, mordendo as rédeas. — Prepase pra lucha!

— Estou pronto — respondeu o dragão, dobrando o dorso e erguendo a cauda de maneira ofensiva.

Boholt olhou para os lados. Devasto e Penhorisco, devagar e aparentemente tranquilos, começaram a rodear o dragão, cada um por um lado. Atrás, Yarpen Zigrin e seus "meninos" aguardavam, com seus machados nas mãos.

— Aaaargh! — urrou Boholt, esporeando o cavalo e erguendo o espadão.

O dragão encolheu-se, colou a barriga no chão e, como um escorpião, levantou a cauda sobre o dorso e com ela atingiu não Boholt, mas Devasto, que o atacava de um lado. O cavalo de Devasto, com ele no dorso, desabou com estrondo entre gritos e relinchos. Boholt, aproximando-se a pleno galope, lançou um violento golpe com o espadão, porém o dragão esquivou-se agilmente da perigosa lâmina, e o ímpeto do galope fez com que Boholt o ultrapassasse. O dragão girou sobre si mesmo, ergueu-se sobre as patas traseiras e, com um só movimento de uma das patas dianteiras, acertou Penhorisco, rasgando com as garras a barriga do cavalo e a coxa do cavaleiro. Boholt, inclinado para trás na sela, conseguiu fazer o cavalo dar meia-volta e, puxando as rédeas com os dentes, tornou a atacar.

O dragão bateu com a cauda nos anões que se lançaram ao ataque, derrubando todos. Em seguida, atirou-se na direção de Boholt, pisando distraidamente pelo caminho em Devasto, que estava se esforçando para levantar. Boholt, agitando a cabeça, conseguiu manter o cavalo sob controle, mas o dragão era infinitamente mais rápido e mais ágil. Abordando espertamente o cavaleiro pelo lado esquerdo, evitando, assim, ser atacado pelo espadão, acertou-o em cheio com a pata provida de garras. O cavalo empinou, fazendo Boholt cair da sela, perder o espadão e o elmo, desabar de costas no chão e bater com a cabeça numa das rochas.

— Fujam, meninos!!! Para as montanhas!!! — Yarpen Zigrin berrou tão alto que foi ouvido apesar dos gritos desesperadores de Devasto esmagado por seu cavalo.

Os anões não esperaram que a ordem fosse repetida. Com a barba esvoaçando, correram para as rochas numa velocidade surpreendente para seres de pernas tão curtas. O dragão não os perseguiu. Sentou-se calmamente e olhou em volta. Devasto se agitava e gritava debaixo de seu cavalo. Penhorisco se arrastava penosamente de lado, na direção dos rochedos, parecendo um gigantesco caranguejo.

— Inacreditável — murmurou Dorregaray. — Inacreditável...

— Ei! — gritou Jaskier, agitando-se tão violentamente que a carroça a cuja roda estava amarrado tremeu toda. — Olhem para lá! O que será aquilo?

Do lado da garganta oriental divisava-se uma espessa nuvem de poeira e logo em seguida já era possível ouvir gritos, barulho de rodas e tropel de cascos de cavalos. O dragão esticou o pescoço e olhou para lá.

Três enormes carros amontoados com dezenas de pessoas adentraram a clareira e, tomando direções diferentes, puseram-se a circundar o dragão.

— Que merda! — exclamou Jaskier. — São os milicianos e os artesãos de Holopole! Eles devem ter contornado a nascente do Braa. Sim, são eles mesmos! Olhem o Comecabras, lá, no primeiro carro.

O dragão abaixou a cabeça e empurrou delicadamente na direção da carroça uma pequena criatura grisalha que piava agudamente sem cessar. Em seguida, bateu com a cauda no solo, soltou um urro tremendo e, tomando impulso, disparou qual uma flecha ao encontro dos holopolinos.

— Geralt, o que será aquilo? — indagou Yennefer. — Aquela coisa pequenina que está se agitando na grama?

— O que o dragão defendia de nós — respondeu o bruxo. — O que estava escondido na garganta que vai para o norte. Um dragãozinho saído do ovo da dragoa envenenada por Comecabras.

O dragãozinho, tropeçando e arrastando a saliente barriguinha na grama, cambaleou até a carroça, soltou um pio, ergueu-se sobre as patinhas traseiras, abriu as asinhas e... grudou na feiticeira.

— Pelo jeito, ele gostou de você — observou Geralt.

— É jovem, mas não tem nada de tolo — falou Jaskier, contorcendo-se entre as tiras de couro e mostrando os dentes num sorriso. — Olhem só o lugar que ele escolheu para enfiar a cabeça. Como eu gostaria de estar em seu lugar! Ei, você, pequenino! Fuja daí o mais rápido que puder! É Yennefer! O terror dos dragões... e dos bruxos... pelo menos de um deles...

— Cale a boca, Jaskier — gritou Dorregaray. — Olhem para o campo de batalha! Os desgraçados já estão atacando o dragão!

— Batam nele! — berrava Comecabras, agarrado às costas do condutor do primeiro carro. — Acertem-no com o que tiverem nas mãos e onde puderem! Sem dó nem piedade!

O dragão desviou-se agilmente do primeiro carro, no qual brilhavam lâminas de foices, forcados e lanças com ganchos, mas colocou-se entre os outros dois, dos quais caiu sobre ele uma enorme rede de pesca. Emaranhado em suas malhas, a criatura tombou com estrondo e rolou por terra, encolhendo o tronco e estendendo as patas. A rede estalou fortemente, porém o primeiro carro tivera tempo suficiente para dar meia-volta e permitir que fossem atiradas novas redes, que imobilizaram o dragão por completo. O segundo e o terceiro carros também retornaram, com as rodas dando saltos nas depressões do terreno.

— Você caiu na rede, feito uma carpa! — gritava Comecabras. — Já, já vamos escamá-lo!

O dragão rugiu, emitindo uma coluna de vapor das narinas. Os milicianos de Holopole saltaram dos carros e correram em sua direção. A criatura voltou a bramir, desesperada.

Do desfiladeiro setentrional veio uma resposta na forma de um possante grito de guerra.

Com as louras tranças esvoaçando, assoviando agudamente e rodeadas por brilhantes reflexos de lâminas de espadas, emergiram da garganta a pleno galope...

— As zerricanas! — gritou o bruxo, tentando em vão soltar-se das correias.

— Com os diabos! — ecoou Jaskier. — Geralt? Você entendeu?

As zerricanas atravessaram a tropa de holopolinos como uma faca aquecida por um bloco de manteiga, deixando um rastro de corpos caídos, e, saltando dos cavalos, puseram-se ao lado do dragão, que fazia grande esforço para se livrar da rede. O primeiro dos milicianos a se aproximar teve a cabeça decepada. O segundo tentou espetar Vea com o forcado, mas a zerricana, segurando a espada com as duas mãos e aplicando um golpe de baixo para cima, cortou-o do períneo até o esterno. Os demais atacantes recuaram de imediato.

— Aos carros! — berrou Comecabras. — Aos carros, pessoal! Vamos atropelá-las com os carros!

— Geralt! — exclamou Yennefer repentinamente, encolhendo as pernas amarradas e enfiando-as debaixo da carroça, junto dos punhos do bruxo. — O Sinal de Ign! Faça o Sinal de Ign! Você consegue sentir o lugar onde estão as correias? Queime-as! Rápido!

— Assim, às cegas? — gemeu Geralt. — Tenho medo de queimá-la, Yen!

— Faça o Sinal! Vou aguentar!

O bruxo obedeceu. Sentiu um formigamento nos dedos cruzados na forma do Sinal de Ign, logo acima dos tornozelos de Yennefer. Ela virou a cabeça e mordeu com força a gola do casaco para abafar um grito de dor. O dragãozinho, dando pios agudos, batia carinhosamente com as asinhas nas pernas da feiticeira.

— Yen!

— Continue queimando!

A tira de couro se partiu no mesmo instante em que o horrível e nauseabundo cheiro de pele queimada tornara-se insuportável. Dorregaray emitiu um som estranho e desmaiou, com o corpo inerte pendendo da roda da carroça à qual estava preso pelas correias.

Yennefer contorceu-se e ergueu uma das pernas livres, gritando com uma voz cheia de dor e raiva. O medalhão no pescoço de Geralt vibrou como se estivesse vivo. A feiticeira retesou a coxa, apontou a perna para os carros dos milicianos de Holopole e lançou um feitiço. O ar estalou, emitindo um odor de ozônio.

— Pelos deuses! — gemeu Jaskier, não se contendo de espanto. — Você nem pode imaginar que balada fantástica sairá daqui, Yennefer!

O feitiço lançado pela graciosa perna da feiticeira não saiu a seu contento. O primeiro carro, com tudo o que ele continha, apenas adquiriu um colorido amarelado de arnica, algo que os guerreiros de Holopole nem chegaram a notar por causa do calor da batalha. Com o segundo carro as coisas se passaram melhor: num piscar de olhos, seus ocupantes se transformaram em gigantescos sapos disformes, que, coaxando alegremente, saíram pulando para todos os lados. O carro, sem o condutor, tombou e partiu-se em centenas de pedaços, enquanto os cavalos, relinchando histericamente, sumiram na distância arrastando os varais, a única parte do veículo que sobrara inteira.

Yennefer mordeu os lábios e voltou a agitar a perna no ar. O carro cor de arnica, envolto por uma música suave vinda não se sabia de onde, dissolveu-se repentinamente numa nuvem da mesma cor, e todos os que estavam nele caíram estonteados sobre a grama, formando um pitoresco monte amarelo sobre o campo verde. As rodas do terceiro carro ficaram quadradas, com um resultado imediato: os cavalos empinaram, o carro tombou e os soldados espalharam-se por todos os lados. Yennefer, dessa vez por pura maldade, ficou agitando a perna e gritando feitiços, transformando os holopolinos nos mais diversos seres: tartarugas, gansos, centopeias, flamingos e porcos. As zerricanas, rápida e metodicamente, foram matando os que sobraram.

O dragão, tendo finalmente conseguido romper as redes, ergueu-se, agitou as asas de morcego, soltou um urro e partiu no encalço de Comecabras, milagrosamente salvo do massacre. O sapateiro corria como um cervo, mas o dragão foi mais rápido. Geralt, vendo a bocarra que se abria e os brilhantes dentes afiados como punhais, virou a cabeça para outro lado. Ouviu um estalo macabro e uma crepitação asquerosa. Jaskier soltou um grito abafado. Yennefer, com o rosto branco como um pano de linho recém-lavado, inclinou-se, colocou-se de lado e vomitou debaixo da carroça.

Seguiu-se um silêncio mortal, apenas interrompido pelos gemidos, grasnados, crocitos e gaguejos dos agonizantes milicianos holopolinos.

Vea, com um sorriso desagradável nos lábios, parou desafiadoramente diante de Yennefer e levantou a espada. A feiticeira, pálida, ergueu a perna.

– Não – falou Borch Três Gralhas, sentado numa pedra, segurando sobre os joelhos o feliz e satisfeito dragãozinho.

– Não – repetiu o dragão Villentretenmerth. – Não vamos matar a senhora Yennefer. A esta altura, isso não faria sentido algum. Além do mais, estamos gratos por sua inestimável ajuda. Solte-os, Vea.

– Você está se dando conta, Geralt? – sussurrou Jaskier, esfregando os punhos dormentes. – Você entendeu? Há uma antiquíssima balada sobre o dragão dourado. De acordo com ela, um dragão dourado pode...

— ... adotar qualquer forma — completou o bruxo —, inclusive a humana. Também ouvi falar dela, mas nunca acreditei.

— Senhor Yarpen Zigrin! — gritou Villentretenmerth para o anão pendurado na saliência de uma rocha a mais de dez metros de altura. — O que está procurando aí? Marmotas? Pelo que me lembro, o senhor não aprecia seu sabor. Desça daí e ocupe-se dos Rachadores, porque eles decididamente precisam de ajuda. Não haverá mais mortes. De ninguém.

Jaskier, lançando olhares para as zerricanas, que circulavam atentamente pelo campo de batalha, tentava reanimar Dorregaray, ainda inconsciente. Geralt esfregava uma pomada e colocava bandagens nos tornozelos queimados de Yennefer.

Ao terminar a tarefa, o bruxo se ergueu.

— Fiquem aqui — falou. — Preciso ter uma conversa com ele.

Yennefer também se levantou, fazendo uma careta de dor.

— Irei com você, Geralt — disse, apoiando-se em seu braço.

— Posso? Por favor, Geralt.

— Comigo, Yen? Eu pensei...

— Então não pense — respondeu ela, aconchegando-se a seu braço.

— Yen?

— Está tudo bem, Geralt.

Os olhos de Yennefer haviam readquirido o quente brilho, como de outrora. Geralt inclinou-se e beijou seus lábios — ardentes, macios e desejáveis, como de outrora.

Aproximaram-se do dragão. Yennefer, sempre apoiada no braço de Geralt, ergueu as pontas do vestido com dois dedos de cada mão, fazendo uma profunda reverência como se estivesse diante de um rei.

— Três Gral... Villentretenmerth... — começou o bruxo.

— Meu nome, numa livre tradução para a língua de vocês, quer dizer Três Aves Negras — informou o dragão.

O dragãozinho, pendurado pelas pequenas garras no antebraço de Três Aves Negras, esticou o pescoço debaixo da mão que o acariciava.

— O Caos e a Ordem — sorriu Villentretenmerth. — Lembra-se, Geralt? O Caos é uma agressão e a Ordem é uma proteção contra ela. Vale a pena correr até os confins do mundo para combater a agressão e o Mal, não é verdade, bruxo? Principalmente se, como você mesmo falou, a recompensa for condigna. Nesse caso, ela foi: o tesouro da dragoa Myrgtabrakke, que foi envenenada perto de Holopole. Foi ela quem me chamou para que viesse em sua ajuda e detivesse o Mal que a ameaçava. Myrgtabrakke foi embora, logo depois de vocês terem retirado Eyck de Denesle da liça. Vocês estavam ocupados demais brigando entre si para notar sua partida. Mas ela deixou-me seu tesouro, minha paga.

O dragãozinho piou, agitando as asinhas.

– Quer dizer que você...

– Sim – interrompeu-o o dragão. – O que se há de fazer? Vivemos em tempos difíceis. Tempos nos quais seres como nós, a quem vocês costumam chamar de monstros, estão sendo cada vez mais ameaçados pela espécie humana. Já não conseguem se defender sozinhos. Eles precisam de um defensor. Uma espécie de... bruxo.

– E quanto à meta... aquele objetivo no fim do caminho?

– Ei-lo – respondeu Villentretenmerth, suspendendo o antebraço e assustando o dragãozinho, que soltou um pio agudo. – Acabo de atingi-lo. Graças a ele hei de sobreviver, Geralt de Rívia, e provarei que não existe limite para o possível. Você também há de encontrar um objetivo desses, bruxo. Mesmo aqueles que se diferenciam dos demais podem sobreviver. Adeus, Geralt. Adeus, Yennefer.

A feiticeira, segurando o braço do bruxo com ainda mais força, fez uma nova reverência. Villentretenmerth ergueu-se e olhou para ela, com ar extremamente sério.

– Perdoe-me a sinceridade e a franqueza, Yennefer. O que vou dizer está estampado em seus rostos, de modo que nem preciso me esforçar para ler suas mentes. Vocês foram feitos um para o outro, você e o bruxo. Só que nada acontecerá. Nada. Sinto muito.

– Sei. – Yennefer empalideceu levemente. – Estou ciente disso, Villentretenmerth. Mas é que eu queria também acreditar que não há limite para o possível ou, pelo menos, que ele está ainda muito distante.

Vea aproximou-se de Geralt, tocou seu ombro e falou rapidamente algumas palavras. O dragão soltou uma gargalhada.

— Geralt, Vea está dizendo que vai se lembrar por muito tempo da tina de O Dragão Pensativo. Ela espera que voltemos a nos encontrar.

— O que foi que ela disse? — perguntou Yennefer, semicerrando os olhos.

— Nada de importante — apressou-se em responder o bruxo. — Gostaria de lhe perguntar uma coisa, Villentretenmerth.

— Sou todo ouvidos, Geralt de Rívia.

— Você tem o poder de tomar a forma de qualquer coisa que lhe vier à mente?

— Sim.

— Então, por que você escolheu a de um ser humano? Por que a forma de Borch com três aves negras no brasão?

O dragão sorriu prazerosamente.

— Não sei, Geralt, em que circunstâncias se encontraram os distantes antepassados de nossas raças, mas o fato é que para nós, dragões, não há nada mais repugnante do que um ser humano. Os humanos despertam em nós uns instintivos e irracionais sentimentos de asco. No entanto, comigo é diferente. Para mim, vocês... vocês são simpáticos. Adeus.

Aquilo não foi uma transformação gradual, fluida, nem um tremor nebuloso e pulsante como numa ilusão. Foi algo que ocorreu num piscar de olhos. No lugar onde, menos de um segundo antes, estava um cavaleiro de cabelos encaracolados trajando uma túnica com a imagem de três aves negras, apareceu um dragão dourado esticando graciosamente o pescoço comprido e esbelto. Inclinando a cabeça a título de saudação, ele abriu as asas, que brilhavam como ouro sob os raios do sol. Yennefer soltou um profundo suspiro.

Vea, já montada na sela ao lado de Tea, acenou com a mão.

— Vea — falou o bruxo —, você tinha razão.

— Razão de quê?

— De ele ser o mais formoso.

UM FRAGMENTO DE GELO

I

A ovelha moribunda – inchada, estufada e com as patas enrijecidas apontando para o céu – moveu-se. Geralt, agachado junto do muro, sacou lentamente a espada, esforçando-se para que a lâmina não resvalasse nos adornos metálicos da bainha. Um monte de lixo a menos de dez passos dele pareceu repentinamente estufar e ondular. O bruxo ergueu-se e deu um pulo para o lado, antes mesmo de ser atingido pela onda de fedor proveniente do lixo remexido.

De dentro do monturo emergiu um tentáculo cuja ponta lembrava a lançadeira de um tear, oblonga e coberta de pontas aguçadas. O tentáculo avançou em sua direção com incrível rapidez. De um salto, o bruxo aterrissou firmemente sobre um móvel destroçado que balançava perigosamente sobre restos de verduras apodrecidas, abriu bem as pernas para ter apoio e, com um golpe rápido e curto, cortou o tentáculo, separando dele a ventosa em forma de clava. Em seguida, pulou novamente, mas dessa vez escorregou e, deslizando sobre o tampo do móvel, afundou até as coxas no meio dos imundos resíduos.

O monturo explodiu, atirando para cima uma mistura fedorenta de restos de comida, cacos de utensílios de barro, panos podres e incontáveis tiras esbranquiçadas de repolho ralado. Por trás daquela chafurda surgiu um corpanzil enorme, bulboso e disforme como uma batata grotesca, agitando três tentáculos inteiros e o coto de um quarto.

Geralt, incapaz de se mover da cintura para baixo, desferiu um novo golpe, dessa vez num movimento horizontal, decepando outro tentáculo. Os dois restantes, grossos como galhos de uma árvore, caíram com força sobre ele, afundando-o ainda mais na montureira. O corpo disforme avançava em sua direção, rastejando no meio do lixo, mais parecendo um barril arrastado numa superfície pegajosa. O bulbo se abriu, transformando-se numa enorme bocarra cheia de grandes dentes cúbicos.

O bruxo permitiu que os tentáculos o envolvessem pela cintura, tirando-o, com um estalido, da pegajosa mistura e arrastando-o na direção do horrendo corpo, que, com movimentos semicirculares, se introduzia no montão de lixo. Os dentados maxilares se abriram e fecharam com estrondo. Ao chegar perto da monstruosa bocarra, o bruxo aplicou-lhe um golpe com a espada. A lâmina penetrou facilmente no corpo quase gelatinoso, do qual emanou um odor adocicado e tão forte a ponto de dificultar a respiração. O monstro soltou um silvo e tremeu; os tentáculos largaram sua presa e se agitaram no ar. Geralt, ainda afundado no monturo, desferiu um novo golpe, dessa vez oblíquo, e o gume de sua espada bateu e resvalou rangendo sobre os dentes arreganhados do ser revoltante, que emitiu um urro e perdeu o ímpeto, mas logo se recuperou, silvando furiosamente e salpicando o bruxo com lodo fedorento.

Conseguindo encontrar um apoio para os pés no meio daquele lixo todo, Geralt atirou-se para frente, dando braçadas como se estivesse nadando de peito numa piscina de imundice. Depois, segurando a espada com ambas as mãos, golpeou o monstro de cima para baixo, fazendo com que a lâmina descesse entre os olhos fosforescentes. O monstro soltou mais um grito gorgolejante, derramando-se sobre um monte de estrume como uma bexiga estourada, soltando rajadas de perceptíveis e quentes ondas de fedor. Os tentáculos se agitavam e se contorciam na montureira.

O bruxo conseguiu sair daquela espessa mistura, ficando em pé sobre uma superfície escorregadia, porém sólida. Sentiu algo pegajoso e nojento que conseguira enfiar-se em sua bota rastejando por sua panturrilha. "Preciso encontrar um poço para me lavar desta imundice o mais rápido possível", pensou. Os tentáculos do monstro moveram-se convulsivamente mais uma vez no monturo, para, por fim, ficarem inertes.

O negro céu adornado com milhares de luzinhas imóveis foi percorrido por uma estrela cadente. O bruxo não fez pedido algum.

Respirava com dificuldade, de maneira pesada e audível, sentindo passar o efeito dos elixires que tomara antes do combate. O lixão junto dos muros da cidade descia abruptamente na direção do reluzente leito do rio, que, à luz das estrelas, tinha aparência linda e interessante.

Geralt deu uma cusparada. O monstro estava morto e já fazia parte daquele montão de lixo no qual vivera.

Passou mais uma estrela cadente.

— Monturo — disse o bruxo, com esforço. — Imundice, estrume e merda.

II

— Você está fedendo, Geralt. — Yennefer fez uma careta, sem se virar do espelho diante do qual estava retocando a maquiagem. — Vá tomar um banho.

— Não temos água — falou o bruxo, olhando para a tina.

— Já vamos dar um jeito nisso. — A feiticeira levantou-se e abriu mais a janela. — Você prefere água normal ou do mar?

— Do mar, para variar.

Yennefer estendeu violentamente os braços e pronunciou um encanto, fazendo um curto e complicado gesto com as mãos. Através da janela aberta soprou uma rajada de vento frio e úmido; as venezianas bateram com estrondo e um redemoinho esverdeado adentrou o aposento, adquirindo a forma de uma esfera irregular. A tina encheu-se de água agitada por ondas que batiam em suas bordas e respingavam no chão. A feiticeira voltou a se sentar, retornando à tarefa interrompida.

– E então, você conseguiu? – perguntou. – Afinal, o que era aquilo, lá no lixão?

– Um zeugl, como havia imaginado – respondeu Geralt, tirando as botas, jogando as roupas no chão e colocando os pés na tina. – Que droga, Yen! A água está gelada. Você não poderia aquecê-la um pouco?

– Não. – A feiticeira aproximou o rosto do espelho e, com uma pipeta, pingou algo em um dos olhos. – Esse tipo de feitiço me deixa muito cansada e com náuseas. Já para você, após a ingestão de elixires, nada melhor do que um banho com água fria.

Geralt não discutiu. Discutir com Yennefer não tinha sentido.

– O zeugl lhe deu muito trabalho? – indagou ela, mergulhando a pipeta num frasco, pingando algo no outro olho e torcendo os lábios de maneira engraçada.

– Nada de especial.

Através da janela aberta chegaram até eles um estrondo, um seco estalido de madeira partida e uma voz que, desafinada e em falsete, tartamudeava repetindo o refrão de uma canção obscena.

– Um zeugl, imagine só. – Yennefer pegou outro frasco do meio de uma impressionante coleção. Destampou-o e o ar ficou impregnado de perfume de lilás e groselha. – Até nas cidades não é difícil encontrar serviço para um bruxo. Você nem precisa mais vaguear por lugares desertos. Sabia que Istredd afirma que isso está se tornando regra? O lugar de cada monstro em extinção nas florestas e pântanos tem sido ocupado por algo diferente, por uma nova mutação, adaptada ao meio artificial criado pelo homem.

Geralt, como de costume, fez uma careta de desagrado à menção daquele nome. Já estava farto do deleite de Yennefer com a genialidade de Istredd, ainda que este fosse de fato genial.

– Istredd está certo – continuou ela, friccionando no rosto o produto que cheirava a lilás e groselha. – Veja por si mesmo: pseudorratos em esgotos e porões, zeugls em lixões, carangos em escoadouros e fossas, taigos em represas de moinhos. Não lhe parece que isso tudo seja quase uma simbiose?

"E ghouls em cemitérios, devorando cadáveres já no dia seguinte ao enterro", pensou Geralt, jogando água nos restos de espuma de sabão ainda em seu corpo. "Uma simbiose completa."

— Sim — falou a feiticeira, afastando os frascos e potinhos. — Até nas cidades pode-se encontrar ocupação para um bruxo. Acho que vai chegar um momento em que você decidirá estabelecer-se definitivamente em alguma cidade, Geralt.

"Prefiro ser atingido por um raio", disse o bruxo a si mesmo, mas sem expressar seu pensamento em voz alta. Discordar de Yennefer conduzia invariavelmente a uma discussão, e uma discussão com Yennefer não pertencia ao grupo de coisas mais seguras.

— Você acabou, Geralt?

— Sim.

— Então saia da tina — ordenou a feiticeira, que, sem se levantar, fez um gesto com a mão e pronunciou um encanto.

A água que estava na tina, assim como a que se derramara no chão e a que escorria pelo corpo de Geralt, juntou-se numa esfera semitransparente que, silvando e com grande ímpeto, saiu voando pela janela. Ouviu-se um sonoro chape.

— Que a peste negra pegue vocês, seus filhos da puta! — ecoou uma voz irritada debaixo da janela. — Não têm lugar melhor para esvaziar o penico? Tomara que sejam devorados por piolhos e morram de uma infecção!

A feiticeira fechou a janela.

— Efetivamente, Yen — riu o bruxo —, você bem que poderia ter jogado a água mais longe.

— Poderia — respondeu ela —, mas não quis.

Em seguida, pegou a lamparina da mesa e aproximou-se dele. A branca camisola colada a seu corpo, enquanto andava, tornava-a tão atraente que chegava a parecer sobrenatural, muito mais do que se estivesse totalmente desnuda.

— Quero examinar você — falou. — O zeugl pode tê-lo arranhado.

— Não me arranhou. Eu teria sentido.

— Com todos os elixires que tomou? Não me faça rir. Com aquela batelada de elixires, você não teria sentido uma fratura exposta até o momento em que um pedaço de seu osso começasse a se enrascar numa cerca viva. E o zeugl poderia ter de tudo, desde tétano até uma substância venenosa. Se for preciso, ainda temos tempo para tomar medidas preventivas. Vire-se.

Geralt sentiu nas costas o suave calor da chama da lamparina e o sutil toque dos cabelos de Yennefer.

– Parece que tudo está em ordem – disse ela. – Deite-se antes de os elixires o derrubarem. Essas misturas são diabolicamente perigosas. Com elas, você está se matando aos poucos.

– Preciso tomá-los antes de um confronto.

Yennefer não respondeu. Voltou a sentar-se diante do espelho e se pôs a pentear lentamente os contorcidos e brilhantes cachos negros, como todas as noites antes de se deitar. Geralt achava que essa mania não passava de esquisitice, mas adorava contemplá-la, suspeitando que ela se dava conta disso.

De repente começou a sentir muito frio. Os elixires o fizeram tremer e lhe entorpeceram a nuca, causando um rodopio de náuseas na parte inferior da barriga. Soltou um palavrão e desabou sobre a cama, sem deixar de observar Yennefer.

Um movimento no canto do aposento chamou sua atenção, fazendo com que olhasse naquela direção. Sobre um par de chifres de veado coberto de teias de aranha e pendurado tortamente na parede, estava pousado um pássaro, pequeno e negro como piche. A ave, voltando a cabeça para um lado, fixou o olho amarelo no bruxo.

– O que é aquilo, Yen? Como veio parar aqui?

– O quê? – perguntou Yennefer, virando-se. – Ah, sim, aquilo. É um gavião, uma ave de rapina.

– Um gavião? Mas os gaviões são mesclados, enquanto esse aí é preto.

– É um gavião mágico. Fui eu quem o fez.

– Para quê?

– Vou precisar dele – respondeu a feiticeira secamente.

Geralt não fez mais perguntas sobre a ave, sabendo que não obteria resposta alguma.

– Você vai se encontrar com Istredd amanhã?

Yennefer arrumou os frascos sobre a penteadeira, guardou o pente numa caixinha e fechou o espelho tríptico.

– Sim, ao amanhecer. Por quê?

– Por nada.

Ela se deitou a seu lado, sem apagar a lamparina. Nunca apagava as luzes, pois não suportava dormir no escuro. Fosse uma lamparina, um candelabro ou uma simples vela, sempre as deixava queimar até o fim. Mais uma de suas esquisitices. Yennefer possuía uma incrível quantidade delas.

— Yen?
— Sim?
— Quando vamos embora?
— Não chateie – disse ela, puxando violentamente o cobertor.
— Estamos aqui há apenas três dias, e você já repetiu essa pergunta pelo menos trinta vezes. Já lhe disse que tenho certos assuntos para resolver nesta cidade.
— Com Istredd?
— Sim.

Geralt soltou um suspiro e abraçou-a, não ocultando suas intenções.

— Ei – sussurrou Yennefer. – Você tomou vários elixires.
— E daí?
— Daí, nada – respondeu ela com um risinho coquete, colando seu corpo ao dele e erguendo os quadris para facilitar a retirada da camisola.

O bruxo, como sempre fascinado por sua nudez, sentiu um arrepio nas costas e um formigamento na ponta dos dedos em contato com sua pele. Tocou com os lábios seus delicados seios redondos, com bicos tão pálidos que somente delineavam seu formato. Enfiou os dedos por entre seus cabelos recendendo a lilás e groselha.

Yennefer entregava-se a suas carícias ronronando como uma gata e esfregando nos quadris dele o joelho dobrado.

Logo ficou evidente, como de costume, que Geralt subestimara sua resistência aos elixires mágicos, esquecendo-se de seus efeitos malignos sobre o organismo. "Ou será que não são os elixires", pensou ele, "e sim o cansaço provocado pelo combate, pelos riscos e pela ameaça de morte? Um cansaço para o qual, por rotina, não dou mais a menor atenção? Mas meu organismo, embora adaptado de modo não natural, não se submete facilmente a rotinas. Ele reage automaticamente, só que sempre nos momentos em que não deveria. Que droga!"

Já Yennefer, como de costume, não ficava deprimida por qualquer coisinha. Geralt sentiu como ela o tocava, murmurando junto de seu ouvido. Como de costume e involuntariamente, pensou na cósmica quantidade de ocasiões nas quais ela teve de lançar mão daquele tão prático feitiço. Depois, parou de pensar.

Como de costume, tudo foi extraordinário.

Olhou para seus lábios, cujos cantos tremulavam num sorriso inconsciente. Conhecia bem aquele sorriso, que sempre lhe parecera mais de triunfo do que de felicidade. Jamais lhe perguntara sobre aquilo. Sabia que ela não responderia.

O gavião negro pousado nos chifres de veado agitou as asas, abrindo e fechando o bico. Yennefer virou a cabeça e soltou um suspiro. Um suspiro triste.

—Yen, o que foi?

— Nada, Geralt. Nada.

A lamparina tremulava com uma chama vacilante. Um rato chiou num buraco da parede, enquanto a broca dentro da cômoda perfurava a madeira de maneira cadenciada e monótona.

—Yen?

— Hum?

— Vamos embora. Não me sinto bem aqui. Esta cidade tem péssimo efeito sobre mim.

Yennefer virou-se de lado. Passou a mão por sua bochecha, afastando dela alguns fios de cabelo, e desceu mais com os dedos, até tocar nas grossas cicatrizes de seu pescoço.

— Você sabe o que quer dizer "Aedd Gynvael", o nome desta cidade?

— Não. Imagino que seja algo na língua dos elfos.

— Acertou. Quer dizer "Fragmento de Gelo".

— Não combina em nada com este buraco fedorento.

— Entre os elfos – sussurrou a feiticeira – circula a lenda sobre a Rainha do Inverno, que, durante as nevascas, percorre países num trenó puxado por uma parelha de cavalos brancos. Nessas passagens, ela semeia à sua volta pequenos, duros e cortantes fragmentos de gelo, e pobre daquele a quem um fragmento desses atingir o olho ou o coração. Estará perdido. Nada mais poderá alegrá-lo, e tudo o que não for branco como a neve lhe parecerá sujo, nojento e repulsivo. Não terá um minuto de paz, largando tudo e partindo atrás da Rainha, em busca de seus sonhos e de seu amor. É óbvio que nunca a encontrará e morrerá de nostalgia. Aparentemente, algo assim ocorreu aqui, nesta cidade, em tempos remotos. Uma bonita lenda, você não acha?

— Os elfos são capazes de vestir tudo com belas palavras — murmurou Geralt sonolentamente, deslizando os lábios pelos ombros da feiticeira. — Na verdade, não se trata de uma lenda, Yen, mas de uma bela e tocante descrição de um horrendo fenômeno, a Perseguição Selvagem. Uma inexplicável loucura coletiva que obriga as pessoas a se juntar àquele cortejo diabólico que percorre o céu. Já a presenciei. Ofereceram-me uma considerável fortuna para dar cabo de tal praga, mas não aceitei. Em se tratando da Perseguição Selvagem, não há como...

— Bruxo — disse Yennefer em voz baixa, beijando sua bochecha. — Você não tem um pingo de romantismo. Eu simplesmente adoro as lendas dos elfos. Elas são tão lindas! É uma pena os seres humanos não terem lendas assim. Quem sabe não as tenham um dia? Quem sabe não cheguem a criá-las? Para onde quer que se olhe só se veem tristeza e trivialidade. Mesmo o que começa de maneira bela logo se transforma em algo tedioso e banal nesse ritual humano, nesse ritmo entediante chamado vida. Saiba, Geralt, que não é fácil ser feiticeira, mas, se for comparar minha vida com a comum e cotidiana existência humana... Geralt?

A feiticeira colocou a cabeça sobre o peito dele, que se erguia e baixava levemente.

— Durma — sussurrou. — Durma, meu bruxo.

III

A cidade exercia nele uma influência negativa.

Desde cedo tudo estragava seu humor, provocando-lhe depressão e ira. Tudo. Ficou furioso porque dormira demais e porque a manhã passara e era quase meio-dia. Aborreceu-o a ausência de Yennefer, que saíra de casa antes de ele ter acordado.

Parecia que a feiticeira deveria ter estado com pressa, pois os utensílios, em geral meticulosamente arrumados, jaziam espalhados sobre a mesa como um punhado de dados atirados por um adivinho no decurso de seu ritual: pincéis de pelos delicados – os grandes, para passar pó de arroz no rosto, os pequenos, para aplicar batom nos lábios, e os menores de todos, para tingir os cílios com hena –, lápis para pálpebras e sobrancelhas, pinças e colherinhas de prata, potinhos e garrafinhas de porcelana e de vidro fosco contendo, como ele bem sabia, elixires e pomadas feitos com ingredientes tão triviais como fuligem, gordura de ganso e suco de cenoura, ou tão ameaçadoramente misteriosos como mandrágora, antimônio, beladona, cânabis, sangue de dragão e veneno concentrado de escorpiões gigantes. E, pairando no ar sobre tudo aquilo, o cheiro de lilás e groselha, seu perfume preferido.

Yennefer estava presente naqueles objetos. Estava presente naquele cheiro... Só que ela mesma não estava.

Geralt desceu para o andar inferior, sentindo uma crescente preocupação e um acúmulo de raiva. Contra tudo. Irritaram-no os frios e já endurecidos ovos mexidos preparados pelo albergueiro, que, para servi-lo, parou por um instante de bolinar uma garotinha. O que o deixou mais enraivecido ainda foi o fato de a menina ter no máximo doze anos e estar com lágrimas nos olhos.

O quente dia primaveril e a alegre algazarra da rua não melhoraram seu humor. Continuava não gostando de Aedd Gynvael, que parecia uma maldosa paródia de todas as cidadezinhas que conhecera, porém caricaturalmente mais barulhenta, mais abafada, mais suja e mais enervante.

Como continuava sentindo o tênue fedor do lixão na roupa e nos cabelos, resolveu ir até os banhos públicos. Uma vez em seu interior, irritou-o o modo como o funcionário que o atendeu olhou para o medalhão de bruxo e para a espada colocada na beirada da banheira. Aborreceu-o, também, o fato de o funcionário não lhe ter oferecido os serviços de uma prostituta. Não tinha a mínima intenção de desfrutá-los, mas, como nas termas era costume oferecê-los a todos, ficou zangado por terem feito uma exceção a ele.

Quando saiu das termas, cheirando fortemente a sabão cinzento, seu humor não melhorara e Aedd Gynvael não lhe parecera ter ficado mais bonita. Continuava não tendo nada que pudesse lhe agradar. Não lhe agradavam os montículos de estrume espalhados pelas ruas nem o mendigo sentado de cócoras diante do templo, tampouco as mal traçadas letras num muro anunciando: À RESERVA COM OS ELFOS!

Não lhe permitiram entrar no castelo, despachando-o para falar com o estaroste na corporação dos comerciantes. Aquilo o deixou mais aborrecido. Irritou-o, ainda, o fato de o chefe da corporação, um elfo, tê-lo mandado procurar o estaroste na praça do mercado, tratando-o com empáfia e desprezo, o que era de estranhar vindo de alguém que a qualquer momento poderia ser deportado para uma reserva.

A praça do mercado estava repleta de pessoas, com muitas barracas, carroças, cavalos, bois e moscas. No centro, havia um pelourinho com um delinquente, sobre o qual a plebe atirava lama e esterco. O delinquente, com uma calma digna de admiração, insultava seus atormentadores com palavras obscenas, mas sem elevar demasiadamente a voz.

Para Geralt, familiarizado com os costumes locais, o objetivo da presença do estaroste naquela confusão de pessoas era bastante claro. Os mercadores, que chegavam em caravanas, já haviam embutido nos preços de seus produtos os valores que deveriam pagar a título de suborno e, assim, tinham de dá-los a alguém. O estaroste, também conhecedor daquele costume, estava ali para que os mercadores não se fatigassem.

O lugar no qual ele despachava era um baldaquino feito de um imundo pano azul estendido sobre estacas. Sob o baldaquino havia uma mesa rodeada por agitados clientes. À cabeceira da mesa estava sentado o estaroste Herbolth, com expressão de desdém e desprezo por tudo e por todos estampada no rosto desbotado.

— Ei, você aí! Aonde pensa que vai?

Geralt virou lentamente a cabeça e, no mesmo instante, reprimiu a raiva, dominou a irritação e se transformou num duro

e frio fragmento de gelo. Não podia mais se permitir nenhum tipo de emoção. O homem que bloqueara sua passagem tinha cabelos amarelados como penas de um papa-figos e sobrancelhas da mesma cor sobre inexpressivos olhos opacos. Suas delgadas mãos de dedos compridos estavam apoiadas num cinturão feito de maciças placas de latão, do qual pendiam um espadão, uma pesada maça e dois punhais.
— Ah — falou ele. — Estou reconhecendo-o. Você é um bruxo. Tem algum assunto para tratar com Herbolth?
Geralt assentiu com a cabeça, sem parar de observar aquelas grandes mãos. Sabia que desviar os olhos delas poderia ser extremamente perigoso.
— Ouvi falar de você, exterminador de monstros — continuou o homem, examinando as mãos de Geralt. — Embora eu creia que nós nunca tivemos o prazer de nos encontrar, você certamente ouviu falar de mim. Sou Ivo Mirce, mas todos me chamam de Cigarra.
O bruxo fez um gesto com a cabeça, indicando que ouvira. Também sabia o preço que ofereciam por sua cabeça em Wyzim, Caelf e Vattweir. Se tivessem pedido sua opinião, ele teria dito que o preço não era suficientemente alto. No entanto, ninguém lhe perguntara.
— Muito bem — disse Cigarra. — O estaroste está aguardando você. Pode ir, mas a espada, meu amigo, você terá de deixar comigo. Estou sendo pago para zelar que esse cerimonial seja observado. Ninguém armado pode se aproximar de Herbolth. Entendeu?
Geralt deu de ombros com indiferença, tirou o cinturão e, enrolando-o na bainha da espada, entregou-o a Cigarra, que sorriu com o canto dos lábios.
— Ora, vejam só — falou. — Que comportadinho, sem uma palavrinha de protesto! Eu sabia que os boatos que circulam sobre você são exagerados. Bem que gostaria que um dia você pedisse minha espada. Aí, você ouviria minha resposta.
— Cigarra! — gritou o estaroste repentinamente, erguendo-se da cadeira. — Deixe-o passar! Venha logo, senhor Geralt, seja bem--vindo! Por favor, senhores comerciantes, afastem-se da mesa e me deixem alguns minutos a sós. Seus negócios têm de ceder diante

de questões muito mais importantes para a cidade. Entreguem todas suas petições a meu secretário!

A fingida veemência da saudação não iludiu Geralt, que adivinhou imediatamente que ela servia como elemento de barganha. Os mercadores ganharam um tempo para avaliar se o valor do suborno era adequado.

— Sou capaz de apostar que Cigarra conseguiu provocá-lo. — Herbolth ergueu indolentemente a mão em resposta a uma também indolente saudação do bruxo. — Não se preocupe com isso. Cigarra saca a arma apenas quando lhe é ordenado. É verdade que ele não está muito satisfeito com esse arranjo, mas, enquanto eu lhe pagar, ele terá de obedecer, do contrário será posto no olho da rua. Não se preocupe.

— Por que cargas-d'água precisa de alguém como Cigarra, senhor estaroste? A cidade é insegura a tal ponto?

— Ela é segura porque eu contratei Cigarra — respondeu Herbolth, rindo. — Sua fama é grande e isso vem a calhar. É preciso que o senhor saiba que Aedd Gynvael e outras cidades do vale do Toina são subordinadas aos governantes de Rakverelin, os quais ultimamente têm sido substituídos a cada estação do ano. Aliás, não se sabe por quê, já que um de cada dois é meio elfo ou um quarto de elfo, aquela raça maldita. Tudo o que é ruim o é por causa dos elfos.

Geralt não acrescentou que também por causa dos carreteiros, porque a piada, embora conhecida, não era apreciada por todos.

— Cada novo governante — continuou Herbolth, com ar irritado — começa trocando os corregedores e estarostes do regime anterior, para poderem ocupar as cadeiras com parentes e amigos. Entretanto, depois do que Cigarra fez com os emissários de certo governante, ninguém mais tentou tirar meu posto, de modo que sou o mais antigo estaroste do mais antigo regime. Mas nós estamos aqui, jogando conversa fora, enquanto há um monte de roupa para lavar, como costumava dizer minha primeira esposa, que descanse em paz. Vamos ao que interessa. Que espécie de réptil vivia naquele nosso lixão?

— Um zeugl.

— Nunca ouvi falar de algo assim. Imagino que ele já esteja morto, não?

— Sim, está morto.
— E quanto isso vai custar aos cofres da municipalidade? Setenta?
— Cem.
— Não precisa exagerar, senhor bruxo. Andou bebendo? Cem marcos para matar um verme qualquer num monte de merda?
— Verme ou não, senhor estaroste, ele devorou oito pessoas, segundo o senhor mesmo me afirmou.
— Pessoas? O senhor deve estar brincando! Conforme me relataram, o monstro devorou o velho Zakorek, cuja fama derivava do fato de ele nunca estar sóbrio, uma velhota de um dos subúrbios e alguns filhos de Sulirad, o que demorou muito para ser descoberto, uma vez que o próprio Sulirad não sabe quantos filhos tem; ele os produz rápido demais para poder contá-los. Pessoas? Pois sim! Oitenta.
— Se eu não tivesse matado o zeugl, ele teria em pouco tempo devorado alguém mais importante, como o farmacêutico. E aí, onde o senhor encontraria a pomada para seus tumores? Cem.
— Cem marcos é um montão de dinheiro. Não sei se pagaria tanto por uma hidra de nove cabeças. Oitenta e cinco.
— Cem, senhor estaroste. Não se esqueça de que, embora não se tratasse de uma hidra de nove cabeças, ninguém de sua cidade, nem mesmo o famoso Cigarra, conseguiu dar conta do zeugl.
— Porque ninguém desta cidade tem por costume chafurdar no meio de lixo e excrementos. Minha última oferta: noventa.
— Cem.
— Com todos os diabos! Noventa e cinco, e nenhum marco mais!
— Está bem.
— Finalmente — respirou um sorridente Herbolth. — Sempre barganha com tanto empenho, senhor bruxo?
— Não — respondeu Geralt, com um sorriso. — Na verdade, muito raramente, mas é que quis lhe fazer um agrado.
— E fez, com todos os diabos — riu Herbolth. — Ei, Omleto! Venha cá! Traga o livro e o cofre e pague ao senhor Geralt noventa marcos.
— Nós havíamos combinado noventa e cinco.

— Esqueceu-se do imposto?

O bruxo murmurou um palavrão. O estaroste colocou um símbolo floreado no recibo e, em seguida, coçou o interior de seu ouvido com a parte limpa da pena.

— Imagino que agora haverá paz no lixão.

— Provavelmente. Só havia um zeugl. Sempre há a possibilidade de ele ter tido tempo para se reproduzir. Os zeugls são hermafroditas, como os caracóis.

— Que baboseira é essa que o senhor está me contando? — perguntou Herbolth, olhando de soslaio para o bruxo. — Para se multiplicar são necessários dois: um macho e uma fêmea. O senhor quer me dizer que os tais zeugls se reproduzem como pulgas ou ratos, que nascem da palha apodrecida de colchões? Qualquer idiota sabe que não existem ratos machos e ratos fêmeas, que todos são iguais e se reproduzem por si mesmos, nascendo de palha podre.

— E os caracóis nascem de folhas úmidas — acrescentou o secretário Omleto, ocupado em formar pilhas de moedas.

— Qualquer um sabe disso — sorriu Geralt suavemente. — Não existem caracóis e caracoas, apenas folhas. Todo aquele que pensa diferente está errado.

— Basta de falar sobre vermes. — Herbolth olhou desconfiado para o bruxo. — Perguntei se poderá aparecer algo de novo em nosso lixão. Portanto, tenha a bondade de dar uma resposta curta e clara.

— Seria recomendável examinar o lixão dentro de um mês, de preferência com a ajuda de cães. Os filhotes de zeugls são inofensivos.

— E o senhor não poderia fazer isso para nós? Quanto ao pagamento pelo serviço, tenho certeza de que chegaremos a um acordo satisfatório para ambas as partes.

— Não — respondeu Geralt, pegando as moedas das mãos de Omleto. — Não pretendo ficar em sua encantadora cidade nem por uma semana, quanto mais por um mês.

— Eis aí uma declaração muito interessante — sorriu Herbolth, fixando os olhos diretamente nos do bruxo. — Muito interessante, porque acredito que o senhor ficará aqui por bastante tempo ainda.

— Pois saiba, senhor estaroste, que está enganado.

— Estou? O senhor veio para cá na companhia daquela feiticeira de cabelos negros... como é mesmo o nome dela?... acho que é Guinever... Então, vocês se hospedaram na estalagem O Grande Esturjão, dizem que no mesmo quarto.

— E daí?

— Daí que ela, toda vez que vem a Aedd Gynvael, não costuma partir em pouco tempo. E ela já esteve aqui várias vezes.

Omleto abriu um desdentado sorriso significativo. Herbolth manteve os olhos fixos nos do bruxo, mas sem mais sorrir. Em compensação, Geralt sorriu da maneira mais horrenda de que era capaz.

— Bem, não sei de nada — falou o estaroste, desviando o olhar e escavando o chão com o salto de sua bota. — E, para ser sincero, estou me lixando. Mas o senhor não pode se esquecer de que o feiticeiro Istredd é uma pessoa importante. Ele é fundamental para nossa cidade... eu diria até que inestimável. Ele desfruta grande respeito não só da gente local, como também do pessoal de fora. Quanto a nós, evitamos meter o nariz em seus negócios, tanto os de feitiçaria como os privados.

— No que, provavelmente, vocês estão certos — concordou o bruxo. — E onde ele mora, se é que posso perguntar?

— O senhor não sabe? É logo ali. Está vendo aquela casa? Aquela branca, alta, enfiada como, com o perdão da palavra, uma vela num rabo, entre o armazém e o paiol? É lá, mas o senhor não vai encontrá-lo em casa a esta hora. Ultimamente Istredd tem cavado como uma toupeira ao longo do fosso meridional, tendo convocado uma porção de pessoas para esta tarefa. Fui até lá e perguntei educadamente: "Por que o senhor, mestre, está cavucando tanto a ponto de as pessoas começarem a caçoar? O que há de tão interessante aí?", e ele olha para mim como se eu fosse um idiota qualquer e responde: "História". "Que tipo de história?", indago. Ao que ele diz: "A história da humanidade. A resposta à pergunta de o que houve aqui e à pergunta do que haverá". E eu: "O que havia aqui antes de a cidade ter sido construída era muita merda, um monte de terrenos baldios, arbustos e lobisomens. Quanto ao que haverá, isso vai depender de quem o pessoal de Rakverelin escolher para governante... na certa mais um maldito meio elfo. E, cavando, as únicas coisas que o senhor vai encontrar serão minhocas, para servirem de iscas numa pescaria". O senhor acha que ele me deu atenção? Que nada! Continua cavucando. De modo que, se quer encontrá-lo, terá de ir até o fosso meridional.

— Não é bem assim, senhor estaroste — observou Omleto, com uma risadinha maliciosa. — Ele deve estar em casa. Imagine se ele pensaria em escavações agora, quando...

Herbolth olhou para ele de modo ameaçador, e Omleto calou-se, abaixando a cabeça e revolvendo a terra com os pés. O bruxo, mantendo o sorriso desagradável, cruzou os braços sobre o peito.

— Bem, talvez — o estaroste pigarreou meio sem graça — Istredd esteja mesmo em casa. Para ser sincero, pouco me inte...

— Passe bem, senhor estaroste — falou Geralt, sem um mínimo esforço para fazer uma reverência. — Desejo-lhe um bom-dia.

Então, foi até onde estava Cigarra, que veio a seu encontro com um tilintar de armas.

— Está com pressa, bruxo?
— Estou.
— Dei uma espiada em sua espada.

Geralt lançou-lhe um olhar que nem na melhor das intenções poderia ser chamado de caloroso.

— Você tem do que se gabar — disse. — Foram poucos os que a examinaram, e menos ainda os que conseguiram comentar tal fato.

— Oh, lá, lá — riu Cigarra. — Sua afirmação soou muito ameaçadora; cheguei a ficar todo arrepiado de medo. Sempre tive curiosidade, bruxo, de saber por que tantos o temem, e acho que já sei a razão.

— Estou com pressa, Cigarra. Portanto, devolva-me a espada, se não for incômodo.

— Uma nuvem de fumaça nos olhos das pessoas, nada mais do que uma nuvem de fumaça. Você, com suas caretas ameaçadoras, suas histórias e boatos, que, certamente, você mesmo espalha, assusta as pessoas como um abelheiro assusta as abelhas com fumaça e fedor. E as abelhas, tolas como são, fogem da fumaça, em vez de enfiar o ferrão na bunda do bruxo, que, como qualquer outra bunda, logo ficaria inchada. Dizem que vocês, bruxos, são imunes à dor. Bobagem. Se alguém os ferroasse direito, na certa a sentiriam.

— Acabou? — perguntou Geralt.

— Sim — respondeu Cigarra, entregando-lhe a espada. — Você sabe o que desperta minha curiosidade?

— Sim. Abelhas.

— Não. O fato de quem chegaria ao fim de uma ruela na qual você entrasse com sua espada numa ponta e eu, na outra. Eis uma coisa que valeria uma aposta.

— Por que você me provoca assim, Cigarra? O que você quer? Afinal, de que se trata?

— De nada. Apenas a curiosidade de quanto há de verdade naquilo que as pessoas falam de como vocês, bruxos, são valentes num combate por não terem coração, alma, misericórdia, nem mesmo consciência. Porque elas dizem o mesmo de mim, e não sem razão. É por isso que estou tão curioso em saber qual de nós dois sairia vivo da ruela. Você não acha que valeria a pena fazermos uma aposta?

— Já lhe disse que estou com pressa. Não pretendo perder tempo discutindo bobagens, e não costumo apostar. Mas, caso um dia você tenha a ideia de me importunar numa ruela, permita que eu lhe dê um valioso conselho: pense bem antes no que você vai fazer, Cigarra.

— Fumaça — respondeu Cigarra, sorrindo. — Fumaça nos olhos, bruxo. Nada mais do que isso. Até a vista, quem sabe numa ruela qualquer?

— Quem sabe...

IV

— Sente-se, Geralt. Aqui poderemos conversar sem sermos perturbados.

O que mais chamava a atenção na oficina era a impressionante quantidade de livros — eram eles que ocupavam a maior parte daquele espaçoso aposento. Os grossos volumes preenchiam as prateleiras ao longo das paredes, arqueavam as estantes, empilhavam-se sobre caixotes e cômodas. O bruxo estimou que deveriam valer uma fortuna. Obviamente, não faltavam outros elementos esperados num ambiente como aquele: um crocodilo empalhado, um ouriço-do-mar ressecado pendurado no teto, um esqueleto empoeirado e uma enorme coleção de frascos com álcool contendo todas as monstruosidades imagináveis: lacraias, aranhas, cobras, sapos, assim como incontáveis fragmentos humanos e inumanos, sobretudo tripas. Havia até um homúnculo ou, pelo menos, algo que se assemelhava a um homúnculo, embora também pudesse facilmente ser um feto defumado.

Aquela estranha coleção não impressionou Geralt. Ele morara por mais de meio ano na casa de Yennefer, em Vengerberg, e a feiticeira tinha uma coleção ainda mais interessante, incluindo um falo de proporções indescritíveis, que supostamente pertencera a um troll montanhês, além de um unicórnio habilmente empalhado, sobre cujo dorso adorava fazer amor. O bruxo estava convencido de que, se havia um lugar mais inadequado para fazer amor, só podia ser o dorso de um unicórnio vivo. Diferentemente dele, que considerava a cama um luxo e desfrutava todas as possibilidades oferecidas por aquele móvel extraordinário, Yennefer era capaz das maiores extravagâncias. Geralt lembrava-se de momentos de prazer passados com ela sobre um telhado inclinado, dentro de um buraco do tronco apodrecido de uma árvore, num balcão – que não era deles –, na balaustrada de uma ponte, num instável barco no meio de um rio caudaloso e enquanto levitavam a trinta braças do solo. Mas o unicórnio era o pior de tudo. Por sorte, um dia ele se rompeu sob eles, e seu enchimento espalhado pelo chão serviu de motivo de riso e chacota.

– O que o está divertindo tanto, bruxo? – perguntou Istredd, sentado atrás de uma mesa cujo tampo estava coberto de caveiras, ossos e pedaços de objetos enferrujados.

– Toda vez que olho para essas coisas – respondeu o bruxo, sentando-se em frente ao feiticeiro e apontando para os frascos e potes –, indago-me se realmente é impossível praticar magia sem essa parafernália nojenta, à vista da qual se contorcem as entranhas.

— É apenas questão de gosto — falou Istredd. — De gosto e de costume. Algo que repugna uma pessoa pode não incomodar outra. E quanto a você, Geralt? O que o repugna? Estou curioso em saber o que pode repugnar alguém que, pelo que me contaram, se submete a entrar até o pescoço no meio de estrume e imundices de toda espécie em troca de uns míseros marcos. Por favor, não considere essa pergunta uma ofensa ou provocação. Estou realmente interessado em saber o que pode despertar nojo ou repugnância num bruxo.

— Por acaso você não estaria guardando nesse frasco uma amostra de sangue menstrual de uma virgem, Istredd? Eis uma imagem que me repugnaria: a de você, um feiticeiro sério e renomado, ajoelhado com uma garrafinha na mão e esforçando-se para recolher gota a gota esse líquido tão precioso na... própria fonte, por assim dizer.

— Acertou na mosca — sorriu Istredd. — Refiro-me, obviamente, a seu brilhante raciocínio, tão cheio de humor e ironia, pois, no que se refere ao conteúdo deste frasco, você errou redondamente.

— Mas você usa esse tipo de sangue de vez em quando, não é verdade? Pelo que ouvi falar, nem adianta tentar determinados feitiços sem o sangue de uma donzela, de preferência morta por um raio em noite de lua cheia. Em que ele difere do sangue de uma mulher da vida que, bêbada, caiu sobre uma paliçada?

— Em nada — concordou o feiticeiro, com um sorriso amável. — No entanto, se fosse revelado que a tarefa poderia ser feita igualmente com o sangue de um porco, tão fácil de encontrar, o povaréu todo começaria a se envolver em feitiçaria. De outro lado, se a ralé tivesse de colher e usar esse sangue de donzela que tanto o fascina, lágrimas de dragão, veneno de tarântulas brancas, sopa feita de mãos decepadas de recém-nascidos ou de um cadáver exumado à meia-noite, pensaria duas vezes antes de se aventurar em tal mundo.

O bruxo e o feiticeiro ficaram calados por um tempo. Istredd, que parecia estar meditando profundamente, tamborilava com as unhas numa rachada e enegrecida caveira sem mandíbula que jazia a sua frente, enquanto percorria com o dedo indicador as beiradas irregulares do orifício do osso temporal. Geralt o observava com discrição, tentando adivinhar quantos anos tinha. Sabia que os feiticeiros mais experientes eram capazes de parar o processo de envelhecimento para sempre na idade que mais lhes aprouvesse. Os homens, tendo em mente a reputação e o prestígio, demonstravam clara preferência por uma idade mais avançada, para transmitir uma imagem de experiência e sabedoria. Já as mulheres, como Yennefer, davam menos importância ao prestígio e mais à atratividade. Istredd aparentava ter uns merecidos e bem conservados quarenta anos. Tinha cabelos lisos agrisalhados que lhe chegavam até os ombros e muitas pequenas rugas na testa, no canto dos lábios e em torno dos olhos, o que lhe dava ar mais distinto. Geralt não sabia se a profundidade e a sabedoria que emanavam de seus suaves olhos cinzentos eram naturais ou fruto de feitiçaria. Após uma breve reflexão, chegou à conclusão de que aquilo não fazia diferença alguma.

– Istredd – falou, interrompendo o silêncio desajeitadamente. – Vim aqui porque queria encontrar Yennefer. Apesar de ela não estar, você me convidou para termos uma conversa. Uma conversa sobre o quê? Sobre a ralé que tenta quebrar o monopólio de vocês no uso da magia? Sei que você me inclui no meio dessa ralé. Isso não é novidade para mim. Por um momento tive a impressão de que você se revelaria diferente de seus confrades, que com frequência entabulam conversas comigo apenas para anunciar que não gostam de mim.

– Não tenho a intenção de pedir-lhe desculpas pelo comportamento de meus confrades, como você os chama – respondeu o feiticeiro calmamente. – Compreendo muito bem seus motivos, porque eles, assim como eu, tiveram de trabalhar duro e suar muito para adquirir uma aceitável prática na arte da feitiçaria. Na época em que eu era rapazinho e os garotos de minha idade corriam pelos campos com arcos e flechas, pescavam nos rios ou jogavam bola, eu vivia com a cabeça enfiada em manuscritos. Por causa do chão de pedra da torre, sentia dores nos ossos e nos ligamentos; isso obviamente no verão, porque no inverno o frio era tão intenso que o esmalte de meus dentes chegava a estalar. Já a poeira dos velhos livros e pergaminhos me fez ter acessos de tosse tão fortes que meus olhos pareciam querer saltar das órbitas, enquanto meu mestre, o velho Roedskilde, nunca perdia uma oportunidade para me açoitar, aparentemente convicto de que sem aquilo eu não conseguiria avanços significativos em meu aprendizado. Não desfrutei o prazer de lutar numa guerra, de me relacionar com mulheres ou de degustar uma boa cerveja na melhor fase da vida, na qual essas diversões têm melhor sabor.

— Pobrezinho — disse Geralt, fazendo uma careta. — Chego a ficar com lágrimas nos olhos.

— Por que essa ironia? Estou tentando esclarecer as razões pelas quais os feiticeiros não nutrem uma simpatia especial por curandeiros de aldeia, benzedeiros, charlatões, megeras e bruxos. Pode chamar esse sentimento como quiser, até de simples inveja, mas é exatamente ele a causa principal para a antipatia. O fato é que ficamos profundamente melindrados quando vemos a magia, arte que nos foi ensinado tratar como um saber elitista, um privilégio concedido exclusivamente aos melhores e um santo mistério, sendo manipulada por mãos profanas e amadoras, mesmo que seja magia barata e digna de pena. É por isso que meus confrades não gostam de você. E, para ser totalmente sincero, saiba que também não gosto.

Geralt achou que chegara a hora de acabar com aquele papo furado, que lhe proporcionava uma sensação desagradável, como a de uma lesma arrastando-se por suas costas e nuca. Pressionou os dedos na borda do tampo da mesa e fixou os olhos diretamente nos de Istredd.

— Trata-se de Yennefer, não é verdade? — indagou.

O feiticeiro ergueu a cabeça, continuando a tamborilar com os dedos na caveira sobre a mesa.

— Aceite meus parabéns por sua perspicácia — falou, suportando com galhardia o olhar do bruxo. — Estou impressionado. Sim, trata-se de Yennefer.

Geralt permaneceu calado. Uma vez, havia muito tempo, quando ainda era um jovem bruxo, estava de tocaia aguardando uma manticora surgir, sentindo que ela se aproximava. Não conseguia vê-la nem ouvi-la. No entanto, sentia sua presença. Nunca pôde esquecer aquela sensação e, agora, sentia exatamente o mesmo.

– Sua perspicácia – voltou a falar Istredd – poupa-me muito tempo que seria gasto em lero-lero. Assim, a questão ficou clara de vez.

Geralt não fez comentário algum.

– Minha relação com Yennefer – continuou o feiticeiro – é antiga, bruxo. Por bastante tempo foi uma relação sem comprometimento, que consistiu apenas em longos ou curtos períodos mais ou menos regulares nos quais estivemos juntos. Tal tipo de parceria descomprometida é muito frequente entre as pessoas de nossa profissão. Acontece que esse arranjo deixou de me satisfazer e, diante disso, decidi propor-lhe que ficasse comigo permanentemente.

– E o que ela respondeu?

– Que pensará no assunto. Dei-lhe bastante tempo para pensar, porque sei que não será uma decisão muito fácil para ela.

– Por que me conta isso tudo, Istredd? O que o motivou, além de uma louvável, porém surpreendente sinceridade, característica tão rara entre vocês, feiticeiros? Qual o objetivo dessa sua sinceridade?

– Um objetivo prosaico – suspirou Istredd. – É que sua pessoa dificulta Yennefer a tomar uma decisão. E, assim, peço-lhe que tenha a bondade de se afastar. Que você suma da vida dela e pare de atrapalhar. Em poucas palavras: que vá para o inferno. De preferência na calada da noite e sem se despedir, algo que, segundo ela me confidenciou, você costuma fazer.

– Tenho de admitir – respondeu Geralt, esforçando-se para ostentar um sorriso – que sua desembaraçada sinceridade deixa-me cada vez mais estupefato. Poderia esperar qualquer coisa, menos um pedido desses. Você não acha que, em vez de pedir, ser-lhe-ia mais fácil despedaçar-me com um raio fugaz pelas costas? Não haveria qualquer estorvo, a não ser uma mancha de fuligem a ser raspada da parede. Seria um meio mais simples e mais seguro, porque, como você bem sabe, um pedido pode ser recusado, enquanto não há como se defender de um raio.

– Eu nem avento a possibilidade de uma recusa.

– Por quê? Terá sido esse estranho pedido apenas uma advertência que precede um raio ou outro alegre feitiço? Ou talvez uma sondagem apoiada em atraentes argumentos tilintantes, capazes de seduzir o ganancioso bruxo? Quanto você estaria disposto a me pagar para que eu me afaste do caminho que leva a sua felicidade?

O feiticeiro parou de tamborilar com os dedos, apoiando a mão na caveira. Geralt notou que os nós de seus dedos embranqueceram.

— Eu não tinha a intenção de aviltá-lo com uma proposta de semelhante teor. Longe de mim um ato desses. Mas... já que... Geralt, sou um feiticeiro, e não dos piores. Não quero me gabar de meus poderes, porém asseguro-lhe que poderei atender a muitos de seus desejos, se você explicitá-los, alguns deles sem esforço especial algum.

Istredd fez um gesto com a mão, parecendo espantar um mosquito. Sobre a mesa surgiram repentinamente grandes borboletas multicoloridas.

— Meu desejo, Istredd — quase rosnou o bruxo, espantando os insetos que voavam em volta de seu rosto —, é que você pare de se meter entre Yennefer e mim. Estou me lixando para suas propostas a ela. Poderia tê-las feito antes, quando ela esteve com você. Porque antes foi antes, e agora é agora. Agora, ela está comigo. Quer que eu me afaste e deixe o caminho livre para você? Esqueça. Recuso-me. E não só me recuso a ajudá-lo, como vou fazer de tudo para atrapalhá-lo, dentro de minhas limitações. Como pode ver, não fico atrás de você em sinceridade.

— Você não tem o direito de se recusar. Não você.

— Por quem me toma, Istredd?

O feiticeiro fixou os olhos diretamente nos de Geralt, inclinando-se sobre a mesa.

— Por um namoradinho casual. Por uma momentânea fascinação. No máximo, por um capricho ou por um dos inúmeros casos que Yenna costuma ter, porque gosta de brincar com emoções; ela é impulsiva, além de inesgotável em seus caprichos. Eis por quem eu o tomo, embora, depois de trocar algumas palavras com você, tenha rejeitado a possibilidade de ela tratá-lo exclusivamente como mero instrumento. E saiba que isso já ocorreu com ela mais de uma vez.

— Você não entendeu o significado de minha pergunta.

— Ledo engano. Entendi muito bem, mas falo de propósito das emoções de Yenna, porque você, sendo um bruxo, não pode ter sentimento algum. Você não quer atender a meu pedido porque tem a impressão de que faz questão dela, você acha que... Geralt, você está com Yenna única e exclusivamente porque ela assim o deseja, e ficará com ela pelo tempo que ela quiser. Quanto ao que você sente, é apenas uma projeção dos sentimentos dela, ou seja, do interesse que ela parece ter em você. Com todos os diabos, Geralt, você não é criança e sabe muito bem quem é. Você é um mutante. Não me entenda mal; não estou dizendo isso para denegri-lo, nem para demonstrar qualquer desprezo por sua pessoa. Apenas confirmo um fato concreto. Você é um mutante, e uma das principais características de sua mutação é a total incapacidade de ter qualquer tipo de emoção. Foi assim que o fizeram, para que você pudesse exercer a contento seu ofício. Deu para entender? Você não pode sentir coisa alguma. Aquilo que você toma por emoção é uma lembrança celular, somática... se é que você sabe o significado dessa palavra.

— Por mais estranho que isso lhe possa parecer, sei.

— Tanto melhor. Então me escute. Estou lhe pedindo algo que posso pedir a um bruxo e que nunca poderia pedir a um homem. Estou sendo sincero com um bruxo, enquanto jamais me permitiria tamanha sinceridade diante de um homem. Geralt, quero dar a Yenna compreensão e segurança, sentimentos e felicidade. Você é capaz de, pondo a mão no coração, afirmar o mesmo? Não, não é. Para você, essas palavras não têm significado. Você se arrasta atrás de Yenna, alegrando-se feito criança com a temporária simpatia que ela lhe demonstra. Você, como um gato selvagem no qual todos jogam pedras, ronrona de felicidade por ter encontrado alguém que não tem medo de acariciar seu dorso. Entende o que quero dizer? É lógico que entende, porque está claro que de burro você não tem nada. Portanto, você mesmo se dá conta de que não tem o direito de me negar algo que lhe peço de maneira tão educada.

— Assim como você tem o direito de pedir – falou Geralt pausadamente –, tenho o direito de negar. Com isso, nossos direitos se anulam mutuamente e retornamos ao ponto de partida, que consiste no seguinte: Yen, pelo visto sem se importar com minha mutação e seus resultados, está agora comigo. Você lhe revelou suas intenções amorosas? É um direito seu. Ela lhe disse que pensará sobre o assunto? É um direito dela. Você tem a impressão de que eu a atrapalho na tomada de sua decisão? Que ela hesita? Que eu sou o motivo de sua indecisão? Isso aí já é um direito meu. Se ela está hesitando, deve ter lá suas razões. É inegável que estou lhe dando algo, embora para isso talvez faltem palavras no vocabulário dos bruxos.

— Escute-me...

— Não. Escute-me você. Não disse que ela foi sua no passado? Quem sabe se, em vez de mim, foi você quem não passou de um namoradinho casual, um capricho, uma emoção descontrolada tão típicos dela? Para ser totalmente sincero, Istredd, não posso excluir a possibilidade de ela ter ficado com você àquela época por puro interesse. Isso, meu caro feiticeiro, não se pode excluir somente com base em uma única conversa. Num caso assim, ao que me parece, o instrumento costuma ser mais importante do que a eloquência.

Istredd nem chegou a pestanejar ou cerrar os dentes. Geralt ficou impressionado com seu autocontrole. No entanto, o longo silêncio que se seguiu parecia indicar que o golpe fora certeiro.

— Você brinca com as palavras — falou o feiticeiro finalmente. — Embriaga-se com elas. É com palavras que você quer substituir os sentimentos humanos normais, que não existem em seu íntimo. Suas palavras não exprimem emoções; são apenas sons, iguais aos que saem desta caveira quando nela batemos. Porque você é tão oco quanto esta caveira. Não tem o direito...

— Basta! — interrompeu-o Geralt de maneira rude, talvez rude demais. — Pare de insistir em me negar direitos, porque estou farto disso, ouviu? Já lhe disse que nossos direitos são os mesmos. Aliás, não, com todos os diabos. Os meus são maiores.

— Realmente? — O feiticeiro empalideceu levemente, o que fez Geralt sentir uma indescritível satisfação. — E posso saber por quê?

O bruxo pensou por um momento e resolveu acabar com ele de vez.

— Pelo simples fato — disparou — de ela ter feito amor comigo na noite passada, e não com você.

Istredd puxou a caveira para junto de si e acariciou-a. Sua mão, para desgosto de Geralt, não tremeu nem um pouquinho.

— E você acha que tal fato lhe dá algum direito?

— Apenas um: o de tirar conclusões.

— Entendo — disse o feiticeiro. — Que seja. Pois saiba que ela fez amor comigo hoje, antes do almoço. Tire daí suas conclusões, já que diz que tem o direito. Eu tirei as minhas.

O silêncio que se seguiu pareceu durar uma eternidade. Geralt ficou desesperadamente procurando uma resposta à altura. Não encontrou.

— Não vale a pena continuar com esta conversa fiada — falou por fim, erguendo-se, furioso consigo mesmo por aquilo ter soado de maneira grosseira e tola. — Vou embora.

— Vá para o raio que o parta — retrucou Istredd, de modo igualmente grosseiro e sem olhar para ele.

V

Quando ela entrou, Geralt estava deitado na cama, completamente vestido, com as mãos atrás da cabeça, olhando para o teto.

Yennefer fechou lentamente a porta atrás de si. Estava linda.

Como ela é deslumbrante!, pensou. Tudo nela é lindo... e ameaçador. As cores que usa; o contraste entre a brancura e a negritude... beleza e ameaça. As mechas aneladas, negras como as asas de um corvo e tão naturais. As maçãs do rosto proeminentes, acentuadas por uma ruga que, nos momentos em que ela considerava apropriado sorrir, aparecia junto de seus lábios, maravilhosamente finos. As sobrancelhas, maravilhosamente irregulares sem a maquiagem com a qual ela as retocava durante o dia. O nariz, maravilhosamente comprido. As delicadas mãozinhas, maravilhosamente nervosas, agitadas e hábeis. A cintura fina e flexível, realçada por um cinto apertado ao extremo. As pernas esbeltas, que, ao andar, faziam ondular sua saia negra, dando-lhe uma forma ovalada. Linda.

Sem dizer uma palavra, Yennefer sentou-se à mesa, apoiando o queixo nas mãos entrelaçadas.

— Muito bem. Comecemos — falou. — Este silêncio prolongado cheio de dramaticidade é banal demais para mim. Vamos resolver isso de uma vez. Levante-se da cama e pare de olhar para o teto com cara de ofendido. A situação já é bastante complicada e não há por que complicá-la ainda mais. Vamos, levante-se.

Geralt ergueu-se obedientemente, sentando-se ao contrário numa tosca cadeira de madeira, montando nela como num cavalo e apoiando os braços no encosto. Yennefer não evitou seu olhar, algo que ele já esperava.

— Como disse, vamos resolver isso, e rapidamente. Para não deixá-lo numa posição desconfortável, responderei de imediato a todas suas perguntas. Sim, é verdade que, ao vir com você para Aedd Gynvael, eu estava vindo também para ver Istredd, sabendo que, quando o encontrasse, acabaria indo para a cama com ele. Não imaginei que isso fosse chegar a seu conhecimento e que você e ele passassem a se jactar disso, um diante do outro. Sei como está se sentindo neste momento, e sinto muito por isso, mas não me considero culpada de nada.

Geralt permaneceu calado.

Yennefer sacudiu a cabeça, fazendo com que os negros cachos caíssem em cascata sobre os ombros.

— Geralt, diga alguma coisa.

— Ele... — pigarreou o bruxo. — Ele a chama de Yenna.

— Sim — respondeu ela, sem baixar os olhos. — E eu o chamo de Val, pois este é seu nome. Istredd é apenas o apelido. Conheço-o há anos, Geralt, e ele me é muito próximo. Pare de me olhar desse jeito. Você também me é próximo, e é nisso que reside o problema todo.

— Você está pensando em aceitar a proposta dele?

— Saiba que estou. Já lhe disse que o conheço há anos... há muitos anos. Temos interesses, objetivos e ambições semelhantes. Nós nos entendemos sem precisar pronunciar uma palavra. Ele poderá me apoiar e, quem sabe, um dia precisará de meu apoio. E, acima de tudo... ele... ele me ama; pelo menos é isso que eu acho.

— Jamais vou estorvar você, Yen.

Yennefer ergueu a cabeça, e seus olhos cor de violeta brilharam com fogo lívido.

— Estorvar-me? Será que não entendeu nada, seu idiota? Se você estivesse me estorvando, se estivesse simplesmente me atrapalhando, eu, num piscar de olhos, me livraria do estorvo teletransportando-o para a ponta da península de Bremervoord ou faria um ciclone levá-lo para o país de Hanna. Com um pouco de esforço, poderia enfiá-lo para sempre dentro de um pedaço de quartzo e deixá-lo num jardim, no meio de um canteiro de peônias. Também poderia confundir tanto seu cérebro que você esqueceria quem eu era e como me chamava. E tudo isso apenas porque me apeteceria fazer coisas dessa natureza, já que poderia simplesmente dizer: "Foi muito bom, mas agora basta, adeus". Poderia sumir na calada da noite, assim como você fez um dia, fugindo de minha casa em Vengerberg.

— Não precisa gritar, Yen, nem ser tão agressiva. E, por favor, não desenfurne essa história de Vengerberg. Não esqueça que combinamos nunca mais abordar esse assunto. Não estou sentido com você, Yen; como pode ver, não a estou recriminando por nada. Sei que é impossível avaliá-la com medidas comuns. Já quanto ao fato de eu estar triste... de que me mata a consciência de que estou perdendo você... Isso são apenas lembranças celulares, restos atávicos de sentimentos de um mutante incapaz de qualquer emoção...

— Odeio quando você fala assim! — explodiu Yennefer. — Não suporto quando usa a palavra "mutante". Nunca mais a use em minha presença. Nunca!

— E isso, por acaso, poderá mudar o fato de eu ser um mutante?

— Não existe fato algum, e não pronuncie essa palavra quando estiver perto de mim.

O gavião negro pousado nos chifres de veado agitou as asas e fez as garras ranger. Geralt ficou observando os imóveis olhos amarelos da ave, enquanto Yennefer voltava a apoiar o queixo nas mãos entrelaçadas.

— Yen...

— Sim?

— Você prometeu responder a todas minhas perguntas, inclusive às que nem precisaria fazer. Sobrou uma. A mais importante de todas. A que nunca lhe fiz. A que sempre tive medo de fazer. Responda a ela.

— Não posso, Geralt — disse Yennefer rudemente.

— Não acredito nisso, Yen. Conheço-a muito bem.

— É impossível conhecer uma feiticeira.

— Responda a minha pergunta, Yen.

— Pois bem. Vou responder: não sei. Mas que resposta é essa?

O aposento ficou em silêncio. O burburinho vindo da rua amainou. Os raios do sol poente acenderam fogos nas ripas das venezianas, traspassando o aposento com oblíquos rastros de luz.

— Aedd Gynvael — murmurou o bruxo. — Um fragmento de gelo... Bem que pressenti que esta cidade era-me hostil. Uma cidade má.

— Aedd Gynvael — repetiu ela lentamente. — O trenó da rainha dos elfos. Por quê? Por quê, Geralt?

— Eu sigo você, Yen, por me sentir totalmente enredado. Os arreios de meu trenó se enroscaram nos esquis do seu. E, em volta de mim, apenas nevasca, gelidez e frio, muito frio.

— O calor derreteria o fragmento de gelo com o qual eu o atingi — sussurrou ela. — Com isso, o encanto se romperia e você me veria como sou de verdade.

— Então açoite seus cavalos brancos, Yen. Deixe que eles disparem para o norte, onde jamais houve degelo, e tomara que nunca haja. Quero me encontrar, o mais rápido possível, em seu castelo de gelo.

— Não existe tal castelo — respondeu Yennefer com lábios trêmulos. — É apenas um símbolo. E nossa viagem de trenó é a perseguição de um sonho irrealizável. Porque eu, rainha dos elfos, anseio por calor. É esse meu segredo, e é por isso que cada ano meu trenó atravessa uma cidadezinha no meio de uma nevasca, e cada ano alguém envolvido por meu encanto enrosca os arreios de seu trenó nos esquis do meu. Cada ano. Cada ano alguém novo. Sem fim. Porque o calor pelo qual tanto anseio acaba com o feitiço, com a magia, com o encanto. Com isso, meu eleito, atingido pela estrelinha de gelo, repentinamente passa a ser um simples ninguém. E eu, a seus olhos libertos do gelo, deixo de me diferenciar das demais... mortais...

— E debaixo daquela brancura imaculada emergirá a primavera — falou Geralt. — Emergirá Aedd Gynvael, uma cidade horrenda com um nome lindo. Aedd Gynvael, com seu monturo, aquele enorme e fedorento monte de lixo no qual devo entrar, porque me pagam para isso, porque foi para isso que fui criado... para me enfiar na imundice que causa repugnância e asco nas pessoas normais. Privaram-me da capacidade de sentir quaisquer emoções e sentimentos para que eu não pudesse sentir quão nojenta é essa imundice e, horrorizado, não recuasse e fugisse dela.

Calaram-se. O gavião negro fez as penas estalar, abrindo e fechando as asas.

— Geralt...

— Sim?

— Agora chegou sua vez de responder a minha pergunta. Àquela que nunca lhe fiz. Àquela da qual eu tinha medo... Não a farei também agora, mas quero sua resposta. Porque... porque gostaria muito de ouvi-la. Trata-se de apenas uma palavra, a única que você jamais falou para mim. Diga-a agora, Geralt. Eu lhe peço.

— Não consigo.

— E o que o impede?

— Você não sabe? — disse Geralt, sorrindo tristemente. — Minha resposta seria somente uma palavra. Uma palavra que não poderia exprimir sentimentos nem emoções, pois fui privado deles. Uma palavra que seria apenas um som igual ao que se obtém ao bater numa caveira oca e fria.

Yennefer ficou olhando para ele em silêncio. Seus olhos, muito abertos, adquiriram uma ardente cor de violeta.

— Não, Geralt — falou —, isso não é verdade. Talvez até seja, mas apenas em parte. Você não é desprovido de sentimentos. Posso ver isso agora. Agora, sei que...

Calou-se.

— Acabe a frase, Yen. Você já se decidiu. Não minta. Conheço você e vejo isso em seus olhos.

Ela não os baixou, e Geralt teve a confirmação de que acertara.

— Yen — sussurrou.

— Dê-me sua mão — disse ela.
Pegou a mão do bruxo e colocou-a entre as suas. Geralt sentiu imediatamente um formigamento e a pulsação do sangue nas veias de seu antebraço. Yennefer murmurava encantos com voz calma e pausada, mas ele pôde ver suas pupilas dilatadas de dor e gotículas de suor que o esforço fez brotar em sua fronte pálida.

Yennefer soltou a mão do bruxo e estendeu as suas, fazendo movimentos suaves, de baixo para cima, como se estivesse acariciando uma forma no ar. Por entre os seus dedos o ar começou a se condensar e ficar mais opaco, inchando e tremulando como fumaça.

Geralt olhava fascinado. A magia criadora, considerada a maior das conquistas dos feiticeiros, sempre o fascinara muito mais do que a ilusão ou a magia transformadora. "Sim", pensou, "Istredd estava coberto de razão: diante de uma magia como essa, meus míseros sinais parecem simplesmente ridículos."

Entre as mãos trêmulas de esforço de Yennefer, foi se materializando aos poucos a forma de um pássaro negro como carvão. Os dedos da feiticeira acariciavam delicadamente as penas eriçadas, a cabecinha achatada, o bico aquilino. Mais um movimento, hipnoticamente fluido e carinhoso, e o gavião negro girou a cabeça e grasnou bem alto. Seu irmão gêmeo, ainda pousado imóvel sobre os chifres, respondeu com um pio.

— Dois gaviões — disse Geralt em voz baixa. — Dois gaviões negros feitos com magia. Imagino que ambos lhe serão necessários.

— Está imaginando certo — respondeu Yennefer, com evidente esforço. — Vou precisar dos dois. Enganei-me ao pensar que um só bastaria. Oh, como me enganei, Geralt... A que engano levou-me a empáfia da rainha do inverno, convencida de que é capaz de tudo. E, no entanto, existem coisas que são impossíveis de conseguir, mesmo com magia. E existem dádivas que não podem ser recebidas caso não se esteja em condições de retribuí-las com algo igualmente precioso. Do contrário, uma dádiva dessas escorrerá por entre os dedos, transformando-se num fragmento de gelo apertado na mão. E tudo o que sobrará dele será uma aflição, um sentimento de perda e prejuízo...

— Yen...

— Eu sou uma feiticeira, Geralt. O poder que tenho sobre a matéria é uma dádiva. Uma dádiva retribuída. Paguei por ela entregando tudo o que possuía. Nada mais me restou.

Geralt não fez comentário algum.

A feiticeira esfregou a testa com mãos trêmulas.

— Enganei-me — repetiu. — Mas consertarei o meu erro. Emoções e sentimentos...

Tocou na cabeça do gavião negro. A ave eriçou-se silenciosamente, abrindo o bico recurvado.

— Emoções, caprichos e mentiras; fascinação e estratégias de jogo; sentimentos e ausência deles... dádivas que não podem ser recebidas... mentiras e verdades. O que é a verdade? A negação da mentira? Ou a comprovação de um fato? Mas, se o fato for uma mentira, então o que seria a verdade nesse caso? Quem está repleto de sentimentos que o destroçam e quem é apenas a cobertura de uma fria caveira oca? Quem? O que é a verdade, Geralt? Em que consiste a verdade?

— Não sei, Yen. Diga-me você.

— Não — respondeu ela, baixando os olhos.

Aquela era a primeira vez que o bruxo a via fazer isso. Yennefer nunca baixara os olhos. Nunca.

— Não — repetiu. — Não posso, Geralt. Não posso dizer-lhe isso. Quem vai lhe dizer é este pássaro, nascido do toque de sua mão. Pássaro, diga o que é a verdade.

— A verdade — disse o gavião — é um fragmento de gelo.

VI

Embora tivesse a clara impressão de estar vagueando sem destino pelas ruelas da cidade, viu-se repentinamente junto do fosso meridional, bem no local das escavações, no meio de uma teia de valas que atravessavam as ruínas de paredes de pedras e ziguezagueavam por entre as recém-descobertas praças das antigas fundações.

Istredd estava lá. De camisa com mangas arregaçadas e botas de cano alto, gritava com os ajudantes, que escavavam com enxadas a parede de uma valeta formada por multicoloridas camadas de terra, barro e carvão vegetal. Ao lado deles, sobre uma espécie de tablado, jaziam pilhas de ossos enegrecidos, cacos de vasos e outros objetos irreconhecíveis, corroídos e cobertos de ferrugem.

O feiticeiro notou sua presença imediatamente. Deu instruções aos homens, pulou para fora da valeta e aproximou-se, limpando as mãos nas calças.

– O que você quer? – perguntou agressivamente.

O bruxo, imóvel diante dele, não respondeu. Os escavadores, fingindo que trabalhavam, os observavam com atenção e sussurravam entre si.

– Você chega a brilhar com raios de ódio – falou Istredd, fazendo uma careta de desagrado. – Volto a perguntar: o que você quer? Já tomou uma decisão? Onde está Yenna? Espero que...

– Não espere por muita coisa, Istredd.

– Ora, veja só... – disse o feiticeiro. – O que detecto em sua voz? Será que pressinto corretamente o que está pensando?

– E o que você pressente?

Istredd apoiou os punhos nos quadris e olhou para o bruxo de maneira provocativa.

– Não nos enganemos – falou. – Você me odeia e eu o odeio. Você me afrontou ao dizer que Yennefer... você sabe o quê... e eu lhe respondi com a mesma afronta. Você me atrapalha e eu o atrapalho. Vamos resolver isso como homens. Não vejo outra solução. Foi para isso que você veio aqui, não é verdade?

– Sim – respondeu Geralt, esfregando a testa. – Você está certo, Istredd. Foi para isso que eu vim aqui. Sem dúvida alguma.

– E agiu certo. Essa situação não pode continuar assim. Somente hoje descobri que há vários anos Yenna tem circulado entre nós como uma bola de pano. Ora está comigo, ora com você. Foge de mim para sair a sua procura, e vice-versa. Os outros, com quais ela fica nos intervalos, não contam. Os únicos que estão em jogo são você e eu, e essa situação não pode persistir. Somos dois e terá de sobrar só um.

– Sim – repetiu Geralt, esfregando a testa mais uma vez. – Sim... Você está certo.

— Estávamos tão autoconfiantes — continuou o feiticeiro — que achávamos que Yenna, sem hesitar, escolheria aquele que fosse o melhor entre nós. Quanto a quem era o melhor, não tínhamos dúvida alguma. E o que aconteceu? Aconteceu que nós, como dois pirralhos, ficamos comparando o sentimento que ela nutria por um e por outro e, como pirralhos ainda maiores, achamos que sabíamos o que eram tais sentimentos e o que significavam. Acredito que você, assim como eu, meditou bastante sobre isso e chegou à conclusão de quanto nós dois nos enganamos. Yenna não tem a mínima intenção de escolher um de nós, mesmo que soubesse fazer a escolha. Portanto, teremos de resolver isso por ela, uma vez que não pretendo compartilhar Yenna com quem quer que seja, e só o fato de você ter vindo para cá significa que pensa da mesma forma. Ambos a conhecemos muito bem. Enquanto houver nós dois, nenhum de nós pode estar seguro dela. E, assim, só pode sobrar um. Você se dá conta disso, não é verdade?

— A verdade — falou o bruxo, mal conseguindo mover os lábios. — A verdade é um fragmento de gelo...

— O quê?

— Nada.

— O que está se passando com você? Está doente? Embriagado? Ou, talvez, recheado com ervas de bruxos?

— Não tenho nada. Alguma coisa... caiu no meu olho, Istredd. Só pode sobrar um. Sim, foi por isso que vim para cá. Sem dúvida alguma.

— Eu sabia — falou o feiticeiro. — Eu sabia que você viria. E vou ser muito franco com você. Você se adiantou aos meus intentos.

— Um raio fugaz? — sorriu o bruxo palidamente.

Istredd franziu o cenho.

— Talvez — retrucou. — Talvez um raio fugaz, mas certamente não pelas costas. Será de maneira honrosa, cara a cara. Você é um bruxo, e isso iguala as chances. Basta você decidir onde e quando.

Depois de pensar por um momento, Geralt decidiu.

— Aquela pracinha... — apontou com a mão. — Passei por ela...

— Sei. Ela tem um poço, chama-se Chave Verde.

— Junto do poço, então. Sim. Junto do poço... Amanhã, duas horas após o nascer do sol.

— Combinado. Serei pontual.

Os dois futuros contendedores ficaram parados um diante do outro por um instante sem se olhar. Por fim, o feiticeiro murmurou algo inaudível, chutou um torrão e despedaçou-o com o salto da bota.

— Geralt?

— Sim?

— Você não se sente um idiota?

— Sinto-me um idiota — admitiu o bruxo, meio a contragosto.

— Ainda bem — disse Istredd. — Fico aliviado, porque me sinto o maior cretino do mundo. Nunca imaginei que teria de travar uma luta de vida ou morte com um bruxo por causa de uma mulher.

— Sei como você se sente, Istredd.

— Bem, o que se há de fazer... — O feiticeiro forçou um sorriso. — O fato de isso ter me levado a decidir por algo tão contrário a minha natureza significa que... que deve ser assim.

— Sei, Istredd.

— Obviamente, você sabe que aquele que sobreviver terá de fugir imediatamente e esconder-se de Yenna nos confins do mundo?

— Sei.

— E, obviamente, você conta com a possibilidade de voltar para ela quando ela se recuperar de seu ataque de fúria?

— Obviamente.

— Então está resolvido. — O feiticeiro fez um movimento como se fosse virar de costas, mas interrompeu-o e estendeu a mão. — Até amanhã, Geralt.

— Até amanhã — respondeu o bruxo, apertando a mão estendida. — Até amanhã, Istredd.

VII

— Ei, bruxo!

Geralt ergueu a cabeça da mesa sobre a qual, imerso em pensamentos, desenhava, com restos de cerveja derramada, letras "S" floreadas.

— Não foi fácil achá-lo — falou o estaroste Herbolth, sentando-se a seu lado e empurrando jarros e canecos. — Na estalagem me disseram que você se mudou para as cocheiras, onde apenas encontrei seu cavalo e seu farnel. E onde acabo encontrando você? Aqui, na provavelmente pior taberna de toda a cidade. É um lugar frequentado pela mais baixa ralé. O que está fazendo aqui?

— Bebendo.

— Isso eu posso ver. Gostaria de conversar com você. Está suficientemente sóbrio?

— Como uma criancinha.

— O que me alegra.

— O que quer tratar comigo, Herbolth? Como pode reparar, estou ocupado. — Geralt sorriu para a jovem que colocara na mesa um novo jarro cheio de cerveja.

— Circula um boato pela cidade — disse o estaroste, franzindo os cenhos — de que você e nosso feiticeiro decidiram matar um ao outro.

— Esse é um assunto exclusivamente nosso. Não se metam nele.

— Não. Não é um assunto exclusivamente de vocês — contestou Herbolth. — Nós precisamos de Istredd e não dispomos de recursos para contratar outro feiticeiro.

— Então vão para o templo e rezem por sua vitória.

— Pare de brincar — rosnou o estaroste. — E não banque o sabichão, seu vagabundo. Se eu não estivesse tão certo de que o feiticeiro jamais me perdoaria, eu o teria enfiado no fundo da masmorra, ou amarrado a uma parelha de cavalos e arrastado para fora dos muros da cidade, ou ainda mandado Cigarra matá-lo como se mata um porco. Mas, infelizmente, Istredd tem obsessão no que se refere a honra e jamais me perdoaria por isso. Sei que ele jamais me perdoaria.

— Sorte minha — retrucou o bruxo, sorvendo o resto de cerveja do caneco e cuspindo para baixo da mesa um pedaço de feno que havia caído no líquido. — Tenho de admitir que acabei escapando de uma boa. Isso é tudo o que tinha a me dizer?

— Não — respondeu Herbolth, tirando de debaixo da capa uma bolsa recheada. — Aqui tem cem marcos. Pegue-os, bruxo, e suma de Aedd Gynvael. Suma daqui, se não agora mesmo, antes do raiar do sol. Como já lhe disse, não temos condições de contratar outro feiticeiro, e não vou permitir que o nosso arrisque a vida num duelo com alguém como você por um motivo tão fútil, por causa de uma...

O estaroste não concluiu a frase, embora o bruxo não tivesse esboçado reação alguma.

— Afaste suas fuças horrendas desta mesa, Herbolth — irritou-se Geralt. — Quanto a seus cem marcos, pode enfiá-los no rabo. Suma de minha frente, porque fico enjoado ao vê-lo e, num instante, poderei vomitá-lo todo, de seu gorro à ponta de suas botas.

O estaroste guardou a bolsa e colocou as duas mãos sobre a mesa.

— Uma negativa é uma negativa — falou. — Eu pretendia resolver a questão pacificamente, mas, se não pode ser de uma forma, terá de ser de outra. Duelem à vontade, matem-se, cortem-se em pedacinhos por causa de uma puta que abre as pernas para qualquer um. Em minha opinião, Istredd dará cabo de você, um reles assassino de aluguel, e o fará de tal maneira que a única coisa que sobrará serão suas botas. Mas, se isso não ocorrer, saiba que prenderei você antes mesmo de o cadáver dele ter esfriado e quebrarei todos seus ossos na roda de tortura. Não deixarei um só pedacinho inteiro de seu corpo, seu...

Não conseguiu recuar as mãos a tempo: o movimento do bruxo fora tão rápido que o estaroste mal pôde ver o braço que se ergueu sobre a mesa e a adaga que se cravou com estrondo entre seus dedos.

— Talvez — sussurrou Geralt, apertando o punho da adaga e olhando fixamente para o rosto de Herbolth, que adquirira uma palidez mortal. — Pode ser que Istredd me mate. Mas, se não me matar... irei tranquilamente embora daqui, enquanto você, seu merda, não tentará me impedir se não quiser que as ruazinhas de sua imunda cidade se encham de sangue. E, agora, suma de minha frente!

— Senhor estaroste! O que está acontecendo? Ei, você aí...

— Calma, Cigarra — disse Herbolth, recuando lentamente a mão de cima da mesa e afastando os dedos cuidadosamente da lâmina da adaga. — Não aconteceu nada. Absolutamente nada.

Cigarra enfiou de volta na bainha a espada que havia sacado pela metade. Geralt não olhava para ele, tampouco para o estaroste, que saía da taberna protegido por Cigarra dos embriagados balseiros e cocheiros. Olhava para um homenzinho com cara de rato e penetrantes olhos negros, sentado algumas mesas adiante.

"Enervei-me", disse para si mesmo, espantado. "Minhas mãos estão tremendo. Realmente, minhas mãos tremem. O que está acontecendo comigo é inacreditável. Será que isto significa que... Sim..." Olhou para o homenzinho com cara de rato. "Acho que sim. Tem de ser. Que frio..."

Ergueu-se e sorriu para o homenzinho. Em seguida, afastou a aba de seu casaco, tirou dele uma bolsa recheada de moedas de ouro, pegou duas e jogou-as na mesa. As moedas tilintaram, e uma delas, rolando sobre o tampo, bateu na lâmina da adaga ainda cravada na madeira polida.

VIII

O golpe veio inesperadamente; o bastão sibilou baixinho no meio da escuridão, tão rápido que faltou pouco para o bruxo não conseguir proteger a cabeça com um instintivo movimento do braço e amortizar a pancada com uma elástica arqueadura do corpo. Pulou para um lado, caiu de joelhos, virou uma cambalhota e ergueu-se, sentindo o ar se agitar sob o efeito do golpe seguinte, o qual conseguiu evitar fazendo uma pirueta e girando entre duas silhuetas negras. Estendeu o braço às costas para sacar a espada.

Estava sem espada.

"Nada poderá me despojar destes reflexos", pensou, saltando de maneira suave. "Rotina? Lembrança celular? Sou um mutante e reajo como um mutante." Caiu novamente de joelhos, evitando o golpe e levando a mão ao cano da bota à procura da adaga.

Estava sem adaga.

Sorriu com desagrado e, no mesmo instante, recebeu outra pancada na cabeça. Uma dor intensa lhe atingiu a ponta dos dedos. Caiu, relaxando o corpo, sem parar de sorrir.

Alguém se atirou sobre ele, achatando-o contra o solo. Outro arrancou a bolsa que ele trazia presa ao cinturão. Viu o brilho da lâmina de uma faca. O homem que estava ajoelhado sobre seu peito rasgou o colarinho de sua camisa, puxou a corrente de seu pescoço e sacou o medalhão, soltando-o logo em seguida.

— Por Baal-Zebuth — ouviu um sussurro abafado. — É um bruxo... um mago...

O outro soltou um palavrão.

— Ele não tinha espada... Deuses... Que droga... Só faltava isso!... Vamos sumir daqui, Radgast! E não toque nele por nada deste mundo!

O pálido luar iluminou por um momento a cena. Geralt viu inclinada sobre ele a cara magérrima de um rato, com um par de pequenos olhos brilhantes. Ouviu os passos do outro assaltante em fuga ecoando na escuridão e sumindo num beco que fedia a gatos e banha frita.

O homenzinho com cara de rato retirou lentamente o joelho de seu peito.

— Da próxima vez... — Geralt ouviu claramente seu sussurro. — Da próxima vez, bruxo, quando você quiser cometer suicídio, não convoque outras pessoas para ajudá-lo. Simplesmente vá até a cocheira e se enforque nos arreios.

IX

Devia ter chovido durante a noite.

Geralt saiu da cocheira, esfregando os olhos e retirando pedaços de palha dos cabelos. O sol nascente brilhava nos telhados, reluzindo em tons dourados nas poças de água formadas nas ruas. O bruxo cuspiu. Sentia um gosto ruim na boca e o galo na cabeça não parava de latejar.

Na cerca em frente à cocheira estava sentado um magro gato negro, lambendo concentradamente a patinha.

— Venha até aqui, bichano — falou Geralt.

Imóvel, o gato olhou para ele de maneira ameaçadora e arreganhou os dentes.

— Sei — disse o bruxo. — Eu também não gosto de você. Estava brincando.

Com movimentos lentos e calmos, ajeitou os fechos e as fivelas do casaco e endireitou as dobras da roupa, certificando-se de que nada tolhia seus movimentos. Colocou a espada às costas, posicionando a empunhadura no ombro direito. Cobriu a testa com uma tira de couro e prendeu os cabelos para trás. Calçou um par de luvas de combate, cobertas de afiadas pontas de prata.

Quando olhou mais uma vez para o sol, as pupilas se contraíram em estreitas linhas verticais. "Está um lindo dia", pensou. "Um lindo dia para um duelo."

Soltou um suspiro, cuspiu de novo e, lentamente, foi descendo a ruazinha ao longo de muros dos quais emanava um forte cheiro de cal molhada.

— Ei, você, esquisitão!

Geralt virou-se e viu Cigarra sentado numa pilha de vigas junto do fosso, na companhia de três indivíduos armados até os dentes e de aparência mais do que suspeita. Cigarra se levantou, espreguiçou-se e foi até o meio da ruela, evitando cuidadosamente as poças de água.

— Aonde você vai com tanta pressa? — indagou, apoiando as mãos delgadas no cinturão sobrecarregado de armas.

— Não lhe interessa.

— Para que tudo fique bastante claro, quero que saiba que estou me lixando para o estaroste e toda esta cidade de merda — falou Cigarra, pronunciando clara e lentamente cada palavra. — Mas estou interessado em você, bruxo. Você não conseguirá chegar até o fim desta ruazinha, ouviu? Quero verificar do que você é capaz num combate, e essa curiosidade não me deixa em paz.

— Saia de meu caminho.

— Pare! — gritou Cigarra, colocando a mão na empunhadura da espada. — Não entendeu o que estou lhe dizendo? Vamos duelar! Considere-se desafiado! Já vai ficar evidente quem é melhor!

Geralt deu de ombros, sem diminuir o passo.

— Estou desafiando você para um duelo! Está ouvindo, seu mutante de merda? — berrou Cigarra, voltando a bloquear a passagem do bruxo. — O que está esperando? Desembainhe seu ferro! Está com medo? Ou será que você apenas luta com aqueles que, como Istredd, andaram comendo sua bruxa?

Geralt continuou a avançar, o que forçou Cigarra a recuar, a andar de costas de maneira desengonçada. Seus companheiros se levantaram do monte de madeira e começaram a se aproximar, mantendo, no entanto, uma prudente distância. Geralt pôde ouvir o barulho de suas botas pisando na lama.

— Estou desafiando você! — repetiu Cigarra, empalidecendo e enrubescendo alternadamente. — Ouviu, seu bruxo de merda? O que mais preciso fazer? Cuspir em sua cara?

— Vá em frente; cuspa.

Cigarra parou e, realmente, encheu os pulmões de ar, juntando os lábios para dar uma cusparada. Fixou os olhos nos do bruxo, não em suas mãos. Aquilo foi um erro. Geralt não reduziu o ritmo das passadas e, com a velocidade de um raio e sem tomar qualquer impulso, desferiu um golpe com a luva cheia de pontas afiadas na boca retorcida de seu provocador. Os lábios de Cigarra se partiram, estalando como cerejas amassadas. O bruxo arqueou o corpo e aplicou um segundo golpe no mesmíssimo lugar, dessa vez tomando impulso e sentindo que, com a força e o ímpeto do golpe, se livrava da raiva até então acumulada no peito. Cigarra, dando uma volta com uma perna enfiada na lama e a outra erguida no ar, soltou uma golfada de sangue e caiu de costas numa poça. O bruxo, ao ouvir o som de uma espada sendo desembainhada a suas costas, girou o corpo fluidamente, levando a mão à empunhadura da sua.

— O próximo, por favor — falou com uma voz trêmula de fúria. — Quem vai ser o próximo?

Aquele que havia sacado a espada fixou os olhos nos do bruxo, apenas por um instante, baixando-os logo em seguida. Os demais começaram a recuar, primeiro lentamente, depois cada vez mais rápido. Diante disso, o homem com a espada desembainhada também recuou, murmurando palavras inaudíveis. O que estava mais distante virou-se e se pôs a correr, respingando lama por todos os lados. Os dois restantes ficaram parados onde estavam, sem tentar se aproximar.

Cigarra virou-se na lama, apoiando-se sobre os cotovelos; murmurou algo, pigarreou e cuspiu algo branco, com uma grande quantidade de sangue. Ao passar por ele, Geralt chutou meio distraidamente sua cabeça, destroçando seu maxilar e fazendo-o cair de volta com o rosto enfiando na poça. Então, seguiu em frente, sem olhar para trás.

Istredd já o aguardava junto do poço, apoiado no madeiramento esverdinhado de musgo. De seu cinturão pendia uma espada, uma leve e belíssima espada com guarda-mão elaborado e a ponta da bainha apoiada no cano de uma brilhante bota de montar. No ombro do feiticeiro estava pousado um pássaro com penas eriçadas.

Um gavião negro.

— Você veio, bruxo — disse, estendendo ao gavião a mão enluvada e, delicada e cuidadosamente, colocando-o no telhado do poço.

— Vim, Istredd.

— Não esperava que viesse. Achei que havia partido.

— Não parti.

Istredd soltou uma gostosa gargalhada, atirando a cabeça para trás.

— Ela quis... ela quis nos salvar — falou. — Tanto a mim como a você. Mas não deu certo, Geralt. Vamos cruzar espadas, pois só poderá sobrar um de nós dois.

— Você pretende lutar com espada?

— E por que isso o espantaria? Afinal, você também pretende lutar com espada. Portanto, prepare-se.

— Por quê, Istredd? Por que com espada e não com magia?

O feiticeiro empalideceu e seus lábios tremeram nervosamente.

— Prepare-se, já disse! — gritou. — Não é hora de perguntar; a hora de fazer perguntas já passou! É hora de agir!

— Eu quero saber... — disse Geralt lentamente. — Eu quero saber por que a espada. Quero saber de onde e como veio parar junto de você esse gavião negro. Tenho o direito de saber disso. Tenho o direito à verdade, Istredd.

— Direito à verdade? — repetiu o feiticeiro amargamente. — Talvez você até tenha. Nossos direitos são equivalentes. Você está perguntando sobre esse gavião? Ele veio voando de manhãzinha, molhado de chuva. Trazia uma carta no bico. Uma carta curtinha;

decorei seu conteúdo: "Adeus, Val. Perdoe-me. Existem dádivas que é proibido aceitar, e não há nada que eu possa lhe dar em troca. Essa é a verdade. A verdade é um fragmento de gelo". E então, Geralt? Satisfiz sua curiosidade? Você usufruiu seu direito?

O bruxo acenou lentamente com a cabeça.

— Muito bem — falou Istredd. — Agora chegou minha vez de desfrutar o meu. Porque não aceito os termos dessa carta. Não posso viver sem ela... Prefiro... Vamos, enfrente-me, com todos os diabos!

Istredd inclinou-se para frente e sacou a espada num gesto rápido, indicando que sabia usá-la bem. O gavião grasnou.

Geralt permaneceu imóvel, com os braços baixados e colados ao longo do corpo.

— Está esperando o quê? — rosnou o feiticeiro.

O bruxo ergueu lentamente a cabeça, olhou para o adversário por um momento e, girando sobre os calcanhares, começou a se afastar.

— Não, Istredd — sussurrou. — Adeus.

— O que significa isso, com todos os diabos?

Geralt parou.

— Istredd — falou por cima do ombro. — Não envolva outras pessoas nisso. Se tiver de fazê-lo, enforque-se nos arreios numa cocheira.

— Geralt! — gritou o feiticeiro, mas sua voz se quebrou repentinamente, ecoando desafinada nos ouvidos do bruxo. — Não vou desistir. Ela não conseguirá fugir de mim! Irei atrás dela até Vengerberg; eu a procurarei nos confins do mundo! Não desistirei dela em hipótese alguma! Saiba disso!

— Adeus, Istredd.

O bruxo entrou na ruela, sem se virar mais. Foi andando sem dar atenção às pessoas que rapidamente se afastavam a sua passagem, nem ao som de portas e janelas sendo fechadas às pressas. Não notava nada nem ninguém.

Pensava na carta que o aguardava na estalagem.

Apressou o passo. Sabia que na cabeceira da cama aguardava-o um gavião molhado de chuva, segurando uma carta no bico recurvado. Queria lê-la o mais rápido possível.

Apesar de conhecer seu conteúdo.

O FOGO ETERNO

I

— Seu porco! Seu cantor de meia-tigela! Seu embusteiro!
Geralt, açulado pela curiosidade, conduziu a égua até a esquina da ruela. Antes mesmo de localizar a fonte dos gritos, chegou a ele um grave som de vidro partido. "Deve ter sido um pote de geleia de cerejas", pensou. Era o típico som de um pote de geleia de cerejas atirado de longe em alguém com muita força. O bruxo lembrava-se disso muito bem: quando vivera com Yennefer, ela mais de uma vez atirara nele potes de geleia de cerejas, os que costumava receber de seus clientes, claro, já que ela mesma não tinha a mínima ideia de como preparar geleia e sua magia provara não ser eficiente naquela tarefa.

Ao dobrar a esquina, viu algumas pessoas aglomeradas diante de uma estreita casinha pintada de rosa. Num pequeno balcão florido, debaixo de um telhado inclinado, estava uma jovem loura de camisola. Dobrando o rechonchudo braço que emergia dos babados, a mulher atirou com ímpeto um vaso de flores na direção da calçada.

O esbelto cavalheiro com chapeuzinho cor de ameixa adornado com uma pena branca pulou rapidamente. O vaso espatifou-se no chão, junto de seus pés, espalhando fragmentos para todos os lados.

— Eu lhe imploro, Vespula! — gritou o homem de chapeuzinho com pena branca. — Não acredite em fofocas! Sempre fui fiel a você! Que eu morra se isso não for verdade!

— Seu patife! Filho de um diabo! Vagabundo! — vociferou a gorducha loura, sumindo dentro da casa, certamente em busca de novos projéteis.

— E aí, Jaskier? — disse o bruxo, puxando a relutante égua para o campo de batalha. — Como vai? O que está acontecendo?

— Vou muito bem — respondeu o trovador, mostrando os dentes. — Como sempre. Salve, Geralt. O que está fazendo aqui? Cuidado!

Um jarro de zinco sibilou no ar, caindo com estrondo no chão. Jaskier ergueu-o, examinou-o e atirou-o na rua.

— E leve seus trapos com você! — berrou a loura, fazendo os babados sobre seus fartos seios ondular graciosamente. — Suma de minha vista! Não ouse pisar mais aqui, seu medíocre tocador de alaúde.

— Mas isto aqui não é meu — espantou-se Jaskier, erguendo do chão um par de calças masculinas com pernas multicoloridas. — Nunca tive calças assim em toda minha vida.

— Suma daqui! Não quero mais vê-lo! Seu... seu... Sabe como você é na cama? Uma nulidade! Uma nulidade, ouviu? Uma nulidade, vocês todos ouviram?

O vaso seguinte, com um tenro caule saindo da terra, passou sibilando por Jaskier, que mal teve tempo para se desviar. Atrás do vaso voou, girando, um caldeirão de cobre com capacidade de pelo menos dois galões e meio. A multidão de espectadores, mantendo-se a uma prudente distância e fora do alcance dos projéteis, contorcia-se de tanto rir. Os mais ousados batiam palmas e, maliciosamente, incentivavam a loura a continuar o ataque.

— Será que ela não tem em casa uma balestra? — preocupou-se o bruxo.

— Eis uma coisa que não pode ser descartada — respondeu o poeta, erguendo a cabeça na direção do balcão. — Você nem imagina tudo o que ela tem em casa. Não viu estas calças?

— Então talvez seja melhor afastar-se daqui. Você poderá voltar quando ela estiver mais calma.

— Isso está fora de questão — falou Jaskier. — Não vou voltar para uma casa da qual se atiram sobre mim calúnias e utensílios domésticos de cobre. Considero rompido esse relacionamento passageiro. Esperemos apenas ela atirar meu... Oh, mãezinha minha, não! Vespula! Meu alaúde!

E Jaskier, estendendo os braços, correu para baixo do balcão, tropeçou, caiu, mas conseguiu agarrar o instrumento no último instante, antes de ele se espatifar no chão. O alaúde emitiu um sonoro gemido.

— Ufa! — suspirou o bardo, aliviado, erguendo-se do chão. — Peguei-o. Agora podemos ir embora, Geralt. A bem da verdade, ainda ficou lá meu casaco com gola de pele de marta, mas paciência; vou ter de ficar sem ele. Se eu conheço bem Vespula, ela não jogará fora um casaco daqueles por nada deste mundo.

— Seu vagabundo mentiroso! — gritou a loura, cuspindo com desprezo do balcão. — Seu vadio sem eira nem beira! Seu bisão rouco!

— Por que ela está tão furiosa com você? O que andou aprontando dessa vez, Jaskier?

— O de sempre — respondeu o trovador, dando de ombros. — Ela exige monogamia, assim como todas, enquanto atira sobre mim calças que não são minhas. Você ouviu o que ela disse a meu respeito? Pelos deuses, conheço muitas que cerram as pernas de maneira mais charmosa do que ela abre as suas, mas não fico gritando isso aos quatro ventos. Vamos embora daqui.

— Você tem alguma sugestão para onde?

— E o que você acha? Para o templo do Fogo Eterno? Vamos até a taberna Ponta de Lança. Tenho de acalmar meus nervos.

O bruxo não se opôs e, puxando a égua, entrou na estreita ruela. O trovador afinou seu instrumento, testou-o dedilhando algumas cordas e escolheu um acorde profundo e vibrante.

Da brisa outonal o ar se perfumou.
Partiu com o vento o sentido das palavras.
Assim tem de ser, nada mais mudou
Em teus cílios, diamantes, como em lavras...

Interrompeu-se e acenou alegremente para duas garotas que passavam carregando cestos cheios de legumes. Elas riram, coquetes.

– O que o traz a Novigrad, Geralt?

– Compras. Arreios, algumas provisões. E um novo gibão – falou o bruxo, mostrando um gibão cheirando a couro fresco. – O que achou?

– Você está sempre atrasado no que se refere à moda – respondeu o bardo, fazendo uma careta de desagrado e sacudindo uma pena de galinha que se prendera à manga de seu brilhante gibão azul-celeste de mangas bufantes e colarinho recortado como dentes de uma serra. – Estou muito feliz por nos termos encontrado. Aqui, em Novigrad, a capital do mundo, centro e berço de cultura, onde um homem esclarecido pode respirar livremente!

– É melhor irmos respirar livremente em outra ruela – propôs Geralt, olhando para um homem esfarrapado que, agachado e com olhos esbugalhados, expelia em plena rua o conteúdo de seu intestino.

– Esse seu permanente sarcasmo chega a ser enervante – disse Jaskier, fazendo outra careta. – Novigrad, volto a afirmar, é a capital do mundo. Quase trinta mil habitantes, sem contar os que estão de passagem. Dá para imaginar, Geralt? Casas com paredes e muros de pedra, ruas principais pavimentadas, um porto marítimo, armazéns, quatro moinhos d'água, matadouros, serrarias, um centro manufatureiro de calçados e todo tipo de artesanato. Um castelo e uma casa de guarda de tirar o fôlego. E quantas diversões: cadafalsos, forcas com alçapão, trinta e cinco tabernas, um teatro, um jardim zoológico, um bazar e doze prostíbulos. E templos; já nem lembro quantos, mas sei que são muitos. E, por fim, mulheres, Geralt. Lavadas, cheirosas, arrumadas, com roupas finas, feitas de cetim, veludo, seda, fitinhas, espartilhos... Oh, Geralt! Os versos emanam automaticamente de meus lábios:

Lá onde tu moras, a neve já branqueou,
Lagos e lama moldados na mesma pedra vitral.
Assim tem de ser, nada mais mudou
Em teus olhos escondida a saudade ancestral...

— Uma nova balada?
— Sim. Chama-se "Inverno", mas ainda não está pronta. Não consigo terminá-la por causa de Vespula, que me deixou todo confuso e incapaz de encontrar rimas adequadas. A propósito, Geralt, esqueci de lhe perguntar: como vão as coisas entre você e Yennefer?
— Mal.
— Entendo.
— Você não entende merda alguma. Onde fica a tal taberna? Falta muito para chegarmos?
— Não. Assim que dobrarmos a próxima esquina. Olhe! Está vendo a placa?
— Estou.
— Saudações, minha jovem — cumprimentou Jaskier, mostrando os dentes num sorriso para uma rapariga que varria as escadas. — Alguém já disse à senhorita que é linda?

A garota enrubesceu, apertando com força a vassoura. Por um instante Geralt teve a impressão de que ela acertaria o trovador com o cabo. Enganou-se. A jovem sorriu com simpatia, adejando as pestanas. Jaskier, como sempre, não lhe deu a mínima atenção.

— Saúdo a todos e desejo-lhes um bom-dia! — exclamou, entrando na taberna e dedilhando com força as cordas do alaúde. — Mestre Jaskier, o mais famoso poeta do país, acaba de adentrar seu estabelecimento, meu bom taberneiro! E isso porque teve um repentino desejo de beber uns goles de cerveja! Você consegue valorizar a honra que eu lhe faço, seu explorador de pobres?

— Consigo — respondeu o taberneiro soturnamente, saindo de trás do balcão. — Estou contente em vê-lo, senhor cantor. Pelo visto, sua palavra não é apenas cortina de fumaça. Como o senhor havia prometido vir aqui logo de manhã e pagar sua conta de ontem, cheguei a desconfiar de que o senhor mentira. Estou envergonhado e peço mil desculpas por ter pensado mal do senhor.

— Pois ficou envergonhado à toa, meu bom homem — afirmou o trovador, despreocupado —, pois a verdade é que eu não tenho dinheiro. Mas vamos discutir esse detalhe mais tarde.

— Não — falou o taberneiro friamente. — Vamos discutir esse detalhe agora. Seu crédito, prezado senhor poeta, acabou. Ninguém vai passar-me para trás duas vezes seguidas.

Jaskier pendurou o alaúde num gancho da parede, sentou-se atrás de uma das mesas, tirou o chapeuzinho e acariciou pensativamente a pena de garça branca que o adornava.

— Você tem algum dinheiro, Geralt? — perguntou, com esperança na voz.

— Não. Tudo o que tinha gastei neste gibão.

— Isso é ruim, muito ruim — suspirou Jaskier. — Que droga, nem uma alma viva, ninguém que possa pagar-nos umas bebidas. Senhor taberneiro, por que seu estabelecimento está tão vazio?

— Ainda é cedo para os fregueses habituais, e os pedreiros envolvidos na reforma do templo já estiveram aqui e voltaram para o trabalho, com seu mestre.

— E não há ninguém, ninguém mesmo?

— Ninguém, exceto o honorável comerciante Biberveldt, que está tomando o café da manhã na varanda.

— Dainty está aqui? — alegrou-se Jaskier. — Você devia ter dito isso logo de saída. Vamos até a varanda, Geralt. Você conhece o ananico Dainty Biberveldt?

— Não.

— Não faz mal. Já vai conhecê-lo — falou o trovador, dirigindo-se para a parte lateral da taberna. — Que maravilha! Sinto uma brisa e o cheiro de sopa de cebola vindo do leste, um perfume extremamente agradável a minhas narinas. Olá, Dainty! Somos nós! Surpresa!

Junto da mesa central da varanda, perto de um pilar adornado com uma guirlanda de alho e punhados de ervas, estava sentado um bochechudo ananico de cabelos cacheados, vestindo um casaco verde-pistache. Na mão direita segurava uma colher de pau; na esquerda, uma tigela de barro. Ao ver Jaskier e Geralt, ficou petrificado, com a boca aberta e os enormes olhos castanhos arregalados de terror.

— Salve, Dainty! — disse Jaskier, acenando alegremente com o chapeuzinho.

O ananico não se mexeu, nem sequer fechou a boca. Geralt percebeu que sua mão tremia levemente e as longas tiras de cebola dependuradas na colher moviam-se como um pêndulo.

— Sa... salve... Sa... salve, Jaskier — gaguejou, engolindo em seco.

— O que houve com você? Está com soluço? Quer que eu lhe dê um susto? Pois preste atenção: sua mulher foi vista na periferia da cidade. Daqui a pouco estará aqui! Gardênia Biberveldt em pessoa! — falou Jaskier, soltando uma gargalhada.

— Como você é tolo, Jaskier — repreendeu-o Dainty.

O trovador riu de novo, fazendo soar dois acordes complexos no alaúde.

— Mas é você que está com cara de tolo — retrucou —, com seus olhos esbugalhados fixos em nós como se tivéssemos rabos e chifres. Ou será que você se assustou com o bruxo? Achou que abriram a temporada de caça aos ananicos? Ou será...

— Pare com isso — interrompeu-o Geralt, aproximando-se da mesa. — Perdoe-o, amigo, mas Jaskier passou hoje por uma grande tragédia pessoal e ainda não se recuperou do abalo. Está querendo parecer engraçado para mascarar a dor e a vergonha.

— Não me contem o que aconteceu. — O ananico finalmente sorveu o conteúdo da colher. — Deixem que eu adivinhe. Vespula expulsou-o de casa de uma vez por todas. Não foi isso?

— Não costumo conversar sobre assuntos delicados com pessoas que comem e bebem enquanto obrigam seus amigos a permanecer de pé — disse o trovador, sentando-se sem ser convidado.

Dainty serviu-se de mais uma colher de sopa, lambendo os fios de queijo derretido.

— Não seja por isso — falou soturnamente. — Sintam-se convidados e sentem-se. Aceitam uma sopa de cebola?

— Normalmente, não costumo comer tão cedo — respondeu Jaskier com empáfia —, mas que seja: aceito. Só que não com a barriga vazia. Ei, hospedeiro! Traga cerveja, por favor! E rápido!

Uma jovem com uma grossa trança que lhe chegava até as nádegas trouxe canecos de cerveja e tigelas de sopa. Geralt, olhando para seu rosto rechonchudo e coberto de fina penugem, achou que ela teria uma boca bonita caso se lembrasse de mantê-la fechada.

— Minha dríade divina! — exclamou Jaskier, pegando a mão da garota e beijando-a com reverência. — Você é uma sílfide! Uma ninfa! Um ser divino com olhos que mais parecem lagos azuis! Você é tão bela quanto a aurora, e o formato de seus lábios abertos excitadamente...

— Deem-lhe logo um caneco de cerveja — gemeu Dainty —, senão teremos problemas.

— Não haverá problema algum — assegurou-lhe o bardo. — Não é verdade, Geralt? Dificilmente vocês encontrariam pessoas mais calmas do que nós dois. Eu, senhor comerciante, sou poeta e músico, e a música tem o dom de acalmar as pessoas. Quanto ao aqui presente bruxo, ele é perigoso apenas para monstros. Permita que o apresente: Geralt de Rívia, o terror das estriges, lobisomens e outras espécies de seres imundos. Você ouviu falar de Geralt, Dainty?

— Ouvi. — O ananico lançou um olhar desconfiado para o bruxo. — O que... o que o traz a Novigrad, senhor Geralt? Teria aparecido algum monstro terrível nestas redondezas? O senhor está aqui na qualidade de... de um bruxo contratado?

— Não — sorriu o bruxo. — Vim para me divertir.

— Entendo — falou Dainty, mexendo nervosamente os pés peludos, que balançavam a uma polegada acima do chão. — Isso é ótimo...

— O que é ótimo? — perguntou Jaskier, parando de tomar sopa e beber cerveja. — Quem sabe se você pretende nos dar uma ajuda, Biberveldt? Nas diversões, bem entendido. Isso seria ótimo. Aqui, na Ponta de Lança, pretendemos tomar um porre. Depois, planejamos dar um pulo na Passaflora, uma cara e exclusiva casa de libertinagem, onde poderemos comprar os serviços de uma meia-elfa ou, quem sabe, até de uma elfa puro-sangue. No entanto, precisamos de um patrocinador.

— Para quê?

— Para pagar as contas.

— Foi o que pensei — rosnou Dainty. — Sinto muito, mas não posso ajudá-los. Em primeiro lugar, tenho um compromisso de negócios. Em segundo, não disponho de meios para custear tal tipo de diversão. E, em terceiro, na Passiflora só permitem a entrada de seres humanos.

— E o que somos nós? Corujas? Ah, sim... entendi. Eles não deixam entrar ananicos. É verdade. Você tem razão, Dainty. Estamos em Novigrad, a capital do mundo.

– Pois é... – disse o ananico, sem tirar os olhos do bruxo e contorcendo os lábios de maneira estranha. – É melhor eu ir andando. Tenho um encontro...

A porta da varanda abriu-se com estrondo e adentrou-a... Dainty Biberveldt.

– Por todos os deuses! – exclamou Jaskier.

O ananico que entrou na varanda não se diferenciava em nada daquele sentado à mesa, exceto pelo fato de este estar limpo e o recém-chegado apresentar-se imundo, despenteado e amarrotado.

– Peguei-o, seu desgraçado! – urrou o ananico sujo, atirando-se na direção da mesa. – Seu ladrão miserável!

Seu gêmeo limpo ergueu-se de um pulo, derrubando a cadeira e a tigela de sopa. Geralt reagiu instintivamente e, com a rapidez de um raio, desferiu-lhe um golpe na nuca com o pesado cinturão que jazia sobre o banco e ao qual estava presa sua espada. O ananico desabou, rolou pelo chão, mergulhando por entre as pernas de Jaskier, e, de quatro, arrastou-se o mais rápido que pôde na direção da porta. Suas pernas e braços alongaram-se repentinamente, como patas de uma aranha. Diante dessa visão, o Dainty Biberveldt sujo soltou uma praga, urrou e saltou, batendo com estrondo com as costas na divisória de madeira. O Dainty Biberveldt limpo, que a essa altura não tinha mais nada de Dainty Biberveldt além da cor da camisa, saltou sobre o umbral como um gafanhoto, desembocando na sala principal da taberna e batendo de frente com a jovem de boca semiaberta. Ao ver seus longos braços e sua desfigurada e caricata fisionomia, a garota abriu a boca em toda sua extensão e emitiu um grito de romper os tímpanos. Geralt, aproveitando a perda de velocidade da fuga provocada pelo encontro com a rapariga, alcançou o monstro no centro da sala, derrubando-o com um bem calibrado chute em um de seus joelhos.

– Nem pense em se mexer, irmãozinho – sibilou por entre os dentes, encostando a ponta da espada na nuca do estranho ser. – Nem pisque.

– O que está acontecendo aqui? – urrou o taberneiro, que apareceu repentinamente segurando na mão o cabo de uma pá.

— O que é essa coisa aí? Guardas! Dechka, vá correndo chamar a guarda municipal!

— Nãooooo! — uivou a criatura, achatando-se no chão e ficando ainda mais deformada. — Por piedade, nãoooo!

— Nada de guardas! — exclamou em resposta o ananico sujo, surgindo da varanda. — Jaskier! Detenha a garota!

O trovador aproximou-se de Dechka, que não parava de gritar, e, apesar da pressa, escolheu cuidadosamente os lugares pelos quais segurá-la. A jovem soltou uma espécie de trinado e sentou-se no chão, junto das pernas do bardo.

— Não se preocupe, prezado hospedeiro — disse Dainty Biberveldt, arfando. — Trata-se de um assunto particular, para o qual não há necessidade de guardas. Prometo ressarci-lo de todos os danos.

— Não vejo dano algum — respondeu o taberneiro lucidamente, olhando em volta.

— Mas o senhor logo os verá — rosnou o rechonchudo ananico —, porque já vou dar uma surra nele. Uma surra daquelas. E vou bater com tanta força e por tanto tempo que será um verdadeiro estrago.

A achatada massa esparramada no chão que formava uma disforme caricatura de Dainty Biberveldt soltou um soluço plangente.

— Nada disso — falou o taberneiro friamente, semicerrando os olhos e erguendo levemente o cabo da pá. — Pode surrá-lo à vontade, senhor ananico, mas na rua ou no pátio, não em meu estabelecimento. E eu vou chamar a guarda municipal. Sinto-me forçado a isso, pois esse negócio aí... essa coisa horrenda... é um monstro!

— Senhor hospedeiro — interveio Geralt calmamente, sem diminuir a pressão da ponta da espada na nuca da estranha criatura —, fique tranquilo. Ninguém vai quebrar nada e não haverá dano algum. A situação está sob controle. Sou um bruxo e, como o senhor pode ver, o monstro está dominado. No entanto, como a questão parece ser realmente particular, vamos resolvê-la na varanda. Solte a garota, Jaskier, e venha aqui. Pegue minha bolsa, tire de lá uma corrente de prata e amarre com ela os braços deste indivíduo, passando-a pelos cotovelos e prendendo-os a suas costas. Não se mexa, irmãozinho.

A criatura gemeu baixinho.

– Pronto, Geralt – disse Jaskier. – Já o amarrei. Vamos para a varanda. Quanto ao senhor, distinto taberneiro, por que está parado aí? Eu pedi cerveja. E, quando peço cerveja, o senhor tem de ficar me servindo uma atrás da outra, até eu gritar "Água".

Geralt empurrou o monstro amarrado para a varanda e, sem delicadeza alguma, sentou-o numa cadeira encostada no pilar. Dainty Biberveldt sentou-se também, olhando para ele com desagrado.

– Que aspecto mais horrível tem essa coisa! – exclamou. – Parece uma massa com fermento. Olhe para o nariz dele, Jaskier. Já, já vai cair. E suas orelhas parecem as de minha sogra pouco antes de ser enterrada.

– Espere, espere – murmurou Jaskier. – Você é Biberveldt? Sim, sem dúvida. Mas, minutos atrás, aquilo que está sentado contra o pilar era você, se não me engano. Geralt! Todos os olhos estão virados para você. Você é um bruxo. Com todos os diabos, o que está acontecendo? O que é essa coisa aí?

– Um mímico.

– Você é que é mímico – falou a criatura guturalmente, balançando o nariz. – Eu não sou mímico, mas um doppler, e me chamo Tellico Lunngrevink Letorte. Abreviadamente, Penstock. Meus amigos me chamam de Dudu.

– Já vou lhe dar um Dudu, seu filho da puta! – berrou Dainty, avançando para a criatura com punhos cerrados. – Onde estão meus cavalos, seu ladrão de merda?!

– Ei, os senhores prometeram se comportar – lembrou-lhes o taberneiro, entrando com uma jarra de cerveja e um punhado de canecos.

– Ah, cerveja – suspirou o ananico. – Como estou com sede... e com fome!

– Eu também gostaria de tomar um trago – anunciou Tellico Lunngrevink Letorte, que foi solenemente ignorado.

– O que é isso? – indagou o taberneiro, olhando para a criatura, que, à visão de cerveja, estendera uma comprida língua do meio de um par de lábios caídos e pastosos. – O que vem a ser isso, meus senhores?

— Um mímico — repetiu o bruxo, sem se importar com as caretas de fúria do monstro. — Na verdade, ele tem vários nomes: cambiador, mudador, dobrador, vexling, bedak... ou até doppler, como ele mesmo se definiu.

— Vexling! — exclamou o taberneiro. — Aqui, em Novigrad? Em minha taberna? Vou chamar imediatamente a guarda municipal! E sacerdotes!

— Devagar, devagar — grasnou Dainty Biberveldt, tomando rapidamente a sopa da tigela de Jaskier que se salvara miraculosamente. — Haverá tempo de sobra para chamarmos quem for preciso, porém mais tarde. Esse patife me roubou, e não pretendo entregá-lo às autoridades locais antes de recuperar aquilo que me pertence. Conheço muito bem todos vocês, novigradenses, assim como seus juízes. Se tiver sorte, recuperarei no máximo um décimo do que me foi roubado.

— Apiedem-se de mim — gemeu o doppler, desesperado. — Não me entreguem aos humanos. Vocês sabem o que eles costumam fazer com seres como eu?

— É lógico que sabemos — respondeu o taberneiro. — Primeiro, o doppler é submetido a exorcismos feitos pelos sacerdotes. Depois, é amarrado a uma estaca e coberto por uma espessa camada de barro misturado com limalha até formar uma bola, que é colocada num forno e fica lá até o barro ficar duro como um tijolo. Pelo menos era assim que se procedia nos tempos em que esses monstros apareciam com mais frequência.

— Um costume bárbaro, tipicamente humano — falou Dainty, fazendo uma careta e afastando a tigela já vazia. — De outro lado, não deixa de ser um justo castigo para roubo e banditismo. Vamos, desembuche logo: onde você meteu meus cavalos? E responda rápido, senão esticarei esse seu nariz e o enfiarei em seu rabo. Onde estão meus cavalos?

— Eu os ve... vendi — gaguejou Tellico Lunngrevink Letorte, e suas orelhas caídas se encolheram repentinamente, formando esferas parecidas com couves-flores em miniatura.

— Você os vendeu?! Ouviram isso? — explodiu o ananico. — Ele vendeu meus cavalos!

— É claro que os vendeu — afirmou Jaskier. — Teve tempo de sobra para isso. Está aqui há pelo menos três dias. Por três dias eu tenho visto você... quero dizer, ele... Dainty, será que isso quer dizer que...

— É lógico que sim! — exclamou o comerciante, batendo os pés peludos no chão. — Ele me assaltou no caminho, a um dia de viagem daqui, e veio para cá fingindo ser eu, entenderam? E vendeu meus cavalos! Eu vou matá-lo! Vou esganá-lo com as próprias mãos!

— Conte-nos como tudo se passou, senhor Biberveldt.

— O senhor é Geralt de Rívia, o bruxo?

Geralt confirmou com um aceno de cabeça.

— É ótimo o senhor estar aqui — falou o ananico. — Eu sou Dainty Biberveldt, natural dos Campos Fagópiros, fazendeiro, criador de cavalos e comerciante. Pode chamar-me de Dainty, Geralt.

— Muito bem, Dainty. Conte-nos como tudo se passou.

— Foi assim: eu e meus cavalariços estávamos conduzindo nossos cavalos para vendê-los no leilão dos Pântanos Diabólicos. Nosso último pernoite foi a um dia de viagem da cidade. Aquecemo-nos com boas doses de uma aguardente caseira e fomos dormir. Logo acordei sentindo que minha bexiga estava prestes a estourar, de modo que saí da carroça para me aliviar e, aproveitando a ocasião, para ver como estavam os cavalos no meio do prado. Tudo estava envolto em névoa, e ouvi passos de alguém se aproximando. "Quem está aí?", perguntei. Silêncio. Aproximei-me mais e vi... a mim mesmo. Era como se eu estivesse olhando para um espelho. Pensei comigo mesmo que não deveria ter bebido tanto daquela maldita bebida alcoólica, quando este aqui... pois era ele mesmo... me deu uma bordoada na cabeça. Cheguei a ver estrelas e caí duro como uma pedra, com as pernas para o ar. Voltei a mim de madrugada, deitado num bosque qualquer e com um galo do tamanho de um pepino na cabeça. Olhei em volta, não havia vivalma, nem sequer sinal de meu acampamento. Fiquei vagueando por um dia inteiro até encontrar uma estrada, pela qual me arrastei por dois dias, comendo apenas algumas raízes e cogumelos crus. Enquanto isso, ele... esse tal Dudulico, ou sei lá como o chamam, foi até Novigrad e, passando-se por mim, vendeu meus cavalos! Já vou dar cabo da raça dele... Quanto a meus cavalariços, vou dar-lhes uma lição que jamais esquecerão... pelo menos cem chicotadas na bunda desnuda! Onde já se viu não reconhecer o próprio patrão e deixar-se engambelar dessa maneira! Um bando de imbecis, idiotas, cabeças de vento!

— Não fique chateado com eles, Dainty — falou Geralt. — Eles não tiveram culpa. Um mímico consegue copiar alguém com tamanha precisão que não é possível diferenciá-lo do original, ou seja, da vítima que ele escolheu. Você nunca ouviu falar de mímicos?

— Ouvir, ouvi, mas sempre achei que eram invencionices.

— Pois saiba que não são invencionices. A um doppler basta dar uma boa olhada em sua vítima para, num piscar de olhos e infalivelmente, adaptar-se à necessária estrutura material. Chamo sua atenção para o fato de não se tratar de uma ilusão ou de um logro, mas de uma completa e perfeita transformação. Os feiticeiros suspeitam que nesses casos age o mesmo componente sanguíneo que em licantropia, mas acho que é algo diferente, mil vezes mais poderoso. Afinal, um lobisomem pode adotar somente duas, no máximo três formas, enquanto um doppler é capaz de se transformar em tudo o que quiser, desde que com semelhante massa corporal.

— Massa corporal?

— Quer dizer que ele jamais poderia se transformar num mastodonte ou num ratinho.

— Entendi. E quanto àquela corrente de prata com a qual ele está amarrado? Para que serve?

— Para um licantropo, a prata é mortal. Já no caso do doppler, como você pode ver, ela o impede de se transformar. É por isso que ele está sentadinho aí com a própria forma.

O doppler apertou os lábios e fulminou o bruxo com olhos opacos, cuja íris já abandonara a cor castanha dos olhos do ananico e adquirira a de um amarelo berrante.

— E ainda bem que ele está sentado quietinho, o miserável — rosnou Dainty. — Imaginem a ousadia dele, a ponto de se hospedar aqui, na Ponta de Lança, onde eu sempre costumo ficar! Vai ver que ele se convenceu de que era eu!

Jaskier meneou a cabeça.

— Dainty — disse. — Ele *era* você. Estive com ele aqui nos últimos três dias. Ele tinha seu aspecto e falava como você. Pensava como você. E, quando chegava a hora de pagar, era tão sovina quanto você, ou até ainda mais.

— Essa última parte não me aborrece — falou o ananico —, porque talvez graças a isso eu consiga recuperar pelo menos parte de meu dinheiro. Tenho nojo de tocá-lo, portanto peço a você, Jaskier, que pegue a bolsa dele e verifique seu conteúdo. Já que esse ladrão vendeu meus cavalos, a bolsa deve estar cheia de dinheiro.

— Quantos cavalos você tinha, Dainty?

— Doze.

— Calculando pelo preço do mercado mundial — o trovador olhou para dentro da bolsa —, o que há aqui dentro daria, no máximo, para comprar um, desde que fosse velho e doente. Se, porém, considerarmos os preços de Novigrad, daria para duas ou três cabras.

O comerciante não disse nada, mas tinha a aparência de alguém prestes a chorar. Tellico Lunngrevink Letore abaixou o nariz, fazendo cair ainda mais o lábio inferior, e balbuciou algo incompreensível.

— Em outras palavras — suspirou por fim o ananico —, fui roubado e arruinado por um ser cuja existência eu creditava ao mundo das fadas. Isso, sim, é o que se chama de ter azar.

— Tenho de concordar com você — disse o bruxo, lançando um olhar para o doppler encolhido na cadeira. — Eu também estava convencido de que os mímicos tinham sido exterminados há muito tempo. Pelo que ouvi falar, existiam muitos deles no passado, vivendo nas florestas e no planalto. Só que sua aptidão para a mímica incomodava sobremaneira os primeiros colonos, a ponto de eles começarem a caçá-los. E o fizeram com tanto empenho que em pouco tempo acabaram com quase todos.

— O que foi ótimo — opinou o hospedeiro. — Juro pelo Fogo Eterno que prefiro um dragão ou um diabo, que sempre será um dragão ou um diabo, e sabemos a que nos ater. Mas a tal licantropia, a habilidade de mudar de forma, o horrível procedimento demoníaco que nos conduz a erros e traições é algo que só existe para nos confundir e danar! Volto a repetir: o melhor a fazer é chamar a guarda municipal para que essa horrenda criatura seja atirada ao fogo!

— O que tem a dizer, Geralt? — interessou-se Jaskier. — Seria bom ouvirmos a opinião de um especialista. É verdade que esses mímicos são tão perigosos e agressivos?

— Sua capacidade de copiar — respondeu o bruxo — é uma característica mais dirigida à defesa do que à agressão. Nunca ouvi falar...

— Um momento! — interrompeu-o Dainty, batendo furiosamente com o punho na mesa. — Se agredir alguém e roubar seus pertences não é agressão, então não sei o que possa ser. Parem de bancar os sabichões. O caso é claro: fui agredido e não só me foi roubado tudo o que consegui amealhar após longos anos de árduo trabalho, como até minha própria figura. Exijo uma indenização, e não descansarei enquanto...

— Os guardas. Temos de chamar os guardas — insistiu o hospedeiro. — E sacerdotes! Para queimar esse monstro, esse ser inumano!

— Pare com isso, hospedeiro. — O ananico ergueu a cabeça. — Essa sua insistência em chamar a guarda municipal está começando a me enervar. Gostaria de chamar sua atenção para o fato de que esse inumano não fez nada contra o senhor, mas apenas contra mim. Além disso, cá entre nós, não esqueça que eu também sou inumano.

— Não diga uma coisa dessas, senhor Biberveldt — disse o taberneiro, dando uma risadinha nervosa. — Não há comparação entre aquele ser e o senhor. O senhor é quase um ser humano, enquanto esse aqui é um monstro. Estou espantado, senhor bruxo, por vê-lo sentado com tanta calma. Para que, com sua permissão, serve o senhor? Sua atividade não é a de matar monstros?

— Monstros — respondeu Geralt gelidamente —, e não representantes de raças dotadas de razão.

— Ora, senhor bruxo — falou o taberneiro —, dessa vez o senhor exagerou.

— É verdade — acrescentou Jaskier. — Com esse comentário de raças dotadas de razão, você efetivamente passou da conta. Basta olhar para ele.

De fato, naquele momento, Tellico Lunngrevink Letore não lembrava em nada o representante de uma raça racional. Parecia mais uma bola feita de lama e farinha que encarava o bruxo com expressão suplicante nos opacos olhos amarelos. Os chorosos sons que emanavam do nariz tão comprido que tocava o tampo da mesa também não lhe davam o aspecto do representante de uma raça capaz de raciocinar.

— Basta de papo furado! — urrou Dainty Biberveldt repentinamente. — Não há o que discutir! Só o que está em jogo são meus cavalos e meu prejuízo. Ouviu, sua massa disforme? A quem você vendeu os cavalos? O que fez com o dinheiro? Responda logo, se não quiser que eu lhe dê uma surra e arranque fora sua pele.

Dechka entreabriu a porta e enfiou a loura cabecinha na varanda.

— Papai — falou. — Temos clientes na taberna. Os pedreiros da construção e outros. Estou servindo-lhes cerveja, mas vocês estão falando tão alto que eles estão olhando desconfiados para a varanda.

— Pelo Fogo Eterno! — assustou-se o albergueiro, olhando para o disforme doppler. — Se um deles entrar aqui e vir esse tipo... vamos ter problemas. Se não é para chamar a guarda municipal, então... Senhor bruxo! Se essa criatura é realmente um vexling, então diga-lhe para se transformar em algo decente. Só por enquanto, para que não seja reconhecido.

— É verdade — concordou Dainty. — Faça-o transformar-se em alguém, Geralt.

— Em quem? — gargarejou o doppler, de súbito. — Apenas posso assumir a forma de alguém a quem olhar detalhadamente. Portanto, em qual de vocês devo me transformar?

— Certamente não em mim — respondeu logo o taberneiro.

— Nem em mim — exclamou Jaskier. — Além do mais, isso não serviria de camuflagem, já que sou conhecido por todos e a visão de dois Jaskiers sentados à mesa, um ao lado do outro, causaria mais sensação do que esse aí em estado natural.

— O mesmo se passaria comigo — disse Geralt, com um leve sorriso. — Assim, o único que sobra é você, Dainty. E isso vem a calhar. Não se ofenda, mas você mesmo sabe que os humanos têm grande dificuldade em diferenciar um ananico de outro.

O comerciante não pensou por muito tempo.
— Que seja — falou. — Tire aquela corrente dele, bruxo. Quanto a você, caro representante de raça racional, transforme-se em mim.

Após a remoção da corrente, o doppler esfregou as mãos massudas, tateou o nariz e fixou os olhos no ananico. A caída pele do rosto se retesou, adquirindo cor. O nariz se encolheu, para depois se estender com um estalo. No liso topo da cabeça emergiu uma vasta cabeleira encaracolada. Dainty arregalou os olhos, o taberneiro abriu a boca em silencioso espanto, Jaskier soltou um suspiro e um gemido.

A última mudança foi a cor dos olhos.

Dainty Biberveldt Segundo pigarreou e, estendendo o braço, pegou o caneco de cerveja de Dainty Biberveldt Primeiro, encostando avidamente os lábios na borda.

— Não pode ser, não pode ser — repetia Jaskier em voz baixa. — Olhem só. Ele o copiou em cada detalhe. Não dá para diferenciá-los. São iguais em tudo, até nas picadas de mosquitos e nas manchas das calças... Pois é, as calças! Geralt, isso é algo que nem os feiticeiros conseguem fazer! Toque este pano; é lã legítima, não é ilusão. Como ele consegue fazer isso?

— Eis algo que ninguém ainda descobriu — respondeu o bruxo —, nem ele mesmo. Como já lhes disse, ele tem a capacidade de mudar voluntariamente, mas se trata de uma capacidade orgânica, instintiva...

— Sim, mas as calças?... Com o que ele fez as calças? E a camisa?

— Trata-se da pele dele, devidamente adaptada. Não creio que ele concordaria em se desfazer das calças. Nesse caso, elas perderiam imediatamente o caráter de lã...

— O que é uma pena — Dainty demonstrou grande sagacidade —, porque eu já tinha em mente ordenar-lhe que transformasse baldes de uma matéria qualquer em baldes de ouro.

O doppler, agora uma fiel cópia do ananico, sentou-se mais confortavelmente e sorriu, sem dúvida feliz por ser o centro das atenções. Estava sentado numa posição idêntica à de Dainty e, assim como este, balançava os pés peludos.

— Vejo que você sabe muito sobre os dopplers, Geralt — observou, sorvendo mais um trago do caneco, estalando a língua e soltando um arroto. — Efetivamente muito.

— Pelos deuses! A voz e o modo de se expressar também são idênticos aos de Biberveldt — surpreendeu-se Jaskier. — Alguém tem um pedaço de fita vermelha? Temos de amarrar uma nele para diferenciá-los, senão teremos problemas.
— Você endoidou de vez, Jaskier — ofendeu-se Dainty Biberveldt Primeiro. — Não vai me dizer que você seria capaz de me confundir com essa criatura. Basta...
— ... olhar para notar a diferença — completou a frase Dainty Biberveldt Segundo, arrotando mais uma vez. — Para confundir um com o outro, é preciso ser mais estúpido do que o cu de uma égua.
— Eu não disse? — sussurrou Jaskier, mal se contendo de espanto. — Ele pensa e fala como Biberveldt. Não dá para diferenciá-los...
— É exagero — disse o ananico, estufando os lábios. — Um grosso exagero.
— Não — discordou Geralt. — Não é exagero. Acredite ou não, mas o fato é que, neste preciso momento, ele é você, Dainty. De um modo que desconhecemos, o doppler copia precisamente tudo de sua vítima, inclusive a psique.
— A psi... o quê?
— As características do intelecto, o caráter, os sentimentos, as ideias. Em suma, a alma, o que confirmaria aquilo que é negado pela maioria dos feiticeiros e por todos os sacerdotes: o fato de a alma também ser matéria.
— Uma blasfêmia... — bufou o albergueiro.
— E uma tolice — completou Dainty Biberveldt duramente. — Não fale bobagens, bruxo. Copiar o nariz e as calças de alguém é uma coisa; duplicar sua inteligência é outra bem diversa. Vou lhe provar o que acabo de dizer. Caso esse imundo doppler tivesse copiado minha capacidade de raciocínio, ele não teria vendido os cavalos em Novigrad, onde não há demanda por eles, e sim participado do leilão nos Pântanos Diabólicos, onde os preços são estipulados por lances, ganhando o mais alto. Ali não há como perder...
— Pois saiba que há — interrompeu-o o doppler, parodiando a ofendida expressão do ananico e bufando como ele. — Em primeiro lugar, o preço final no leilão dos Pântanos Diabólicos ten-

de a ser baixo, porque os compradores entram em conluio antes de fazer os lances. Além disso, há a porcentagem que tem de ser paga ao leiloeiro.

– Não tente ensinar-me como conduzir negócios, seu merda – ofendeu-se Biberveldt. – No leilão dos Pântanos Diabólicos eu teria conseguido noventa ou até cem por cavalo. E quanto você conseguiu dos espertalhões de Novigrad?

– Cento e trinta – respondeu o doppler.

– É mentira.

– Não. É a mais pura verdade. Eu levei os cavalos até o porto, senhor Dainty, onde encontrei um exportador de peles. Ao formarem suas caravanas, os peleteiros não usam bois, porque são muito lentos. As peles são leves, mas preciosas, de modo que é preciso transportá-las o mais rapidamente possível. Em Novigrad não há demanda por cavalos e, como consequência, os cavalos são muito raros. Eu era o único que os tinha disponíveis e, com isso, pude ditar o preço que quis.

– Não me ensine a negociar, já lhe disse! – berrou Dainty, com o rosto em brasa. – Muito bem. Você apurou um bom lucro. E onde está o dinheiro?

– Girando – respondeu Tellico orgulhosamente, imitando o típico gesto do ananico de passar a mão pelos cabelos. – O dinheiro, senhor Dainty, tem de circular sempre, assim como os negócios.

– Cuide-se para que eu não lhe torça o pescoço! Fale logo: o que você fez com o dinheiro resultante da venda dos cavalos?

– Comprei materiais.

– Que tipo de materiais? O que você comprou, seu desgraçado?

– Co... cochonilhas – gaguejou o doppler. Em seguida, enumerou tudo rapidamente: – Cinquenta toneladas de cochonilhas, duzentos e quarenta e oito arrobas de casca de mimosa, duzentos e vinte quartos de essência de rosas, vinte e três barris de óleo de fígado de bacalhau, seiscentos vasilhames de barro e oitenta libras de cera de abelha. Devo ressaltar que comprei o óleo de fígado de bacalhau muito barato, porque estava um tanto rançoso. Ah, sim, quase esqueci: comprei ainda cem braças de barbante.

Seguiu-se um longo, longo silêncio.

– Óleo rançoso de fígado de bacalhau – falou por fim Dainty lentamente, pronunciando com clareza cada palavra. – Barbante. Essência de rosas. Devo estar sonhando. Sim, é um pesadelo. Aqui, em Novigrad, pode-se comprar tudo o que se quiser, todas as coisas úteis e valiosas, e o que faz esse imbecil? Gasta meu dinheiro em merda, ainda por cima com meu aspecto. Estou liquidado, meu dinheiro acabou, minha reputação de comerciante desmoronou. Basta. Empreste-me sua espada, Geralt. Vou acabar com esse desgraçado agora mesmo.

A porta da varanda abriu-se com um rangido.

– Comerciante Biberveldt – entoou um indivíduo com uma toga vermelha pendendo do corpo magro como uma estaca e um gorro de veludo em forma de penico virado de boca para baixo. – O comerciante Biberveldt encontra-se neste recinto?

– Sim – responderam os dois ananicos ao mesmo tempo.

No instante seguinte, um dos Dainty Biberveldt atirou o conteúdo do caneco de cerveja no rosto do bruxo, deu um pontapé certeiro na cadeira de Jaskier e, passando por baixo da mesa, correu para a porta, derrubando pelo caminho o indivíduo com gorro em forma de penico.

– Um incêndio! Socorro! – uivou, adentrando o salão principal da taberna. – Assassinos! Tudo está pegando fogo!

Geralt limpou o rosto da espuma da cerveja e saiu correndo atrás dele, mas o segundo Biberveldt, também correndo para a porta, escorregou na serragem que cobria o chão da varanda e caiu sobre ele. Ambos desabaram no umbral da porta, enquanto Jaskier saía de debaixo da mesa blasfemando horrivelmente.

– Assaaalto! – gritou do chão o magro indivíduo enrolado na toga púrpura. – Assaaalto! Bandidos!

O bruxo conseguiu se desvencilhar do ananico e, assim que chegou ao salão da taberna, viu o doppler empurrar os fregueses e sair correndo para a rua. Atirou-se atrás dele, porém uma elástica mas firme parede humana lhe bloqueou o caminho. Mesmo conseguindo derrubar um dos homens – um tipo todo manchado de barro e fedendo a cerveja –, os demais o detiveram com seus braços musculosos. Geralt tentou livrar-se com um gesto violento, ao qual se seguiu um seco som de fios partidos e couro rasgado, ao mesmo tempo que aparecia uma abertura na manga de seu gibão, junto da axila direita. O bruxo soltou um palavrão e parou de se agitar.

— Nós o pegamos! — gritaram os pedreiros. — Pegamos o assaltante! O que devemos fazer com ele, senhor mestre?

— Cal! — uivou o mestre, erguendo a cabeça da mesa e olhando em volta com olhos que nada viam.

— Guaaardas! — urrou o de púrpura, arrastando-se de quatro e de lado, feito um caranguejo. — Ele atacou um funcionário público! Guardas! Você será enforcado por isso, seu desgraçado!

— Nós o temos! — berraram os pedreiros. — Nós o temos, senhor!

— Não é esse! — vociferou o indivíduo de toga. — Peguem o bandido! Corram atrás dele!

— Atrás de quem?

— De Biberveldt, o ananico! Corram atrás dele! Vamos atirá-lo na masmorra!

— Calma, calma — disse Dainty, surgindo da varanda. — O que está acontecendo, senhor Schwann? Não limpe suas fuças com meu sobrenome e, acima de tudo, não faça alarde; isso não é necessário.

Schwann calou-se, olhando com espanto para o ananico. Jaskier, com o chapeuzinho na cabeça e examinando o alaúde, plantou-se a seu lado. Os pedreiros, depois de confabularem entre si, soltaram Geralt. O bruxo, embora furioso, limitou-se a dar uma cusparada no chão.

— Comerciante Biberveldt! — piou Schwann, semicerrando os olhos míopes. — O que significa isso tudo? Um ataque a um funcionário público poderá lhe custar muito caro... Quem é aquele ananico que fugiu?

— Um primo meu — respondeu rápido Dainty. — Um primo distante...

— Sim, sim — apoiou-o Jaskier imediatamente, sentindo-se em seu elemento. — Um primo distante de Biberveldt, conhecido como Biberveldt-Cabeça de Vento, a ovelha negra da família. Caiu num poço quando era ainda um bebezinho. Num poço seco. Para piorar, o balde de madeira atingiu-lhe a cabeça. Normalmente, ele está calmo; só entra em fúria diante da visão da cor púrpura. Mas não precisamos nos preocupar com isso, porque ele se tranquiliza ao ver os pelos pubianos de uma ruiva. Foi por isso que ele saiu correndo daqui diretamente para a Passiflora. Digo-lhe, senhor Schwann...

— Basta, Jaskier — sibilou o bruxo. — Cale essa boca.

Schwann ajeitou a toga, livrando-a de restos de serragem, e empertigou-se, adotando um ar muito distinto.

— Muito bem — disse. — Tenha a bondade de ficar de olho em seus parentes, comerciante Biberveldt, já que o senhor é responsável por eles. Caso eu fizesse uma queixa formal... Entretanto, não tenho tempo a perder com isso. Estou aqui para tratar de assuntos públicos. Em nome das autoridades municipais, convoco-o a pagar os impostos devidos.

— O quê?

— Impostos — repetiu o funcionário, estufando os lábios de um modo sem dúvida observado em alguém mais importante do que ele. — Por que está olhando com tanto espanto para mim? Foi contagiado por seu primo? Quando se fazem negócios, é preciso pagar impostos... ou então ir diretamente para a masmorra.

— Eu?! — urrou Dainty. — Eu, negócios? Eu só tenho prejuízos, com todos os diabos! Eu...

— Acalme-se, Biberveldt — sussurrou o bruxo, enquanto Jaskier desferia um pontapé no tornozelo do ananico. Dainty tossiu discretamente.

— É óbvio — falou, esforçando-se para fazer aflorar um sorriso no rosto rechonchudo. — É mais do que óbvio, senhor Schwann, que, quando se fazem negócios é preciso pagar impostos. Quanto melhores os negócios, maiores os impostos... e acredito que o inverso seja verdadeiro.

— Não me cabe avaliar seus negócios, senhor comerciante. — O funcionário, fazendo uma careta de desagrado, sentou-se atrás da mesa e tirou das profundas e ocultas dobras de sua toga um ábaco e um pergaminho, que desenrolou sobre o tampo, depois de limpá-lo com a manga de seu gibão. — Minha função é a de calcular e cobrar. Portanto, vamos aos cálculos... hummm... Baixo dois, sobra um, acrescento três... Siiim... Mil quinhentas e cinquenta e três coroas e vinte copeques.

Da garganta de Dainty Biberveldt saiu um surdo relincho. Os pedreiros se entreolharam, espantados. O tabemeiro deixou cair a travessa. Jaskier soltou um profundo suspiro.

— Bem, então é isso, rapazes. Até a vista... — disse o ananico amargamente. — Se alguém perguntar por mim, digam que estou na masmorra.

II

— Até o meio-dia de amanhã — gemia Dainty, espremido entre Jaskier e Geralt. — Aquele filho de uma cadela do Schwann, um velho desprezível, bem que poderia ter me dado um prazo maior. Mais de mil e quinhentas coroas... Onde vou conseguir tanto dinheiro até amanhã? Estou acabado, arruinado e passarei o resto de meus dias na cadeia! Temos de encontrar aquele doppler desgraçado! Temos de encontrá-lo!

Os três estavam sentados na beira da piscina de um desativado chafariz que ocupava o centro de uma pracinha no meio de imponentes mas extremamente de mau gosto casas de comerciantes. A água da piscina era verde e imunda, e os peixinhos avermelhado-dourados que nela nadavam faziam enorme esforço com as brânquias e a boquinha aberta para aspirar o ar da superfície. Jaskier e o ananico mastigavam panquecas que o trovador conseguira afanar ao passarem por uma barraca de feira.

— Se eu estivesse em seu lugar — falou o bardo —, desistiria de qualquer perseguição e começaria a procurar alguém que pudesse me emprestar dinheiro. O que você vai ganhar pegando o doppler? Acha, por acaso, que Schwann o aceitará como forma de pagamento?

— Você é um bobo, Jaskier. Se eu pegar o doppler, tirarei dele meu dinheiro.

— De que dinheiro você está falando? Aquele que sobrara na bolsa foi todo gasto com o pagamento dos estragos e o suborno de Schwann.

— Jaskier. — O ananico fez uma careta de desprezo —, até é possível que você entenda algo de poesia, mas no que se refere ao mundo dos negócios, queira me perdoar, não passa de um ignorante. Ouviu o valor dos impostos calculado por Schwann? E o que é usado de base para calcular o imposto?

— Tudo — afirmou o poeta. — Eu pago até para cantar. E de nada servem minhas justificativas de que eu canto movido por uma necessidade interior.

— Bobagem. No mundo dos negócios, os impostos são calculados sobre o lucro. O lucro, Jaskier! Deu para entender? Aquele malandro assumiu minha forma e se meteu em negócios obviamente escusos, pois ganhou muito dinheiro com eles! Ele teve lucro! Enquanto isso, eu terei de pagar os impostos e, quase certamente, arcar com o pagamento dos empréstimos que aquele patife deve ter feito em meu nome! E, se não pagar, serei encarcerado, marcado publicamente com um ferro em brasa e enviado para as minas. Estou acabado!

— Bem — falou o trovador, divertido —, diante disso, você só tem uma saída: fugir da cidade às escondidas. Sabe de uma coisa? Tive uma ideia: vamos enrolá-lo numa pele de ovelha, você pulará por cima de uma cerca e gritará "Sou uma ovelha, bééé, bééé". Ninguém vai reconhecê-lo.

— Jaskier — disse o ananico soturnamente. — Se você não calar já a boca, vou lhe dar um pontapé. Geralt?

— Sim, Dainty?

— Você me ajudará a caçar o doppler?

— Ouça-me com atenção. — O bruxo tentava inutilmente alinhavar a manga rasgada de seu gibão. — Estamos em Novigrad. Trinta mil habitantes, entre humanos, anões, meio-elfos, ananicos e gnomos, sem falar dos que estão aqui de passagem. Como pretende encontrar alguém num cadinho racial destes?

Dainty engoliu a panqueca e lambeu os dedos.

— E a magia, Geralt? Aqueles feitiços usados pelos bruxos, tão decantados em verso e prosa?

— Um doppler somente pode ser detectado por magia quando estiver em sua forma original, na qual ele não costuma andar pelas ruas. E, mesmo que andasse, a magia nada serviria, porque estamos cercados por débeis, porém frequentes, coisas enfeitiçadas. A porta de uma de cada duas casas possui fechadura mágica, e três quartos dos moradores da cidade carregam os mais diversos amuletos: contra ladrões, pulgas, intoxicações alimentares e não sei mais o quê.

Jaskier acariciou a cravelha do alaúde e dedilhou delicadamente as cordas.

— *A primavera há de voltar, com sua brisa perfumada!* — cantou. — Não, não está bom. *Voltará a primavera, com os primeiros raios do sol...* Não, que merda. Não consigo...

— Pare de piar — rosnou o ananico. — Seus chiados me põem nervoso.

O bardo atirou o resto da panqueca aos peixinhos e, ato contínuo, cuspiu na piscina.

— Olhem — falou. — Peixinhos dourados. Dizem que peixinhos dourados são capazes de realizar nossos desejos.

— Só que esses aí são vermelhos — observou Dainty.

— Trata-se apenas de um detalhe sem importância. Somos três e eles terão de atender a três desejos nossos, um para cada um de nós. Então, Dainty, o que você diz? Não gostaria que o peixinho pagasse os impostos em vez de você?

— Sem dúvida e, além disso, que alguma coisa caísse do céu e acertasse a cabeça do doppler e...

— Vamos com calma. Nós também temos nossos desejos. No que se refere a mim, gostaria que o peixinho me soprasse o final da balada. E quanto a você, Geralt?

— Deixe-me em paz, Jaskier.

— Não estrague a brincadeira, bruxo. Diga o que você desejaria.

Geralt se ergueu.

— Desejaria — falou baixinho — que aquilo que está tentando nos cercar neste exato momento não passasse de um mal-entendido.

Da ruela que dava diretamente para o chafariz, quatro sujeitos vestidos de preto, com chapéu de couro redondo, lentamente vinham na direção da fonte. Dainty soltou um palavrão e olhou para trás.

Da rua atrás dele, apareceram quatro outros indivíduos, que, sem se aproximar, posicionaram-se de maneira a bloquear qualquer passagem. Seguravam nas mãos estranhos aros, que mais pareciam uma porção de cabos enrolados. O bruxo olhou em volta e sacudiu os ombros, ajeitando a espada presa a suas costas. Jaskier soltou um gemido.

Detrás dos indivíduos vestidos de preto, surgiu um homem de estatura mediana, vestido com um gibão branco e uma curta capa cinza. A corrente de ouro pendente em seu pescoço lançava reflexos dourados enquanto balançava ao ritmo de seus passos.

– Chappelle... – gemeu Jaskier. – É Chappelle.

Os indivíduos de preto continuaram a avançar. O bruxo tentou sacar a espada.

– Não, Geralt – sussurrou Jaskier, chegando junto dele. – Por tudo o que é mais sagrado, não saque a espada. Eles são membros da guarda do templo. Se nós lhes oferecermos qualquer resistência, não sairemos vivos de Novigrad. Não toque na espada.

O homem de gibão branco caminhava na direção deles com passos firmes. Os indivíduos de preto vinham atrás dele, cercando a piscina do chafariz e ocupando posições estratégicas muito bem determinadas. Geralt, ligeiramente encolhido como um gato prestes a dar um pulo, ficou olhando atentamente para eles. Os estranhos aros que tinham nas mãos não eram, como julgara no início, simples chicotes, e sim lâmias.

O homem de gibão branco aproximou-se.

– Geralt – sussurrou o bardo. – Em nome de todos os deuses, mantenha a calma...

– Não vou permitir que me toquem – rosnou o bruxo. – Não vou permitir que eles encostem um dedo em mim, não importa quem sejam. Fique atento, Jaskier... Quando a coisa esquentar, fujam o mais rápido que puderem. Eu os deterei por algum tempo...

Jaskier não respondeu. Com o alaúde pendurado às costas, fez uma profunda reverência diante do homem de gibão ricamente bordado com fios de ouro e prata num delicado mosaico.

– Venerável Chappelle...

O homem chamado Chappelle parou e os encarou. Seus olhos, pôde notar Geralt, eram horrivelmente frios, da cor de aço. Sua fronte era alva, suada como se estivesse com febre, e suas bochechas estavam cobertas por irregulares manchas avermelhadas.

— O comerciante Dainty Biberveldt — falou —, o talentoso bardo Jaskier e Geralt de Rívia, representante da cada vez mais rara profissão de bruxo. Um encontro de velhos conhecidos? Aqui, em Novigrad?

Ninguém respondeu.

— Considero muito infortunado — continuou Chappelle — o fato de que há uma denúncia contra vocês.

Jaskier empalideceu levemente, enquanto o ananico começou a tremer. O bruxo não olhava para Chappelle. Não desviava os olhos do armamento nas mãos dos indivíduos de preto e chapéu de couro. Na maioria dos países conhecidos por Geralt, a fabricação e a posse de uma lâmia pontiaguda, mais conhecida como "açoite de Mayhen", eram rigorosamente proibidas. Novigrad não era uma exceção à regra. O bruxo tivera a oportunidade de ver pessoas com o rosto atingido por uma dessas lâmias, visão impossível de esquecer.

— O proprietário do albergue denominado Ponta de Lança — prosseguiu Chappelle — teve a ousadia de acusar os senhores de estarem em conluio com um demônio, um monstro chamado de cambiador ou vexling.

Ninguém respondeu. Chappelle cruzou os braços sobre o peito e lançou-lhes um olhar gélido.

— Senti-me obrigado a preveni-los dessa denúncia e informá-los de que o referido albergueiro foi preso, pela suspeita de ter delirado por estar sob efeito de cerveja ou vodca. É impressionante o que as pessoas são capazes de inventar. Em primeiro lugar, não existem vexlings. Tais seres não passam de uma invenção de supersticiosos camponeses.

Ninguém fez comentário algum.

— Em segundo, que tipo de vexling teria a ousadia de se aproximar de um bruxo — sorriu Chappelle — sem ser imediatamente morto? Não é verdade? Diante disso, a denúncia do albergueiro teria sido risível, não fosse por determinado detalhe.

Chappelle fez uma pausa de efeito. O bruxo ouviu Dainty soltar lentamente o ar que havia armazenado nos pulmões.

— Sim, determinado detalhe — repetiu Chappelle. — O fato de estarmos lidando com heresia e com blasfêmias contra o sagrado, já que é mais do que sabido que nenhum vexling, como nenhum outro monstro, poderia aproximar-se dos muros de Novigrad, onde em dezenove templos arde o Fogo Eterno, cuja força sagrada protege a cidade. Quem afirma que viu um vexling na taberna Ponta de Lança, a poucos passos do altar principal do Fogo Eterno, é um blasfemo herético que terá de negar o que disse. Caso não queira retratar-se, será ajudado nisso pelas forças e meios que, podem acreditar, eu tenho disponíveis nas masmorras. Assim, como veem, não há com o que se preocupar.

A expressão no rosto de Jaskier e do ananico indica claramente que ambos tinham outra opinião.

– Não há absolutamente nada com o que se preocupar – repetiu Chappelle. – Desse modo, os senhores podem partir de Novigrad sem problema algum. Não os deterei. No entanto, devo insistir em que jamais comentem abertamente as lamentáveis fantasias do albergueiro e tudo o que se passou em seguida. Quaisquer afirmações que venham a denegrir a força divina do Fogo Eterno, independentemente da intenção com a qual forem ditas, obrigarão que nós, humildes servos da igreja, as consideremos heresias, com todas as consequências daí advindas. As crenças religiosas de cada um dos senhores, não importa quais sejam e às quais dou o devido respeito, não têm importância. Acreditem no que quiserem. Sou tolerante enquanto o Fogo Eterno é respeitado e ninguém blasfema contra ele. Entretanto, se alguém blasfemar, eu mando queimá-lo vivo, e pronto. Em Novigrad, todos são iguais perante a lei, e a lei é igual para todos: aquele que blasfemar contra o Fogo Eterno vai para a fogueira e seus bens são confiscados pela municipalidade. Mas basta de lero-lero. Volto a afirmar que vocês podem atravessar os portões de Novigrad sem problema algum. De preferência...

Chappelle deu um leve sorriso, encolheu os lábios numa careta desagradável e passou os olhos pela pequena praça. Os poucos transeuntes que observavam a cena apressavam o passo e viravam rapidamente a cabeça.

– ... de preferência – concluiu Chappelle – imediatamente. Sem perda de tempo. É óbvio que, no caso do distinto comerciante Biberveldt, a palavra "imediatamente" deve ser entendida como "imediatamente depois de regularizar a questão dos impostos". Agradeço aos senhores o tempo que me concederam.

Dainty, virado de costas para Chappelle, mexeu os lábios sem emitir som algum. O bruxo não tinha dúvida de que a silenciosa expressão fora "filho da puta". Jaskier abaixou a cabeça, com um sorriso idiota nos lábios.

— Senhor bruxo — falou Chappelle repentinamente. — Se não for incômodo, gostaria de trocar algumas palavras com o senhor em particular.

Geralt aproximou-se. Chappelle estendeu um pouco a mão. "Se ele encostar a mão em meu cotovelo, vou lhe dar uma porrada", pensou o bruxo, "não importam as consequências."

Chappelle não encostou a mão no cotovelo de Geralt.

— Senhor bruxo — disse em voz baixa, virando-se de costas para os outros. — Sei que, diferentemente de Novigrad, algumas cidades não têm a divina proteção do Fogo Eterno. Suponhamos, portanto, que uma criatura parecida com um vexling esteja vagueando por uma dessas cidades. Gostaria de saber quanto o senhor cobraria para pegar o vexling vivo.

— Não caço monstros em cidades habitadas — respondeu o bruxo, dando de ombros. — Alguém que não tem nada a ver com o caso poderia acabar ferido.

— E o senhor se preocupa a tal ponto com a sorte de terceiros?

— A tal ponto. Porque pesa sobre meus ombros a responsabilidade por seu destino, e isso me ameaça com as consequências daí advindas.

— Entendo. E sua preocupação com a sorte de terceiros não seria inversamente proporcional ao valor da remuneração?

— Não, não seria.

— O tom de sua voz, bruxo, não me agrada. Mas deixemos isso de lado. Entendi o que quis dizer com esse tom. Você está me indicando que não quer fazer aquilo que... que eu poderia lhe pedir, e, nesse caso, o valor da recompensa não o fará mudar de ideia. E quanto ao tipo de recompensa?

— Não entendi.

— Não creio.

— Realmente.

— De um ponto de vista puramente teórico — falou Chappelle em voz baixa e calma, sem nenhum indício de raiva ou ameaça —, seria possível que o pagamento por seu serviço fosse a garantia de que você e seus amigos sairiam com vida daquela... daquela cidade teórica. O que você diria disso?

— Sua pergunta, distinto Chappelle — respondeu o bruxo, sorrindo de maneira desagradável —, não pode ser respondida teoricamente. A situação à qual se refere teria de ser transformada em prática. Não tenho a mínima pressa em relação a isso, mas se for preciso... se não houver outra saída... estou pronto para exercitá-la.

— Talvez você tenha razão — retrucou Chappelle, com indiferença na voz. — Estamos teorizando demais. Quanto à prática, posso ver que não haverá colaboração. Talvez até seja melhor assim. De qualquer modo, nutro a esperança de que isso não cause um conflito entre nós.

— E eu — disse Geralt — nutro a mesma esperança.

— Então mantenhamos acesa em nós essa esperança, Geralt de Rívia. Você sabe o que é o Fogo Eterno, a chama que não se apaga, o símbolo da persistência, a trilha indicada na escuridão, o prenúncio de progresso e de um amanhã melhor? O Fogo Eterno, Geralt, é a esperança. Para todos; para todos nós, sem exceção. Porque se há algo que é comum a todos... a você, a mim... a outros... é a esperança. Lembre-se sempre disso. Foi um prazer conhecê-lo, bruxo.

Geralt inclinou-se, cerimonioso. Chappelle ficou olhando para ele por algum tempo. Depois, virou-se energicamente e saiu da pracinha com passos rígidos, sem olhar para sua escolta. Os homens armados com lâmias foram atrás dele, em formação de coluna.

— Oh, mãezinha minha — gemeu Jaskier, olhando com preocupação para o grupo que se afastava. — Que sorte, tudo acabou bem... ou melhor, se é que de fato acabou e não seremos pegos...

— Acalme-se — disse o bruxo — e pare de se lamentar. Afinal, nada aconteceu.

— Você sabe quem era aquele homem, Geralt?
— Não.

— Chappelle, o vicário encarregado das questões de segurança. O serviço secreto de Novigrad é subordinado à igreja. Chappelle não é sacerdote, mas a eminência parda de toda a hierarquia local; o mais poderoso e o mais temido homem de toda a cidade. Todos, inclusive os integrantes do Conselho e das corporações, tremem diante dele como varas verdes, porque ele é um patife de primeira, embriagado pelo poder como uma aranha com o sangue de moscas. Embora ninguém tenha a coragem de dizer abertamente, fala-se muito na cidade de tudo o que ele é capaz. Casos de pessoas que desapareceram sem deixar rastros, acusações falsas, torturas, assassinatos, terror, chantagem, simples roubo, coerção, golpes sujos e escândalos. Pelos deuses, você nos meteu numa boa, Biberveldt.

— Não precisa exagerar, Jaskier – respondeu Dainty. — Não há o que temer. Por razões que fogem a minha compreensão, você é intocável.

— Até um poeta intocável – continuou a gemer Jaskier, com o rosto pálido – poderá ser atropelado em Novigrad por uma carroça em alta velocidade, morrer envenenado por um peixe ou afogar-se num poço. Chappelle é especialista nesse tipo de acidentes. O fato de ele ter se dignado de conversar conosco é inédito, e só tenho certeza de uma coisa: de que ele deve ter tido motivos muito sérios para isso. Provavelmente está aprontando algo. Vocês vão ver; daqui a pouco seremos envolvidos em alguma maracutaia e vamos ser torturados sob a majestade da lei. É assim que eles agem aqui!

— Há muita verdade no que ele está dizendo – disse o ananico para Geralt. — Temos de ficar atentos. É revoltante que um patife como esse Chappelle continue andando por aí impunemente. Há anos se comenta que ele está doente, que seu sangue está envenenado, e todos só aguardam o momento em que ele vai bater as botas...

— Cale a boca, Biberveldt – sussurrou o trovador, com a voz trêmula e olhando para todos os lados —, porque alguém poderá ouvi-lo. Veja como todos estão com os olhos fixos em nós. Vamos embora daqui, e recomendo que vocês levem a sério aquilo que disse Chappelle. Eu, por exemplo, nunca vi um doppler em toda minha vida e, se for preciso, jurarei isso diante do Fogo Eterno.

— Olhem — falou o ananico repentinamente. — Alguém está correndo para cá.

— Vamos fugir! — urrou Jaskier.

— Calma, calma — disse Dainty, com um largo sorriso no rosto. — Eu conheço esse sujeito. É Piznak, um comerciante local e tesoureiro da corporação dos comerciantes. Fizemos muitos negócios juntos. Olhem só para a cara dele! Como se tivesse cagado nas calças! Ei, Piznak! Você está me procurando?

— Pelo Fogo Eterno! — bufou Piznak, empurrando para trás da careca o gorro de pele de raposa e enxugando o suor da testa com a manga do casaco. — Estava convencido de que você tinha sido levado ao barbacã. É um verdadeiro milagre. Estou assombrado...

— É muito gentil de sua parte ficar assombrado — interrompeu-o o ananico, não sem certa ironia. — Mas lhe ficaria grato se me dissesse o motivo de seu assombro.

— Não se finja de tolo, Biberveldt — respondeu Piznak. — A cidade toda já sabe quanto você ganhou com as cochonilhas. Todos só falam disso, e é óbvio que deve ter chegado aos ouvidos das autoridades e de Chappelle como você é esperto e quanto conseguiu lucrar com o que se passou em Poviss.

— De que merda você está falando, Piznak?

— Pelos deuses, Dainty! Pare de enrolar. Você não comprou cochonilhas? Não pagou por elas uma ninharia, quase nada? Comprou. E, aproveitando-se da pouca demanda, pagou com uma nota promissória avalizada, sem desembolsar um copeque. E aí, o que aconteceu? No decurso de um dia você passou adiante todo o carregamento a um preço quatro vezes superior, em espécie, com dinheiro na mão. Você vai ter a cara de pau de afirmar que aquilo foi uma coincidência, um golpe de sorte? Que ao comprar todas aquelas cochonilhas você não sabia de nada sobre o golpe de Estado em Poviss?

— Do que você está falando?

— De um golpe de Estado em Poviss! — berrou Piznak. — Aquilo que costumam chamar de... de... revolução! O rei Rhyd foi deposto, e agora o governo está nas mãos do clã dos Thyssenidas. A corte, a nobreza e o exército de Rhyd usavam trajes azuis, e os únicos tecidos que havia por lá eram cor de anil. Acontece que a cor dos Thyssenidas é escarlate, com o que o preço do índigo caiu e o da cochonilha subiu vertiginosamente, e então ficou claro que você, Biberveldt, era o único que dispunha dela!

Dainty permaneceu calado, com o semblante sombrio.

– Tenho de admitir que você foi um espertalhão, Biberveldt – continuou Piznak. – E não disse uma palavra sequer, nem aos amigos. Caso tivesse compartilhado a informação comigo, nós dois teríamos ganho e até poderíamos ter feito uma sociedade. Mas você preferiu agir sozinho. Tinha todo o direito a isso, porém não conte mais comigo para o que for. Como é verdadeira a afirmação de que cada ananico é um patife egoísta e um cão sarnento! Vimme Vivaldi jamais me daria um aval, mas bastou você pedir e ele lhe deu. E sabe por quê? Porque vocês todos fazem parte do mesmo bando, seus inumanos malditos, anões e ananicos. Tomara que a peste negra acabe com vocês de uma vez por todas!

Piznak cuspiu no chão, girou sobre os calcanhares e se afastou. Dainty, imerso em pensamentos, ficou coçando a cabeça, quase arrancando os cabelos.

– Estou começando a entender, rapazes – falou por fim. – Já sei o que devemos fazer. Vamos ao banco. Se há alguém capaz de compreender tudo o que aconteceu, essa pessoa é meu amigo banqueiro Vimme Vivaldi.

III

– Tenho de admitir que não era assim que eu imaginava um banco – sussurrou Jaskier, observando o estabelecimento. – Onde será que eles guardam o dinheiro, Geralt?

– Só os diabos sabem – respondeu o bruxo em voz baixa, ocultando a manga rasgada de seu gibão. – Talvez no porão?

– Não. Já olhei em volta e vi que não existe porão.

– Então, certamente no sótão.

– Por favor, venham até meu escritório, senhores – falou Vimme Vivaldi.

Vários jovens humanos e anões de idade indefinida estavam ocupados preenchendo pergaminhos e mais pergaminhos com fileiras de algarismos e letrinhas. Todos, sem exceção, estavam curvados, com a ponta da língua para fora. O trabalho, como constatou o bruxo, era extremamente monótono, mas parecia absorver por completo os nele envolvidos. Num canto, sentado num banquinho mais baixo, havia um velhinho com aspecto de mendigo, cuja função era a de apontar as penas. A tarefa parecia não ir muito bem.

O banqueiro fechou cuidadosamente a porta de seu escritório, acariciou a longa e bem cuidada barba branca, aqui e ali manchada de tinta de escrever, e ajeitou o casaco bordô, abotoando-o com dificuldade sobre a proeminente barriga.

— Saiba, senhor Jaskier — disse, acomodando-se atrás de uma enorme mesa de mogno —, que imaginei o senhor totalmente distinto. Conheço e gosto de suas canções. Sobre a princesa Vanda, que se afogou no rio Bunda porque ninguém a queria. E outra, sobre uma ave emplumada que caiu numa privada...

— Essa aí não é minha. — Jaskier ficou vermelho de raiva. — Jamais compus algo semelhante!

— Então queira me perdoar.

— Podemos entrar logo no assunto que nos trouxe aqui? — impacientou-se Dainty. — Não temos muito tempo, e vocês ficam falando sobre bobagens. Estou metido numa encrenca, Vimme.

— Eu já temia isso — O anão meneou a cabeça. — Pelo que me lembro, eu o preveni, Biberveldt. Avisei a você há três dias que não alocasse dinheiro naquele óleo rançoso. O que importava o fato de ele ser barato? O que conta não é o preço nominal, e sim o nível do lucro em sua revenda. O mesmo se aplica à essência de rosas, à cera de abelha e aos vasilhames de barro. O que lhe passou pela cabeça para você comprar aquela merda toda pagando em espécie em vez de pagar com uma carta de crédito ou mesmo com uma nota promissória? Eu bem que lhe falei que os custos de armazenagem são terrivelmente caros em Novigrad e que eles, em três semanas, ultrapassariam o valor de suas mercadorias. Mas você...

— E então... — gemeu baixinho o ananico. — Diga logo, Vimme, o que eu fiz?

—Você respondeu que eu não precisava me preocupar, porque você venderia tudo em menos de vinte e quatro horas. E agora você vem aqui para me dizer que se meteu numa encrenca, desarmando-me com seu sorriso estúpido. Os negócios não foram tão fáceis como você esperava, não é verdade? E os custos estão crescendo, não é isso? Sim, isso é ruim, muito ruim. E como você espera que eu possa ajudá-lo a se livrar dessa enrascada, Dainty? Se você tivesse pelo menos contratado um seguro para essa porqueira, eu poderia mandar logo um de meus escribas tocar fogo no armazém. Não, meu caro, a única coisa que podemos fazer é encarar o caso de maneira filosófica, ou seja, dizer para nós mesmos: "Quebramos a cara". O comércio é assim; algumas vezes se ganha e outras se perde. Além disso, quanto dinheiro pode estar envolvido no óleo, na cera e na essência? Uma ninharia. Falemos de negócios mais sérios. Diga-me se já devo vender a casca de mimosa, porque as ofertas começaram a estabilizar em cinco e cinco sextos.
 – Como?
 – Ficou surdo? A última oferta foi de exatamente cinco e cinco sextos. Espero que tenha voltado aqui para me dar a ordem de vender. Está mais do que claro que você jamais conseguirá sete, Dainty.
 – Eu voltei?
 Vivaldi acariciou a barba, tirando dela algumas migalhas de um *strudel* de maçã.
 —Você esteve aqui uma hora atrás – respondeu calmamente –, com a instrução de aguentar até que chegue a sete. Sete vezes mais do que você pagou por ela, ou seja, duas coroas e cinco copeques por libra. Isso é demais, Dainty, mesmo num mercado superaquecido. Os curtidores devem ter chegado a um acordo e manterão o preço inalterado. Sou capaz de apostar minha cabeça que não subirão nem um copeque...
 A porta se abriu e adentrou o escritório algo com gorro de feltro verde e casaco de pele de coelho manchado, atravessado por um cinto feito de corda de cânhamo.
 – O comprador Sulimir oferece doze coroas e quinze! – piou.
 – Isso equivale a seis e um sexto – calculou Vivaldi rapidamente. – O que quer que eu faça, Dainty?

— Venda! — gritou o ananico. — Seis vezes o valor de compra e você ainda hesita? O que está acontecendo com você?

O escritório foi invadido por outro ser estranho, com gorro amarelo e capa parecida com um saco velho. Assim como o primeiro, tinha em torno de dois palmos de altura.

— O comerciante Biberveldt proíbe vender abaixo de sete! — gritou. Em seguida, enxugou o nariz com a manga da capa e saiu.

— Ah! — exclamou o anão, após um prolongado silêncio. — Um Biberveldt manda vender, outro Biberveldt manda aguardar. É uma situação bastante curiosa. E o que devemos fazer, Dainty? Você vai começar logo a se explicar ou ficaremos esperando surgir um terceiro Biberveldt, com a ordem de carregarmos a casca numa galera e despachá-la para o País dos Canicéfalos?

— O que... é... isso? — gaguejou Jaskier, apontando para a coisa com gorro verde e ainda parada na porta do escritório. — O que vem a ser isso, com todos os diabos?

— Um jovem gnomo — explicou Geralt.

— Certíssimo — confirmou Vivaldi secamente. — Está mais do que claro que não se trata de um velho troll. Aliás, não é importante saber o que é isso. Aguardo suas explicações, Dainty.

— Vimme — disse o ananico —, eu lhe imploro. Não me faça perguntas. Parta do princípio de que eu, Dainty Biberveldt, o honesto comerciante de Campos Fagópiros, não tenho a mais vaga ideia do que está acontecendo. Por isso, conte-me tudo o que se passou nos últimos três dias, sem omitir detalhe algum. Por favor, Vimme.

— Não deixa de ser um pedido assaz interessante — respondeu o anão. — Mas, considerando a comissão que você me paga, sinto-me obrigado a atender a todos seus desejos, por mais estranhos que pareçam. Portanto, escute. Três dias atrás, você adentrou meu escritório esbaforido, fez um depósito de mil coroas e me pediu um aval numa nota promissória ao portador de duas mil quinhentas e vinte, que eu lhe dei.

— Sem garantia alguma?

— Sem garantia alguma. Eu gosto de você, Dainty.

— Continue, Vimme.

— No dia seguinte, você voltou e, com o maior topete, exigiu que eu abrisse uma conta num banco em Wyzim em nome de um certo Ther Lukokian, também conhecido como Trufel, com um crédito de 3 mil e quinhentas coroas. E eu abri a tal conta e concedi o crédito.

— Também sem garantia — disse o ananico, com esperança na voz.

— Minha simpatia por você, Biberveldt — suspirou o banqueiro —, está limitada a três mil coroas. Dessa vez, peguei com você um documento lavrado em cartório, no qual consta que, caso você não pague o empréstimo, o moinho passará a ser meu.

— Que moinho?

— O moinho de seu sogro, Arno Hardbottom, em Campos Fagópiros.

— Não voltarei mais para casa — afirmou Dainty, de maneira soturna, porém decidida. — Embarcarei num navio e me tornarei pirata.

Vimme Vivaldi coçou a orelha e olhou para ele com desconfiança.

— Que bobagem é esta? — falou. — Você já recuperou aquele documento e o rasgou em pedacinhos há muito tempo. Também pudera, com os lucros que você auferiu...

— Lucros?

— Ah, sim, tinha me esquecido — murmurou o anão. — Prometi não me espantar com nada. Você fez um excelente negócio com aquelas cochonilhas, Biberveldt, porque, em Poviss...

— Estou sabendo — interrompeu-o o ananico. — O índigo ficou mais barato e o preço da cochonilha subiu, com o que eu ganhei muito dinheiro. Isso tudo é verdade, Vimme?

— É verdade. Você tem depositado comigo seis mil, trezentas e seis coroas e oitenta copeques líquidos, após a dedução de minha comissão e dos impostos.

— Você pagou os impostos em meu nome?

— E como poderia ter agido de outro modo, se você mesmo esteve aqui ainda há pouco e me mandou pagar? — espantou-se Vivaldi. — O escriba já levou a quantia para a prefeitura; algo em torno de mil e quinhentas coroas, já que a venda dos cavalos foi incluída no cálculo.

A porta abriu-se com estrondo e adentrou o escritório uma coisa metida num gorro imundo.

— Duas coroas e trinta! — gritou. — Comerciante Hazelquist!

— Não venda! — exclamou Dainty. — Vamos aguardar um preço melhor! Vamos, retornem os dois para a bolsa de mercadorias!

Os dois gnomos pegaram avidamente as moedas que o anão lhes atirou e sumiram de vista.

— Pois é... Onde foi que eu parei? — perguntou Vivaldi, brincando com um enorme cristal de ametista lapidado de maneira esquisita que servia de peso de papel. — Ah, sim. Na cochonilha comprada com a nota promissória. Quanto à carta de crédito que mencionei há pouco, você precisou dela para comprar um grande carregamento de casca de mimosa. Você comprou muito daquilo, porém bem baratinho, por trinta e cinco copeques a libra, daquele corretor de Zangwebar, o tal Trufel ou Morchella. A galera atracou no porto ontem, e foi quando tudo começou.

— Posso imaginar — gemeu Dainty.

— Para que alguém precisaria de casca de mimosa? — perguntou Jaskier, não podendo mais conter a curiosidade.

— Para nada — respondeu o ananico, de modo soturno. — Infelizmente.

— Casca de mimosa, senhor poeta — explicou o anão —, é um produto usado para curtir couro.

— Isso, quando alguém é suficientemente estúpido — acrescentou Dainty — para comprar casca de mimosa no outro lado do mar, quando em Temeria pode-se comprar casca de carvalho por um preço baixíssimo.

— E é aqui que reside o xis da questão — falou Vivaldi. — Porque os druidas de Temeria acabaram de anunciar que, caso não se interrompa imediatamente a destruição dos carvalhos, eles enviarão ao país pragas de gafanhotos e ratazanas. As dríades apoiaram os druidas, e o rei de Temeria tem um fraco por dríades. Em suma: desde ontem está implantado um completo embargo a qualquer negociação com carvalho de Temeria, com o que o preço da mimosa está subindo. Você teve excelentes informações, Dainty.

Da sala principal do banco emanaram sons de passos rápidos e, então, outra coisa com gorro verde entrou no escritório, ofegante.

– O distinto comerciante Sulimir... – disse o gnomo atabalhoadamente – mandou repetir que o comerciante Biberveldt é um ananico imundo, um porco selvagem, especulador e sanguessuga, e ele, Sulimir, deseja que Biberveldt morra de peste. Oferece duas coroas e quarenta e cinco, afirmando ser essa sua proposta final.

– Venda – disparou o ananico. – Vá, meu pequenino, correndo a Sulimir e feche o negócio. Calcule, Vimme.

Vivaldi pegou seus pergaminhos e tirou de uma gaveta um ábaco especial usado por anos, uma verdadeira joia. Diferentemente dos instrumentos de calcular dos seres humanos, os ábacos dos anões tinham a forma de uma pequena pirâmide entalhada. O ábaco de Vivaldi era feito com fios de ouro, sobre os quais deslizavam rubis, esmeraldas, ágatas e opalas, todas belamente lapidadas e combinadas umas às outras. O anão, com rápidos e hábeis movimentos do dedão, ficou passando as pedras preciosas para cima, para baixo e para os lados.

– Vai dar... hummm, hummm... Menos os custos e minha comissão... Menos os impostos... Siiim. Quinze mil, seiscentas e vinte e duas coroas e vinte e cinco copeques. Nada mau.

– Se não estou enganado em meus cálculos – disse Dainty Biberveldt lentamente –, devo ter com você...

– Exatamente vinte e um mil, novecentas e sessenta e nove coroas e cinco copeques. Nada mau.

– Nada mau?! – exclamou Jaskier. – Nada mau? Com essa quantia dá para comprar um grande vilarejo ou um pequeno castelo. Em toda minha vida, jamais vi tanto dinheiro junto!

– Nem eu – falou o ananico. – Mas vamos com calma, Jaskier. O fato é que ninguém ainda viu a cor desse dinheiro, e não se sabe se vai vê-la.

– Pare com isso, Biberveldt – eriçou-se o anão. – De onde você tirou esses pensamentos tão soturnos? Sulimir pagará em espécie ou por promissória, e as promissórias de Sulimir são seguras. Portanto, qual o problema? Você tem medo de perder dinheiro com aquela cera e com aquele fedorento óleo de fígado de bacalhau? Com o lucro que obteve com a cochonilha e com a casca de mimosa, você poderá cobri-los com um pé nas costas...

— A questão não é essa.

— E qual é?

Dainty pigarreou e abaixou a cabeça cabeluda.

— Vimme — disse, olhando para o chão. — Chappelle está desconfiado de nós.

O banqueiro ficou calado por um bom tempo.

— Isso é ruim — falou finalmente. — No entanto, era de esperar. As informações às quais você teve acesso não têm apenas importância comercial, mas também política. Ninguém tinha conhecimento do que se tramava em Poviss e em Temeria, nem mesmo Chappelle... e Chappelle é uma dessas pessoas que gostam de saber de tudo antes dos outros. Portanto, como você bem pode imaginar, ele deve estar quebrando a cabeça na tentativa de descobrir onde você as obteve. Na verdade, tenho a impressão de que já descobriu, assim como eu.

— Interessante.

Vivaldi passou os olhos por Jaskier e Geralt, enrugando o nariz.

— Interessante? Interessante é essa sua sociedade, Dainty — disse. — Um trovador, um bruxo e um comerciante. Meus parabéns. O senhor Jaskier anda por todos os lugares, até em cortes reais, e, certamente, costuma ouvir boatos. E o bruxo? O que ele faz? É seu guarda-costas? Um afastador de credores?

— Suas conclusões são um tanto apressadas, senhor Vivaldi — afirmou Geralt, com voz gélida. — Nós não formamos uma sociedade.

— E quanto a mim — retrucou Jaskier, vermelho de raiva — não me presto a ouvir boatos. Sou poeta, e não espião!

— Pois não é isso que andam dizendo por aí, senhor Jaskier.

— Mentiras! — urrou o trovador. — Um monte de mentiras de merda!

— Muito bem, não precisa ficar nervoso. Acredito no senhor, só não sei se Chappelle também vai acreditar. Mas quem sabe se isso tudo não dê em nada? Posso lhe dizer, Biberveldt, que Chappelle mudou muito depois de seu último ataque de apoplexia. Talvez a proximidade da morte o tenha feito cagar-se de medo, forçando-o a ser mais moderado. O fato é que ele não é mais o Chappelle de outrora. Ficou mais educado, mais calmo, mais compreensivo e... dizem até que mais honesto.

– Chappelle honesto e educado? – espantou-se o ananico. – Não dá para acreditar.

– Estou lhe dizendo como são as coisas – respondeu Vivaldi.

– E as coisas são como estou lhe dizendo. Além disso, a igreja está com outro problema, muito mais sério, cujo nome é Fogo Eterno.

– O que você quer dizer com isso?

– Conforme se comenta, o Fogo Eterno deverá arder em todo lugar. Em toda a região devem ser erguidos altares dedicados a esse fogo. Muitíssimos altares. Não me peça detalhes, Dainty, porque não entendo muito dessas superstições dos seres humanos, mas sei que todos os sacerdotes, assim como Chappelle, não se ocupam de mais nada além dos tais altares e do tal fogo. Estão tomando muitas providências, e de uma coisa podemos ter certeza: os impostos aumentarão.

A porta abriu-se novamente e entrou no escritório a já conhecida figura de gorro verde e casaco de pele de coelho.

– O comerciante Biberveldt – anunciou – manda comprar mais vasilhames de barro, independentemente do preço.

– Ótimo. – O ananico deu um sorriso, que fez lembrar o focinho contorcido de um bisão enfurecido. – Compraremos uma porção de vasilhames; os desejos do senhor Biberveldt são ordens para nós. E o que mais devemos comprar? Repolhos? Piche? Ancinhos de metal?

– Além disso – acrescentou, com voz rouca, a coisa metida num casaco de peles –, o comerciante Biberveldt pede trinta coroas em dinheiro vivo, porque tem de molhar a mão de alguém, comer algo e beber um caneco de cerveja, já que três cafajestes afanaram sua bolsa com dinheiro quando ele esteve na taberna Ponta de Lança.

– Ah, três ca-fa-jes-tes – disse Dainty, separando bem as sílabas.

– Sim, parece que há muitos cafajestes vagueando pela cidade. Mas diga-nos onde se encontra o digníssimo comerciante Biberveldt, se é que podemos perguntar.

— E onde poderia estar a não ser no Bazar Oriental? — respondeu a coisa, fungando.
— Vimme — falou o ananico ameaçadoramente. — Não faça perguntas, apenas arrume para mim um bastão bem sólido e grosso. Vou até o Bazar Oriental, mas não posso entrar lá sem um bastão. Naquele lugar há cafajestes e ladrões em demasia.
— Um bastão? Dá para arrumar. Mas, Dainty, há algo que não me deixa em paz. Como prometi não fazer perguntas, não as farei, mas tentarei adivinhar a resposta, e você apenas vai confirmá-la ou negá-la. De acordo?
— De acordo.
— O óleo rançoso, a essência, a cera, os vasilhames e o desgraçado barbante eram apenas ações táticas, não eram? O que você pretendia era desviar a atenção da concorrência da cochonilha e da mimosa, provocar uma confusão no mercado. Foi isso?
A porta abriu-se violentamente e entrou no escritório uma coisa sem gorro.
— Oxalato informa que está tudo pronto! — gritou com voz fininha. — E pergunta se deve começar a encher.
— Encha! — trovejou o ananico. — Encha imediatamente.
— Pelas barbas ruivas do velho Rundurin! — exclamou Vimme Vivaldi assim que a porta se fechou atrás do gnomo. — Não entendo mais nada! O que está acontecendo? Encher o quê? Com o quê?
— Não tenho a mais vaga ideia — confessou Dainty. — Mas os negócios, Vimme, não podem parar.

IV

Passando com dificuldade pela turba, Geralt andava na direção de uma barraca na qual pendiam panelas, caçarolas e frigideiras de cobre que, sob o efeito dos raios do sol poente, brilhavam com uma tonalidade avermelhada. A barraca pertencia a um anão de barba ruiva, com capuz cor de oliva e pesadas botas de pele de foca. Seu rosto denotava um visível desagrado; mais precisamente, parecia que a qualquer momento ele cuspiria na cliente que examinava as panelas expostas, agitava os fartos seios, movia sem cessar a vasta cabeleira dourada e o azucrinava com uma torrente de palavras desordenadas sem sentido.

A cliente era nada mais, nada menos que Vespula, conhecida pelo bruxo como exímia lançadora de projéteis. Sem esperar que ela o reconhecesse, rapidamente mergulhou de volta na multidão.

O Bazar Oriental pulsava de vida, e o caminho para atravessá-lo parecia uma expedição no meio de um espinheiral. A toda hora alguém se enganchava nas mangas do casaco ou nas pernas das calças: crianças que haviam se perdido da mãe quando esta tentava afastar à força o marido da barraca de bebidas alcoólicas, espiões da guarda municipal, camelôs oferecendo os mais diversos produtos, desde gorros que tornavam seus donos invisíveis até drogas afrodisíacas e figuras pornográficas esculpidas em cedro. Geralt parou de sorrir e começou a praguejar, fazendo bom uso dos cotovelos.

Ouviu o som de um alaúde e de uma bem conhecida risada argêntea. O som provinha de uma barraca maravilhosamente colorida e adornada com uma placa com os seguintes dizeres: "Aqui, milagres, amuletos e iscas para pescar".

— Alguém já lhe disse que a senhorita é linda? — gritava Jaskier, sentado na barraca e balançando alegremente as pernas. — Não? Não é possível! Esta deve ser uma cidade de cegos! Aqui, minha boa gente! Querem ouvir uma balada de amor? Quem deseja emocionar-se e enriquecer seu espírito jogue uma moeda neste chapéu! O quê?! Como ousa, seu safado? Guarde este pedacinho de cobre para dar a um mendigo e não ofenda um artista com esta ninharia. Eu até poderei lhe perdoar, mas a Arte, jamais!

— Jaskier — falou Geralt, aproximando-se da barraca. — Pelo que entendi, havíamos decidido nos separar para procurar o doppler. E o que você faz? Organiza um concerto! Não tem vergonha de se apresentar numa feira como um mendigo qualquer?

— Vergonha? — espantou-se o bardo. — O importante é o que e como se canta, e não onde se canta. Além disso, estou com fome e o proprietário desta barraca prometeu pagar-me o almoço. Já no que se refere ao doppler, procurem-no vocês mesmos. Não sou dado a perseguições, a brigas e a fazer justiça com as próprias mãos. Sou poeta.

— Você faria melhor mantendo a discrição, meu caro poeta. Acabei de ver sua namorada, e poderão surgir alguns entreveros.

— Namorada? — indagou Jaskier, piscando nervosamente. — Qual delas? Eu tenho tantas...

Vespula, com uma pesada frigideira de cobre na mão, conseguiu atravessar o cordão de espectadores com a fúria de um touro. Jaskier pulou da barraca e se pôs em fuga, desviando-se agilmente dos cestos de cenouras. Vespula, com as narinas dilatadas, virou-se para o bruxo. Geralt recuou até encostar na parede da barraca.

— Geralt! — gritou Dainty Biberveldt, emergindo da multidão e esbarrando em Vespula. — Rápido, rápido! Acabei de vê-lo!

— Ainda vou pegá-los, seus devassos! — berrou Vespula, recuperando o equilíbrio. — Ainda vou acertar as contas com vocês, bando de porcos imundos! Um faisão, um vagabundo e um anão com pés peludos! Vocês não vão se esquecer de mim tão cedo!

— Por aqui, Geralt! — urrou Dainty, atropelando sem querer alguns estudantes ocupados com o jogo dos três dados. — Lá, entre as carroças! Tente cercá-lo pela esquerda! Rápido!

Saíram em perseguição, eles mesmos perseguidos pelas pragas dos compradores e vendedores nos quais esbarravam. Geralt por milagre não esmagou um imundo bebê que se enroscou em suas pernas. Para evitar o acidente, pulou sobre ele, mas acabou derrubando duas barricas de arenques, fazendo com que o furioso peixeiro lhe desse uma lambada com uma enguia viva que, naquele exato momento, mostrava a uma cliente.

Avistaram o doppler esforçando-se para escapar ao longo de um cercado de ovelhas.

— Pelo outro lado! — gritou Dainty. — Pegue-o pelo outro lado, Geralt!

O doppler, vestido com o casaco verde-pistache, passou correndo como uma flecha ao redor da cerca. Ficou clara a razão pela qual ele não se transformara em outra pessoa. Ninguém poderia se comparar em agilidade a um ananico. Ninguém, exceto outro ananico... e um bruxo.

Geralt viu o doppler mudar repentinamente a trajetória e mergulhar com agilidade num buraco na cerca que circundava uma grande tenda que servia de matadouro e açougue. Dainty também percebeu aquele movimento. Pulou o cercado e começou a forçar passagem entre os carneiros ali aglomerados. Era evidente que não chegaria a tempo. O bruxo enfiou-se por entre as tábuas da cerca. Sentiu um puxão, ouviu o som de couro se rasgando e seu gibão ficou mais folgado embaixo da outra axila. Geralt parou, soltou um palavrão, cuspiu e praguejou mais uma vez.

Enquanto isso, o ananico entrou correndo na tenda, atrás do doppler. De seu interior ouviam-se pragas, sons de palmadas, maldições e uma horrenda gritaria.

O bruxo praguejou pela terceira vez, de modo especialmente grosseiro. Depois, rangeu os dentes, ergueu a mão direita e fez com os dedos o Sinal de Aard, dirigindo-o para a tenda. Esta se estufou como a vela de uma nau durante um furacão, emanando do interior um possante uivo, um estrondo e mugidos de bois. Em seguida, a tenda murchou.

O doppler, arrastando-se sobre a barriga, emergiu de debaixo do pano da tenda e correu na direção de uma tenda menor, provavelmente destinada ao armazenamento de carne. Geralt, sem pensar duas vezes, apontou a mão para ele e despachou o Sinal em suas costas. O doppler desabou no chão como se tivesse sido atingido por um raio, virou uma cambalhota, mas logo se ergueu e disparou para dentro da tenda. O bruxo estava em seus calcanhares.

No interior da tenda tudo estava às escuras e fedia a carne.

Tellico Lunngrevink Letore estava parado ali, arfando pesadamente, com ambas as mãos apoiadas no corpo de um porco esfolado pendente de um gancho. A tenda não tinha outra saída, e suas paredes de pano estavam muito bem presas ao solo.

– É um prazer enorme encontrá-lo de novo, mímico – falou Geralt com a voz fria.

O doppler continuava a arfar pesadamente.

– Deixe-me em paz – disse afinal. – Por que me persegue?

– Tellico, essa é uma pergunta idiota. Para se apossar dos cavalos e da forma de Biberveldt, você bateu na cabeça dele e o deixou abandonado no meio de um bosque deserto. Continua se aproveitando de sua aparência e está se lixando para os problemas nos quais você o meteu. Só os diabos sabem o que ainda planeja, mas atrapalharei seus planos, custe o que custar. Não quero matá-lo, nem entregá-lo às autoridades, mas você tem de sumir desta cidade, e eu vou garantir com que você suma.

— E se eu me recusar?

— Aí, vou ter de enfiar você num saco e levá-lo para fora da cidade num carrinho de mão.

O doppler estufou-se repentinamente, depois emagreceu e então começou a crescer. Sua encaracolada cabeleira castanha ficou lisa e branca, caindo-lhe sobre os ombros. O esverdeado casaco do ananico adquiriu um brilho oleoso, transformando-se em couro preto, e nos seus ombros e punhos apareceram pontiagudos tachões de prata. O rechonchudo rosto rosado encompridou-se e empalideceu.

Por trás de seu ombro direito surgiu a empunhadura de uma espada.

— Não se aproxime — falou roucamente o segundo bruxo, dando um sorriso. — Não se aproxime, Geralt. Não permitirei que me toque.

"Como é horrendo meu sorriso!", pensou Geralt, estendendo a mão na direção de sua espada. "Como é horrenda minha cara! E que maneira horrenda de semicerrar os olhos! Quer dizer que é esse meu aspecto? Que horror!"

A mão do doppler e a mão do bruxo tocaram simultaneamente o punho das respectivas espadas. Ambos as sacaram simultaneamente das bainhas. Ambos deram simultaneamente dois passos suaves — um para a frente, e um para o lado. Ambos ergueram simultaneamente as espadas e as giraram no ar como a pá de um moinho. Por fim, ambos se imobilizaram simultaneamente, permanecendo congelados na mesma posição.

— Você não pode me derrotar — rosnou o doppler. — Porque eu sou você, Geralt.

— Pois saiba que está enganado, Tellico — retrucou o bruxo em voz baixa. — Largue a espada e retome a forma de Biberveldt. Do contrário, vai se arrepender, estou avisando.

— Eu sou você — repetiu o doppler. — Você não conseguirá sobrepujar-me. Não pode me derrotar, porque eu sou você!

—Você não tem a mínima ideia do que significa ser eu, mímico.

Tellico abaixou a mão com a espada.

— Eu sou você — insistiu.

— Não — discordou o bruxo. — Você não é. E sabe por quê? Porque você é um pequenino, pobre e inofensivo doppler. Um doppler que teve a oportunidade de matar Biberveldt e enterrar seu corpo no meio do mato, passando a ter plena certeza de que nunca seria desmascarado, em tempo algum, por ninguém, nem mesmo pela esposa do ananico, a famosa Gardênia Biberveldt. Mas você não o matou, Tellico, porque não foi capaz de um ato tão infame. Porque você é um pequenino, pobre e inofensivo doppler, a quem os amigos chamam de Dudu. E não importa em quem você se transforme, sempre será assim. Você só consegue copiar o que é bom em nós, porque não compreende o que temos de mau. É assim que você é, meu caro doppler.

Tellico recuou, apoiando as costas na parede da tenda.

— E é por isso — continuou Geralt — que você vai retomar a forma de Biberveldt e, bonitinho, bonitinho, me dará suas patinhas para amarrar. Você não está em condições de se opor a mim, porque sou aquilo que você não consegue copiar. Você sabe disso muito bem, Dudu, porque acabou de ler minha mente.

Tellico empertigou-se. Os traços de seu rosto — que eram os traços do rosto do bruxo — começaram a se dissolver, enquanto os lisos cabelos brancos começaram a ondular e escurecer.

—Você tem razão, Geralt — falou confusamente, porque seus lábios estavam mudando de forma. — Captei seus pensamentos. Apenas por um instante, mas foi o suficiente. Sabe o que vou fazer agora?

O gibão de couro adquiriu um colorido azulado. O doppler sorriu, ajeitou o chapeuzinho cor de ameixa com pena de garça e pendurou o alaúde às costas, um alaúde que, segundos antes, fora uma espada.

—Vou lhe dizer o que farei, bruxo. — O doppler riu o sonoro e argênteo riso de Jaskier. —Vou sair daqui e depois sumir no meio da multidão e me transformar em qualquer pessoa, nem que seja um mendigo. Prefiro ser um mendigo em Novigrad a um doppler no deserto. Novigrad está em dívida comigo, Geralt. Foi o surgimento da cidade que destruiu o ambiente no qual podíamos viver livremente sob nossa forma verdadeira. Fomos caçados como se fôssemos cães raivosos. Sou um dos poucos que conseguiram sobreviver. Quero sobreviver, e sobreviverei. No passado, quando era perseguido por lobos no inverno, transformava-me em lobo e corria com a alcateia por semanas. E sobrevivi. Farei o mesmo agora, porque não quero passar o resto da vida com fome e ser alvo de tiros. Aqui, em Novigrad, o tempo é quente, não falta comida, pode-se ganhar algum dinheiro e são raros os casos em que pessoas disparam flechas umas contra as outras. Novigrad é uma alcateia de lobos. Juntar-me-ei a essa alcateia e sobreviverei. Deu para entender?

Geralt fez um lento gesto positivo com a cabeça.

— Vocês concederam — continuou o doppler, contorcendo os lábios no despudorado sorriso de Jaskier — um limitado direito de assimilação aos anões, ananicos, gnomos e até elfos. Por que sou pior? Por que esse direito me é negado? O que devo fazer para poder viver nesta cidade? Tenho de me transformar numa elfa com doces olhos de corça, cabelos sedosos e pernas compridas? É isso que vocês querem? Em que essa elfa é melhor do que eu? No fato de que vocês, ao verem a elfa, ficam com tesão, enquanto à minha visão querem vomitar? Pode enfiar esse argumento no rabo, porque pretendo sobreviver apesar de tudo. Sob a forma de lobo, eu corria, uivava e lutava com outros lobos disputando uma fêmea. Sob a forma de um habitante de Novigrad, vou realizar negócios, tecer cestos de vime, mendigar ou roubar. Em outras palavras, sob a forma de um de vocês, vou fazer o que vocês costumam fazer. Quem sabe não acabo me casando?

O bruxo permanecia calado.

— Como acabei de lhe dizer — continuou Tellico calmamente —, vou sair daqui. E você, Geralt, não vai tentar me deter, porque pude por um instante ler seus pensamentos, inclusive aqueles que você não quer admitir e esconde de si mesmo. Porque, para me deter, você teria de me matar, e a ideia de me matar a sangue-frio lhe é repugnante, não é verdade?

O bruxo permanecia calado.

Tellico ajeitou o alaúde nas costas, virou-se e se dirigiu para a saída da tenda. Caminhava com ousadia, mas Geralt pôde perceber como encolhia levemente o pescoço e erguia os ombros temendo o silvo de uma lâmina de aço. O bruxo embainhou a espada. O doppler parou no meio do caminho e se virou.

– Adeus, Geralt – disse. – Obrigado.

– Adeus, Dudu – respondeu o bruxo. – Boa sorte.

O doppler deu meia-volta e partiu em direção ao movimentado bazar, andando com os alegres e ondulantes passos de Jaskier. Assim como Jaskier, agitava nervosamente o braço esquerdo e, assim como Jaskier, sorria mostrando os dentes para todas as jovens que encontrava pelo caminho. Geralt, lentamente, muito lentamente, o seguiu.

Tellico, sem parar de andar, pegou o alaúde, tocou alguns acordes e agilmente dedilhou nas cordas uma melodia que Geralt conhecia. Virando-se um pouco, cantou exatamente como Jaskier:

Retorna a primavera nas veredas, a chuva já descendo.
Corações aquecerão ao sol da bonança.
Assim tem de ser, pois continua em nós ardendo
Aquele fogo eterno – a esperança.

– Repita esses versos a Jaskier... isto é, se conseguir lembrar-se deles – gritou. – E diga-lhe que "Inverno" não é um bom título. Essa balada deveria se chamar "O Fogo Eterno". Adeus, bruxo!

– Ei! Você aí, seu faisão de uma figa! – soou uma voz repentinamente.

Tellico virou-se, surpreso. Era Vespula, ondulando agitadamente os seios e mirando-o com um olhar que não prometia nada de bom.

– Quer dizer que você continua paquerando as garotas, seu canalha? – sibilou, ondulando os seios ainda mais. – E fica cantando baladas?

Tellico tirou o chapeuzinho, fez uma reverência e sorriu para Vespula com o típico alegre sorriso de Jaskier.

– Vespula, minha querida – falou docemente. – Como estou feliz em vê-la. Perdoe-me, minha adorada. Sei que lhe devo...

— E como! — interrompeu-o Vespula. — E agora, você vai pagar pelo que me deve! Tome!

A enorme frigideira de cobre brilhou ao sol e, com um poderoso som surdo, desabou sobre a cabeça do doppler. Tellico, com uma expressão extremamente idiota no rosto, balançou-se e caiu com os braços abertos. Sua fisionomia, então, começou a mudar, a se dissolver, a perder qualquer semelhança com o que quer que fosse. Ao ver isso, o bruxo pulou para perto dele e arrancou uma enorme alfombra de uma das barracas. Estendeu-a no chão e deu dois pontapés no corpo do doppler, fazendo-o rolar rapidamente sobre ela, de modo a ocultá-lo. Em seguida, sentou-se sobre o embrulho e enxugou o suor da testa. Vespula, ainda segurando a frigideira, olhava para ele com ar ameaçador, enquanto uma pequena multidão começava a se formar a sua volta.

— Ele está doente — falou Geralt, esforçando-se para esboçar um sorriso. — Isso faz bem a ele. Não se aglomerem tanto, boa gente, porque o coitado precisa de ar.

— Vocês não ouviram? — indagou Chappelle com voz calma, mas sonora, forçando passagem entre a multidão. — Por favor, não se amontoem. Quaisquer concentrações de pessoas são proibidas e sujeitas a multas pecuniárias.

A multidão se desfez num piscar de olhos, revelando a figura de Jaskier, que, dedilhando as cordas do alaúde, aproximava-se do local. Ao vê-lo, Vespula soltou um grito horripilante, largou a frigideira e atravessou correndo a praça.

— O que aconteceu com ela? — perguntou Jaskier. — Viu o diabo?

Geralt levantou-se do embrulho, que, a essa altura, começava a se mexer lentamente. Chappelle aproximou-se. Estava sozinho; nem sinal de seus guarda-costas.

— Se eu fosse o senhor, senhor Chappelle — falou Geralt em voz baixa —, não me aproximaria mais.

— É isso que você tem a me dizer? — disse Chappelle, apertando os lábios finos e olhando friamente para ele.

— Se eu fosse o senhor, senhor Chappelle, fingiria que não vi nada.

– Quanto a isso, tenho certeza – respondeu Chappelle. – Só que você não é eu.

De trás da tenda surgiu um suado e ofegante Dainty Biberveldt. Ao ver Chappelle, passou a andar lentamente e, assoviando baixinho e com as mãos às costas, fingiu estar admirando o telhado de um armazém.

Chappelle chegou bem perto de Geralt. O bruxo não recuou, apenas semicerrou os olhos. Ficaram se fitando mutuamente por algum tempo, até que Chappelle inclinou-se sobre o embrulho.

– Dudu – falou para as estranhamente deformadas botas de Jaskier, que saíam do tapete enrolado. – Transforme-se imediatamente em Biberveldt.

– O quê?! – gritou Dainty, parando de olhar para o armazém. – Como?!

– Não fale tão alto – repreendeu Chappelle. – E então, Dudu; como está indo?

– Já vai... – ecoou uma espécie de gemido de dentro do tapete. – Já... falta pouco...

O artisticamente decorado par de botas de couro se desfez, transformando-se em peludos pés de ananico.

– Saia daí, Dudu – disse Chappelle. – Quanto a você, Dainty, fique calado. Para os seres humanos, todos os ananicos são muito parecidos. Você não concorda?

Dainty murmurou algo inaudível, enquanto Geralt continuava a olhar com desconfiança para Chappelle. O dignitário se endireitou e olhou em volta, o que bastou para que das poucas pessoas que ainda haviam permanecido nas redondezas sobrasse apenas o cada vez mais distante som de solas de madeira ecoando nas pedras das calçadas.

Dainty Biberveldt Segundo rolou para fora do embrulho, espirrou e sentou-se, esfregando os olhos e o nariz. Jaskier ajeitou-se sobre a tampa de um caixote e ficou dedilhando o alaúde, com uma expressão de moderada curiosidade estampada no rosto.

– Quem poderá ser esse aí, Dainty? – indagou Chappelle, amigável. – Não o acha muito parecido com você?

– É um primo meu – disparou o ananico, sorrindo de orelha a orelha. – Um primo muito próximo. Dudu Biberveldt de

Campos Fagópiros; uma cabeça e tanto para negócios. Acabei de decidir...

— Sim, Dainty?

— Acabei de decidir nomeá-lo meu representante em Novigrad. O que acha disso, primo?

— Oh, muito obrigado, primo querido — sorriu o primo muito próximo, orgulho do clã dos Biberveldts e grande cabeça para negócios.

Chappelle também sorriu.

— Cumpriu-se seu sonho de poder viver numa cidade, Dudu? — murmurou Geralt. — O que vê de bom nesta cidade, Dudu... e você, Chappelle?

— Se você tivesse passado bom tempo vivendo no meio do mato — murmurou de volta Chappelle —, molhado, com frio e tendo apenas raízes por alimento, não faria essa pergunta. Nós também temos direito a uma vida decente, Geralt. Não somos piores do que vocês.

— Inegavelmente — confirmou Geralt. — Vocês não só não são piores, como em muitos casos chegam a ser melhores. O que aconteceu com o verdadeiro Chappelle?

— Foi-se — sussurrou Chappelle Segundo. — Há quase dois meses. Um ataque de apoplexia. Que a terra lhe seja leve e o Fogo Eterno o ilumine. Por acaso eu estava por perto... Ninguém notou... Geralt, você não vai...

— O que foi que ninguém notou? — perguntou o bruxo, com a maior cara de pau.

— Obrigado — murmurou Chappelle.

— Há muitos de vocês nesta cidade?

— E isso importa?

— Não — admitiu o bruxo. — Não importa nem um pouco.

De trás das carroças e das barracas veio correndo uma figura baixinha com gorro verde e casaco de pele de coelho.

— Senhor Biberveldt... — bufou o gnomo, logo interrompendo-se, olhando ora para um, ora para outro ananico.

— Suponho, meu pequeno — disse Dainty —, que você tenha um assunto para tratar com meu primo, Dudu Biberveldt. Pode falar com ele.

— Oxalato reporta que tudo se passou às mil maravilhas — informou o gnomo, com um sorriso de satisfação no rosto. — A quatro coroas por peça.

— Tenho a impressão de que sei do que se trata — falou Dainty. — É uma pena que Vivaldi não esteja aqui; ele teria calculado o lucro num piscar de olhos.

— Permita, primo — interferiu Tellico Lunngrevink Letore, vulgo Penstock, Dudu para os amigos e, para todos os habitantes de Novigrad, um membro da numerosa família dos Biberveldts. — Permita que eu calcule. Tenho uma memória toda especial para números, assim como para outras coisas.

— Por favor — inclinou-se Dainty respeitosamente. — Por favor, meu caro primo.

— Os custos — o doppler franziu a testa — não foram muito altos. Dezoito pela essência, oito e cinquenta pelo óleo de fígado de bacalhau... somando tudo, inclusive o barbante, quarenta e cinco coroas. Receita total: seiscentos multiplicados por quatro resulta em duas mil e quatrocentas coroas. Comissão zero, porque não houve intermediários.

— Por favor, não se esqueça dos impostos — alertou Chappelle Segundo. — Lembrem-se de que está diante de vocês o representante das autoridades da municipalidade e da igreja, que faz questão de zelar cuidadosamente por suas obrigações.

— A transação está livre de impostos — anunciou Dudu Biberveldt —, porque a venda teve objetivo sagrado.

— O quê?!

— Ao misturar o óleo, a cera e a essência em proporções apropriadas e colorir a mistura com um tiquinho de cochonilha — esclareceu o doppler —, obtém-se um produto combustível. Basta derramá-lo em vasilhames de barro e mergulhar em cada um deles um pedaço de barbante. Uma vez aceso o barbante, ele emitirá uma bela chama avermelhada que não fede e queima por muito tempo. O Fogo Eterno. Os sacerdotes precisavam de lamparinas para os altares do Fogo Eterno. Não vão precisar mais.

— Que coisa... — murmurou Chappelle. — É verdade... Precisávamos de lamparinas... Dudu, você é genial!

— É por parte de mãe — falou Tellico modestamente.

– É verdade; você é igualzinho a sua mãe – confirmou Dainty.
– Olhem só para a inteligência que emana de seus olhos. É, sem tirar nem pôr, a imagem exata de Begônia Biberveldt, a mais querida de minhas tias.

– Geralt – gemeu Jaskier. – Ele, em três dias, ganhou mais dinheiro do que eu conseguirei cantando em toda a vida!

– Se estivesse em seu lugar – disse o bruxo, sério –, eu largaria o canto e passaria a me dedicar ao comércio. Fale com ele; quem sabe ele não o contrate como aprendiz.

– Bruxo. – Tellico puxou Geralt pela manga. – Diga-me como eu poderia... expressar-lhe minha gratidão...

– Vinte e duas coroas.

– Como?!

– É para comprar outro gibão. Veja o que sobrou do meu.

– Sabem de uma coisa? – gritou Jaskier repentinamente. – Vamos todos à casa da devassidão! Vamos para a Passiflora! Os Biberveldts vão pagar a conta!

– Mas será que eles permitirão a entrada de ananicos? – preocupou-se Dainty.

– Pois que tentem não permitir – respondeu Chappelle, adotando uma postura autoritária e ameaçadora. – Basta eles tentarem para que eu declare o bordel como um antro herético.

– Bem, diante disso – constatou Jaskier –, tudo está resolvido. Você virá conosco, Geralt?

O bruxo riu discretamente.

– Pois saiba, Jaskier – disse –, que irei com o maior prazer.

UM PEQUENO SACRIFÍCIO

I

A sereia emergiu da água até a metade do corpo, batendo energicamente na superfície com a palma das mãos. Geralt constatou que ela tinha um par de seios lindos, que seriam perfeitos caso os mamilos não fossem verde-escuros com a aréola apenas um pouco mais clara. Com um movimento ágil e gracioso, ela se adaptou à onda que se aproximava e, agitando os úmidos cabelos esverdeados, entoou uma melodia.

— O quê? — indagou o príncipe, inclinando-se sobre a borda da carraca. — O que ela está dizendo?

— Ela se recusa — respondeu Geralt. — Está dizendo que não quer.

— Você lhe explicou que eu a amo? Que não posso imaginar a vida sem ela? Que quero casar-me com ela? Somente com ela e nenhuma outra?

— Expliquei.

— E aí?

— Aí, nada.

— Então repita.

O bruxo tocou os lábios com os dedos, emitindo um som trêmulo. Escolhendo com esforço as palavras e a melodia, começou a traduzir as declarações amorosas do príncipe.

A sereia, deitada de costas na superfície da água, interrompeu-o.

— Não traduza; não se esforce à toa — cantou. — Eu entendi. Quando ele diz que me ama, sempre tem aquela expressão estúpida no rosto. Ele falou algo de concreto?

— Não muito.

— É uma pena. — A sereia mergulhou, agitando violentamente a cauda e formando espuma na água com a nadadeira, semelhante à de um salmonete.

— E aí? O que ela disse?

— Que é uma pena.

— Pena? Pena de quê? O que pode significar isso?

— A mim, parece que significa uma recusa.

— Uma recusa? Ninguém me recusa! — berrou o príncipe, em claro confronto com um fato óbvio.

— Alteza — murmurou o capitão do navio, aproximando-se deles. — As redes estão prontas; basta atirá-las e ela será de Vossa Alteza...

— Eu não recomendaria isso — falou Geralt em voz baixa. — Ela não está sozinha. Há muitas delas imersas na água e, nas profundezas, bem debaixo de nós, poderá estar um kraken.

O capitão tremeu, empalideceu e, num gesto estúpido e inútil, agarrou o traseiro com ambas as mãos.

— Kra... kraken?

— Kraken — confirmou o bruxo. — Não recomendo brincadeira alguma com redes. Basta ela soltar um grito para que desta embarcação não sobre mais do que apenas algumas tábuas e nós sejamos afogados como gatinhos indesejados. Além disso, Agloval, você tem de se decidir: quer casar-se com ela ou pegá-la numa rede e guardá-la numa barrica?

— Eu a amo — falou Agloval, enfático. — Quero desposá-la. Mas, para isso, ela precisa ter pernas, e não uma cauda escamosa. E isso é algo que pode ser feito, porque comprei por duas libras de pérolas um elixir mágico. Assim que ela tomá-lo, crescer-lhe-ão duas lindas perninhas. É verdade que vai sofrer um pouco, mas não mais do que três dias. Chame-a, bruxo, e diga-lhe isso de novo.

— Eu já lhe falei duas vezes, e em ambos os casos ela respondeu que se recusa terminantemente. Mas acrescentou que conhece uma feiticeira do mar que poderá pronunciar um encanto que transformará suas pernas numa elegante cauda... e de maneira indolor.

– Ela deve ter endoidado de vez! Eu, com uma cauda de peixe?! Nunca! Chame-a, Geralt.

O bruxo inclinou-se sobre a borda do navio. A água era verde-escura e parecia ser espessa como gelatina. Não precisou chamar. A jovem sereia emergiu repentinamente, envolta num chafariz de água. Por um instante ficou parada na ponta da cauda. Depois, deslizou para dentro de uma onda e deitou-se de costas, mostrando em todo seu esplendor o que tinha de mais belo. Geralt chegou a babar.

– Ei, vocês aí! – cantou ela. – Vão demorar muito? Minha pele vai rachar sob este sol! Cabelos Brancos, pergunte-lhe se ele concorda.

– Ele não concorda – cantou de volta o bruxo. – Sh'eenaz, tente compreender que ele não pode ter uma cauda, porque não lhe é possível viver submerso. Você consegue respirar na superfície, enquanto ele definitivamente não pode fazer isso debaixo d'água.

– Eu sabia! – gritou a sereia agudamente. – Eu sabia! Desculpas e mais desculpas, tolas e ingênuas, sem um pingo de sacrifício. Quem ama está disposto a se sacrificar! Eu me sacrifiquei por ele: por dias a fio subi em rochedos, ralei as escamas de meu traseiro, esfrangalhei minhas nadadeiras, peguei um resfriado... e tudo isso só para vê-lo! E ele? Ele não está disposto a sacrificar por mim aqueles horrorosos dois penduricalhos? Amar não é apenas tomar para si, mas também saber renunciar, sacrificar-se! Repita isso a ele!

– Sh'eenaz! – gritou Geralt. – Tente compreender! Ele não pode viver debaixo d'água!

– Não aceito desculpas esfarrapadas! Eu também... Eu também gosto dele e adoraria ter alevinos com ele, mas como, se ele não quer assumir a forma de peixe macho? Onde vou pôr minhas ovas? Num chapéu?

– O que ela está dizendo? – perguntou o príncipe. – Geralt! Eu não o trouxe para você ficar papeando com ela, mas para...

— Ela continua mantendo sua opinião... E está zangada.

— Peguem as redes! — urrou Agloval. — Vou mantê-la por um mês numa piscina, e aí ela...

— Pois sim! — gritou de volta o capitão, fazendo um gesto obsceno. — Pode ser que haja um kraken debaixo de nós. Vossa Alteza já viu um kraken? Se quiser, pode saltar na água e pegá-la com as mãos! Eu não vou me meter nessa história. Eu vivo desta embarcação.

— Você vive por minha graça, seu patife! Atire já as redes, senão mandarei enforcá-lo!

— Vá lamber o cu de um cachorro! Neste navio quem manda sou eu, e minha autoridade é superior à sua!

— Calem-se os dois! — gritou Geralt, furioso. — Ela está dizendo alguma coisa. É um dialeto muito complicado e preciso me concentrar.

— Para mim, basta! — exclamou Sh'eenaz melodiosamente. — Estou com fome! Portanto, Cabelos Brancos, diga a ele para se decidir de uma vez por todas, que não vou mais me arriscar a ser ridicularizada e manter qualquer relacionamento com ele caso continue tendo o aspecto de uma estrela do mar de quatro patas. Diga-lhe que, para os joguinhos de amor sobre as rochas que ele me propõe, tenho amigas muito mais eficientes! Mas acho que aquilo não passa de diversão de adolescentes que ainda não trocaram de escamas. Quanto a mim, já sou uma sereia normal e sadia...

— Sh'eenaz...

— Não me interrompa! Ainda não terminei! Eu sou sadia, normal e madura para a desova, de modo que ele, se é que realmente me deseja, terá de ter cauda, nadadeiras e tudo o mais, como um autêntico tritão. Do contrário, não quero saber dele!

Geralt traduzia rapidamente, esforçando-se para não soar vulgar. Não foi muito feliz nessa empreitada. O príncipe enrubesceu e soltou um palavrão.

— Sua vagabunda despudorada! — gritou. — Sua sardinha frígida! Arrume um bacalhau!

— O que foi que ele disse? — interessou-se Sh'eenaz, aproximando-se do navio.

— Que não quer ter cauda.

– Então, diga-lhe... diga-lhe que se resseque!
– O que ela disse?
– Ela disse – traduziu o bruxo – que é para você se afogar.

II

– Foi uma pena – falou Jaskier – eu não ter podido navegar com vocês, mas o que se há de fazer se não paro de vomitar no mar? E sabe de uma coisa? Em toda minha vida nunca conversei com uma sereia. Foi realmente uma pena.

– Conhecendo você – disse Geralt, amarrando o alforje –, estou certo de que vai escrever uma balada assim mesmo.

– É lógico que sim; até já tenho prontas algumas estrofes. Em minha balada, a sereia vai se sacrificar pelo príncipe e trocará sua cauda de peixe por um belo par de pernas, mas pagará por isso perdendo a voz. O príncipe vai traí-la e abandoná-la, com o que ela morrerá de dor e, com os primeiros raios de sol, se transformará em espuma do mar...

– E quem vai acreditar nesse monte de bobagens?

– Isso não tem a mínima importância – respondeu Jaskier, ofendido. – As baladas não são compostas para que as pessoas acreditem nelas, e sim para emocioná-las. Mas nem vale a pena discutir com você, já que não entende patavina disso. O melhor é me contar quanto lhe pagou Agloval pelo serviço.

– Não me pagou nada. Afirmou que não cumpri minha tarefa; disse que esperava algo diferente e que apenas pagava por resultados e não por boas intenções.

Jaskier meneou a cabeça, tirou o chapeuzinho e olhou para o bruxo com uma expressão de tristeza.

– O que quer dizer que continuamos duros.

– Tudo indica que sim.

O rosto de Jaskier ficou ainda mais triste.

– E tudo isso por minha culpa – gemeu. – Sou o culpado por essa situação. Geralt, você está zangado comigo?

Não, o bruxo não estava zangado com Jaskier. De modo algum.

Sem dúvida, o que acontecera com eles fora por culpa de Jaskier. Havia sido ele, ninguém mais, que insistira em que eles fossem a uma festa em Quatro Bordos. Preparar festas, afirmava o poeta, preenchia uma profunda e natural necessidade humana. De vez em quando, segundo o bardo, um homem tem de se encontrar com seus semelhantes num lugar no qual se possa rir, cantar, comer brochetes de carne e panquecas até não poder mais, beber cerveja, ouvir música e dançar, apertando no meio da dança as partes mais salientes das damas. Se cada um quisesse satisfazer essas suas necessidades individualmente, deduzia Jaskier, de maneira impulsiva e desorganizada, formar-se-ia uma indescritível bagunça. Foi por isso que foram inventados as festas e os festivais. E, já que eles foram inventados, deve-se participar deles.

Geralt não se opôs, embora na lista de suas necessidades naturais a participação em festas ocupasse uma das últimas posições. Concordou em acompanhar Jaskier, acreditando que, no meio de tanta gente, poderia colher informações sobre um eventual trabalho, já que havia muito tempo ninguém requisitava seus serviços, e suas reservas financeiras reduziram-se a um nível perigoso.

O bruxo não estava chateado com Jaskier por ter provocado os Florestais. Ele mesmo tivera a sua parcela de culpa. Afinal, poderia ter intervindo e contido o bardo, mas não o fez por detestar aqueles Guardiões da Selva, chamados de Florestais, um destacamento de voluntários cuja ocupação era combater os seres não humanos. Irritaram-no profundamente suas bazófias sobre elfos degolados, pantânamas enforcadas e bosqueolos crivados de flechas. Entretanto, Jaskier, que, viajando na companhia do bruxo supunha possuir grande dose de impunidade, superou-se nas gozações. No início, os Guardiões da Selva não reagiram a suas zombarias, provocações e obscenas alusões, que causavam verdadeiras tempestades de gargalhadas entre os camponeses. Mas, quando o trovador cantou uma copla realmente infame e ofensiva, que terminava com o verso "Se queres ser um boçal, torna-te um Florestal", teve início uma discussão, seguida de pancadaria generalizada. A sala de baile foi totalmente destruída, e houve a intervenção dos milicianos do estaroste Budibog, conhecido pela alcunha de Calvo, sob cuja jurisdição ficava Quatro Bordos. Os Florestais, Jaskier e Geralt foram considerados solidariamente culpados de todos os crimes, inclusive o da sedução de uma menor de idade, uma ruivinha muda que, quando tudo acabou, foi encontrada nos arbustos atrás do palheiro, com um sorriso estúpido no rosto e o vestido levantado até as axilas. Por sorte, o estaroste Calvo conhecia Jaskier, e tudo se resolveu com o pagamento de uma multa, que, no entanto, acabou com todo o dinheiro de que eles dispunham. Além disso, tiveram de fugir a pleno galope de Quatro Bordos, pois os Florestais, expulsos do vilarejo, juraram vingança, e as florestas em volta estavam cheias deles caçando ondinas. Geralt não tinha intenção de ser atingido por uma flecha de ponta dentada e sofrer um horrível ferimento.

Assim, foram obrigados a mudar o plano original, que consistia em passar por alguns vilarejos, onde o bruxo teria oportunidade de procurar trabalho. Em vez disso, partiram na direção do mar, para Bremervoord. Infelizmente, além da pouco promissora chance de sucesso da aventura amorosa do príncipe Agloval com a sereia Sh'eenaz, Geralt não encontrou serviço algum. Já haviam comido o que conseguiram com a venda de um anel de ouro do bruxo e de um broche de alexandrita que o bardo ganhara de lembrança de uma de suas inúmeras namoradas. A situação não era nada boa. Apesar disso, o bruxo não estava chateado com Jaskier.

– Não, Jaskier – disse. – Não estou zangado com você.

O trovador não acreditou, o que ficou evidente por ter permanecido calado. Ele raramente ficava calado. Acariciou pela enésima vez o pescoço de seu cavalo e remexeu em seus alforjes. Geralt sabia que ele não encontraria neles nada que pudesse ser transformado em moeda sonante. O cheiro de comida proveniente de uma estalagem próxima estava se tornando insuportável.

– Mestre! – gritou alguém. – Ei, mestre!

O bruxo virou-se na direção de onde vinha a voz e perguntou:
– O que foi?

De dentro de um veículo de duas rodas puxado por uma parelha de onagros saiu um elegante indivíduo barrigudo, com um pesado capote de pele de lobo e botas de feltro.

– Beeem... não é exatamente com o senhor... – falou o pançudo, meio encabulado. – Não estava me dirigindo ao senhor, mas ao mestre Jaskier...

— Eis-me aqui — empertigou-se o poeta, altivo, ajeitando o chapeuzinho com pena de garça. — Em que posso lhe servir, meu bom homem?

— Meus respeitos — disse o gordão. — Sou Teleri Drouhard, comerciante de raízes e presidente do grêmio local. Meu filho, Gaspard, ficou noivo de Dália, filha de Mestvin, capitão de uma carraca.

— Ah, sim — Jaskier mantinha a postura altiva. — Parabenizo e desejo boa sorte ao jovem casal. No entanto, não entendo em que eu poderia lhe ser útil. Tratar-se-ia dos direitos da primeira noite? Nesse caso, saiba que nunca recuso um pedido dessa natureza.

— Como?... Ah, sim... Não... não se trata disso. É que a festa e o banquete vão ser realizados hoje, e, quando minha esposa soube que o mestre estava em Bremervoord, começou a insistir comigo... o senhor sabe como são as mulheres. "Ouça, Teleri", disse-me ela, "vamos mostrar a todos que não somos incultos como eles; vamos mostrar-lhes que apoiamos a cultura e a arte, que quando promovemos um banquete ele é um evento espiritual, e não uma ocasião para tomar um porre e sair vomitando por aí." E eu respondi àquela tola que eu já havia contratado um bardo e lhe perguntei se isso não bastava. Ao que ela retrucou que um só bardo era pouco, que, ho-ho, o mestre Jaskier é tão famoso que será como uma agulha no traseiro dos vizinhos. Portanto, mestre... faça-nos a honra... Estou disposto a pagar vinte e cinco talares... evidentemente apenas a título simbólico, já que se trata de apoiar a arte...

— Será que ouvi direito? — indagou Jaskier, prolongando cada palavra. — Que eu, Jaskier, deva ser o segundo bardo, o apêndice de outro músico? Não, meu caro senhor, ainda não decaí a ponto de aceitar um convite para acompanhar alguém!

Drouhard enrubesceu.

— Perdoe-me, mestre — balbuciou. — Não era isso que eu tinha em mente... É que minha mulher... Perdoe-nos... Faça-nos a honra...

— Jaskier — sussurrou Geralt. — Pare de bancar o ofendido. Precisamos desesperadamente de alguns trocados.

— Não me ensine como agir! — berrou o poeta. — Quem é metido a besta? Eu? Olhem só para ele! O que dizer de você, que, dia após dia, recusa uma proposta de ganhar dinheiro? Não quer matar hirikkas, porque a espécie está em extinção, nem mecopteras, porque são inofensivas, nem noiteadoras, porque são umas gracinhas, nem dragões, porque seu código o proíbe. Pois saiba que também tenho o direito de manter o amor-próprio! Também tenho meu código!

— Jaskier, por favor, faça isso por mim. Um pequeno sacrifício, rapaz, nada mais do que isso. Prometo não me recusar a aceitar o próximo serviço que me for proposto. Vamos, Jaskier...

O trovador ficou olhando para o chão, coçando o queixo coberto por claros pelos de barba malfeita. Drouhard, abrindo a boca, aproximou-se ainda mais.

— Mestre... Faça-nos essa honra. Minha mulher jamais me perdoará se eu não conseguir convencê-lo. Vá lá... Que sejam trinta.

— Trinta e cinco — retrucou Jaskier com convicção.

Geralt sorriu, aspirando com esperança o cheiro de comida proveniente do albergue.

— De acordo, mestre, de acordo — falou Teleri Drouhard, tão rapidamente que ficou claro que teria pago quarenta se fosse preciso. — E agora... Caso os senhores queiram descansar e aprontar-se para a festa, minha casa está a sua disposição... tanto à do senhor quanto à... como o senhor se chama?

— Geralt de Rívia.

— Pois é, senhor Geralt. É óbvio que o senhor também está convidado. Teremos comida e bebida...

— Muito bem, aceitamos com prazer — disse Jaskier. — Mostre-nos o caminho, caro senhor Drouhard. E, cá entre nós, quem é o segundo bardo?

— A nobre senhorita Essi Daven.

III

Geralt usou a manga mais uma vez para polir os tachões de prata do gibão e a fivela do cinturão, prendeu os cabelos para trás com uma tira de couro nova e limpou as botas, esfregando o cano de uma contra o da outra.

— Jaskier?

O bardo desamassou a pena de garça presa a seu chapeuzinho e alisou seu casaco. Ambos gastaram mais da metade do dia para limpar e ajeitar seus trajes, tornando-os pelo menos aceitáveis.

— O que foi, Geralt?

— Faça um esforço para sermos expulsos depois da ceia, e não antes.

— Você deve estar brincando — ofendeu-se o poeta. — É você que tem de prestar atenção a suas maneiras. Vamos?

— Vamos. Ouça; alguém está cantando... Uma mulher.

— Só agora você ouviu? É Essi Daven, conhecida como Olhuda. O que foi? Nunca ouviu falar em mulher trovadora? É lógico que não; eu havia me esquecido de que você evita lugares nos quais floresce a arte. Olhuda é uma poetisa e cantora de talento, mas evidentemente tem defeitos, um deles, pelo que dizem, o descaramento. A balada que está cantando foi composta por mim. Por causa disso, ela ouvirá algumas palavras que encherão seus olhos de lágrimas.

— Jaskier, deixe isso para lá. Vamos ser expulsos.

— Não se meta. Trata-se de assuntos profissionais.

— Jaskier?

— Sim?

— Por que a chamam de Olhuda?

— Você já vai ver.

O banquete estava sendo realizado num enorme armazém do qual retiraram barricas com arenques e óleo de fígado de bacalhau. Pencas de visco e erica trespassadas por fitas multicoloridas pendiam de vários pontos do teto, num esforço para disfarçar o cheiro, o que não foi conseguido por completo. Aqui e ali, segundo a tradição, havia réstias de alho penduradas, no intuito de espantar vampiros. As mesas e os bancos encostados nas paredes estavam cobertos com rústicos panos brancos, e num canto fora improvisado um braseiro com vários espetos para assar carne. O salão estava cheio, porém não muito barulhento. Cerca de quinhentas pessoas, das mais diferentes profissões e condições sociais, incluindo aí o noivo e a noiva, mantinham-se concentradas e silenciosas, ouvindo a doce melodia de uma balada cantada por uma jovem num discreto vestido azul, sentada num banquinho, com o alaúde apoiado sobre um dos joelhos. Não parecia ter mais de dezoito anos e era muito magra. Seus longos e bastos cabelos tinham a cor de ouro-escuro. No momento em que Jaskier e Geralt entraram, ela terminara a canção e agradecia os calorosos aplausos, inclinando a cabeça e sacudindo a cabeleira.

Teleri Drouhard, em trajes domingueiros, correu até os recém-chegados, levando-os para o centro do salão.

— Seja bem-vindo, mestre, seja bem-vindo! — exclamou. — E seja bem-vindo também, senhor Geralt... Sinto-me honrado... Sim... Permitam-me... Dignas senhoras, dignos senhores!... Eis o honorável visitante que nos fez a grande honra e nos honrou... O grande mestre Jaskier, poeta e cantor mais do que famoso... que nos honra com grande honra... que nos faz sentir profundamente honrados...

Uma onda de gritos e palmas soou a tempo de salvar o orador, porque parecia que Drouhard se honraria e gaguejaria até morrer. Jaskier, com o rosto em brasa de tanto orgulho, adotou um ar altivo, inclinando-se de modo displicente e, depois, acenou com a mão para as jovens que, escoltadas por terríveis matronas, estavam sentadas num longo banco, mais parecendo galinhas num poleiro. As jovens permaneciam imóveis como estátuas, dando a impressão de que estavam grudadas ao banco com cola de carpinteiro ou qualquer outro produto com semelhante eficácia. Todas, sem exceção, mantinham as mãos contraídas espasmodicamente sobre os joelhos e a boca semiaberta.

— E agora, vamos aos comes e bebes — gritou Drouhard. — Por favor, sirvam-se; sintam-se em casa...

A jovem de vestido azul conseguiu atravessar a multidão que, qual uma onda do mar, atirou-se sobre a mesa de comida.

— Salve, Jaskier — cumprimentou.

Para Geralt, principalmente desde que começara a viajar na companhia de Jaskier, a expressão "olhos como estrelas" parecia ser banal e gasta, já que o trovador costumava lançar aquele elogio a torto e a direito, na maior parte das vezes imerecidamente. No entanto, em relação a Essi Daven, mesmo alguém tão pouco ligado à poesia como o bruxo tinha de admitir que seu apelido era mais do que justificado. No agradável e simpático rostinho brilhava um enorme e lindo olho azul-escuro, do qual não havia como desviar a atenção. O outro olho estava quase sempre coberto por um cacho dourado que lhe caía sobre a bochecha. De vez em quando, Essi Daven agitava a cabeça ou soprava aquele cacho, e então ficava patente que o segundo olho não perdia em nada para o primeiro.

— Salve, Olhuda — disse Jaskier, fazendo uma careta. — Que linda balada acabou de cantar. Pelo que percebi, você melhorou bastante seu repertório. Sempre fui da opinião de que, quando não se tem talento para escrever versos, o melhor que se pode fazer é pegar emprestados os de outros. Você pegou muitos?

— Alguns — respondeu ela imediatamente, sorrindo e revelando lindos dentes brancos. — Dois ou três. Bem que gostaria de ter pego mais alguns, mas não foi possível... Uma tartamudez incompreensível nos versos e as melodias, embora agradáveis aos ouvidos e sem grandes pretensões em sua simplicidade... para não dizer em seu primitivismo... não são o que esperam meus ouvintes. Você escreveu alguma coisa nova, Jaskier? Se escreveu, deve ter sido em segredo, porque nenhuma nova obra sua chegou a meus ouvidos.

— O que não é de estranhar — suspirou o bardo. — Minhas baladas são cantadas em lugares para os quais são convidados os famosos e talentosos, lugares que você não costuma frequentar.

Essi enrubesceu levemente e afastou o cacho com um sopro.

— É verdade — disse. — Não frequento bordéis; a atmosfera ali reinante tem um efeito depressivo sobre mim. Tenho pena de você por ter de cantar em lugares assim. Mas o que se pode fazer? Quando não se tem talento, não se pode escolher o público.

Foi a vez de Jaskier enrubescer. Olhuda, então, soltou uma alegre gargalhada, abraçou-o pelo pescoço e lhe estalou um sonoro beijo na bochecha. O bruxo espantou-se, mas não muito, já que não podia esperar muita previsibilidade de uma colega de profissão de Jaskier.

— Jaskier, seu patife — falou Essi, continuando pendurada em seu pescoço. — Estou contente por vê-lo de novo com saúde e em plena posse de suas faculdades mentais.

— Oh, Fantoche — respondeu Jaskier, pegando a jovem pela cintura, erguendo-a no ar e girando-a em volta de si a ponto de o vestido esvoaçar. — Você esteve ótima. Há muito tempo não ouvia tão belos desaforos. Você discute muito melhor do que canta! E continua deslumbrante!

— Quantas vezes já lhe pedi — Essi soprou o cachinho e olhou de soslaio para Geralt — que você não me chame de Fantoche, Jaskier? Além disso, acho que está mais do que na hora de você me apresentar seu companheiro. Pelo que vejo, ele não faz parte de nossa irmandade.

— Valham-nos os deuses — riu o trovador. — Ele, minha cara Fantoche, não tem boa voz, não tem ouvido e a única rima que sabe fazer é "foder" com "beber". Trata-se de um representante da agremiação dos bruxos, Geralt de Rívia. Aproxime-se, Geralt, e beije a mãozinha de Olhuda.

O bruxo aproximou-se sem saber muito bem como se comportar. Normalmente, beijava-se a mão, ou o anel, apenas das damas da nobreza, de duquesa para cima, quando era de bom-tom ajoelhar-se em um dos joelhos. Já no caso das damas de estrato mais baixo, tal gesto era considerado, ali, no Sul, um inequívoco sinal erótico e, portanto, reservado exclusivamente a pessoas muito próximas.

Olhuda resolveu suas dúvidas num piscar de olhos: estendeu a mão rapidamente e bem alto, com os dedos voltados para baixo. Geralt pegou-a meio sem jeito e deu um beijo no dorso. Essi enrubesceu, sem desviar dele os belos olhos.

— Geralt de Rívia — falou. — Tenho de admitir, Jaskier, você não se junta a qualquer um.

— É uma grande honra para mim — balbuciou o bruxo, ciente de que sua eloquência equiparava-se à de Drouhard —, digníssima dona...

— Com todos os diabos — explodiu Jaskier. — Não embarace Olhuda com esse gaguejar e intitulação. Ela se chama Essi, e ele se chama Geralt. Fim das apresentações. E agora, Fantoche, vamos tratar de um assunto de nosso interesse.

— Se você me chamar de Fantoche mais uma vez, vai levar um tapa na cara. E que assunto de nosso interesse é esse?

— Temos de estabelecer o padrão que usaremos para cantar. Sugiro que, para maior efeito, cada um de nós, alternadamente, cante duas ou três baladas seguidas. É claro que cada um cantará as próprias baladas.
— Pode ser.
— Quanto lhe paga Drouhard?
— Não interessa. Quem vai começar?
— Você.
— Está bem. Ei, vejam quem veio nos honrar com sua presença: Sua Alteza, o príncipe Agloval, em pessoa.
— Que bom! — alegrou-se Jaskier. — O nível do público melhorou sensivelmente. De outro lado, não se pode contar muito com o príncipe. Trata-se de um grande pão-duro. Geralt pode confirmar. Agloval detesta pagar. Pode até contratar, mas pagar é outra história.
— Ouvi alguns comentários a esse respeito — falou Essi, olhando para Geralt e afastando o cacho da bochecha. — Falou-se muito disso no porto e no atracadouro. O caso da famosa Sh'eenaz, não é verdade?
Agloval respondeu com um curto movimento de cabeça às reverências a ele dirigidas e quase imediatamente aproximou-se de Drouhard, levando-o para um canto e fazendo gestos que indicavam que não desejava nenhuma atenção ou honraria no centro do salão. Geralt ficou observando-os com o canto dos olhos. A conversa estava sendo travada em voz baixa, mas era evidente que ambos estavam agitados. Drouhard enxugava a testa com a manga do casaco, meneava a cabeça, coçava o pescoço. Fazia perguntas, às quais o príncipe, sombrio e mal-humorado, respondia apenas dando de ombros.
— O príncipe — sussurrou Essi, aproximando-se de Geralt — parece estar muito preocupado. Será que se trata novamente de assuntos do coração? O mal-entendido desta manhã com a famosa sereia? O que você acha, bruxo?
— Pode ser — Geralt olhou de soslaio para a poetisa, surpreso com suas perguntas e estranhamente aborrecido por elas. — Cada um de nós tem seus problemas pessoais, mas nem todos gostam que eles sejam cantados em verso e prosa nas praças públicas.

Olhuda empalideceu levemente, soprou o cachinho e olhou de maneira provocadora para o bruxo.

— Ao dizer isso, você pretendia me ofender ou ferir?

— Nem uma coisa nem outra. Quis apenas evitar as perguntas referentes aos problemas de Agloval com a sereia, perguntas às quais não estou autorizado a responder.

— Entendo. — O belo olho visível de Essi Daven se estreitou levemente. — Não vou colocá-lo mais em semelhante dilema. Não lhe farei nenhuma pergunta das que pretendia fazer e que, para ser sincera, seriam apenas uma introdução e um convite para uma conversa interessante. Diante de sua reação, não haverá mais essa conversa e você não precisará temer que seu conteúdo venha a ser cantado em praça pública. Foi um prazer conhecê-lo. Passe bem.

Dito isso, girou sobre os calcanhares e encaminhou-se para as mesas, onde foi recebida com grande respeito. Jaskier fez uma careta e pigarreou de modo significativo.

— Não posso dizer que você foi muito bem-educado com ela, Geralt.

— É... não fui — concordou o bruxo. — Acabei ofendendo-a sem motivo algum. Talvez eu devesse ir atrás dela e pedir desculpas?

— Deixe para lá — falou o bardo, adicionando sentenciosamente: — Não existe uma segunda oportunidade para causar a primeira impressão. Vamos, é melhor tomarmos um caneco de cerveja.

No entanto, antes que pudessem chegar até o lugar onde serviam cerveja, foram abordados por Drouhard.

— Senhor Geralt — disse. — Sua Alteza deseja lhe falar.

— Já vou.

— Geralt. — Jaskier agarrou-o pela manga do gibão. — Não se esqueça.

— De quê?

— De sua promessa de aceitar qualquer serviço, sem fazer cara feia. Promessa é dívida, Geralt. Como foi mesmo que você falou? Um pequeno sacrifício?

— Muito bem, Jaskier. Mas como você sabe o que Agloval...

— Tenho sexto sentido para essas coisas. Não se esqueça, Geralt.

— Está bem, Jaskier.

O bruxo e o comerciante foram para longe dos convivas, até um canto do salão. Agloval encontrava-se sentado atrás de uma mesa, na companhia de um homem com barba negra curta no rosto queimado de sol e trajes coloridos, que Geralt não notara antes.

— Eis que nos encontramos de novo, bruxo — começou o príncipe —, embora eu o tenha xingado e lhe dito que nunca mais queria vê-lo. Acontece que não tenho outro bruxo à disposição, de modo que terei de me satisfazer com você. Apresento-lhe Zelest, meu administrador local e responsável pela pesca de pérolas. Fale, Zelest.

— Hoje de manhã — contou o homem de pele curtida em voz baixa — decidi estender a área de pesca para além dos limites habituais. Um dos barcos seguiu mais para o oeste, adiante do cabo, na direção das Presas do Dragão.

— As Presas do Dragão — interveio Agloval — são dois abrolhos no fim do cabo. Dá para vê-los da costa.

— Isso mesmo — confirmou Zelest. — Não costumamos pescar naquelas bandas, porque o mar é muito agitado e há recifes que tornam os mergulhos perigosos. Mas, como existem cada vez menos pérolas junto da costa, mandei para lá um dos barcos, com sete tripulantes: dois marinheiros, quatro mergulhadores e uma mergulhadora. Quando o barco não retornou ao anoitecer, começamos a ficar preocupados, embora o mar estivesse calmo como óleo derramado. Partimos com alguns esquifes, e logo encontramos o barco à deriva. Nele não havia ninguém; todos sumiram como pedras atiradas no mar. Não sabemos o que aconteceu, mas deve ter ocorrido um combate... um verdadeiro massacre, porque havia sinais...

— Que tipo de sinais? — perguntou o bruxo, semicerrando os olhos.

— O convés todo respingado de sangue, por exemplo.

Drouhard aspirou o ar com um silvo e olhou em volta, preocupado. Zelest baixou ainda mais a voz.

— Pois é — falou, contraindo as mandíbulas. — O barco estava manchado de sangue de ponta a ponta. O convés parece ter se transformado num autêntico matadouro. Alguma coisa matou aquela gente. Dizem que deve ter sido um monstro marinho. Só pode ter sido...

— Não poderiam ter sido piratas? — indagou Geralt. — Ou concorrentes na pesca de pérolas? Vocês descartam de antemão qualquer possibilidade de uma simples luta corporal com facas e espadas?

— Descartamos — afirmou o príncipe. — Aqui não existem piratas nem concorrentes, e uma simples luta com facas não costuma terminar com o desaparecimento de todos os envolvidos. Não, Geralt. Zelest está certo. Só pode ter sido um monstro marinho. Não há outra explicação. E agora ninguém ousa sair para o mar, até para os lugares mais próximos e protegidos. As pessoas têm muito medo e o porto está paralisado. Mesmo as carracas e as galeras não querem desatracar dos ancoradouros. Você está entendendo, bruxo?

— Estou — respondeu Geralt, meneando a cabeça. — Quem vai me mostrar o local?

— Muito bem. — Agloval colocou a mão sobre a mesa e tamborilou com os dedos. — Gostei de ver. Eis uma reação digna de um bruxo. Vai direto ao cerne da questão, sem perder tempo em conversa fiada. É desse jeito que eu gosto. O que eu lhe disse, Drouhard? Um bruxo bom é um bruxo que está com fome. Não é verdade, Geralt? Porque, não fosse seu amigo músico, você dormiria novamente sem ter jantado. Tem de admitir que sou muito bem informado.

Drouhard abaixou a cabeça, enquanto Zelest ficou olhando para um ponto fixo direto a sua frente.

— Quem vai me mostrar o local? — repetiu Geralt, encarando Agloval friamente.

— Zelest — falou o príncipe, parando de sorrir. — Zelest vai lhe mostrar as Presas do Dragão e o caminho que leva a elas. Quando pretende começar a agir?

— Assim que amanhecer. Esteja no ancoradouro, senhor Zelest.

— Estarei, senhor bruxo.

— Ótimo. — O príncipe esfregou as mãos e sorriu de maneira debochada. — Geralt, espero que você se saia melhor com o monstro do que naquele assunto de Sh'eenaz. Saiba que conto com isso.

Ah, sim; mais uma coisa: eu o proíbo terminantemente de fazer qualquer comentário sobre isso. Não quero ter de lidar com mais pânico do que já estou lidando. Entendeu, Geralt? Mandarei arrancar sua língua caso você dê com ela nos dentes.

— Entendi, príncipe.

— Muito bem. — Agloval ergueu-se da mesa. — Vou embora para não estragar a festa de vocês nem para provocar boatos. Passe bem, Drouhard. Transmita aos noivos meus votos de felicidade.

— Obrigado, Alteza.

Essi Daven, sentada num banquinho, cercada por um grupo de ouvintes, cantava uma terna e melodiosa balada que tratava do lastimável destino de uma amante traída. Jaskier, apoiado num pilar, murmurava algo baixinho, contando sílabas nos dedos.

— E então? — perguntou. — Conseguiu um trabalho?

— Sim — respondeu o bruxo, sem entrar em detalhes, que, de todo modo, não interessavam ao bardo.

— Não lhe disse que tenho faro para essas coisas? Ótimo. Eu vou ganhar e você vai ganhar e, assim, teremos fundos para nos divertir. Iremos até Cidaris, aonde chegaremos a tempo para a Festa da Colheita da Uva. E agora, queira me desculpar por um momento, mas vi algo muito interessante lá no banco.

Geralt seguiu os olhos do poeta. Além de uma dezena de jovens com boca semiaberta, não viu nada interessante. Jaskier ajeitou o casaco, inclinou o chapeuzinho na direção da orelha direita e, com passos largos, dirigiu-se ao banco. Depois de agilmente ultrapassar a barreira protetora formada pelas matronas, deu início a seu costumeiro ritual de arreganhar os dentes.

Essi Daven terminou a balada, recebeu uma salva de palmas, uma pequena bolsa com moedas e um grande buquê de lindas flores, embora um tanto murchas.

O bruxo ficou circulando entre os convidados, aguardando a oportunidade para poder finalmente se aproximar das mesas de comida. Olhava, preocupado, para os disputadíssimos arenques marinados, enroladinhos de repolho, cabeças de bacalhau cozidas, costelas de carneiro, pedaços das mais diversas salsichas, capões, enguias defumadas e pernis de porco. O problema residia no fato de o banco junto da mesa estar totalmente ocupado.

As jovens e as matronas, já um pouco mais à vontade, cercaram Jaskier e, dando gritinhos, pediam uma apresentação. O trovador, com falsa humildade, fazia-se de rogado.

Geralt, sobrepujando o embaraço, estava a ponto de usar de violência para chegar à mesa. Um homem de certa idade que fedia a vinagre lhe deu lugar com surpreendente disposição e amabilidade, quase derrubando do banco alguns de seus vizinhos. O bruxo logo atacou a comida e, num piscar de olhos, acabou com a primeira travessa que pôde alcançar. O indivíduo cheirando a vinagre passou-lhe a seguinte. A título de gratidão, Geralt ouviu atenta e pacientemente uma longa tirada sobre os tempos, os modos e a mocidade atuais. O homem criticava a liberdade de costumes, insistindo, obstinado, em chamá-la de "soltura de ventres", cujo significado mais correto, "diarreia", fez com que Geralt mal pudesse conter o riso.

Essi, apoiada numa parede debaixo de pencas de visco, estava sozinha, afinando o alaúde. O bruxo viu um jovem com capa de brocado acercar-se dela e dizer-lhe algo, sorrindo palidamente. Essi olhou para o jovem, contorceu os belos lábios de leve e disse algumas palavras. O jovem se afastou com rapidez, e suas orelhas, vermelhas como rubis, ainda brilharam por muito tempo na semiescuridão.

– ... é uma abominação, uma sem-vergonhice e uma infâmia – continuava o indivíduo cheirando a vinagre. – Uma grande soltura de ventres, meu caro senhor.

– É verdade – disse Geralt, limpando o prato com um pedaço de pão.

– Distintas damas, distintos cavalheiros, um momento de silêncio, por favor – gritou Drouhard, plantando-se no meio do salão. – O célebre mestre Jaskier, embora exausto e com o corpo dolorido, nos agraciará com a famosa balada sobre a rainha Marienn e o Corvo Negro! Ele fará isso atendendo ao pedido da filha de nosso moleiro, a senhorita Veverka, a quem, como ele mesmo afirmou, não é capaz de recusar nada.

A senhorita Veverka, uma das menos atraentes jovens sentadas no banco, embelezou-se num piscar de olhos. Uma onda de aplausos e gritos abafou a nova soltura do indivíduo fedendo a vinagre. Jaskier esperou que todos se calassem, dedilhou no alaúde uma vibrante introdução e se pôs a cantar, sem tirar os olhos da senhorita Veverka, que ia se tornando mais bela a cada estrofe. "Tenho de admitir", pensou Geralt, "que esse filho de uma cadela funciona mais efetivamente do que os óleos e os cremes mágicos que Yennefer vende em sua lojinha em Vengerberg." Depois, olhou na direção de Essi e notou que ela se esgueirava atrás dos ouvintes de Jaskier, saindo discretamente para o terraço. Movido por um inexplicável instinto, afastou-se agilmente da mesa e a seguiu.

Essi estava inclinada, com os cotovelos apoiados na balaustrada e a cabeça encolhida entre os ombros. Olhava para a levemente agitada superfície do mar, que brilhava com os reflexos do luar e das chamas dos fogos acesos no porto. Uma das tábuas da varanda rangeu sob o peso de Geralt. Essi enrijeceu.

– Queira me desculpar; não quis perturbá-la – disse Geralt, de maneira desajeitada, esperando ver nos lábios de Essi a mesma contorção de lábios que ela dirigira momentos antes ao jovem com a capa de brocado.

– Não está me perturbando – respondeu ela, sorrindo e afastando o cacho dourado. – Não estou aqui à procura de solidão, mas de ar fresco. Você também se sentiu incomodado com o aperto e a fumaça?

– Um pouco. No entanto, mais do que tudo me incomoda a consciência de tê-la magoado. E é por isso que vim aqui, atrás de você, para lhe pedir desculpas e recuperar a chance de mantermos uma conversa agradável.

– Na verdade, sou eu quem deveria pedir-lhe desculpas – falou Essi, apoiando as mãos na balaustrada. – Eu reagi de modo desproporcionalmente rude. O fato é que não sei me controlar. Portanto, perdoe-me e me dê uma nova chance... para conversarmos.

Geralt aproximou-se e apoiou-se na balaustrada a seu lado. Sentiu o calor que emanava de seu corpo e um leve perfume de verbena. Gostava do cheiro de verbena, embora não fosse o cheiro de lilás e groselha.

– A que você associa o mar? – perguntou Essi, repentinamente.

– À inquietação – respondeu, quase sem pensar.

– Que interessante... Você transmite a impressão de ser calmo e controlado.

— Eu não disse que eu ficava inquieto. Você perguntou a que eu o associo.

— Uma associação é a imagem da alma. Sei algo sobre isso; afinal, sou poetisa.

— E quanto a você, Essi? A que você associa o mar? — perguntou rápido, para dar um fim à crescente inquietação que realmente começava a sentir.

— A um movimento eterno — respondeu ela. — A uma mudança. E a um mistério, um segredo, algo que não consigo absorver de todo e que eu poderia descrever de mil maneiras em mil poemas, mas nunca chegando a seu âmago, a seu verdadeiro ser. Sim, acho que eu o associo a isso. — Virou-se, afastou o cacho e fixou no bruxo seus lindos olhos azuis. — Não sou nem calma, nem controlada — completou.

O que veio em seguida aconteceu subitamente e de modo inesperado. O gesto que ele fez, com a simples intenção de ser um leve toque em seus braços, transformou-se em um forte aperto de ambas as mãos sobre sua fininha cintura e um rápido, porém não violento, puxão do corpo dela contra o seu, até o repentino e fervente encontro dos dois. Essi enrijeceu, dobrou-se para trás, apoiou com força suas mãos sobre as dele, como se quisesse separá-las e afastá-las de sua cintura, mas, em vez disso, agarrou-as com mais força, inclinou a cabeça para frente, entreabriu os lábios e hesitou.

— Por quê... por quê? — sussurrou, com um dos olhos arregalado e o outro coberto pelo cacho dourado.

Geralt inclinou a cabeça, aproximou seu rosto do dela e, de repente, seus lábios se selaram num beijo. Mesmo assim, Essi não largou as mãos que lhe seguravam a cintura e continuou dobrando as costas para trás, evitando o contato dos corpos. E eles ficaram nessa posição, semiabraçados e girando lentamente, como numa dança. Essi beijava-o com desejo, com experiência. E por muito tempo.

Depois, desvencilhou-se agilmente de suas mãos, deu-lhe as costas e voltou a apoiar-se na balaustrada, encolhendo a cabeça entre os ombros. Geralt sentiu-se indescritivelmente estúpido, com uma sensação que o impedia de aproximar-se dela e abraçar seus ombros encurvados.

— Por quê? — perguntou ela friamente, sem se virar. — Por que você fez isso?

Olhou para ele de soslaio, e o bruxo compreendeu repentinamente que se enganara. Deu-se conta de que a falsidade, a mentira, o fingimento e a bravata o levariam a um pântano no qual entre ele e o abismo haveria apenas uma fina camada de grama e musgo, pronta a ceder e se romper a qualquer momento.

— Por quê? — repetiu ela.

Geralt não respondeu.

— Você está à procura de uma mulher para esta noite?

Não respondeu. Essi voltou-se lentamente e tocou em seu braço.

— Vamos voltar para a sala — falou despreocupadamente, mas o bruxo não se iludiu com a aparente despreocupação, sentindo quanto ela estava tensa. — Não faça essa cara. Não aconteceu nada demais. E o fato de eu não estar à procura de um homem para esta noite não é culpa sua, não é verdade?

— Essi...

— Vamos voltar, Geralt. Jaskier já bisou três vezes e chegou minha vez de cantar. Venha, vou cantar...

Olhou para ele de maneira estranha e afastou o cacho do olho com um sopro.

— Vou cantar para você.

IV

— Ora, vejam! — falou o bruxo, fingindo espanto. — Você resolveu voltar? Pensei que fosse passar a noite fora.

Jaskier fechou a tranca da porta, pendurou num gancho o alaúde e o chapeuzinho com pena de garça, tirou o casaco, sacudiu-o para livrá-lo da poeira e colocou-o dobrado sobre os sacos que jaziam num canto do quartinho. Além daqueles sacos, de um balde e de um grosso colchão de paina, o cubículo no sótão não tinha móvel algum, até a vela ficava no chão, no meio de uma solidificada poça de cera. Drouhard admirava Jaskier, mas era evidente que não a ponto de lhe ceder uma alcova ou pelo menos um aposento mais confortável.

— E o que o fez pensar — perguntou Jaskier, tirando as botas — que eu fosse passar a noite fora?

— Pensei — respondeu o bruxo, apoiando-se no cotovelo e esmagando a paina — que você ia cantar serenatas debaixo da janela da senhorita Veverka, para quem você ficou olhando a noite toda com a língua de fora, como um perdigueiro diante de uma cadela.

— Ha, ha, ha — riu o bardo. — Como você é estupidamente ingênuo. Não entendeu nada. Veverka? Estou pouco me lixando para Veverka. Eu apenas quis despertar uma pontada de ciúme na senhorita Akeretta, a qual pretendo atacar amanhã. Chegue para lá.

Jaskier desabou sobre o colchão, puxando a manta que cobria Geralt. Este, com um estranho sentimento de raiva, virou a cabeça na direção da janelinha através da qual, não fossem laboriosas aranhas, daria para ver o céu estrelado.

— Por que ficou tão emburrado de repente? — perguntou o poeta. — Está incomodado pelo fato de eu correr atrás de rabos de saia? Desde quando você virou um druida e jurou castidade? Ou será que...

— Pare de falar bobagens. Estou cansado. Você não notou que pela primeira vez nas últimas duas semanas temos um colchão no qual deitar e um teto sobre a cabeça? Não lhe agrada a ideia de acordarmos de manhã sem ter algo pingando no nariz?

— Para mim — falou Jaskier melosamente —, um colchão sem uma garota não é um colchão. É uma felicidade incompleta, e o que vem a ser uma felicidade incompleta?

Geralt gemeu baixinho, como fazia sempre quando Jaskier começava com sua tagarelice noturna.

— Uma felicidade incompleta — continuou o bardo, encantado com a própria voz — é como... é como um beijo interrompido... Posso saber por que você está rangendo os dentes?

— Você é terrivelmente chato, Jaskier. Só pensa em colchões, garotas, bundas, tetas, felicidades incompletas e beijos interrompidos por cães atiçados contra você pelos pais de suas namoradas. Está claro que não consegue agir de outra maneira. Pelo jeito, somente uma frivolidade sem amarras, para não dizer um absoluto descomedimento, permite-lhes compor baladas, escrever versos e cantar. Pelo visto, trata-se do lado obscuro do talento.

Falara demais e sua voz não fora fria e impessoal o bastante. Jaskier decifrou-o rápida e acertadamente.

— Ah — disse calmamente. — Essi Daven, mais conhecida como Olhuda, cravou seus lindos olhos no bruxo e ele ficou todo confuso. O bruxo comportou-se diante de Olhuda como um estudante diante de uma princesa. E, em vez de culpar a si próprio, joga a culpa nela, procurando seus lados obscuros.

— Você está delirando, Jaskier.

— Não, meu caro. Essi lhe causou grande impressão, não há como negar. E saiba que não vejo nisso nada de reprovável. No entanto, preste atenção para não cometer um erro. Ela não é como você pensa. Se o talento dela tem alguns lados obscuros, eles certamente não são do tipo que você imagina.

— Suponho — falou o bruxo, controlando a voz — que você a conhece muito bem.

— Bastante bem. Mas não da maneira que você está pensando. Não assim.

— O que, em se tratando de você, soa muito estranho.

— Você é um tolo. — O bardo virou-se de barriga para cima e colocou as mãos atrás da nuca. — Conheço Fantoche desde criancinha e volto a repetir: não cometa um erro estúpido com ela. Você a magoaria terrivelmente, porque você também a impressionou. Admita que ela o deixa excitado...

— Mesmo que isso fosse verdade, eu, diferentemente de você, não costumo discutir esses assuntos — respondeu Geralt, ríspido. — Nem compor canções sobre esse tema. Agradeço-lhe que tenha me dito isso sobre ela, porque pode ser que você efetivamente tenha evitado que eu cometa um erro imperdoável. Mas isso é tudo o que tenho a dizer, e dou o assunto por encerrado.

Jaskier ficou deitado imóvel e em silêncio por um momento, porém Geralt conhecia-o demais para ser enganado.

— Já entendi — disse o poeta finalmente. — Já entendi tudo.

— Entendeu merda nenhuma.

— Sabe qual é seu problema? Você acha que é diferente e faz questão de que todos vejam essa diferença, com a agravante de que você a equipara a uma anormalidade. Com isso, insiste em impor-se com sua suposta anormalidade, sem se dar conta de que, para a maioria das pessoas que raciocinam de maneira sensata, você é o mais normal de todos os homens sob o sol, e quem dera todos fossem tão normais assim. O que há de mais no fato de você ter a capacidade de reagir mais rápido que os outros ou suas pupilas serem estreitas e verticais? O que há de mais no fato de você poder enxergar no escuro como um gato ou entender de feitiços? Grandes coisas! Eu, meu caro, conheci um albergueiro capaz de soltar peidos ininterruptamente, e isso de tal maneira que se juntavam em acordes formando a melodia do cântico "Seja bem-vinda, radiante madrugada". Descontando aquele tão pouco comum talento, o albergueiro era o mais normal dos homens; tinha mulher, vários filhos e uma avó paralítica...

— Dá para você me explicar o que isso tudo tem a ver com Essi Daven?

— Lógico que sim. Sem base alguma para supor uma coisa dessas, você partiu do princípio de que Olhuda interessou-se por você em razão de uma insana... ou até perversa... curiosidade, que olhava para você como se olha para uma aberração da natureza, um cordeiro de duas cabeças ou uma salamandra num jardim zoológico. E, por isso, você adotou uma postura agressiva, respondeu rudemente na primeira oportunidade que teve para se manifestar e devolveu um golpe que ela não lhe desferira. Não se esqueça de que estive presente e pude testemunhar essa sua atitude. É verdade que não testemunhei o desenrolar dos acontecimentos, mas notei a escapada de vocês dois do salão e vi como ela estava com o rosto enrubescido quando retornaram. Geralt, eu estava tentando evitar que você cometesse um erro, mas vejo que já o cometeu. Partindo da falsa premissa de que a curiosidade de Essi fosse doentia, você quis se vingar aproveitando-se de tal curiosidade.

— Repito que você está delirando.

— Você tentou — continuou o imperturbável bardo — levá-la para um monte de feno, achando que ela poderia estar curiosa em descobrir como é fazer amor com uma aberração, com um mutante-feiticeiro. Por sorte, Essi revelou-se mais inteligente do que você e, com admirável grandiosidade de alma, teve pena de sua estupidez, adivinhando sua causa. Chego a essa conclusão por constatar que você não retornou daquela varanda com o rosto inchado.

— Terminou?

— Terminei.

— Então, boa noite.

— Sei muito bem por que você está furioso e range os dentes.

— É lógico. Você sabe tudo.

— Sei quem o deformou a tal ponto que você não consegue mais entender o comportamento de uma mulher normal. Pelos deuses, é inacreditável o que essa sua Yennefer conseguiu fazer com você! Aliás, não compreendo o que você vê nela.

— Deixe esse assunto para lá, Jaskier.

— Será que você, realmente, não prefere uma mulher como Essi? Uma mulher normal? O que têm as feiticeiras que Essi não tem? Será a idade? Olhuda não é uma garotinha, mas tem a idade que aparenta ter. E quer saber o que Yennefer me confidenciou uma noite quando tomamos alguns cálices a mais? Ela me disse que fez aquilo com um homem pela primeira vez exatamente um ano depois da invenção do arado de duas lâminas.

— Você está mentindo. Yennefer detesta você e jamais lhe faria tal tipo de confidência.

— Está bem. Confesso que menti.

— Não precisava. Conheço você o suficiente.

— É aí que você se engana. Não se esqueça de que possuo uma natureza com características extremamente complicadas.

— Jaskier — suspirou o bruxo, já prestes a adormecer. — Você é um cínico, um porco, um rufião e um mentiroso. E saiba que nada há de complicado em nenhuma dessas características. Boa noite.

— Boa noite, Geralt.

V

— Vejo que você é madrugadora, Essi.

A poetisa sorriu, segurando os cabelos agitados pelo vento. Subiu cuidadosamente no cais, evitando os buracos e as fendas entre as tábuas apodrecidas.

— Não podia perder a oportunidade de ver um bruxo em ação. Você vai achar novamente que sou muito enxerida? Não posso negar que sou extremamente curiosa. Como está indo?

— Como está indo o quê?

— Oh, Geralt — disse Essi. — Você não dá o devido valor a minha curiosidade nem a meu talento de colher e interpretar informações. Já sei tudo sobre o acidente com os pescadores de pérolas, assim como estou a par do que você combinou com Agloval. Sei que você precisa encontrar um marinheiro disposto a levá-lo até lá, na direção das Presas do Dragão. Encontrou?

— Não — respondeu Geralt. — Não encontrei. Nenhum.

— Estão com medo?

— Sim.

— E como você pretende fazer o reconhecimento da área sem a possibilidade de navegar? E como, sem um barco, você acha que vai poder enfrentar o monstro que matou aqueles pescadores?

O bruxo pegou-a pelo braço e ajudou-a a descer do cais. Foram caminhando lentamente pela praia cheia de pedregulhos, ao longo dos barcos trazidos à margem e apoiados em terra firme, por entre redes de pesca estendidas sobre estacas e cortinas de peixes secando ao sol agitadas pelo vento. Geralt constatou, com grande espanto, que a companhia da poetisa não o incomodava e que ela não era insistente nem inoportuna. Além disso, nutria a esperança de que uma calma e sensata conversa poderia apagar os efeitos daquele estúpido beijo no terraço. O fato de Essi ter vindo ao cais encheu-o de expectativa de que não estava zangada nem ofendida, o que o deixou contente.

— Como enfrentar o monstro... — murmurou, repetindo as palavras de Essi. — Pois é. Não tenho a mínima ideia. Sei muito pouco sobre os lendários seres do mar.

— Interessante. Pelo que sei, há muito mais monstros no mar do que na terra, não só em número, como também em quantidade de espécies. Assim, o mar deveria servir aos bruxos como o local mais indicado para se exibirem.

— Mas não é.

— Por quê?

— A expansão dos seres humanos no mar — pigarreou o bruxo, virando o rosto para o lado — é recente. Os bruxos foram necessários antes, na terra, na primeira etapa da colonização. Não somos adequados para combater seres que vivem no mar, embora seja verdade que ele é repleto dos mais diversos tipos de monstruosidades. No entanto, nossas aptidões de bruxo não são suficientes contra monstros marinhos. Aqueles seres ou são muito grandes, ou bem encouraçados, ou demasiadamente seguros de si no próprio meio... ou tudo isso junto.

— E quanto ao monstro que matou aqueles pescadores? Você não suspeita de nenhum em particular?

— Quem sabe se não foi um kraken?

— Não. Um kraken teria destruído o barco, e o barco permaneceu intacto. E, como andaram falando por aí, repleto de sangue — disse Olhuda, engolindo em seco e empalidecendo. — Não pense que estou tentando me exibir, mas é que fui educada à beira do mar e tive a oportunidade de ver algumas coisas.

— Nesse caso, o que poderia ter sido? Uma lula gigante? Ela poderia ter arrastado aquele pessoal do convés...

— Não teria havido sangue. Não foi uma lula, Geralt, nem uma baleia assassina, nem uma tartaruga-dragão, porque aquela coisa não virou nem destruiu o barco. Ela subiu no convés e fez um massacre. Talvez você esteja cometendo um erro procurando-a no mar.

O bruxo ficou pensativo.

— Começo a admirá-la, Essi — falou, provocando um rubor no rosto da poetisa. — Você tem razão. Aquela coisa pode ter atacado do ar. Pode ter sido um ornitodrago, um grifo, um serpe, uma dermoptera ou um forcaudo. Talvez até um...

— Um momento — interrompeu-o Essi. — Veja quem está vindo para cá.

Caminhando lentamente pela praia, bem próximo da arrebentação, aproximava-se deles Agloval. Estava de péssimo humor e com a roupa encharcada. Ao vê-los, chegou a ficar vermelho de raiva.

Essi fez uma ligeira reverência. Geralt inclinou a cabeça, levando o punho até o peito. Agloval cuspiu.

— Fiquei sentado nas rochas por três horas, quase desde o raiar do sol — rosnou. — Ela nem sequer apareceu. Três horas, sentado como um idiota nas rochas, sendo molhado pelas ondas.
— Sinto muito... — murmurou o bruxo.
— Você sente muito? — explodiu o príncipe. — Sente? Pois saiba que tudo isso é culpa sua. Você estragou tudo.
— O que eu estraguei? Servi apenas de intérprete...
— Ao diabo com essa sua atuação — interrompeu-o Agloval, rude, virando-se de perfil. Um perfil realmente majestático, digno de ser cunhado em moedas. — Na verdade, teria sido melhor não tê-lo contratado. Pode soar paradoxal, mas, enquanto não tínhamos um intérprete, entendíamo-nos muito melhor, eu e Sh'eenaz, se é que você está entendendo o que quero dizer. E agora... Você sabe o que estão comentando na cidade? Andam sussurrando pelos cantos que os pescadores morreram por eu ter irado a sereia... que foi uma vingança dela.
— Não faz o menor sentido — comentou o bruxo friamente.
— E como posso saber se isso faz sentido ou não? — rosnou o príncipe. — E eu lá sei o que você andou falando para ela? Ou do que ela é capaz e com que tipo de monstros ela mantém contato, lá nas profundezas? Por favor, prove que isso não faz sentido. Traga-me a cabeça do monstro que matou os pescadores. Ponha-se a trabalhar, em vez de ficar namoricando à beira do mar...
— Pôr-me a trabalhar? — irritou-se Geralt. — Como? Fazer-me ao mar montado numa barrica? Seu administrador, Zelest, ameaçou os marinheiros com torturas e forca, e assim mesmo ninguém se prontificou. O próprio Zelest está fazendo corpo mole. E como...
— Não me interessa como! — gritou Agloval, interrompendo o bruxo. — É problema seu! Para que servem os bruxos a não ser para evitar que as pessoas decentes tenham de se preocupar com a eliminação de monstros? Contratei seus serviços e exijo que eles sejam executados. Senão, suma daqui, ou o expulsarei a chicotadas de meus domínios!
— Acalme-se, Alteza — falou Olhuda em voz baixa, mas sua palidez e o tremor de suas mãos traíam seu nervosismo. — E não ameace Geralt, por favor. Acontece que Jaskier e eu temos alguns

amigos. O rei Ethain, de Cidaris, para mencionar um deles, gosta muito de nós e de nossas baladas. Sua Majestade é um governante culto que acha que nossas baladas não são apenas junções de melodias e rimas, e sim formas de transmitir informações, crônicas da humanidade. Vossa Alteza gostaria de figurar numa crônica da humanidade? Se quiser, posso dar um jeito para que figure.

Agloval lançou-lhe um olhar cheio de menosprezo.

– Os pescadores que morreram tinham mulher e filhos – disse por fim, num tom consideravelmente mais baixo e calmo. – Quanto aos que sobraram, assim que forem pressionados pela fome, retornarão ao mar. Todos: os pescadores de pérolas, de esponjas, de ostras e de lagostas. Por enquanto, estão com medo, porém a fome há de subjugá-los e eles se porão ao mar. Mas será que retornarão? O que vocês têm a dizer sobre isso, caro Geralt e prezada senhorita Daven? Estou muito curioso em ouvir a balada que tratará desse assunto. Uma balada sobre um bruxo parado ociosamente na praia, olhando para crianças em pranto e barcos com o convés banhado em sangue.

Essi ficou ainda mais pálida, mas ergueu orgulhosamente a cabeça, soprou o cacho dourado que cobria um de seus olhos e já se preparava para dar uma resposta quando Geralt pegou sua mão e apertou-a com força, respondendo por ela:

– Basta. Em toda essa torrente de palavras, apenas uma tem algum significado: a de você ter me contratado, Agloval. Aceitei o trabalho e o executarei, desde que seja exequível.

– Conto com isso – afirmou, curto e grosso, o príncipe. – Até a vista, bruxo. Meus cumprimentos, senhorita Daven.

Dessa vez Essi não fez reverência, apenas meneou a cabeça. Agloval ajeitou as calças molhadas e encaminhou-se na direção do porto, tropeçando nos pedregulhos. Foi somente então que Geralt percebeu que continuava segurando a poetisa pela mão e que esta não fazia esforço algum para livrá-la da dele. Soltou-a. Essi, recuperando aos poucos o colorido normal de seu rosto, virou-se para ele.

– Como é fácil fazer você assumir um risco! – exclamou. – Bastam algumas palavras sobre mulheres e crianças desamparadas. E ainda se diz que vocês, bruxos, não têm sentimentos! Geralt,

Agloval não está nem um pouco preocupado com o destino de mulheres, crianças e velhos. O que ele quer é que a pesca de pérolas seja retomada, porque cada dia em que elas não lhe são fornecidas representa um prejuízo. Ele usa o argumento das pobres criancinhas, e você imediatamente se dispõe a colocar sua vida em risco...

— Essi — interrompeu-a Geralt. — Eu sou um bruxo. Minha profissão consiste em colocar minha vida em risco. As criancinhas não têm nada a ver com isso.

— Pois saiba que você não vai conseguir me enganar.

— E o que a faz pensar que tenho a intenção de enganá-la?

— O fato de que, caso fosse o profissional frio e calculista que tenta aparentar ser, você teria negociado um bom preço por seus serviços. E, no entanto, você não mencionou uma só palavra sobre pagamento. Mas tudo bem. Não precisamos mais discutir sobre isso. Vamos voltar?

— Caminhemos mais um pouco.

— Com todo o prazer. Geralt?

— Sim?

— Como já lhe contei, fui educada à beira do mar. Sei manejar o leme de um barco e...

— Tire essa ideia da cabeça.

— Por quê?

— Tire essa ideia da cabeça — repetiu ele, de maneira quase rude.

— Você poderia ter sido mais gentil.

— Poderia. Só que você interpretaria isso como... só os diabos sabem como o quê. E eu sou um bruxo. Um profissional frio e calculista. Arrisco minha vida, mas não a dos outros.

Essi calou-se. Geralt viu como ela cerrou os lábios e sacudiu violentamente a cabeça. Uma lufada de vento voltou a despenteá-la, cobrindo por um momento seu rosto com longas faixas douradas.

— Eu só quis ajudar — disse.

— Eu sei, e lhe agradeço.

— Geralt?

— Sim?

— E se houver alguma verdade naqueles boatos dos quais falou Agloval? Você sabe muito bem que as sereias nem sempre costumam ser pacíficas. Houve casos...

— Não acredito nisso.

— Feiticeiras do mar — continuou Olhuda, pensativa. — Nereidas, tritões, ninfas marítimas. Ninguém sabe do que esses seres seriam capazes. E, no caso de Sh'eenaz, ela teria um motivo...

— Não acredito — interrompeu-a.

— Você não acredita ou não quer acreditar?

Geralt não respondeu.

— E você quer passar por um frio profissional? — indagou Essi, com um estranho sorriso nos lábios. — Passar por alguém que pensa com a lâmina da espada? Se quiser, eu lhe direi como você é de verdade.

— Eu sei como sou de verdade.

— Você é sensível — falou Essi em voz baixa. — No fundo de sua alma, você está cheio de inquietude. Não me engana sua expressão pétrea nem sua voz pausada. Você é sensível, e é exatamente essa sua sensibilidade que o faz temer que aquilo que você enfrentará com uma espada na mão poderá ter lá as próprias razões, levando, com isso, uma vantagem moral sobre você...

— Não, Essi — respondeu Geralt lentamente. — Não procure em mim um tema para uma balada sentimental, uma balada sobre um bruxo com dramas de consciência. É possível que meu desejo fosse esse, mas a verdade é outra. Todos meus dilemas morais são resolvidos por meu código de conduta e pela maneira como fui educado... ou adestrado.

— Não fale assim. Não consigo compreender por que você se esforça tanto para...

— Essi — interrompeu-a o bruxo mais uma vez. — Não quero que você tenha uma falsa impressão a meu respeito. Não sou um cavaleiro andante.

— Assim como não é um frio e irrefletido assassino.

— Não, não sou — admitiu calmamente —, embora algumas pessoas pensem o contrário. Mas não são as qualidades de meu caráter nem minha sensibilidade que me fazem como sou, e sim o soberbo e arrogante orgulho de um profissional consciente de seu valor. De um profissional em quem foi incutido que o código de seu ofício e uma fria rotina são muito mais efetivos do que a emoção, que, ao nos envolver em dilemas sobre o Bem e o Mal, a Ordem e o Caos, poderá nos levar a cometer erros. Não, Essi. Não sou eu quem é sensível, mas você; aliás, trata-se de um predicado necessário em sua profissão, não é verdade? Você se inquieta com a ideia de que uma aparentemente simpática sereia teve um acesso de raiva ao sentir-se desprezada e, num ato de vingança, matou aqueles pobres pescadores de pérolas. E você, horrorizada com a possibilidade de um bruxo, pago pelo príncipe, assassinar a sereia somente por ela ter ousado dar vazão a seus sentimentos, sai imediatamente em busca de justificativas e de circunstâncias atenuantes para seu ato. Acontece, Essi, que um bruxo está livre de tal tipo de dilemas... e de emoções. Mesmo que se revele que foi a sereia que cometeu aquele crime, o bruxo não a matará, porque seu código não lhe permite. O código resolve os dilemas do bruxo.

Olhuda ergueu violentamente a cabeça e olhou para ele.

— Todos os dilemas, Geralt? — perguntou, de súbito.

"Ela sabe de Yennefer", pensou Geralt. "Ela sabe. Oh, Jaskier, como você é linguarudo!"

Ficaram mirando-se por algum tempo.

"O que está se ocultando em seus olhos azul-escuros, Essi? Curiosidade? Fascínio por estranheza? Quais são os lados obscuros de seu talento, Olhuda?"

— Desculpe — falou ela. — A pergunta foi tola. E ingênua. Deu a impressão de eu ter acreditado no que você dizia. Vamos voltar. Este vento chega a congelar os ossos. Olhe como o mar está agitado.

— Estou vendo. Sabe, Essi, isso é muito interessante...

— O que é interessante?

— Eu seria capaz de jurar que aquele rochedo no qual Agloval se encontra com a sereia estava mais próximo da margem e era maior. E, agora, ele nem é mais visível.

— É a maré — explicou Essi. — Daqui a pouco, a água vai chegar até aquele despenhadeiro escarpado.

— Até lá?

— Sim. A água aqui sobe e desce bastante, bem acima de dez palmos, porque neste estreito e na junção da água do rio com a do mar ocorrem os chamados "ecos de maré".

Geralt olhou na direção do cabo, para as Presas do Dragão, cravadas no meio do mar revolto, e indagou:

— Essi, e quando a maré começa a baixar?
— O que você quer saber?
— Até que ponto o mar vai recuar?
— Ah, entendi... Sim, você tem razão. Ele vai recuar até o baixio anterior à plataforma continental.
— Até onde?
— Até uma espécie de plataforma que fica submersa e que se estende até o ponto em que começam as profundezas do mar.
— E as Presas do Dragão...
— Ficam exatamente na borda daquele baixio.
— E poderão ser alcançadas a pé. De quanto tempo vou dispor?
— Não sei — respondeu Olhuda, franzindo a testa. — Vai ser preciso perguntar aos moradores locais. Mas tenho a impressão, Geralt, de que a ideia não é muito boa. O caminho que vai da praia às Presas do Dragão é formado por rochas e recortado por pequenas enseadas e fiordes. Quando a maré começar a baixar, formar-se-ão nele gargantas e covas cheias de água. Não sei se...

Vindo do mar, a partir das quase invisíveis rochas, chegou até eles o som de um chape seguido por uma voz melodiosa.

— Cabelos Brancos! — gritou a sereia, deslizando graciosamente sobre as ondas e batendo na água com curtos e elegantes golpes de sua cauda.

— Sh'eenaz! — gritou de volta Geralt, acenando com a mão.

A sereia nadou até as rochas, ficou em posição vertical sobre a espumosa água esverdeada e ergueu os braços para atirar para trás a basta cabeleira, revelando o torso com todos seus encantos. Geralt olhou de soslaio para Essi. A jovem enrubesceu levemente e, com expressão de profunda tristeza, olhou por um momento para os próprios encantos, quase imperceptíveis debaixo do vestido.

— Onde está aquele meu? — cantou Sh'eenaz, nadando para mais perto da praia. — Prometeu que estaria aqui.

— E esteve. Esperou por três horas e depois foi embora.
— Foi embora? — espantou-se a sereia com um trilado agudo.
— Não esperou? Não aguentou mais de três míseras horas? Foi o que pensei. Nem um pouquinho de sacrifício! Nem um pouquinho! Asqueroso, asqueroso, asqueroso! E o que está fazendo aqui, Cabelos Brancos? Veio passear com a namorada? Não fosse o fato de vocês estarem deformados por essas horrendas pernas, fariam um par muito bonito.
— Ela não é minha namorada. Na verdade, mal nos conhecemos.
— Verdade? — admirou-se Sh'eenaz. — É uma pena, porque vocês combinam muito bem e formam um casal atraente. Quem é ela?
— Sou Essi Daven, uma poetisa — cantou Olhuda com voz tão melodiosa que, comparada a ela, a do bruxo mais parecia o grasnar de um corvo. — É um prazer conhecê-la, Sh'eenaz.

A sereia bateu com as mãos na superfície da água e soltou uma risada cristalina.

— Que beleza! — gritou. — Você conhece nossa língua! Tenho de confessar que vocês, humanos, não param de me surpreender. Se pensarmos bem, veremos que não há muito que nos separe como dizem por aí.

O bruxo não estava menos espantado que a sereia, embora pudesse ter desconfiado que uma pessoa tão educada e culta como Essi conheceria melhor do que ele a Língua Antiga, a língua dos elfos, cuja versão cantada era utilizada pelas sereias, feiticeiras do mar e nereidas. Também se deu conta de que a afinação e os complicados acordes melódicos da fala das sereias, uma grande dificuldade para ele, eram fáceis para Olhuda.

— Sh'eenaz! — falou. — Há, no entanto, coisas que nos separam, e uma delas é um ocasional derramamento de sangue! Quem... Quem matou os pescadores de pérolas, lá, perto daqueles dois rochedos? Diga-me!

A sereia deu um mergulho, reaparecendo logo em seguida, com um desagradável esgar no lindo rostinho.

— Não ousem! — vociferou agudamente. — Não ousem aproximar-se das Escadarias! Aquilo não é para vocês! Não se metam com eles! Aquilo não é para vocês!

— O que não é para nós?

— Não é para vocês! — gritou Sh'eenaz, atirando-se de costas sobre as ondas.

Respingos de água voaram por toda parte. Ainda por um momento Essi e Geralt puderam ver sua cauda e sua bifurcada nadadeira agitando-se no meio das ondas. Depois, elas sumiram nas profundezas.

— Eu não sabia — pigarreou Geralt — que você falava tão bem a Língua Antiga, Essi.

— Você não poderia saber — respondeu Essi com visível amargura na voz. — Afinal... Afinal você mal me conhece...

VI

— Geralt — disse Jaskier, olhando em volta e farejando como um perdigueiro. — Você não acha que tudo aqui fede horrivelmente?

— E eu lá sei? — respondeu o bruxo, aspirando. — Já estive em lugares que fediam muito mais. É apenas o cheiro do mar.

O bardo virou a cabeça e cuspiu no meio das rochas. A água borbulhava nas frestas rochosas, espumando, marulhando e descobrindo passagens forradas de areia lavada.

— Veja só como tudo ficou seco, Geralt. Onde foi parar aquela água toda? Como é essa história de fluxos e refluxos das marés? Como ocorrem? Você nunca chegou a pensar sobre isso?

— Não. Sempre tive outras preocupações.

— Pois eu acho — Jaskier tremeu ligeiramente — que lá, bem no fundo desse desgraçado oceano, há um monstro gigantesco, um ser escamoso parecido com um sapo com chifres e uma cabeça horrorosa. E volta e meia esse monstro suga para dentro de seu barrigão toda a água e tudo o que nela vive e pode ser comido: peixes, focas, tartarugas marinhas, tudo. Depois de saciar a fome, ele expele a água. Com isso, temos as marés. O que você acha?

— Acho que você não passa de um tolo. Yennefer me contou de uma feita que as marés são provocadas pela lua.

Jaskier riu gostosamente.

— Que asneira! O que a lua tem a ver com o mar? O único efeito da lua é fazer com que os cães uivem para ela. Aquela mentirosa fez você de bobo, Geralt, e, pelo que sei, não teria sido pela primeira vez.

O bruxo não respondeu. Estava concentrado em observar as rochas nas gargantas reveladas pela maré baixa. Embora contivessem ainda bastante água agitada e espumosa, tudo indicava que eles conseguiriam atravessá-las.

— Muito bem. Mãos à obra — disse, erguendo-se e ajeitando a espada às costas. — Se esperarmos mais, não teremos tempo para retornar antes da preamar. Você continua insistindo em me acompanhar?

— Sim. Bons temas para uma balada não são como pinhas que a gente encontra nas florestas. Além disso, amanhã é o aniversário de Fantoche.

— Não vejo a correlação.

— O que é uma pena. Entre nós, seres humanos, existe o costume de dar um presente a uma pessoa quando ela faz anos. Como não tenho dinheiro para comprar algo, encontrarei uma coisa bonita no fundo do mar.

— Um arenque? Uma sépia?

— Não se faça de tolo. Acharei um pedaço de âmbar, um cavalo-marinho ou uma bonita concha. O valor do presente é secundário. Trata-se de um símbolo, de uma prova de lembrança e simpatia. Gosto de Olhuda e quero dar-lhe um agrado. Você não consegue compreender isso? Foi o que pensei. Vamos. Você irá na frente, porque lá nas rochas pode haver um monstro.

— Muito bem — concordou o bruxo, deslizando da escarpa para as escorregadias rochas cobertas de limo. — Irei na frente para protegê-lo em caso de perigo, como prova de lembrança e simpatia. Só não se esqueça de uma coisa: se eu gritar para fugir, fuja imediatamente, sem fazer perguntas nem se meter no raio de ação de minha espada. Não vamos colher cavalos-marinhos, e sim enfrentar um monstro que mata pessoas.

Partiram por um caminho revelado pela maré baixa, chapinhando na borbulhante água que restara nas gargantas entre os rochedos e patinhando em lodo e algas.

Para piorar, começou a chover e, em pouco tempo, os dois estavam encharcados da cabeça aos pés. Jaskier parava toda hora, remexendo com uma vareta a areia e o emaranhado de algas.

— Olhe, Geralt, um peixinho! Todo vermelho! E aqui, uma pequena enguia! E isto aqui, o que será? Parece uma enorme pulga transparente. E isto... Mãezinha minha! Geraaaalt!

O bruxo virou-se rapidamente, com a mão no punho da espada.

Era um crânio humano, branco, lapidado pelas pedras, enfiado feito uma cunha numa fenda dos rochedos e cheio de areia. E não somente isso: Jaskier, ao ver uma centopeia marinha sair de um dos buracos dos olhos da caveira, tremeu todo e soltou um grito agudo. O bruxo deu de ombros e dirigiu-se para uma plataforma de pedra descoberta pelas ondas, que se estendia até os dois abrolhos chamados de Presas do Dragão, os quais, àquela distância, mais pareciam duas montanhas. Pisava com cuidado, pois a plataforma estava cheia de pepinos-do-mar, moluscos e emaranhados de algas. Nas poças e cavidades mais profundas e cheias de água, agitavam-se enormes medusas e ofiuroides. Pequenos caranguejos, coloridos como beija-flores, fugiam de seus passos, andando de lado, movendo rapidamente as curtas patinhas.

Geralt já notara de longe o cadáver preso entre dois rochedos. O afogado mexia o torso visível por debaixo de uma cortina de plantas aquáticas, embora na verdade não tivesse mais com que mexer. Tanto por dentro como por fora, a caixa torácica estava repleta de uma extraordinária quantidade de caranguejos. Não devia estar na água havia mais de um dia, mas os caranguejos fizeram tal estrago que não tinha sentido parar para examiná-lo. O bruxo não disse nada e mudou de direção, passando ao largo do cadáver. Jaskier nem chegou a percebê-lo.

— Como aqui fede a podridão! — praguejou, aproximando-se de Geralt e derramando a água que se acumulara em seu chapeuzinho. — Além disso, está chovendo e fazendo um frio danado. Que droga! Vou acabar me resfriando e perdendo a voz...

— Não amole. Se quiser retornar, você sabe o caminho de volta.

Junto da base das Presas do Dragão estendia-se um liso quebra-mar de pedra, depois do qual começava a plataforma continental oculta pela superfície levemente ondulada do mar. Haviam chegado ao limite da maré baixa.

Jaskier olhou em volta e disse:

— E então, bruxo? Tudo indica que esse seu monstro marinho teve suficiente presença de espírito para retornar às profundezas do mar com o recuo da maré. Quanto a você, imagino que achou que ele ficaria por aqui, deitado de barriga para cima e aguardando calmamente ser morto por você...

— Cale a boca.

O bruxo aproximou-se da beira da plataforma e se ajoelhou. Apoiou cuidadosamente as mãos nas conchas que cobriam a rocha. Não viu nada; a água era escura, com a superfície turva por causa da garoa.

Jaskier remexia as fendas dos recifes, expulsando a pontapés os caranguejos mais ousados, e tateava e examinava os gotejantes rochedos com barbas de algas e salpicados por ásperas colônias de crustáceos e moluscos.

— Ei, Geralt!

— O que foi?

— Olhe só para essas conchas. Elas não são de ostras verdadeiras, aquelas que produzem pérolas?

— Não.

— E você é entendido nessas coisas?

— Não.

— Então se abstenha de fazer comentários a esse respeito até o momento em que passar a ser. Estou convencido de que se trata de ostras verdadeiras e vou juntar uma porção delas; assim, pelo menos, retornaremos desta expedição com um monte de pérolas, em vez de um resfriado. Posso apanhar algumas?

— Pode. O monstro ataca pescadores de pérolas, e os apanhadores delas fazem parte dessa categoria.

— Você quer que eu sirva de isca?!

— Apanhe, apanhe. Se não tiverem pérolas, pelo menos poderemos fazer uma sopa com elas.

— Só faltava isso! Estou cagando para as conchas. Vou pegar apenas as pérolas. Que droga! Como é que se abre esta merda?... Você tem uma faca, Geralt?

— Você quer dizer que nem trouxe uma faca?

— Sou um poeta, e não um esfaqueador. Vou pegá-las fechadas, e, quando retornarmos, tiraremos as pérolas. Suma de minha frente!

Com o chute, o caranguejo voou sobre a cabeça de Geralt e caiu com um chape nas ondas. O bruxo caminhava cuidadosamente ao longo da beira da plataforma, com os olhos fixos na impenetrável água escura. Ouvia as rítmicas batidas da pedra com a qual Jaskier separava as ostras das rochas.

— Jaskier! Chegue aqui, venha ver!

A rachada e lacerada plataforma terminava abruptamente numa borda afiada, formando um ângulo reto. Sob a superfície da água via-se claramente uma série de enormes, angulosos e regulares blocos de mármore cobertos de algas, moluscos e anêmonas-do-mar que ondulavam como flores agitadas por uma brisa.

— O que será isso? Parece... uma escadaria.

— Porque é uma escadaria — sussurrou Jaskier, num tom cheio de admiração. — Devem ser os degraus que levam para a cidade submersa, a lendária Ys, que foi coberta por ondas. Você nunca ouviu a lenda sobre a cidade das profundezas, Ys sob as Águas? Já pressinto que vou escrever uma balada tão fantástica que meus concorrentes ficarão verdes de inveja. Preciso ver isso de perto... Olhe, parece uma espécie de mosaico com alguma coisa gravada ou talhada... Serão uns dizeres? Afaste-se para que eu possa enxergar melhor.

— Jaskier! Cuidado! Aí é muito fundo, e se você escorregar...

— Não faz mal. Já estou molhado mesmo... Veja, não é tão fundo assim. Aqui, no primeiro degrau, a água nem chega até a cintura, e o degrau é tão largo quanto um salão de baile. Oh, que droga...

Geralt pulou imediatamente na água e agarrou o bardo, que tinha afundado até o pescoço.

— Tropecei nesta merda — falou Jaskier, sacudindo violentamente a cabeça e retirando da água, com as duas mãos, um grande e gotejante molusco achatado azul-cobalto coberto de algas. — Os degraus estão cheios destas coisas. A cor é linda, você não acha? Passe-me sua sacola para colocá-lo nela, pois a minha está completamente cheia.

— Saia daí — rosnou o bruxo, furioso. — Suba imediatamente na plataforma, Jaskier. Isto aqui não é uma brincadeira.

— Silêncio. Você ouviu? O que foi isso?

Geralt ouvira. O som provinha de debaixo da água, das profundezas do mar. Era um som surdo e profundo, embora ao mesmo tempo diminuto, baixinho, curto e descontinuado. O som de um sino.

— Um sino, com todos os diabos — sussurrou Jaskier, conseguindo com esforço subir na plataforma. — Eu estava certo, Geralt. Trata-se do sino da submersa Ys. O sino de uma fantasmagórica cidade abafado pelo peso das profundezas. É a forma que os afogados encontraram para nos...

— Será que não dá para você calar essa boca?

O som voltou a soar... muito mais próximo.

— ...lembrarem — continuou o bardo, imperturbável, espremendo as abas de seu casaco encharcado — seu terrível destino. Esse sino é uma advertência...

O bruxo parou de dar atenção à voz de Jaskier e aguçou seus outros sentidos. Sentia... sentia algo.

— É uma advertência — repetiu Jaskier, estendendo a ponta da língua para fora da boca, algo que sempre fazia quando se concentrava. — Um aviso, porque... hummm... para que não nos esqueçamos... hummm... Já tenho!

Soa surdamente o coração do sino e entoa um canto sobre a morte,
Uma morte que, apesar de tudo, é mais suportável que o olvido...

De repente, a água perto do bruxo pareceu explodir. Jaskier soltou um grito de horror. O monstro de olhos esbugalhados que emergiu da espuma desferiu um golpe em Geralt com uma lâmina em forma de foice, larga e serrada. O bruxo já tinha desembainhado a espada no momento em que a água começara a borbulhar, de modo que não teve dificuldade em girar o quadril e acertar o monstro em sua escamosa papada. Imediatamente virou-se para o outro lado, onde a borbulhante água revelava um segundo monstro, com um estranho capacete na cabeça, algo que lembrava um elmo de cobre enegrecido. Com um largo movimento da espada, Geralt aparou a afiada ponta de uma curta lança que vinha em sua direção e, com ímpeto, acertou com toda a força o písceo focinho cheio de dentes. Depois, pulou na direção da beirada da plataforma.

— Fuja, Jaskier!
— Vou ajudá-lo a subir na plataforma. Estenda-me a mão!
— Fuja, com todos os diabos!

O monstro seguinte emergiu das ondas sibilando no ar uma espada recurvada na ossuda mão esverdeada. Geralt afastou-se da borda de uma rocha coberta de cracas e adotou a posição de ataque de um esgrimista, mas o ser de olhos písceos não se aproximou. Era praticamente da mesma altura que o bruxo e, assim como ele, estava com a água pela cintura. No entanto, as brânquias infladas e uma impressionante crista eriçada sobre a cabeça davam a impressão de ser maior. A maneira como contorcia o largo focinho achatado e cheio de dentes mais parecia um sinistro sorriso.

Sem dar a mínima atenção aos dois corpos que se debatiam espasmodicamente no meio da água avermelhada, o estranho ser ergueu com ambas as mãos sua espada de empunhadura sem guarda-mão. Eriçando ainda mais a crista e as brânquias, descreveu um arco no ar com a arma com tanta habilidade que Geralt pôde ouvir o suave sibilo da lâmina.

O monstro deu um passo para frente, deslocando uma onda na direção do bruxo. Em resposta, Geralt girou sua espada como se fosse a pá de um moinho e também deu um passo para a frente, aceitando assim o desafio.

A criatura com olhos de peixe moveu habilmente os longos dedos ao redor da empunhadura da arma e abaixou lentamente os ombros protegidos por uma espécie de armadura feita de cobre e casco de tartaruga, afundando os braços até os cotovelos e escondendo a arma debaixo d'água. O bruxo segurou a espada com ambas as mãos, a direita bem junto do guarda-mão e a esquerda sobre a empunhadura. Em seguida, ergueu a arma um pouco para o lado, acima de seu ombro direito. Fixou o olhar nos opalinos olhos de peixe do monstro, com íris em forma de gota, que brilhavam fria e metalicamente; olhos que nada exprimiam e não revelavam indício algum de onde viria o ataque.

O som das badaladas do sino, cada vez mais distinto e mais próximo, chegava até eles das profundezas, dos degraus da escada que desapareciam na negritude do abismo.

O monstro marinho atirou-se para frente, retirando a espada de dentro da água e fazendo com ela um rápido movimento oblíquo, de baixo para cima. Por pura sorte, Geralt imaginara, corretamente, que o golpe viria do lado direito. Aparou-o com a lâmina voltada para baixo e, girando o torso com agilidade, imediatamente virou a espada, deixando-a em posição perpendicular à do monstro. Então, tudo passou a depender de quem seria mais rápido na difícil arte de mover os dedos ao redor da empunhadura, quem seria o primeiro a passar do estático posicionamento das lâminas para o indicado à aplicação do golpe, um golpe para o qual ambos já se preparavam, transferindo o peso do corpo para a perna adequada. Geralt notara que ambos eram extremamente rápidos, mas o ser com olhos de peixe tinha dedos mais compridos...

O bruxo atingiu-o de lado, logo acima da bacia. Em seguida, deu meia-volta e evitou com facilidade o contragolpe dado de maneira descontrolada, desesperada e desprovida de graça. O monstro abriu a bocarra píscea e, sem emitir som algum, sumiu debaixo da água, no meio de borbulhantes manchas vermelho-escuras.

— Dê-me a mão! Rápido! — gritou Jaskier. — Um monte deles está nadando para cá! Posso vê-los daqui!

O bruxo agarrou a mão direita do bardo e conseguiu subir na plataforma. Uma onda quebrou com estrondo atrás dele. A maré começara a subir, e os dois puseram-se a correr, perseguidos pela água.

Geralt olhou para trás e viu emergirem do mar vários monstros, que imediatamente se lançaram no encalço deles, saltando de rocha em rocha, ágeis, com as pernas musculosas. Sem dizer uma palavra, passou a correr mais rápido.

Jaskier arfava, correndo com dificuldade na água, que já lhe chegava aos joelhos. De repente tropeçou, caiu e engatinhou por entre algas fucáceas, apoiando-se nas mãos trêmulas. Geralt agarrou-o pela cintura e arrancou-o da água que fervilhava a seu redor.

— Corra! — gritou. — Eu vou detê-los!
— Geralt...
— Corra, Jaskier! Em poucos instantes a água vai preencher esta garganta, e aí nunca mais conseguiremos safar-nos daqui! Corra o mais rápido que puder!

Jaskier soltou um gemido e correu. O bruxo corria atrás dele, com a esperança de os monstros se separarem no decurso da perseguição. Sabia que, caso precisasse combatê-los em grupo, não teria a mínima chance de escapar com vida.

Alcançaram-no no meio da mesma garganta, pois a água já estava suficientemente alta para que pudessem nadar, enquanto ele, envolto em espuma, tinha de tentar escalar as escorregadias escarpas rochosas. A garganta, porém, era estreita demais para que o atacassem por todos os lados. Diante disso, resolveu parar em uma das fendas, exatamente na que Jaskier encontrara a caveira.

Parou, virou-se e se acalmou.

Atingiu o primeiro monstro com a ponta da espada bem no local onde deveria estar sua têmpora. Ao segundo, armado com um machado, abriu a barriga com a lâmina. O terceiro fugiu.

Geralt tentou escalar a parede do estreito, mas no mesmo instante ergueu-se uma onda que, coberta de espuma e com um barulho ensurdecedor, formou um redemoinho que o arrancou da escarpa e o sugou para o mar. Uma vez debaixo da água, chocou-se com um monstro marinho, afastando-o com um enérgico pontapé. Alguma coisa agarrou-o pela perna e o puxou com toda a força para o fundo. O bruxo bateu violentamente com as costas contra a parede rochosa e abriu os olhos a tempo de ver as escuras silhuetas de seus atacantes e duas lâminas brilhantes. Conseguiu aparar a primeira com a espada; da segunda defendeu-se instintivamente erguendo a mão esquerda. Sentiu o golpe, seguido de forte ardência provocada pela água salgada. Encolheu as pernas e, esticando-as com força contra o fundo, conseguiu emergir da água, juntar os dedos e disparar o Sinal. A surda explosão afetou seus ouvidos com um curto paroxismo de dor. "Se eu conseguir escapar desta", pensou, agitando os braços e as pernas para se manter na superfície, "vou procurar Yen, em Vengerberg, e tentarei mais uma vez... Se conseguir me safar desta..."

Teve a impressão de ouvir o som de uma trompa ou de um corne. Uma nova onda atirou-o de barriga sobre um enorme rochedo. Foi quando pôde ouvir claramente o som de um corne e os gritos de Jaskier, que pareciam vir de todos os lados. Expeliu água salgada pelo nariz e olhou ao redor.

Encontrava-se na margem, quase exatamente no mesmo lugar do qual haviam partido. Estava deitado de bruços sobre algumas pedras. À sua volta espumavam as águas da maré montante. Atrás dele, ainda dentro da garganta, que, a essa altura, mais parecia um fiorde, dançava sobre as ondas um enorme golfinho cinza. Em seu dorso, agitando a cabeleira verde-clara, estava montada uma sereia de seios graciosos.

– Cabelos Brancos! – cantarolou ela, agitando a mão na qual segurava uma enorme concha espiralada. – Você está vivo?

– Sim – respondeu o bruxo, espantado.

A espuma a sua volta adquiria uma cor rósea. O ombro direito estava ficando duro e ardia por causa do sal. A manga do casaco tinha um corte regular e reto, do qual saía sangue aos borbotões. "Consegui escapar", pensou; "consegui mais uma vez. Mas, não, não irei a lugar algum."

Viu Jaskier correndo em sua direção e tropeçando nas ainda molhadas cavidades entre as pedras.

– Consegui detê-los! – cantou a sereia, soprando novamente na concha. – Mas não por muito tempo! Fuja e não volte mais, Cabelos Brancos! O mar não é para vocês!

– Sei disso! – gritou Geralt. – Sei muito bem! Obrigado, Sh'eenaz!

VII

– Jaskier – disse Olhuda, destroçando com os dentes a ponta da bandagem e dando nela um nó sobre o pulso de Geralt. – Gostaria que você me explicasse de onde surgiu um monte de conchas debaixo das escadas. A mulher de Drouhard acabou de jogá-las fora, sem esconder sua opinião sobre vocês dois.

— Conchas? — espantou-se o trovador. — De que conchas você está falando? Não tenho a mais vaga ideia. Quem sabe se elas não caíram do bico dos patos que estavam migrando para o sul?

Geralt sorriu, ocultando o rosto. Lembrava-se dos palavrões soltos por Jaskier, que passara a tarde toda abrindo conchas e tateando aqueles seres pegajosos na vã tentativa de encontrar uma pérola, mas conseguindo apenas machucar os dedos e sujar a camisa. Tal fato não era de espantar, já que provavelmente não se tratava de ostras, e sim de simples mariscos ou amêijoas. A ideia de fazer uma sopa com eles fora abandonada assim que Jaskier abriu a primeira concha: o molusco tinha aparência tão pouco apetitosa e fedia tanto que chegou a fazer lacrimejar os olhos.

Olhuda terminou o curativo e sentou-se num balde virado de ponta-cabeça. O bruxo agradeceu, examinando a mão envolta competentemente por uma bandagem. O ferimento era profundo e bastante extenso, chegando até o cotovelo, e doía terrivelmente com qualquer movimento do braço. Geralt e Jaskier haviam feito um curativo provisório quando ainda estavam nas rochas, mas, no caminho de volta, o ferimento voltara a sangrar. Antes da chegada da jovem, Geralt derramara sobre ele um elixir coagulador de sangue, reforçando-o com um elixir anestésico, e Essi encontrara-os no momento em que ambos tentavam costurar a ferida com um barbante preso a um anzol. Olhuda passara-lhes uma descompostura e se ocupara da tarefa de colocar uma atadura na parte lesada, enquanto Jaskier a agraciara com uma colorida descrição da batalha, garantindo antes para si os direitos exclusivos da balada a ser composta sobre o incidente.

Essi, como era de esperar, cobriu Geralt com uma torrente de indagações às quais ele não sabia como responder. Tal atitude deixou-a aborrecida e claramente desconfiada de que o bruxo escondia algo dela. Ficou amuada e parou de fazer perguntas.

— Agloval já sabe — contou. — Vocês foram vistos quando estavam retornando, e a senhora Drouhard saiu fofocando por aí assim que viu manchas de sangue nas escadas. O pessoal todo foi correndo até as rochas na esperança de as ondas atirarem algo sobre a praia, e eles estão ali até agora, mas, pelo que pude apurar, nada encontraram.

– E nem vão encontrar – falou o bruxo. – Amanhã vou procurar Agloval, mas, se você puder, diga-lhe para proibir as pessoas de vagarem em torno das Presas do Dragão. Só lhe peço que não lhe diga nada daquela escadaria nem das fantasias de Jaskier sobre a cidade de Ys. Logo surgiriam caçadores de tesouros ou de emoções e teríamos novas vítimas fatais...

– Eu não sou fofoqueira – respondeu Essi, ofendida, afastando um cacho de cabelo que caíra sobre sua testa. – Se eu lhe fiz algumas perguntas, não foi com o intuito de me sentar junto do poço e repetir para as lavadeiras tudo o que você me contou.

– Desculpe.

– Preciso dar uma saída – anunciou Jaskier repentinamente. – Marquei um encontro com Akeretta. – Geralt, vou pegar seu casaco, porque o meu está imundo, além de continuar molhado.

– Tudo aqui está molhado – disse Olhuda com sarcasmo e, com um claro sinal de repugnância, remexeu com a ponta de seu sapatinho as várias peças de roupa espalhadas pelo chão. – Como podem conviver com uma bagunça dessas? Isso tem de ser torcido e pendurado para secar. Vocês são impossíveis.

– Tudo vai secar naturalmente – disse Jaskier, vestindo o úmido gibão do bruxo e olhando com agrado para os tachões de prata nas mangas.

– Pare de falar bobagens. E o que é isto? Não acredito! Esta bolsa ainda continua cheia de lodo e algas! E isto... Que nojo! O que é?

Geralt e Jaskier ficaram olhando em silêncio para uma concha azul-cobalto que Essi segurava enojada com dois dedos. Haviam esquecido. O molusco estava semiaberto e fedia horrivelmente.

– É um presente – respondeu o trovador, recuando até a porta. – Amanhã não é seu aniversário, Fantoche? Pois então; isso aí é um presente de Geralt para você.

– Isto aqui?

– Bonito, não é? – fungou Jaskier, adicionando logo em seguida: – É de Geralt para você. Foi ele mesmo quem escolheu... Bem, já está ficando tarde. Passem bem...

Após a saída do bardo, Olhuda ficou calada por um momento. O bruxo olhava para o fedorento molusco e sentia-se envergonhado, por ele e por Jaskier.

— É verdade que você se lembrou de meu aniversário? – perguntou Essi, segurando a concha longe de si.

— Me dê isso – falou Geralt rudemente, erguendo-se do colchão e protegendo a mão enfaixada. – Peço-lhe desculpas por aquele idiota...

— Não – protestou ela, tirando uma pequena faca de uma bainha presa ao cinto. – Efetivamente, esta concha é muito bonita e quero guardá-la como lembrança. É preciso lavá-la e livrá-la de seu... conteúdo. Vou atirá-lo pela janela; talvez os gatos o comam.

Algo caiu, rolando pelo chão. Geralt dilatou suas pupilas e pôde ver aquilo muito antes de Essi. Era uma pérola, uma linda pérola opalina com uma suave tonalidade azul-celeste do tamanho de uma grande ervilha.

— Pelos deuses! – exclamou Olhuda. – Geralt... Uma pérola!

— Está vendo? – riu Geralt. – Você acabou ganhando um presente. Fico muito feliz por isso.

— Geralt, não posso aceitá-la. Esta pérola deve valer...

— É sua – interrompeu-a o bruxo. – Jaskier, embora adore fazer papel de bobo, realmente se lembrou de seu aniversário. E ele não só se lembrou, como quis lhe agradar de alguma forma. Falou disso diversas vezes. Pelo jeito, o destino ouviu seus desejos e fez com que eles se realizassem.

— E quanto a você, Geralt?

— Quanto a mim?

— Sim. Você também quis me agradar? Esta pérola é tão linda... Deve valer uma fortuna... Não está arrependido?

— Estou feliz por você ter gostado. E se sinto pena de algo é do fato de ser apenas uma, assim como de...

— Sim, Geralt?

— De não ter tido a oportunidade de conhecê-la por tanto tempo quanto Jaskier para me lembrar de seu aniversário. Para poder dar-lhe presentes e agrados. Para poder... chamá-la de Fantoche.

Essi aproximou-se e tentou pôr os braços em torno de seu pescoço, mas ele, antecipando-se rápida e agilmente, evitou o contato de seus lábios com os dele, beijou friamente sua bochecha e enlaçou-a com o braço de maneira desajeitada, reservada e suave. Sentiu a jovem se contrair e recuar lentamente, mas somente à distância das mãos, que continuaram apoiadas em seus ombros. Sabia muito bem o que ela esperava que ele fizesse, porém ele não o fez, não a puxou para perto de si. Essi soltou-o e virou-se na direção de uma suja janelinha entreaberta.

— Era de esperar — falou. —Você mal me conhece. Esqueci que você mal me conhece...

— Essi — murmurou o bruxo após um breve momento de silêncio. — Eu...

— Eu também mal o conheço — interrompeu-o ela, com voz alterada. — E daí? Amo você, e não há nada que eu possa fazer contra isso. Nada.

— Essi!

— Sim. Amo você, Geralt. Não me importo com o que possa pensar. Apaixonei-me por você desde o primeiro momento em que o vi, lá, naquela festa de noivado...

Calou-se e abaixou a cabeça.

Estava parada diante dele, e Geralt lamentou que fosse ela e não aquele monstro marinho com uma espada oculta na água. Com o monstro, ele teria alguma chance. Com ela, nenhuma.

—Você não diz nada — constatou Essi. — Nada; nem uma palavra.

"Estou cansado", pensou o bruxo, "e terrivelmente fraco. Preciso me sentar; minha visão está ficando turva, perdi um bocado de sangue e não comi nada... Preciso me sentar. Maldito quartinho... Tomara que na próxima tempestade um raio o atinja e ele pegue fogo. Maldita falta de mobília, de duas cadeiras e de uma mesa, que serve de divisória e diante da qual é tão fácil e seguro manter uma conversa e, até, ficar de mãos dadas. Em vez disso, o que posso fazer? Tenho de me sentar no colchão e pedir que ela se sente a meu lado. E um colchão de paina é perigoso... às vezes não dá para escapar dele, para retirar-se discretamente..."

— Sente-se aqui, Essi, junto de mim.

Essi sentou-se. Meio a contragosto. Delicadamente. Longe. Perto demais.

— Quando soube — sussurrou, interrompendo um longo silêncio — que Jaskier trouxe você coberto de sangue, saí de casa como uma louca e corri às cegas, sem ligar para nada. Foi quando pensei... Você sabe o que pensei? Pensei que aquilo fosse fruto de magia, que você havia lançado um encanto sobre mim e me enfeitiçara de maneira oculta e traiçoeira, usando um Sinal, seu medalhão com cabeça de lobo, um mau-olhado. Foi o que pensei, mas não parei de correr, porque me dei conta de que eu queria... de que queria estar submetida a seu poder. No entanto, a realidade revelou-se ainda mais terrível. Você não me enfeitiçou, nem usou magia alguma. Por quê, Geralt? Por que você não me enfeitiçou?

Geralt permanecia calado.

– Caso isso fosse fruto de magia, tudo seria simples e fácil. Teria me submetido a seu poder e estaria feliz. Mas assim... Eu preciso... Não sei o que está se passando comigo...

"Com todos os diabos", pensou o bruxo, "se quando está comigo Yennefer se sente como me sinto agora, então tenho pena dela. E nunca mais vou me espantar. Nunca mais vou odiá-la... Nunca. Porque é bem possível que Yennefer esteja sentindo exatamente o que sinto agora: a absoluta certeza de que eu deveria realizar aquilo que é irrealizável, ainda mais irrealizável do que a união de Agloval com Sh'eenaz. A certeza de que não bastaria um pouco de sacrifício, mas que seria preciso sacrificar tudo, e assim mesmo sem saber se isso seria suficiente. Não, nunca mais vou sentir ódio de Yennefer por ela não poder e não querer me dar mais do que um pequeno sacrifício. Agora sei que um pouco de sacrifício é muitíssimo."

– Geralt – gemeu Olhuda, encolhendo a cabeça entre os ombros. – Estou morrendo de vergonha. Envergonho-me daquilo que sinto; uma sensação que mais parece anemia, calafrios, falta de ar...

O bruxo continuava em silêncio.

– Sempre pensei que isso fosse um belo e sublime estado de espírito, mesmo que nos fizesse sofrer. Afinal, escrevi muitas baladas a seu respeito. Mas isso é apenas orgânico, impressionantemente orgânico. É assim que deve se sentir alguém que está muito doente ou que ingeriu veneno. Sim, porque, da mesma forma como alguém que tomou veneno, nós nos prontificamos a qualquer coisa em troca de um antídoto. Até à humilhação.

– Essi, por favor...

— Sim, sinto-me humilhada; humilhada pelo fato de ter lhe revelado tudo, esquecendo a dignidade que exige de nós que soframos em silêncio. Pelo fato de eu, com minha revelação, colocar você numa situação constrangedora. Sinto-me humilhada por tê-lo deixado constrangido. Mas não pude agir de outra maneira. Faltam-me forças e sinto-me à mercê de outros, como alguém derrubado por uma grave doença. Sempre que me sinto fragilizada, tenho medo de ficar doente, solitária e sem saber o que fazer. Sempre tive medo de doenças e sempre acreditei que adoecer seria a pior coisa que me pudesse acontecer...

Geralt mantinha-se calado.

— Sei que deveria lhe ser grata por você não ter... não ter se aproveitado da situação. Mas o fato é que não lhe sou grata. E isso é mais uma coisa da qual me envergonho. Porque odeio esse seu silêncio e esses seus olhos horrorizados. Odeio você. Odeio-o por permanecer calado, por não mentir, por não... E também odeio aquela sua feiticeira, em quem gostaria de enfiar uma faca, por ela... Odeio-a. Mande-me sair, Geralt. Ordene que eu saia daqui, porque por mim mesma, por minha livre vontade, não consigo sair daqui, ir até a cidade, ao albergue... Quero vingar-me de você por minha vergonha, por minha humilhação... Quero encontrar o primeiro homem que passar em minha frente...

"Que droga!", pensou Geralt, ouvindo a voz de Essi rolar como uma bola de pano escadas abaixo. "Ela vai começar a chorar. O que fazer numa hora dessas? O que fazer?"

Os encolhidos ombros de Essi sacudiam-se violentamente. A jovem virou a cabeça e se pôs a chorar, num silencioso e assustadoramente calmo choro incontido.

"Não sinto nada", constatou Geralt, horrorizado, "absolutamente nada; nenhuma emoção. O fato de estar abraçando os ombros dela não passa de um gesto calculado e pensado, não espontâneo. Estou abraçando-a porque sinto que é o que se espera de mim, e não porque desejo. Não sinto nada."

Quando a abraçou, ela imediatamente parou de chorar, secando as lágrimas, sacudindo a cabeça e virando o rosto para que ele não pudesse vê-lo. Depois, aninhou-se em seus braços, apertando a cabeça contra seu peito.

"Um pouco de sacrifício", pensou ele, "apenas um pouco de sacrifício. Pelo menos isso a acalmaria; um abraço, um beijo, uma suave carícia... Ela não pediria mais nada. E se pedisse? Que mal haveria nisso? Um pequeno sacrifício, um pequenino sacrifício. Afinal, ela é linda e merece... Caso ela pedisse mais... Aquilo a acalmaria... Um ato de amor silencioso, sereno e delicado. E quanto a mim... A mim não faz diferença alguma, porque Essi cheira a verbena, e não a lilás e groselha. A pele de Essi não tem aquele frescor e eletricidade, os cabelos de Essi não parecem um negro tornado de cachos brilhantes, os olhos de Essi são lindos, suaves, quentes e de um azul-intenso, mas não ardem com uma fria e desapaixonada cor de violeta. Essi adormecerá em seguida, virará a cabeça, entreabrirá os lábios... Essi não sorrirá triunfalmente, porque Essi... porque Essi não é Yennefer. E é por isso que não posso... não consigo prestar-me a esse pequeno sacrifício."

— Essi, não chore, por favor.

— Está bem. Não vou mais chorar — respondeu ela, afastando-se dele lentamente. — Compreendo. Não pode ser de outro modo.

E ficaram ambos assim, calados e sentados um ao lado do outro sobre o colchão de paina. Anoitecia.

— Geralt — falou Essi, com voz trêmula. — Quem sabe... Quem sabe se não possa vir a acontecer assim como... como se passou com aquele molusco... com aquele estranho presente? Quem sabe se, apesar de tudo, mais tarde, depois de um tempo, nós não acabemos encontrando uma pérola?

— Vejo essa pérola — respondeu Geralt — engastada artisticamente numa florzinha com pétalas de prata. Vejo-a pendurada numa correntinha de prata em torno de seu pescoço, assim como eu porto meu medalhão. Ela será seu talismã, Essi. Um talismã que a protegerá de qualquer mal.

— Meu talismã — repetiu ela, abaixando a cabeça. — Uma pérola que engastarei em prata e da qual jamais me separarei. Uma joia que ganhei como compensação. Será que um talismã desses poderá trazer felicidade?

— Sim, Essi. Pode estar certa disso.

— Posso ficar aqui, com você, mais um pouquinho?

— Pode.

O dia estava acabando e escurecia, e eles permaneciam sentados sobre o colchão de paina no quartinho do sótão desprovido de móveis e no qual havia apenas um balde e uma velinha apagada no chão, no meio de uma solidificada poça de cera.

Ficaram assim, sentados em silêncio, por muito tempo, até a chegada de Jaskier. Ouviram quando ele se aproximava dedilhando o alaúde e cantarolando. O trovador entrou, observou-os e não disse nada, nem uma palavra. Essi, também calada, ergueu-se e saiu, sem olhar para eles.

Jaskier não dissera uma palavra sequer, mas o bruxo viu em seus olhos as que não foram ditas.

VIII

— Uma raça racional — repetiu Agloval, pensativo, apoiando o cotovelo no braço da poltrona e o queixo na mão. — Uma civilização submarina. Monstros marinhos vivendo no fundo do mar. Escadarias que levam às profundezas. Geralt, você deve me tomar por um príncipe extraordinariamente crédulo.

Olhuda, parada ao lado de Jaskier, pigarreou de maneira zangada. O bardo sacudiu a cabeça, mal podendo acreditar no que acabara de ouvir. Já o bruxo não demonstrou reação alguma.

— Para mim tanto faz — retrucou em voz baixa — se você acredita ou não em mim. No entanto, sinto-me na obrigação de preveni-lo. Qualquer embarcação que se aproximar das Presas do Dragão, ou qualquer pessoa que chegar até lá durante a maré baixa, estará correndo perigo. Um perigo mortal. Se você quiser se certificar se isso é verdade e estiver disposto a correr o risco, será uma decisão exclusivamente sua. Eu, de minha parte, apenas o previno.

— Ora — expressou-se repentinamente o administrador Zelest, sentado no vão de uma janela atrás de Agloval. — Se aquilo lá são monstros como elfos ou outros gobelinos, não temos medo deles. O que temíamos era que se tratasse de algo pior, de, valham-nos os deuses, frutos de magia. Pelo que diz o bruxo, aqueles seres são topes ou outros palmados seres marinhos. Existem meios de se livrar de topes. Ouvi falar de um feiticeiro que conseguiu dar um fim neles no lago Mokva num piscar de olhos. Derramou um barril de uma poção mágica na água do lago, e pronto... os malditos topes sumiram por completo. Não sobrou nem vestígio deles.

— É verdade — falou o até então calado Drouhard. — Não sobrou nem vestígio deles, nem de lambaris, lúcios, caranguejos e mexilhões.

— Brilhante — disse Agloval, sarcástico. — Agradeço-lhe por tão brilhante sugestão, Zelest. Você teria mais alguma coisa de semelhante teor?

— É verdade que o mágico exagerou na dose — respondeu o administrador, enrubescido. — Aparentemente, ele apertou demais a varinha de condão e agitou um tiquinho a mais o braço. Mas nós podemos dar conta do recado mesmo sem mágicos. O bruxo diz que é possível lutar com aqueles monstros e derrotá-los. Portanto, teremos uma guerra, Alteza. Como nos velhos tempos. Isso não é algo novo para nós, não é verdade? As montanhas viviam cheias de bobolacos... e onde estão eles agora? Nas montanhas, ainda vagam elfos selvagens e pantânamas, mas logo, logo eles também haverão de sumir. Lutaremos para conquistar aquilo que é nosso. Como nossos avós...

— E o que dizer das pérolas, que somente poderiam ser vistas por meus netos? — indagou o príncipe, fazendo uma careta de desagrado. — Teríamos de esperar por tempo demais, Zelest.

— Não vai ser tão difícil assim. Imagino nossa atuação da seguinte maneira: cada embarcação com pescadores será escoltado por dois barcos com arqueiros. Em pouco tempo daremos uma lição e tanto àqueles monstros marinhos. Ensinar-lhes-emos o que é ter medo. Não é verdade, senhor bruxo?

Geralt lançou-lhe um olhar frio e nem se dignou a responder.

Agloval virou a cabeça, mostrando seu nobre perfil e mordendo os lábios. Em seguida, olhou para o bruxo, apertando os olhos e franzindo a testa.

— Você não cumpriu o trabalho que lhe confiei, Geralt — disse. — Falhou novamente. Não posso negar que você demonstrou boas intenções, mas acontece que não pago por boas intenções. Pago por resultados. Por efeitos. E os efeitos, perdoe-me a expressão,

são uma merda. Portanto, você não ganhará merda alguma por seu serviço.

— Muito bonito, Alteza — observou Jaskier jocosamente. — Foi uma pena Vossa Alteza não ter estado conosco lá, perto das Presas do Dragão. O bruxo e eu talvez lhe déssemos uma chance de se encontrar cara a cara com um daqueles monstros vindos do mar com uma espada na mão. Talvez aí Vossa Alteza acabasse compreendendo do que se tratava e pararia de barganhar o valor da remuneração...

— ... como um reles feirante — completou Olhuda.

— Não tenho por costume discutir preços, negociar ou barganhar — falou Agloval calmamente. — O que eu disse foi que não lhe pagarei um copeque sequer, Geralt. Nosso trato rezava o seguinte: avaliar a gravidade do perigo, eliminar a ameaça e tornar possível o retorno das atividades da pesca de pérolas sem risco algum para os mergulhadores. E você... você vem a mim, falando de uma raça racional que vive no fundo do mar e recomendando que me mantenha distante do lugar que me proporciona boas receitas. E o que você fez? Pelo que afirma, matou alguns... Quantos?

— Não importa quantos — respondeu Geralt, empalidecendo levemente. — Pelo menos para você, Agloval.

— Pois é. Principalmente por você não ter apresentado prova alguma. Se pelo menos você tivesse trazido a mão direita daqueles peixes-sapo, talvez eu fizesse um esforço e lhe pagasse a costumeira remuneração de meu guarda-caça por um par de orelhas de lobo.

— Sendo assim — disse o bruxo friamente —, não me resta mais nada a dizer-lhe senão adeus.

— Pois saiba que está enganado — retrucou o príncipe. — Resta-lhe outra coisa. Um trabalho permanente, com um bom salário, além de casa e comida. A posição e a patente de capitão de minha guarda armada, que, a partir deste instante, passará a acompanhar os pescadores de pérolas. Essa função não precisará ser para sempre, mas apenas até o momento em que aquela raça racional adquira juízo suficiente para manter-se longe de meus barcos, evitando-os como se evita o fogo. O que você tem a dizer sobre isso?

— Agradeço, mas não estou interessado. — O bruxo contorceu os lábios num simulacro de sorriso. — Não me agrada esse tipo de trabalho. Considero a ideia de travar guerras com outras raças uma total estupidez. Talvez isso seja uma ótima diversão para príncipes entediados e que não têm nada melhor para fazer, mas não para mim.

— Ora, ora. Quanta empáfia — sorriu Agloval —, quanta altivez. Tenho de admitir que você recusou a proposta de uma forma que não envergonharia um rei. Você abre mão de um bom dinheiro com a pose de um ricaço após um lauto almoço. Diga-me, Geralt, já almoçou hoje? Não? E amanhã? E depois de amanhã? Vejo poucas chances, bruxo, muito poucas. Se está sendo difícil ganhar dinheiro em condições normais, imagine como será mais ainda com um braço numa tipoia...

— Como você ousa! — exclamou Olhuda agudamente. — Como ousa falar com ele dessa maneira, Agloval! O braço na tipoia foi destroçado quando ele estava cumprindo suas ordens! Como pode ser tão abjeto...

— Pare — pediu Geralt. — Pare, Essi. Isso não faz sentido.

— Não é verdade — respondeu ela, furiosa. — Faz todo o sentido. Alguém tem de finalmente dizer isso na cara desse príncipe, que assim se autodenominou aproveitando-se do fato de ninguém lhe ter feito concorrência para assumir o poder sobre um rochoso pedaço de praia no qual ele agora acha que tem o direito de humilhar outros.

Agloval enrubesceu e cerrou os lábios, mas não se mexeu nem disse uma palavra.

— Sim, Agloval — continuou Essi. — Você se diverte com a possibilidade de humilhar os outros; fica feliz com o desprezo que pode demonstrar a um bruxo disposto a arriscar a vida em troca de seu dinheiro. Mas saiba que o bruxo não dá a mínima para seu desprezo e sua falta de consideração, que essa sua atitude não causa nele impressão alguma e que, na verdade, ele nem a percebe. O bruxo não sente aquilo que sentem seus súditos, Zelest e Drouhard: uma enorme e profunda vergonha. O bruxo tampouco sente o que sentimos nós, eu e Jaskier: repugnância. E você sabe, Agloval, por que é assim? Vou lhe dizer: porque o bruxo sabe que ele é melhor, que ele vale mais do que você. É isso que lhe dá a força que ele tem.

Essi calou-se e abaixou a cabeça, mas não suficientemente rápido para Geralt não notar as lágrimas que brilharam em seus belos olhos. A jovem levou a mão até uma florzinha com pétalas de prata, uma florzinha com uma enorme pérola azul-celeste engastada no centro. As pétalas, trançadas com maestria, eram deslumbrantes. "Drouhard", pensou o bruxo, "ultrapassou minhas expectativas." O artesão recomendado por ele fizera um trabalho realmente magnífico e não cobrara de Geralt pelo serviço. Drouhard pagara por tudo.

– Por isso, prezado príncipe – retomou Olhuda, erguendo a cabeça –, não se ridicularize propondo ao bruxo a função de um mercenário no exército que você pretende levantar contra o oceano. Não nos faça rir, pois sua proposta somente pode provocar risos. Será que ainda não entendeu? Você pode pagar a um bruxo para executar uma tarefa, pode contratar seus serviços para defender pessoas do mal, para protegê-las de uma ameaça, de um perigo. Mas não pode comprar um bruxo; não pode usá-lo para seus próprios fins, porque um bruxo, mesmo ferido e faminto, é muito melhor que você. É mais valioso. E é por isso que ele está se lixando para sua ignóbil proposta. Entendeu?

– Não, senhorita Daven – respondeu Agloval friamente –, não entendi. Ao contrário, estou cada vez mais confuso. E o que menos compreendo de tudo é o fato de eu não ter ainda ordenado que vocês três fossem enforcados... não sem antes levarem uma surra e serem marcados com ferro em brasa. Como você, senhorita Daven, gosta de aparentar ser uma daquelas pessoas que têm resposta para tudo, diga-me, por favor, por que não fiz isso até agora?

– Com o maior prazer – disparou em resposta a poetisa. – Você não fez isso, Agloval, porque lá no fundo, bem no fundo de sua alma, ainda há uma centelha de decência, um restinho de honra ainda não esmagado pela empáfia de um novo-rico e comerciante de meia-tigela. Bem no fundo, Agloval, no fundo de seu coração. De um coração capaz de se apaixonar por uma sereia.

Agloval ficou pálido e apertou as mãos nos braços da poltrona. "Bravo", pensou o bruxo, "bravo, Essi, você foi maravilhosa."

Estava orgulhoso dela e, ao mesmo tempo, teve uma sensação de pesar, de profundo pesar.

— Vão embora — falou Agloval. — Podem ir para onde quiserem. Deixem-me em paz.

— Adeus, príncipe — disse Essi. — E aceite um conselho como presente de despedida, um conselho que o bruxo deveria lhe dar, mas que eu não quero que ele lhe dê. Não quero que ele se rebaixe a ponto de lhe dar conselhos e, diante disso, eu mesma o darei.

— Sou todo ouvidos.

— O oceano é enorme, Agloval. Ninguém ainda investigou o que existe além dele, atrás do horizonte, se é que existe de fato alguma coisa. O oceano é maior do que qualquer daquelas selvas para cujas profundezas vocês expulsaram os elfos. Ele é menos acessível do que as montanhas e os desfiladeiros nos quais vocês massacraram os bobolacos. E lá, no fundo do oceano, vive uma raça que sabe usar armas e domina a arte de fundir metais. Tome cuidado, Agloval. Caso barcos de arqueiros comecem a acompanhar as embarcações dos pescadores, você poderá iniciar uma guerra com um inimigo que não conhece. É como mexer num vespeiro. Portanto, recomendo-lhe que deixe o mar para eles, porque o mar não é para você. Você não sabe e nunca saberá aonde levam os degraus daquela escadaria que desce a partir das Presas do Dragão.

— A senhorita está enganada, distinta Essi — respondeu Agloval calmamente. — Vamos descobrir aonde levam aqueles degraus... e mais ainda: desceremos por eles até o fim. Vamos investigar o que existe naquela porção do oceano, se efetivamente houver lá alguma coisa. E tiraremos daquele oceano tudo o que for possível. E, se nós não o fizermos, nossos netos o farão. É apenas questão de tempo. Sim, faremos isso, mesmo que o oceano tenha de ficar vermelho de tanto sangue derramado. E você sabe disso, Essi, já que escreve crônicas da humanidade em suas baladas. A vida não é uma balada, minha miudinha e pobre poetisa de lindos olhos perdida no meio de suas belas palavras. A vida é uma luta constante. Uma luta que nos foi ensinada por aqueles mesmíssimos bruxos que você acha serem mais valiosos do que nós. Foram eles quem nos mostraram o caminho, aplainando-o e cobrindo-o de cadáveres daqueles que se opuseram a nós, seres humanos. Nós, Essi, apenas continuamos aquela luta. Somos nós, e não os poetas, que escrevemos a crônica da humanidade. E não precisamos mais de bruxos, pois, a esta altura, nada mais poderá nos deter. Nada.

Essi empalideceu, soprou o cacho de cabelo que lhe caíra sobre a testa e ergueu orgulhosamente a cabeça.

— Nada, Agloval?

— Nada, Essi

A poetisa sorriu.

Dos aposentos vizinhos vieram gritos e sons de grande agitação. Pajens e guardas adentraram o salão, ajoelhando-se junto à porta e abrindo alas.

No vão da porta surgiu Sh'eenaz.

Seus cabelos verde-claros estavam penteados artisticamente, presos por um diadema de corais e pérolas. Trajava um vestido da cor da água do mar, com folhos brancos como espuma. O decote era bem grande, de modo que os encantos da sereia, embora parcialmente encobertos e enfeitados com um colar de nefrita e lápis-lazúli, continuavam dignos de admiração.

— Sh'eenaz... — gemeu Agloval, caindo de joelhos. — Minha Sh'eenaz...

A sereia aproximou-se lentamente; seu andar era fluido e gracioso como o movimento das ondas do mar. Parou diante do príncipe, sorriu, mostrando os brilhantes dentes perolados, e, pegando a cauda do vestido com as mãozinhas, ergueu-o suficientemente alto para que todos pudessem avaliar o trabalho da feiticeira do mar. Geralt engoliu em seco. Não havia dúvida de que a feiticeira sabia o que eram pernas bonitas e como fazê-las.

— Minha balada! — exclamou Jaskier. — Exatamente como em minha balada... Ela trocou sua cauda por um par de pernas para agradar a ele, mas perdeu a voz!

— Não perdi coisa alguma — respondeu Sh'eenaz com voz melodiosa e na mais pura língua comum. — Por enquanto. Após a operação, sinto-me como nova.

— Você fala nossa língua?

— E daí? Não posso? Como vai você, Cabelos Brancos? Ah, vejo que sua amada também está aqui... Essi Daven, se me lembro bem. Vocês dois já se conhecem melhor ou continuam mal se conhecendo?

— Sh'eenaz... — gemeu Agloval, comovido, aproximando-se dela ainda de joelhos. — Meu amor! Minha adorada... única. Quer dizer que você, finalmente... Sh'eenaz!

A sereia, num gesto encantador, estendeu-lhe a mão para ser beijada.

— Pois é. Porque eu também o amo, seu bobinho. E que tipo de amor seria esse se o apaixonado não estivesse disposto a fazer um pequeno sacrifício?

IX

Partiram de Bremervoord numa fresca madrugada, no meio de uma neblina que obnubilava o brilho da bola avermelhada que emergia no horizonte. Partiram os três, conforme haviam decidido. Não discutiram isso, não planejaram, simplesmente quiseram passar algum tempo juntos.

Abandonaram o pontal rochoso, despediram-se dos penhascos escarpados das praias, das estranhas formações calcárias esculpidas pelas ondas e pelo vento. No entanto, mesmo quando chegaram ao verdejante e florido vale Dol Adelatte, ainda sentiam o cheiro do mar nas narinas, assim como lhes ecoavam nos ouvidos os estrondos das ondas da maré vazante e os assustadores e selvagens gritos das gaivotas.

Jaskier falava sem cessar, pulando de assunto em assunto e nunca concluindo um deles. Falou de um país chamado Barsa e seu estúpido costume de as virgens zelarem pela castidade até a hora do casamento, dos pássaros metálicos da ilha Inis Porhoet, das águas vivas e das águas mortas, do gosto e das estranhas propriedades de um vinho safirino conhecido como "cill" e, finalmente, dos quadrigêmeos reais de Ebbing, os agressivos e insuportáveis fedelhos chamados Putzi, Gritzi, Mitzi e Juan Pablo Vassermiller. Discorreu sobre as novas tendências nos campos da música e da poesia lançadas pela concorrência, que, segundo sua opinião, não passavam de espectros que simulavam as atividades de seres vivos.

Geralt permanecia calado. Essi também; no máximo respondia com monossílabos. O bruxo sentia seu olhar fixo nele, um olhar que ele tentava evitar.

Atravessaram o rio Adalatte numa balsa cujos cabos eles mesmos tiveram de puxar, uma vez que o balseiro responsável, num patético estado de embriaguez, mortalmente pálido e com os olhos fixos num ponto distante, respondia a todas as perguntas que lhe eram feitas com apenas uma palavra, que soava como "burg".

A região na outra margem do Adalatte agradou ao bruxo: a maior parte dos vilarejos ao longo do rio era cercada por paliçadas, o que permitia prever grandes oportunidades de trabalho.

Quando estavam dando de beber aos cavalos numa manhã, Olhuda, aproveitando um momento em que Jaskier se ausentara, aproximou-se de Geralt. O bruxo não teve tempo de se afastar. Foi pego de surpresa.

– Geralt – disse ela em voz baixa. – Eu já não suporto mais... Isto está acima de minhas forças.

O bruxo esforçou-se para evitar seu olhar, mas ela não lhe deu chance. Plantou-se diante dele, brincando com a pérola azul-celeste engastada na florzinha de prata pendurada em seu pescoço. Geralt voltou a lamentar o fato de ela não ser um monstro marinho com uma espada oculta na água.

– Geralt... Vamos ter de dar um jeito nisto, não acha?

Aguardava uma resposta. Algumas palavras. Um pequeno sacrifício. Entretanto, o bruxo estava ciente de que não tinha nada que pudesse lhe dar. Não queria mentir, mas também não desejava fazê-la sofrer.

A situação foi salva por Jaskier, pelo infalível Jaskier com seu infalível tato, que apareceu repentinamente.

– É claro que sim! – gritou, atirando na água o bastão com o qual estivera remexendo juncos e enormes urtigas na beira do rio. – É lógico que vocês têm de dar um jeito nisso. Está mais do que na hora! Não aguento mais ficar olhando para o que está se passando entre vocês dois! O que você espera dele, Fantoche? O impossível? E você, Geralt, está esperando o quê? Que Olhuda leia sua mente assim como... como aquela outra? E que, depois de ler sua mente, se dê por satisfeita, enquanto você permanecerá confortavelmente mudo, sem ter de explicar nada, declarar nada nem negar nada, sem ter de se revelar? Quanto tempo e quantos fatos serão necessários para vocês perceberem o que está em jogo? Daqui a alguns anos, em lembranças? Com todos os diabos, será que não se dão conta de que amanhã vamos nos separar? Pelos deuses! Não aguento mais vocês. Estou até aqui dos dois! Muito bem. Escutem: vou preparar um caniço e sairei para pescar, deixando-os sozinhos para terem um momento só para vocês e para poderem dizer tudo o que sentem na alma, um para o outro. Isso não é tão difícil quanto parece. E depois, em nome dos deuses, façam aquilo! Faça aquilo com ele, Fantoche. Faça aquilo com ela, Geralt, e seja gentil. E aí, com todos os diabos, ou vocês ficarão curados de uma vez por todas, ou então...

Jaskier girou violentamente sobre os calcanhares e se afastou rápido, quebrando alguns juncos e praguejando. Fez um caniço com o galho de uma aveleira, amarrou nele um fio de crina de cavalo para servir de linha e ficou pescando até o anoitecer.

Quando ele se afastou, Geralt e Essi permaneceram de mãos dadas, apoiados num salgueiro inclinado sobre o rio. O bruxo, então, começou a falar. Falou baixinho e por muito tempo, e os olhos de Olhuda encheram-se de lágrimas.

Depois, pelos deuses, fizeram aquilo, ela e ele.

E tudo foi bem.

X

No dia seguinte os três organizaram uma espécie de ceia de despedida. Essi e Geralt, ao passarem por um vilarejo, compraram um cordeiro já preparado. Enquanto eles discutiam o preço, Jaskier roubou algumas cabeças de alho, uma cebola e uma cenoura de uma horta atrás da choupana. Ao partirem, conseguiram ainda furtar uma panela pendurada na cerca de uma ferraria. O fundo da panela estava furado, mas o bruxo soldou-o com o Sinal de Ign.

A ceia foi realizada numa clareira no meio da floresta. As chamas pululavam alegremente, a panela borbulhava. Geralt, à falta de uma colher de madeira, mexia cuidadosamente seu conteúdo com um ramo de pinheiro. Jaskier descascou a cebola e cortou a cenoura em rodelas. Olhuda, que não tinha noção alguma da arte de cozinhar, amenizava a passagem do tempo tocando o alaúde e cantando quadrinhas picantes.

Foi uma ceia festiva, porque de madrugada os três se separariam, cada um seguindo o próprio caminho em busca de algo que, na verdade, já possuíam. No entanto, não sabiam nem sequer desconfiavam que o tinham. Não faziam a menor ideia de aonde os levaria o caminho que tomariam de manhãzinha, cada um para seu lado.

Depois de comer bem e beber a cerveja com a qual foram presenteados por Drouhard, ficaram conversando e rindo. Mais tarde, Jaskier e Essi travaram uma competição de canto. Geralt, com as mãos atrás da cabeça, ficou deitado sobre um leito de ramos de pinho, convicto de que nunca ouvira vozes tão belas e canções tão lindas. Pensava em Yennefer. Também pensava em Essi. Tinha o pressentimento de que...

Para finalizar, Olhuda e Jaskier cantaram o famoso dueto de Cyntia e Vetvern, uma fabulosa ária sobre o amor que começava com as palavras "Verti mais de uma lágrima...". Geralt teve a impressão de que até as árvores se inclinaram para ouvir melhor aqueles dois.

Terminada a ária, Essi, cheirando a verbena, deitou-se junto dele, enfiando-se debaixo de seu braço e aninhando a cabeça em seu peito. Soltou alguns suspiros e adormeceu suavemente. O bruxo adormeceu muito, muito tempo depois.

Jaskier, olhando as brasas da fogueira, ficou sentado sozinho por um longo período, dedilhando o alaúde. Começou com alguns acordes tímidos, que se transformaram numa bela e suave melodia. Os versos se formaram simultaneamente, acomodando-se na música como insetos no interior de um translúcido âmbar-amarelo.

A balada falava de certo bruxo e certa poetisa; de como o bruxo e a poetisa se encontraram numa praia, entre gritos de gaivotas, e se apaixonaram à primeira vista; de como era lindo seu amor; de como nada, nem mesmo a morte, seria capaz de destruir aquele amor e separá-los.

Jaskier sabia que poucos acreditariam na história contida na balada, mas não se preocupava com isso. Sabia que as baladas não eram compostas para que as pessoas acreditassem no que diziam os versos, mas para que se emocionassem com eles.

Alguns anos mais tarde, Jaskier poderia ter modificado o teor de sua balada, contando o que se passara realmente, mas não o fez. A verdadeira história não teria emocionado quem quer que fosse. Quem gostaria de ouvir que o bruxo e a poetisa se separaram e nunca mais se viram e que quatro anos mais tarde ela morreu de varíola no decurso de uma epidemia que eclodira em Wyzim? Certamente ninguém estaria interessado em saber que ele, Jaskier, conseguiu tirar o corpo da poetisa do meio de uma pilha de cadáveres em chamas e a enterrou, sozinha e segura, numa floresta longe da cidade, com as duas coisas que ela lhe pedira: seu alaúde e sua pérola azul-celeste, da qual jamais se separara.

Não, Jaskier manteve a primeira versão da balada. Mesmo assim, nunca a cantou. Nunca. A ninguém.

Ainda antes do alvorecer, um faminto e furioso lobisomem aproximou-se do acampamento, porém, ao ver que era Jaskier, ficou escutando seu canto por certo tempo e depois se foi.

A ESPADA DO DESTINO

I

Encontrou o primeiro cadáver por volta do meio-dia.

A visão de mortos raramente chocava o bruxo; na maior parte das vezes, olhava para eles com absoluta indiferença. Dessa vez, porém, isso não aconteceu.

O garoto devia ter em torno de quinze anos. Estava caído de costas, com as pernas bem abertas e o rosto contorcido numa expressão de terror. Apesar disso, Geralt sabia que tivera uma morte rápida, não sofrera e, provavelmente, nem se dera conta de que estava morrendo. A flecha o acertara no olho, penetrando profundamente no crânio, até o occipício. A outra extremidade da flecha, que sobressaía no meio da grama, tinha penas de faisão listradas de amarelo.

O bruxo olhou rapidamente ao redor e não teve dificuldade em encontrar o que estava procurando: outra flecha, idêntica à anterior, cravada no tronco de um pinheiro a uns seis passos de distância. Adivinhou o que se passara. O garoto não entendera o aviso e, ao ouvir o silvo da flecha e o som com o qual esta se cravara no pinheiro, entrara em pânico e correra na direção errada, na direção de quem lhe ordenara que parasse e recuasse. "Nem mais um passo, humano", dizia aquele silvo venenoso acompanhado do som da flecha cravando-se na árvore. "Suma daqui imediatamente, humano! Saia imediatamente de Brokilon! Humano, você conquistou o mundo todo e está por toda parte; para onde quer que se olhe, lá está você, trazendo consigo aquilo que chama de modernidade, de época de mudanças, de desenvolvimento. Só que nós não queremos tê-lo por aqui, nem você nem seu desenvolvimento. Não desejamos as mudanças que você traz. Não queremos nada do que você traz." Um silvo e aquele som. "Fora daqui! Fora de Brokilon!"

"Suma de Brokilon", pensou Geralt. "Não importa que você tenha apenas quinze anos e esteja atravessando a floresta atordoado de medo, sem conseguir encontrar o caminho de casa. Não importa que tenha setenta anos e precise sair por aí catando lenha, pois, caso se revele inútil, será expulso da choupana e ninguém lhe dará comida. Não importa que tenha seis anos e venha para cá atraído pela beleza das flores silvestres numa clareira iluminada pelo sol. Suma de Brokilon! Um silvo e um som."

"Antigamente", continuou Geralt a dizer a si mesmo, "antes de dispararem uma flecha mortal, costumavam avisar duas e até três vezes. Mas isso foi antigamente, em outros tempos. É o preço do progresso."

A floresta não parecia merecer fama tão terrível quanto a que gozava. Não havia dúvida de que era extraordinariamente selvagem e difícil de atravessar, mas tratava-se da típica dificuldade de uma mata cerrada na qual cada fresta de luz, cada raio de sol que conseguia atravessar os ramos e os galhos de densa folhagem das árvores mais altas era imediatamente aproveitado por dezenas de tenros amieiros, álamos, bétulas, amoreiras, zimbros e samambaias que cobriam com seus brotos os ressecados galhos e os apodrecidos troncos das árvores mais velhas que já haviam perdido a luta pela sobrevivência e chegado ao fim. No entanto, a mata não estava envolta num silêncio ameaçador, algo que seria de esperar de um lugar como aquele. Não. Brokilon vivia: insetos zuniam, lagartixas rumorejavam serpenteando por entre os pés, besouros de diversas cores voavam por toda parte, milhares de aranhas sacudiam as teias coalhadas de gotículas de orvalho, pica-paus perfuravam os troncos das árvores com uma série de golpes do bico, gralhas e corvos grasnavam no meio da vegetação.

Brokilon vivia.

O bruxo, porém, não se deixava enganar. Sabia onde estava. Lembrava-se do rapazola com a flecha cravada no olho. No meio do musgo e das folhas caídas no chão, aqui e ali podia ver esbranquiçados ossos percorridos por formigas vermelhas.

Continuou a avançar, com cuidado, mas rápido. Os rastros eram frescos. Esperava chegar a tempo de parar e fazer retroceder o grupo de pessoas a sua frente. Iludia-se com a ideia de que não seria tarde demais.

Mas foi.

O segundo cadáver teria passado despercebido não fosse o reflexo do sol na lâmina de uma curta espada que tinha na mão. Era um adulto. O simples traje cinzento fazia crer que se tratasse de alguém de um estrato social mais baixo. A vestimenta, se não se levassem em consideração as manchas de sangue em torno de duas flechas cravadas no peito, era nova e limpa, o que indicava que o morto não podia ter sido apenas um criado.

Geralt olhou em volta e viu o terceiro cadáver, com gibão de couro e capa verde curta. A terra a seu redor estava revolvida e com pedaços de musgo arrancado, o que não deixava dúvida de que aquele homem demorara muito para morrer.

Ouviu um gemido.

Ao separar rapidamente um amontoado de caules de zimbros, viu uma cratera formada por uma árvore derrubada por uma ventania. Entre as descobertas raízes de um pinheiro, jazia um homem de compleição robusta, cabelos negros encaracolados e barba também negra, que contrastava com a palidez mortal do rosto. Seu claro gibão de pele de cervo estava vermelho de tanto sangue.

O bruxo pulou para dentro do buraco. O ferido abriu os olhos.

— Geralt... — gemeu. — Pelos deuses... Eu devo estar sonhando...

— Freixenet? — espantou-se o bruxo. — O que está fazendo aqui?

— Eu...

— Não se mexa — falou Geralt, ajoelhando-se a seu lado. — Onde você foi ferido? Não vejo a flecha...

— Ela atravessou meu corpo. Consegui quebrar a ponta e puxar a haste para fora... Escute, Geralt...

— Não fale, Freixenet, para não engasgar com o sangue. A flecha varou seu pulmão. Vou ter de dar um jeito de tirá-lo daqui. O que vocês, seus loucos, estavam fazendo em Brokilon? Este é um território das dríades, seu santuário, do qual ninguém consegue sair com vida. Não sabia disso?

— Mais tarde... — sussurrou Freixenet, cuspindo sangue. —Vou lhe contar tudo mais tarde... Por enquanto, tire-me daqui... Mais devagar... Está doendo muito...

— Não vou conseguir — disse Geralt, endireitando-se e olhando em volta. — Você é pesado demais...

— Então me deixe aqui — gemeu o ferido. — Se não há outro jeito, deixe-me onde estou, mas salve-a... pelos deuses, salve-a...

— Salvar quem?

— A princesinha... Encontre-a, Geralt...

— Não se mexa, com todos os diabos! Vou fazer uma maca e arrastá-lo para fora deste buraco.

Freixenet tossiu pesadamente e voltou a cuspir. Um denso filete de sangue ficou pendendo de sua barba. O bruxo praguejou, saltou para fora do buraco e olhou em volta. Precisava de duas arvorezinhas, e com esse intuito encaminhou-se rapidamente para a beira da clareira, onde vira alguns pequenos amieiros.

Um silvo e um som.

Geralt parou imediatamente. A haste da flecha cravada no tronco à altura de sua cabeça tinha penas de gavião. Olhando para ela, o bruxo pôde constatar de onde fora disparada. A uns cinquenta passos dele, havia uma outra cratera, ladeada por uma árvore caída com um grande naco de terra grudado ao emaranhado das raízes, que apontavam para o céu. Cresciam ali muitos abrunheiros entre os escuros troncos de bétulas. Não viu vivalma. Sabia que não veria.

Lentamente, muito lentamente, ergueu os dois braços.

— Ceádmil! Vá an Eithné meáth e Duén Canell! Esseá Gwynbleidd!

Então ouviu o abafado som da corda de um arco e da flecha disparada de um modo que lhe permitiu vê-la: direto para cima. Geralt acompanhou com o olhar como ela se erguia, atingia o ponto máximo e caía em curva. Não se moveu. A flecha afundou verticalmente no musgo a dois passos dele. Logo em seguida, fincou-se a seu lado mais uma, sob o mesmo ângulo. Ficou com medo de não ter a oportunidade de apreciar a terceira.

— Meáth Eithné! — gritou de novo. — Esseá Gwynbleidd!

— Gláeddyv vort — soou uma voz, mais parecendo um sussurro do vento.

Mas foi uma voz, e não uma flecha. Continuava vivo.

O bruxo desafivelou lentamente o cinturão, pegou a espada com a bainha e atirou-as para longe. A segunda dríade surgiu silenciosamente de trás do tronco de um pinho envolto por ramos de abrunheiro, a menos de dez passos de distância dele. Embora ela fosse pequena e magra, o tronco parecia ser ainda mais fino. Geralt não conseguia entender como não a percebera antes. Talvez tivesse sido a aparência de sua roupa, uma combinação de estranhamente cosidos pedaços de tecido das mais variadas nuanças de verde e marrom, coberta de folhas e fragmentos de cortiça, cujo formato não impedia notar a esbelta silhueta de quem a vestia. Seus cabelos, presos por uma tira de pano preto, eram cor de oliva, e seu rosto apresentava listras pintadas com tinta feita de casca de nozes.

Como era de esperar, apontava para ele um arco com a corda esticada.

— Eithné... — começou Geralt.

— Tháess aep!

O bruxo calou-se obedientemente, mantendo-se imóvel, com os braços afastados do torso. Ela não abaixou o arco.

— Dunca! — gritou. — Braenn! Caemm vort!

A dríade que disparara as flechas emergiu do meio dos abrunheiros, passou pelo tronco de árvore caído e saltou agilmente sobre a cratera. Embora o chão estivesse coberto de galhos ressecados, não se ouviu sequer um deles estalar sob seus pés. Geralt ouviu um leve sussurro a suas costas, como um farfalhar de folhas agitadas por uma brisa. Compreendeu que havia uma terceira dríade atrás de si.

E foi exatamente ela que, saltando com agilidade para o lado, pegou sua espada. Os cabelos cor de mel estavam presos por tiras de junco. A aljava, repleta de flechas, pendia de um dos ombros.

A dríade que estava mais distante, aquela que surgira dos abrunheiros, aproximou-se. Seu traje não se diferenciava do das companheiras. Os opacos cabelos cor de tijolo estavam adornados com uma guirlanda de alfafa e urze. Segurava um arco com uma flecha adaptada à corda, mas sem esticá-la.

– T'em thesse in meáth aep Eithné llev? – perguntou, chegando muito perto. Tinha voz extremamente melodiosa e enormes olhos negros. – Ess' Gwynbleidd?

– Aé... aesseá... – começou o bruxo, mas as palavras do dialeto brokilonense, que soavam tão melodicamente na boca da dríade, travavam em sua garganta e faziam doer seus lábios. – Será que nenhuma de vocês fala a língua comum? Não domino bem...

– An'váill. Vort llinge – cortou-o ela.

– Sou Gwynbleidd, o Lobo Branco. A Dama Eithné me conhece. Estou indo a seu encontro, levando-lhe uma mensagem. Já estive em Brokilon. Em Duén Canell.

– Gwynbleidd – murmurou a dríade de cabelos cor de tijolo, semicerrando os olhos. – Vatt'ghern?

– Sim – confirmou Geralt. – Um bruxo.

A de cabelos cor de oliva fez uma careta de desagrado, mas abaixou o arco. A de cabelos cor de tijolo observava-o com os olhos arregalados e o rosto, camuflado por listras esverdeadas, imóvel, morto, como o de uma efígie. Tal imobilidade não permitia classificá-lo como bonito ou feio; em vez disso, o que vinha à mente era a ideia de indiferença e desumanidade ou até de crueldade. Geralt repreendeu-se mentalmente ao se flagrar tentando humanizar uma dríade. Tudo o que deveria saber era simplesmente o fato de ela ser mais velha que as outras duas. Apesar das aparências, ela era muito, muito mais velha.

E ficaram assim, parados, num silêncio indeciso. Geralt ouviu Freixenet tossir e gemer. A de cabelos cor de tijolo certamente também ouviu, mas seu rosto nem mexeu. O bruxo apoiou as mãos nos quadris.

– Lá, naquele buraco – disse calmamente –, jaz um ferido. Se não for socorrido, morrerá.

– Tháess aep! – rosnou a de cabelos cor de oliva, estendendo a corda do arco e apontando a flecha diretamente para o rosto dele.

— Vocês vão deixar que ele morra como um cão? — perguntou o bruxo, sem elevar a voz. — Vão deixar que ele, simplesmente, se afogue no próprio sangue? Se for assim, é melhor acabar logo com seu sofrimento.

— Cale a boca! — uivou a dríade, passando para a língua comum, mas abaixando o arco e afrouxando a corda. Olhou interrogativamente para a outra. A mais velha fez um pequeno gesto com a cabeça na direção do buraco. A de cabelos cor de oliva correu para lá rápida e silenciosamente.

— Desejo ver a Dama Eithné — repetiu Geralt. — Estou levando uma mensagem...

A que parecia a líder apontou para a de cabelos cor de mel e disse:

— Ela vai levá-lo a Duén Canell. Vá.

— E quanto a Frei... ao ferido?

A dríade olhou para ele com os olhos semicerrados, sem parar de brincar com a flecha ajustada à corda.

— Não se preocupe — respondeu. — Vá. Ela lhe mostrará o caminho.

— Mas...

— Va'en vort! — cortou-o ela, comprimindo os lábios.

Geralt deu de ombros, virando-se para a de cabelos cor de mel. Parecia ser a mais jovem das três, mas podia estar enganado. Notou que seus olhos eram azuis.

— Então vamos.

— Pois é — falou ela em voz baixa, entregando-lhe a espada após uma pequena hesitação. — Vamos.

— Como você se chama? — quis saber o bruxo.

— Cale a boca.

A dríade caminhava rapidamente, sem olhar para trás. Geralt teve de fazer grande esforço para acompanhá-la. Tinha certeza de que ela fazia aquilo de propósito, querendo que o homem que a seguia gemesse no meio da vegetação e desabasse por terra, esgotado e incapaz de dar mais um passo. Obviamente, ela não sabia que estava lidando com um bruxo, e não com um humano. Era jovem demais para saber o que era um bruxo.

A jovem, que Geralt identificara como não sendo uma dríade puro-sangue, parou repentinamente e se virou. O bruxo pôde notar seus seios ondulando debaixo do leve casaquinho e sua dificuldade em disfarçar o cansaço e não respirar pela boca.

– Que tal diminuirmos o passo? – sugeriu, com um sorriso.

– Yeá aeén esseáth Sidh?

– Não, não sou um elfo. Como você se chama?

– Braenn – respondeu a dríade, retomando a caminhada, mas em ritmo mais lento, sem se esforçar para ultrapassá-lo.

E foram andando assim, lado a lado, bem próximos. Geralt sentia o cheiro do suor dela, o de uma jovem normal. O suor das dríades recendia a folhas de salgueiro trituradas nas mãos.

– E como você se chamava antes?

A jovem olhou para ele, com os lábios trêmulos. Geralt achou que ela ficaria revoltada ou que lhe ordenaria calar a boca, mas ela não fez nenhuma das duas coisas.

– Não me lembro – respondeu, hesitante.

O bruxo não acreditou na sinceridade da resposta. Ela aparentava ter no máximo dezesseis anos e não podia estar em Brokilon há mais de seis ou sete. Caso tivesse chegado ali antes, como criancinha ou bebê, ele não teria detectado sua origem humana. O fato de ter olhos azuis e cabelos claros não era conclusivo, já que havia dríades com essas características. A prole das dríades, oriunda do contato com elfos ou homens, assumia os genes exclusivamente maternos e sempre era do sexo feminino. Só muito raramente, de uma geração a outra, nascia uma criança com olhos ou cabelos provenientes do anônimo protoplasma masculino. Mas Geralt estava certo de que Braenn não possuía uma só gota de sangue dríade. No fundo, tal conhecimento não tinha importância alguma. Independentemente da origem de seu sangue, agora ela era uma dríade.

– E quanto a você? – perguntou ela, olhando-o de soslaio. – Como devo chamá-lo?

– Gwynbleidd.

– Muito bem, Gwynbleidd. Iremos por aqui.

Estavam caminhando mais lentamente do que antes, mas assim mesmo bastante rápido. Braenn, obviamente, conhecia Brokilon a fundo. Caso estivesse sozinho, Geralt não conseguiria manter nem o tempo nem a direção corretos. Ela, no entanto, era capaz de encontrar atalhos escondidos no meio da vegetação, atravessar desfiladeiros correndo agilmente sobre troncos de árvores derrubadas como se fossem pontes, chapinhar corajosamente por atoleiros cobertos de lemnas que o bruxo jamais ousaria adentrar e perderia horas, se não dias, para contorná-los.

Mas não era apenas da selvageria da floresta que a presença de Braenn o defendia. Às vezes a dríade diminuía o ritmo, passando a caminhar com muito cuidado, examinando a trilha com o pé e segurando Geralt pela mão. O bruxo sabia a razão daquilo. As armadilhas de Brokilon eram famosas, a ponto de circularem lendas sobre elas. Falava-se de buracos cheios de estacas pontiagudas, de flechas que disparavam sozinhas, de árvores que desabavam de maneira inesperada, do terrível "ouriço", uma esfera cheia de pontas que, pendurada numa corda, caía repentinamente sobre uma trilha num movimento pendular, acertando a cabeça de quem estivesse caminhando por ela. Havia também lugares nos quais Braenn parava e assoviava melodicamente, recebendo como resposta assovios vindos do meio da vegetação. Em outras ocasiões, ela parava repentinamente, tirava uma flecha da aljava e a colocava no arco, fazia um sinal para que Geralt ficasse quieto e esperava, tensa, até algo que se movia no mato se afastasse.

Apesar da marcha forçada, tiveram de parar para pernoitar. Braenn escolheu um lugar perfeito: uma elevação à qual as diferenças de temperatura traziam sopros de ar quente. Dormiram em leitos feitos de samambaias secas, juntinho um do outro, segundo o costume das dríades. No meio da noite, Braenn abraçou-o, aninhando-se em seus braços. E nada mais. O bruxo retribuiu o abraço. E nada mais. Ela era uma dríade. Só queria se aquecer.

Ao alvorecer, quando ainda estava escuro, retomaram a caminhada.

II

Cruzaram um cinturão de colinas com menos vegetação, ziguezagueando por entre pequenos vales cobertos de neblina, caminhando através de extensas clareiras cobertas de grama e com ocasionais árvores derrubadas pelo vento.

Braenn parou mais uma vez e ficou olhando para todos os lados. Parecia estar perdida, mas Geralt sabia que aquilo era impossível. No entanto, aproveitando a interrupção da marcha, sentou-se sobre um tronco caído.

Foi quando ouviu um grito. Alto, agudo e desesperado.

A dríade abaixou-se com a rapidez de um raio e tirou duas flechas da aljava. Colocou uma atravessada na boca, segurando-a com os dentes, enquanto posicionava a outra no arco, esticava a corda e apontava às cegas, na direção de onde provinha a voz.

– Não atire! – gritou o bruxo, saltando do tronco e jogando-se entre os arbustos.

Numa pequena clareira aos pés de um precipício estava um pequenino ser num casaquinho cinza com as costas apoiadas no tronco de uma bétula. À sua frente, a uns cinco passos de distância, alguma coisa se mexia lentamente no meio da grama. A coisa tinha uma braça e meia de comprimento e era marrom-escura. No primeiro instante Geralt achou que fosse uma serpente, mas, ao notar uma série de agitadas patas amarelas terminadas em gancho, deu-se conta de que se tratava de algo muito pior.

O pequenino ser encostado na árvore soltou um pio agudo. O enorme miriápode ergueu para fora da grama duas antenas tremulantes, captando com elas cheiro e calor.

– Não se mexa! – urrou o bruxo, batendo com força o pé no chão para desviar a atenção do escolopendromorfo. O miriápode, porém, não reagiu; suas antenas haviam captado o cheiro de uma vítima mais próxima. O monstro começou a ziguezaguear, avançando. No meio da grama, suas patas, de um amarelo-brilhante, pareciam remos de uma galera.

– Yghern! – gritou Braenn.

Geralt chegou à clareira em dois pulos, sacando ao mesmo tempo a espada da bainha presa às costas. Aproveitando o impulso, bateu com o quadril no petrificado serzinho, atirando-o para dentro de um espinheiral ao lado. O escolopendromorfo virou-se em sua direção e atirou-se sobre ele, erguendo os segmentos anteriores e abrindo e fechando as tenazes gotejantes de líquido venenoso. O bruxo fez uma finta, saltando por cima do achatado corpanzil, e, ainda no ar, mirando um lugar macio entre os couraçados segmentos posteriores, desferiu um golpe com a espada. O monstro, entretanto, foi mais rápido, e a espada resvalou sobre a quitinizada couraça, com o espesso tapete de musgo amortecendo a potência do golpe. Geralt saltou para o lado, mas não com rapidez suficiente. O escolopendromorfo enrolou a parte posterior do enorme corpo em torno de suas pernas, apertando-as com força. O bruxo caiu, girou o corpo e tentou levantar-se, mas não conseguiu.

A criatura deu uma volta sobre si mesma para poder alcançar o bruxo com as tenazes. Ao mesmo tempo, deslizou sobre o tronco da árvore, arranhando-o com as unhas afiadas. No mesmo instante, uma flecha silvou sobre a cabeça de Geralt, traspassando a couraça do monstro e pregando-o à árvore. O miriápode se contorceu, quebrou a flecha e se liberou, porém imediatamente foi atingindo por duas flechas seguidas. O bruxo desferiu um violento pontapé no convulsivo metâmero, afastando-o de si, e rolou para um lado.

Braenn, ajoelhada, disparava o arco numa velocidade inacreditável, cravando no escolopendromorfo uma flecha atrás da outra. O miriápode quebrava as hastes e se liberava, mas a flecha seguinte voltava a pregá-lo ao tronco da árvore. Sua cabeça, ruiva, achatada e brilhante, agitava-se sem cessar, enquanto suas tenazes tentavam inutilmente alcançar o inimigo que tanto o feria.

Geralt saltou para o lado e, tomando impulso, desferiu um golpe mortal com o gume da espada, dando fim ao combate. O tronco da árvore fizera o papel de um cepo no patíbulo.

Braenn, com o arco ainda tensionado, aproximou-se devagar e chutou o corpanzil, que se contorcia no meio da grama, agitando convulsivamente as patas.

— Obrigado — falou o bruxo, esmagando com o salto da bota a decepada cabeça do miriápode.

— Ee?

— Você salvou minha vida.

A dríade lançou-lhe um olhar no qual não havia sinal algum de entendimento ou emoção.

— Yghern — disse, tocando com a ponta da bota o agitado corpanzil. — Ele quebrou minhas flechas.

— E você salvou duas vidas: a minha e a daquela pequenina dríade — reforçou Geralt. — E, por falar nela, onde se meteu?

Braenn afastou habilmente os ramos do espinheiral e mergulhou nos arbustos.

— Foi como pensei — afirmou, puxando para fora o pequeno serzinho de casaquinho cinzento. — Veja por si mesmo, Gwynbleidd.

Não se tratava de uma dríade, tampouco de uma elfa, uma sílfide, um puck ou um ananico. Era apenas uma menina humana, uma simples menina humana no centro de Brokilon, o lugar mais improvável para encontrar simples meninas humanas.

Tinha cabelos cinzento-claros e enormes olhos de um verde malévolo. Não podia ter mais de dez anos.

— Quem é você? — perguntou Geralt. — Como veio parar aqui?

A menina não respondeu. "Onde foi que já a vi?", indagou-se o bruxo. "Tenho certeza de que já a vi; se não ela, uma garota muito parecida."

— Não tenha medo — falou, hesitante.

— Não estou com medo — resmungou a menina, de maneira quase ininteligível. Era evidente que estava resfriada.

— Vamos embora daqui — disse Braenn repentinamente, olhando em volta. — Onde há um yghern certamente outro haverá. E eu já flechas tenho poucas.

A menina olhou para ela e abriu a boca, esfregando-a com as costas da mão e sujando-a com poeira.

— Quem é você, afinal? — repetiu Geralt. — E o que está fazendo nesta... floresta? Como conseguiu chegar até aqui?

A garota abaixou a cabeça e fungou.

— Ficou surda de repente? Estou perguntando quem é você. Como se chama?

— Ciri — respondeu a menina, dando uma nova fungada.

Geralt virou-se. Braenn, examinando seu arco, olhou de soslaio para ele.

— Diga-me, Braenn...

— O quê?

— Será possível... Será possível que ela tenha escapado de vocês fugindo de Duén Canell?

— Ee?

— Não se finja de boba. Sei muito bem que vocês raptam meninas. Olhe só para você mesma... caiu do céu em Brokilon? Estou lhe perguntando se é possível que...

— Não — cortou-o a dríade. — Nunca a vi.

Geralt olhou atentamente para a menina. Seus cabelos acinzentados estavam despenteados, cheios de folhas e fragmentos de casca de árvores, mas cheiravam a limpeza e não a fumaça, nem a estábulo, nem a gordura. Suas mãos, embora incrivelmente sujas, eram pequenas e delicadas, sem cicatrizes ou calos. A roupa de menino que trajava, um casaquinho vermelho com capuz, não indicava coisa alguma, mas as botinhas de cano alto eram feitas de um macio couro de bezerro. Não, certamente não se tratava de uma criança camponesa. "Freixenet", pensou o bruxo repentinamente. "Era ela que Freixenet procurava. E foi atrás dela que ele entrou em Brokilon."

— De onde você veio, sua moleca?

— Como ousa falar comigo dessa maneira?! — exclamou a menina, erguendo orgulhosamente a cabeça e batendo com o pezinho. O macio leito de musgo estragou por completo o efeito daquela batida de pé.

— Ah — disse o bruxo, sorrindo. — Uma autêntica princesinha. Pelo menos no modo de falar, porque a aparência é vergonhosa. Você é de Verden, não é verdade? Sabe que a estão procurando? Não precisa se preocupar, vou levá-la de volta a sua casa. Ouça, Braenn...

Assim que ele virou a cabeça, a garota girou sobre os calcanhares e se pôs a correr para a floresta, subindo o leve aclive da clareira.

— Bloede turd! — urrou a dríade, levando a mão à aljava. — Caemm'ere!

A menina corria sem olhar para frente, tropeçando nos galhos ressecados e estalando-os com estrondo.

— Pare! — gritou Geralt. — Que droga! Aonde você pensa que vai?

Braenn tensionou a corda do arco. A flecha silvou perigosamente, passou raspando nos cabelos da menina e cravou-se no tronco de uma árvore. A garotinha encolheu-se toda e caiu por terra.

— Sua idiota de merda — sibilou o bruxo, aproximando-se da dríade, que, mais do que rápido, tirou outra flecha da aljava. — Você poderia tê-la matado!

— Estamos em Brokilon — respondeu ela rudemente.

— Mas ela não passa de uma criança!

— E daí?

Geralt olhou para a haste da flecha. A empenagem era de penas de faisão com listras amarelas pintadas com tinta feita de casca de árvore. Deu as costas à dríade e encaminhou-se na direção da floresta.

A menina estava caída junto da árvore, encolhidinha, o olhar fixo na flecha fincada no tronco. Ao ouvir passos, levantou-se rapidamente, mas o bruxo conseguiu agarrá-la pelo capuz vermelho antes que ela pudesse fugir de novo. A garota olhou para ele e para sua mão. Geralt soltou-a.

— Por que você fugiu?

— Não lhe interessa — fungou ela. — Deixe-me em paz, seu... seu...

— Sua moleca de uma figa — falou o bruxo com raiva. — Estamos em Brokilon! Não lhe bastou aquele miriápode? Se ficar sozinha, não conseguirá sobreviver nesta floresta até amanhã de manhã. Será que ainda não se deu conta disso?

— Não me toque, seu... seu lacaio — retrucou ela, furiosa. — Saiba que sou uma princesa!

— Você não passa de uma boboca.

— Sou uma princesa!

— Princesas não costumam andar sozinhas por florestas. Princesas não deixam o nariz escorrer.

— Mandarei que lhe cortem a cabeça! A sua e também a dela! — exclamou a menina, esfregando o nariz com o dorso da mão e olhando ameaçadoramente para a dríade. Braenn soltou uma gargalhada.

— Muito bem. Vamos parar com essa gritaria — interrompeu-a Geralt. — Por que você estava fugindo, princesa? E para onde? O que a assustou?

A garota fungou, mas não respondeu.

— Bem, se é isso que você quer... — disse o bruxo, piscando um olho para a dríade —, então nós iremos embora. Quer ficar sozinha na floresta? Pois fique. Só não grite quando for atacada por outro yghern, pois isso não fica bem numa princesa. Princesas morrem sem dar um pio, tendo antes limpado direitinho o nariz. Vamos, Braenn. Adeus, Alteza.

— Es... esperem. Irei com vocês.

— Sentimo-nos profundamente honrados, não é verdade, Braenn?

— Mas você tem de prometer que não vai me levar de volta para Kristrin.

— Kristrin? Quem... — começou Geralt. — Ah, sim. Kristrin. O príncipe, filho do rei Ervyll, de Verden?

A menina fez um beicinho, fungou mais uma vez e virou a cabeça, sem responder.

— Chega dessas brincadeiras — falou Braenn soturnamente. — Vamos.

— Um momento, um momento. — O bruxo empertigou-se e olhou para a dríade. — Nossos planos sofreram uma pequena mudança, minha bela arqueira.

— Ee? — Braenn ergueu uma sobrancelha.

— A Dama Eithné terá de esperar. Preciso levar essa menina a Verden.

A dríade apertou os olhos e levou a mão à aljava.

— Você a lugar algum irá. Nem ela.

Geralt sorriu de maneira sinistra.

— Cuidado, Braenn — falou. — Não sou aquele garotinho cujo olho você varou com uma flecha disparada de longe, numa emboscada. Sei me defender.

— Bloede arss! — silvou ela, erguendo o arco. — Tanto você como ela irão para Duén Canell! Não para Verden!

— Não quero ir para Verden! — exclamou a menina de cabelos cinzentos, aproximando-se da dríade e colando-se a sua esbelta coxa. — Irei com você! Quanto a ele, se quiser, poderá ir para Verden... para aquele tolo do Kristrin.

Braenn nem se dignou de olhar para ela. Mantinha os olhos fixos em Geralt, mas abaixou o arco.

— Ess turd! — exclamou, cuspindo em sua direção. — Vá para onde quiser. Vamos ver se você vai conseguir ou morrer antes de Brokilon sair.

"Ela tem razão", pensou Geralt. "Não tenho a mínima chance. Sem ela, não conseguirei sair de Brokilon, nem chegar a Duén Canell. Paciência, o que será, será. Quem sabe, mais tarde, eu não consiga persuadir a Dama Eithné."

— Está bem, Braenn — sorriu, conciliador. — Não fique zangada, minha belezura. Que seja como você quer. Iremos todos para Duén Canell, ao encontro da Dama Eithné.

A dríade murmurou algo inaudível e removeu a flecha do arco.

— Então vamos logo — falou, ajeitando a tira de pano que segurava seus cabelos. — Já tempo demais perdemos.

— Ai! — gemeu a garota, dando um passo.

— O que foi dessa vez?

— Aconteceu alguma coisa... com meu pé.

— Espere, Braenn. Venha até aqui, minha pequena... vou carregá-la sobre meus ombros.

A menina era quentinha e cheirava a pardal molhado.

— Como você se chama, princesa? Esqueci seu nome.

— Ciri.

— E onde fica seu reino, se é que posso perguntar?

— Não vou lhe dizer, e basta.

— Poderei sobreviver sem sabê-lo. Pare de se mexer e de fungar junto de minha orelha. O que estava fazendo em Brokilon? Você se perdeu?

— Só faltava isso! Eu nunca me perco.

— Pare de se mexer. Você fugiu de Kristrin? Do castelo de Nastrog? Quando fez isso: antes ou depois do casamento?

— Como você sabe? — fungou ela, bastante impressionada.

— É que sou muito inteligente. Mas por que você estava fugindo exatamente para Brokilon? Não havia lugares mais seguros?

— Meu estúpido cavalo galopou nesta direção.

— Você está mentindo, princesinha. Com seu tamanho, o maior animal que poderia montar seria um gato, e assim mesmo muito manso.

— Era Marck, o pajem do cavaleiro Voymir, quem o conduzia. Quando chegamos à floresta, o cavalo caiu e quebrou a pata. E nós nos perdemos.

— Você não acabou de dizer que isso nunca lhe acontece?

— Foi ele quem se perdeu, não eu. Havia muita neblina e nós nos perdemos.

"Perderam-se", pensou Geralt. "Pobre pajem do cavaleiro Voymir, que teve a infelicidade de topar com Braenn e suas companheiras. Um inocente garoto que certamente ainda não sabia o que é uma mulher e que resolveu ajudar na fuga de uma pirralha de olhos verdes por ter ouvido histórias sobre donzelas obrigadas a se casar com quem não querem. E, assim, ajudou-a a fugir só para cair vítima de uma flecha pintada de uma dríade que certamente não sabe o que é um homem, mas que já sabe matar."

— Eu lhe perguntei se você fugiu do castelo de Nastrog antes ou depois do casamento.

— Fugi, e basta. O que você tem a ver com isso? — resmungou a garota. — Vovó disse que eu devia ir até lá e conhecê-lo... o tal Kristrin. Apenas conhecê-lo. Só que o pai dele, aquele rei barrigudo...

— Ervyll.

— ... foi logo falando em casamento. E eu não quero me casar com o tal Kristrin. Vovó disse...

— Você achou o príncipe Kristrin tão repugnante assim?

— Não quero me casar com ele — declarou Ciri definitivamente, fungando com o nariz cheio de secreção. — Ele é gordo, bobo e feio, além de ter mau hálito. Antes de viajar para lá, mostraram-me um retrato no qual ele não era tão gordo. Não quero um marido desses. Na verdade, não quero marido algum.

— Ciri — falou Geralt com voz suave. — Kristrin é apenas uma criança, assim como você. Daqui a alguns anos, pode ser que ele se transforme num homem atraente.

— Então que me enviem um novo retrato dele daqui a alguns anos — disparou ela com empáfia. — Assim como um meu para ele, porque ele me disse que eu era muito mais bonita no retrato que lhe haviam mostrado. Além disso, ele confessou que está apaixonado por Alvina, uma dama da corte, e quer ser seu cavaleiro. Está vendo? Ele não me quer, e eu não o quero. Portanto, para que esse casamento?

— Ciri — murmurou o bruxo. — Ele é um príncipe e você uma princesa. Príncipes e princesas se casam assim, e não de outra maneira. É um costume antigo.

— Você fala igualzinho a todos os outros. Pensa que sou pequena e, por isso, pode mentir para mim à vontade.

— Não estou mentindo.

— Está, sim.

Geralt calou-se. Braenn, que caminhava à frente, virou-se, surpresa com o silêncio. Constatando que tudo estava em ordem, deu de ombros e retomou a caminhada.

— Aonde estamos indo? — perguntou Ciri soturnamente. — Quero saber!

O bruxo continuou calado.

— Responda quando lhe perguntam! — falou a garota, ameaçadora, reforçando a ordem com uma grande fungada. — Você se dá conta de quem... de quem está montado sobre seus ombros?

Geralt não reagiu.

— Se você não responder, vou morder sua orelha! — gritou a pirralha.

Aquilo foi demais para o bruxo. Parou e tirou a menina dos ombros, colocando-a no chão.

— Agora, sua fedelha, ouça com atenção o que vou lhe dizer — falou severamente, desafivelando o cinturão. — Já, já vou deitar você sobre meus joelhos com a bundinha para cima, abaixar suas calcinhas e dar-lhe uma surra com este cinturão. Ninguém me impedirá de fazer isso, porque não estamos numa corte real e não sou nem seu cortesão nem seu criado. Já, já você vai se arrepender amargamente por não ter ficado em Nastrog. Já, já vai chegar à conclusão de que é melhor ser uma princesa do que uma fedelha perdida numa floresta. Uma princesa pode até se comportar de modo insuportável, e, quando uma princesa se comporta assim, ninguém lhe dá uma sova com um cinturão na bundinha, a não ser o próprio príncipe em pessoa.

Ciri encolheu-se toda e fungou diversas vezes. Braenn, apoiada numa árvore, ficou presenciando a cena sem reação alguma.

— E então? — perguntou o bruxo, enrolando o cinturão em torno da mão. — Vamos nos comportar de maneira digna e moderada? Senão, vamos já dar início à sessão de sovar o traseiro de Vossa Alteza. E então? Sim ou não?

A menina fungou duas vezes e, então, fez um gesto positivo com a cabeça.

— A princesinha vai se comportar?
— Sim.
— Já está escurecendo — falou a dríade. — Vamos em frente, Gwynbleidd.

A floresta estava ficando menos densa. Caminhavam por entre jovens árvores num prado coberto de fina neblina no qual pastavam rebanhos de veados. O ar começou a esfriar.

— Distinto senhor... — disse Ciri após um prolongado silêncio.
— Meu nome é Geralt. O que foi?
— Estou terrivelmente cansada.
— Falta pouco para pararmos. Logo vai escurecer.
— Não vou conseguir — choramingou ela. — Não comi nada desde...
— Pare de reclamar — respondeu o bruxo, tirando do bolso um pedaço de toucinho, um pedaço de queijo e duas maçãs. — Tome.
— O que é essa coisa esbranquiçada?
— Toucinho.
— Não vou comer isso — resmungou Ciri.
— Ótimo — balbuciou Geralt, enfiando o toucinho na boca. — Coma o queijo. E a maçã. Uma.
— Por que só uma?
— Está bem, coma as duas.
— Geralt?
— Sim?
— Obrigada.
— De nada. Coma à vontade.
— Eu não estava me referindo a isso. Também a isso, mas... você me salvou daquela centopeia... Brrr... Quase morri de medo...
— Você quase morreu de verdade — confirmou Geralt, sério. — E de maneira horrenda e dolorosa. Você deveria agradecer a Braenn.
— Quem é ela?
— Uma dríade.

— Uma pantânama?
— Sim.
— Então ela... ela é uma daquelas que raptam crianças! Ela nos raptou? Não pode ser, porque você não se deixaria raptar. E por que ela fala tão esquisito?
— É o jeito dela de falar, mas isso não importa. O que importa é que ela sabe disparar flechas. Não se esqueça de agradecer-lhe quando pararmos para o pernoite.
— Não me esquecerei.
— Não se agite tanto, futura princesa de Verden.
— Não vou ser — resmungou ela — princesa alguma.
— Está bem, está bem. Você não vai ser uma princesa. Vai virar uma ratazana e viverá numa toca.
— Não é verdade! Você não sabe de nada!
— Pare de piar junto de meu ouvido. E não se esqueça do cinturão!
— Não vou ser uma princesa. Vou ser...
— O quê?
— Não posso dizer. É segredo.
— Muito bem; se é segredo, então é segredo — respondeu Geralt, erguendo a cabeça. — O que aconteceu, Braenn?
A dríade havia parado e olhava para o céu.
— Cansei — falou ela suavemente. — E você também deve cansado estar por a ter carregado, Gwynbleidd. Já vai escurecer.

III

— Ciri?
— Sim? — respondeu a menina, dando uma fungada e agitando-se sobre os ramos frescos nos quais estava deitada.
— Você não está com frio?
— Não. Hoje está quentinho. Ontem... Ontem foi horrível, quase congelei.
— É espantoso — falou Braenn, desamarrando os cadarços de suas macias botas de cano alto. — Uma migalhinha dessas e tanto na floresta entrou. E conseguiu passar pelas armadilhas, e pântanos,

e mata espessa. Forte, sadia e corajosa. Sim, ela vai útil para nós ser... muito útil.

Geralt lançou um olhar para a dríade, para os olhos que brilhavam na semiescuridão. Braenn apoiou-se num tronco de árvore, tirou a faixa da testa e, com um brusco gesto de cabeça, soltou os cabelos.

— Ela entrou em Brokilon — murmurou, antecipando um comentário do bruxo. — É nossa, Gwynbleidd. Estamos indo para Duén Canell.

— Será a Dama Eithné que decidirá sobre isso — retrucou o bruxo secamente, mas sabendo que Braenn tinha razão.

"Uma pena...", pensou, olhando para a menina deitada no leito verdejante. "Uma duendezinha tão resoluta. Onde foi que eu a vi antes? Não importa. Mas será uma pena. O mundo é tão vasto e tão lindo... e o mundo dela ficará restrito a Brokilon até o fim de seus dias. E é bem possível que seus dias não sejam muitos. Somente até aquele em que ela tombar no meio de samambaias, entre gritos e silvos de flechas, lutando nessa guerra sem sentido em defesa das florestas do lado dos que estão predestinados a perdê-la. Vão perdê-la mais cedo ou mais tarde."

— Ciri?

— Sim?

— Onde moram seus pais?

— Eu não tenho pais — respondeu ela, fungando mais uma vez. — Eles morreram afogados no mar quando eu ainda era pequenina.

"Sim", pensou Geralt. "Isso explica muitas coisas. Uma princesa, filha de um falecido casal principesco. Talvez fosse a terceira filha depois de quatro filhos, com o que seu título não valeria mais do que o de um camarista ou cavalariço. Uma coisinha de cabelos cinzentos e olhos esmeraldinos que andava de lá para cá no castelo, um estorvo do qual era preciso livrar-se rapidamente por meio de um casamento arranjado. E o mais rapidamente possível, antes de ela se transformar em mulher e num perigo de escândalo, de casamento morganático ou de incesto, algo não muito difícil de ocorrer nas alcovas coletivas dos castelos."

Sua fuga não espantava o bruxo. Por mais de uma vez ele encontrara nobres donzelas, até princesas reais, vagando com saltimbancos de grupos teatrais itinerantes e felizes por terem escapado de um velho rei encarquilhado, mas ainda ansiando por descendentes. Viu príncipes que preferiram o incerto destino de um mercenário a um casamento com uma manca ou bexiguenta princesa escolhida pelo pai, cuja ressecada ou duvidosa virgindade deveria ser o preço de uma aliança e de uma coligação dinástica.

Deitou-se ao lado da menina e cobriu-a com seu gibão.

– Durma – disse. – Durma, pequenina órfã.

– Não me chame assim! – reclamou ela. – Sou princesa, e não órfã. E tenho avó. Ela é uma rainha. Quando eu lhe contar que você quis me bater com um cinto, vai mandar cortar sua cabeça. Você vai ver.

– Por favor, não, Ciri! Tenha piedade de mim!

– Pois sim!

– Afinal, você é uma garota boazinha. Cortar a cabeça dói muito. Você promete não contar a sua avó?

– Não prometo coisa alguma. Vou contar.

– Ciri!

– Vou contar, vou contar, vou contar. Você está com medo?

– É lógico que sim. Terrivelmente. Você sabia, Ciri, que, quando se corta a cabeça de uma pessoa, ela pode morrer?

– Você está troçando de mim?

– Jamais ousaria.

– Não se brinca com minha avó. Você vai ver. Quando ela bate o pé, os mais valentes guerreiros e paladinos ajoelham-se diante dela. Vi isso acontecer mais de uma vez. E, quando um deles é desobediente, então, zás!, adeus, cabeça.

– Isso é terrível, Ciri, porque acho que vão cortar sua cabeça.

– A minha?

– Claro. Não foi sua avó-rainha que acertou seu casamento com Kristrin e despachou você para Nastrog, em Verden? Você foi desobediente. Assim que você voltar, zás!, adeus, cabeça.

A garota calou-se e até parou de se agitar. Geralt pôde ouvir como ela se esforçava para não chorar, mordendo os lábios e fungando com o nariz cheio de secreção.

— Não é verdade — falou por fim. — A vovó não permitirá que me cortem a cabeça, porque... porque ela é minha avó! O máximo que me pode acontecer é lev...

— Ah-ah — riu Geralt. — A vovó não é de brincadeiras! Aposto que você já levou algumas surras, não estou certo?

Ciri bufou furiosamente.

— Sabe de uma coisa? — disse Geralt. — Vamos dizer a sua avó que eu já lhe dei uma sova e que não cabe punir alguém duas vezes pelo mesmo erro. De acordo?

— Você deve estar brincando! — exclamou Ciri, erguendo-se sobre os cotovelos e fazendo farfalhar as folhas sobre as quais estava deitada. — Se a vovó ouvir que você me bateu, vão cortar sua cabeça num piscar de olhos.

— Ah, quer dizer que, apesar de tudo, você se preocupa com minha cabeça?

A menina calou-se por um momento.

— Geralt...

— O que foi, Ciri?

— A vovó sabe que eu tenho de voltar. Não posso ser princesa nem esposa daquele tolo do Kristrin. Tenho de voltar, e pronto.

"É verdade", pensou o bruxo. "Você tem de voltar. Infelizmente isso não depende de você nem de sua avó. Vai depender do estado de humor da velha Eithné... e de minha capacidade de persuasão."

— E a vovó sabe disso — continuou a garota. — Porque... Geralt, jure que não vai contar isso a ninguém, porque se trata de um segredo. Um segredo terrível. Jure.

— Juro.

— Muito bem. Minha mãe era feiticeira, e meu pai havia sido enfeitiçado. Quem me contou foi uma babá. Quando a vovó soube disso, houve um verdadeiro escândalo, porque eu sou predestinada.

— Predestinada a quê?

— Isso eu não sei — respondeu Ciri. — Só sei que sou predestinada. Foi o que falou a babá. E a vovó disse que não vai deixar que isso aconteça, que antes disto a mel... a melda do castelo vai se transformar numa pilha de escombros. Entendeu? Mas a babá afirmou que não existe remédio algum contra uma predestinação. Aí, ela se pôs a chorar, e a vovó, a gritar. Está vendo? Eu sou predestinada. Não vou ser esposa daquele tolo do Kristrin. Geralt?

— Durma — falou o bruxo, soltando um bocejo que quase lhe destroncou a mandíbula. — Durma, Ciri.

— Conte-me uma história.

— O quê?!

— Conte-me uma história! — repetiu Ciri, em tom zangado. — Como poderei adormecer sem ouvir uma história? Onde se viu uma coisa dessas?

— Não conheço nenhuma maldita história. Durma.

— Não minta; sei que você conhece. Quando você era pequeno, ninguém lhe contava histórias antes de dormir? Por que está rindo?

— Por nada. Lembrei-me de uma coisa.

— Está vendo? Pode começar.

— Começar o quê?

— A contar uma história.

Geralt riu novamente, colocou as mãos atrás da cabeça e ficou olhando para as estrelas que cintilavam por entre os ramos acima de suas cabeças.

— Era uma vez um... gato — começou. — Um simples gato listrado, caçador de ratos. Certo dia, ele decidiu partir sozinho para uma terrível floresta escura. Andou... Andou... Andou...

— Se você acha que vou adormecer antes de ele chegar a seu destino — sussurrou Ciri, aninhando-se nos braços do bruxo —, está enganado.

— Fique quieta, sua malandrinha. Como eu ia dizendo, o gato foi andando, andando, até encontrar uma raposa. Uma raposa ruiva.

Braenn suspirou baixinho e se deitou do outro lado do bruxo, também se aconchegando de leve a ele.

— E então — fungou Ciri. — Continue. O que aconteceu em seguida?

— A raposa olhou para o gato. "Quem é você?", perguntou. "Sou um gato", respondeu o gato. "E você", disse a raposa, "não tem medo de vagar sozinho pela floresta? E se o rei resolver caçar?

Montado, com cães e batedores? Deixe que eu lhe diga, gato, uma caçada é algo terrível para seres como você e eu. Você é peludo, eu sou peluda, e os caçadores jamais deixam de pegar seres como nós, porque eles têm muitas namoradas e amantes que sentem frio nas mãos e no pescoço, e aí eles usam nossa pele para fazer golas e regalos."

– O que são regalos? – indagou Ciri.

– Não me interrompa. E a raposa acrescentou: "Eu, meu caro gato, sei como ser mais esperta do que eles; conheço mil duzentas e oitenta e seis maneiras de enganá-los. E quanto a você, gato? Quantos métodos de enganar caçadores você conhece?"

– Ah, como é linda essa história! – falou Ciri, achegando-se ainda mais ao bruxo. – E o que o gato respondeu?

– Ah – sussurrou Braenn, do outro lado. – O que disse o gato?

O bruxo virou a cabeça. Os olhos da dríade brilhavam e a ponta de sua língua deslizava por seus lábios semiabertos. "É óbvio", pensou Geralt. "As pequenas dríades sonham com fábulas, assim como os pequenos bruxos, simplesmente pelo fato de raras vezes aparecer alguém para lhes contar uma antes de dormir. As pequenas dríades adormecem ouvindo o farfalhar das folhas das árvores, e os pequenos bruxos, sentindo dores nos músculos. Nossos olhos também brilhavam, como os de Braenn, quando ouvíamos as histórias de Vesemir, lá em Kaer Morhen. Mas isso foi há muito tempo... Há tanto tempo..."

– E então? – impacientou-se Ciri. – Como continua a história?

– O gato respondeu: "Eu, amiga raposa, não tenho artifícios para enganá-los. A única coisa que sei fazer é trepar imediatamente numa árvore. Isso deveria bastar, você não acha?". A raposa se pôs a rir. "Como você é tolo!", disse. "Erga sua cauda listrada e suma daqui, porque se aparecerem uns caçadores você estará perdido." Mal ela acabou de dizer isso, trombetas soaram e caçadores surgiram dos arbustos. Viram o gato e a raposa e se lançaram sobre eles!

– Ai, ai – fungou Ciri, enquanto a dríade tremia.

– Silêncio. Os caçadores se lançaram sobre o gato e a raposa, gritando: "Vamos pegá-los, vamos arrancar sua pele para fazer golas e regalos!" E soltaram os cães de caça atrás deles. O gato, como é do feitio dos felinos, subiu rapidamente numa árvore, até o topo. No entanto, os cães agarraram a raposa e, antes que ela tivesse tempo suficiente para lançar mão de qualquer uma de suas maneiras de se livrar dos caçadores, foi transformada numa gola. Enquanto isso, o gato ficou miando e bufando para os caçadores, que nada puderam lhe fazer, porque a árvore era muito alta. Ficaram embaixo dela, praguejaram, mas tiveram de partir sem ele. Aí o gato desceu da árvore e, despreocupadamente, voltou para casa.

— E o que aconteceu depois?

— Nada. Fim da fábula.

— E qual é a moral? — perguntou Ciri. — As fábulas não deveriam sempre terminar com uma moral?

— Ee? — manifestou-se Braenn, achegando-se com mais força a Geralt. — O que é moral?

— Uma boa fábula tem moral, enquanto uma ruim não tem — afirmou Ciri categoricamente, dando uma fungada.

— Pois eu acho que essa foi boa — bocejou a dríade. — E, assim, ela tem o que deveria ter. Quanto a você, migalhinha, deveria diante de yghern na árvore ter subido, como o gato fez. Não ficar pensando, mas na árvore subir. Bastava isso. Sobreviver. Não se entregar.

Geralt riu baixinho.

— Não havia árvores nos jardins do castelo, Ciri? Em Nastrog? Em vez de fugir para Brokilon, você poderia ter subido numa árvore e ficado sentadinha no topo até Kristrin perder a vontade de se casar.

— Você está caçoando de mim?

— Estou.

— Então sabe de uma coisa? Detesto você.

— Isso é terrível, Ciri. Você me acertou direto no coração.

— Sei disso — respondeu a pirralha, séria, dando mais uma fungada e aninhando-se melhor nos braços do bruxo.

— Durma bem, Ciri — murmurou ele, aspirando seu cheiro de pardal. — Durma bem você também, Braenn.

— Deárme, Gwynbleidd.

Sobre suas cabeças, Brokilon sussurrava com bilhões de ramos e centenas de bilhões de folhas.

IV

No dia seguinte, chegaram às Árvores. Braenn ajoelhou-se e inclinou a cabeça. Geralt sentiu que deveria fazer o mesmo. Ciri soltou um suspiro de admiração.

As Árvores – notadamente carvalhos, teixos e nogueiras – tinham mais de uma dezena de braças de circunferência. Era impossível calcular a que altura chegavam as copas. Os pontos em que grossas e poderosas raízes se juntavam para formar o tronco ficavam bem acima de suas cabeças. Geralt, Ciri e Braenn podiam locomover-se com mais rapidez, já que os gigantes cresciam distantes uns dos outros e a sua sombra não havia qualquer vegetação, apenas um tapete de folhas amareladas.

Apesar disso, andavam lentamente, em silêncio, com a cabeça inclinada. Ali, no meio das Árvores, sentiam-se pequeninos, sem importância, inexistentes. Até Ciri manteve-se em silêncio; não abriu a boca por quase meia hora.

Após uma hora de caminhada, atravessaram o cinturão formado pelas Árvores, voltando a mergulhar em desfiladeiros e outras passagens úmidas.

O resfriado de Ciri foi piorando cada vez mais. Geralt, que não tinha lenço e estava cansado das incessantes fungadas, ensinou-a a assoar o nariz apertando um dedo contra uma das narinas e deixando o muco da outra cair no chão. A menina adorou o novo sistema. Observando seu sorrisinho maroto e seus olhos brilhantes, o bruxo estava convicto de que ela já estava se deliciando com a ideia de exibir essa nova habilidade na corte, preferencialmente durante um banquete oficial ou uma audiência a um embaixador de além-mar.

Braenn parou de repente, desenrolou uma tira de pano envolta em seu antebraço e, virando-se para Geralt, disse:

– Venha, Gwynbleidd. Vou ter de vendá-lo. É preciso.

– Eu sei.

– Vou conduzi-lo. Dê-me sua mão.
– Não – protestou Ciri. – Sou eu que vou conduzi-lo. Está bem, Braenn?
– Está bem, migalhinha.
– Geralt?
– Sim?
– O que quer dizer Gwyn... bleidd?
– Lobo Branco. É como me chamam as dríades.
– Cuidado, uma raiz. Não vá tropeçar. Elas o chamam assim porque você tem cabelos brancos?
– Sim... Que droga!
– Eu bem que avisei que havia uma raiz.

Caminhavam lentamente. Seus pés escorregavam nas folhas caídas. Geralt sentiu um calor no rosto, e o brilho do sol chegou a traspassar o pano que lhe cobria os olhos.

– Oh, Geralt – ouviu a voz de Ciri. – Como é lindo tudo aqui... Que pena que você não pode ver! Quantas flores... quantos pássaros... Você está ouvindo seu canto? Ah, e há também esquilos. Preste atenção, porque vamos atravessar um riacho por uma ponte de pedra. Não vá cair na água. Oh, quantos peixes! Muitos! Eles nadam na água, sabia? Você nem pode imaginar quantos animaizinhos há aqui. Acho que em nenhum lugar do mundo há tantos assim...

– Em nenhum lugar – murmurou o bruxo. – Em nenhum lugar do mundo. Estamos em Brokilon.
– Como?
– Brokilon. O último Lugar.
– Não entendo...
– Ninguém entende. Ninguém quer entender.

V

– Tire a venda, Gwynbleidd. Chegamos.

Braenn estava imersa até os joelhos numa tapeçaria de neblina.

– Duén Canell – disse, apontando para o rio.

Duén Canell, Local do Carvalho. O Coração de Brokilon.

Geralt já estivera ali muito tempo atrás. Por duas vezes. Entretanto, não contou isso a ninguém. Ninguém acreditaria.

Um vale cercado por copas de enormes árvores verdes e mergulhado em neblina e vapores que emanavam do solo, de rochas e de fontes termais.

O medalhão no pescoço do bruxo vibrou levemente.

Um vale mergulhado em magia. Duén Canell. O Coração de Brokilon.

Braenn ergueu a cabeça e ajeitou a aljava às costas.

— Vamos. Dê-me a mãozinha, migalhinha.

No início, o vale parecia morto, abandonado. Logo, porém, ouviu-se um alto assovio modulado, e uma esbelta dríade morena deslizou suavemente por uma série de quase imperceptíveis degraus formados por cogumelos que envolviam em espiral o tronco da árvore mais próxima. Como todas as dríades, usava roupa camuflada feita de retalhos.

— Céad, Braenn.

— Céad, Sirssa. Va'n vort meáth. Eithné á?

— Neén, aefder — respondeu a morena, olhando significativamente para o bruxo. — Ess' ae'n Sidh?

Em seguida, deu um sorriso luminoso com seus dentes alvos. Era excepcionalmente bela, mesmo para os padrões humanos. Geralt ficou sem graça, ciente de que a dríade o avaliava sem cerimônia alguma.

— Neén. — Braenn meneou a cabeça negativamente. — Ess' vatt'ghern, Gwynbleidd, á váen meáth Eithné va, a'ss.

— Gwynbleidd? — A bela dríade contorceu os lábios. — Bloede caérme! Aen'ne caen n'werd vort! T'ess foile!

Braenn deu uma risadinha.

— De que se trata? — indagou o bruxo, em tom aborrecido.

— De nada — riu novamente Braenn. — De nada. Vamos.

— Oh — encantou-se Ciri. — Olhe para isso, Geralt. Que casinhas mais engraçadas!

Duén Canell se iniciava no fundo do vale. As "casinhas engraçadas", que pareciam enormes bolas de visco, estavam grudadas aos troncos e aos ramos mais grossos das árvores, nas mais distintas alturas, desde bem baixo, quase junto do solo, até muito alto, perto das copas das árvores. Geralt notou também algumas construções maiores, erguidas no solo; eram cabanas feitas de galhos entrelaçados e cobertas por folhas de ramos mais tenros. Havia movimentação na entrada daquelas moradias, mas as próprias dríades eram pouco visíveis. Quando o bruxo conseguiu vê-las, constatou que eram menos numerosas do que em sua visita anterior.

— Geralt — sussurrou Ciri. — Essas casinhas crescem. Elas têm folhinhas!

— É que elas são feitas de madeira viva — explicou o bruxo. — É assim que moram as dríades, e é assim que elas constroem suas casas. Nenhuma dríade, em momento algum, fará mal a uma árvore, ferindo-a com uma serra ou com um machado. Elas amam as árvores e conseguem fazer com que seus galhos cresçam de uma forma que lhes permita construir suas moradas.

— Que coisa mais linda! Como eu gostaria de ter uma casinha dessas em meu jardim...

Braenn parou diante de uma das cabanas maiores.

— Entre, Gwynbleidd — falou. — É aqui que você deverá esperar a Dama Eithné. Vá fáill, migalhinha.

— O quê?

— Foi uma despedida, Ciri. Ela lhe disse: até a vista.

— Ah... Até a vista, Braenn.

Entraram. O interior da "casinha" cintilava como um caleidoscópio graças aos raios solares que atravessavam a estrutura do telhado.

— Geralt!

— Freixenet!

— Você está vivo! — exclamou o ferido, mostrando os dentes num amplo sorriso e erguendo parte do corpo de seu leito feito de folhas.

Ao ver Ciri agarrada à coxa do bruxo, arregalou os olhos e ficou com o rosto vermelho.

— Sua desgraçada! — berrou. — Por sua causa, quase morri! Você tem sorte por eu não poder me levantar, senão eu lhe daria uma surra daquelas!

Ciri fez beicinho.

— Você já é o segundo — disse, franzindo o nariz de maneira engraçada — que quer me surrar. Eu sou uma menina e bater em meninas é proibido.

— Eu já vou lhe mostrar... o que é proibido... — Freixenet tossiu. — Sua pequena praga! Ervyll está quase louco de preocupação... Convoca tropas morrendo de medo de que sua avó o ataque com seu exército. Quem vai acreditar que você fugiu por conta própria? Todos sabem como é Ervyll e do que ele gosta. Todos acham que ele bebeu demais, lhe fez... algo e, depois, mandou afogá-la no lago! A guerra com Nilfgaard está por um fio e o tratado de aliança com sua avó foi para o brejo por sua culpa! Está vendo o que você aprontou?

— Não se excite — alertou-o o bruxo —, porque poderá sofrer uma hemorragia. Como chegou aqui tão rápido?

— Não tenho a mais vaga ideia; a maior parte do tempo estive inconsciente. Elas derramaram à força uma poção horrível direto em minha garganta. Tamparam meu nariz e... Que vergonha!

— Pois saiba que só está vivo graças àquilo que elas enfiaram em sua garganta. E foram elas que o carregaram até aqui?

— Puxaram-me num trenó. Perguntei por você, mas elas nada me disseram. Estava convencido de que o haviam matado com uma flechada. Você desapareceu tão de repente... E eis que o vejo são e salvo, sem um arranhão e, ainda por cima, com a princesa Cirilla... Tenho de admitir que você acaba dando a volta por cima em qualquer situação, Geralt. Você é como um gato: sempre cai sobre as quatro patas.

O bruxo sorriu e não respondeu. Freixenet teve um acesso de tosse, virou a cabeça para o outro lado e cuspiu uma saliva rosada.

— E aposto — acrescentou — que também devo a você o fato de elas não me terem matado. Elas o conhecem, as malditas pantânamas. Já é a segunda vez que você salva minha vida.

— Deixe isso para lá, barão.

Freixenet soltou um gemido e tentou sentar-se, mas desistiu.

— Meu baronato acabou em merda — bufou. — Fui barão quando vivia em Hamm. Agora, sou uma espécie de voivoda em Verden, a serviço de Ervyll... Ou melhor, fui... Porque, mesmo que eu consiga escapar desta floresta, não haverá mais lugar para mim em Verden, a não ser um patíbulo. Foi de minhas mãos e quando estava sob minha guarda que essa doninha anã, Cirilla, fugiu do castelo. Você acha que resolvi passear em Brokilon porque me deu na veneta? Não, Geralt, eu também estava fugindo, porque sabia que somente poderia contar com a misericórdia de Ervyll quando trouxesse a pequena de volta. E o que aconteceu? Demos de cara com essas malditas pantânamas... Se você não tivesse aparecido, eu teria exalado meu último suspiro lá, naquele buraco. Você me salvou mais uma vez. É o destino. Está mais claro do que a luz solar.

– Você está exagerando.

Freixenet meneou a cabeça.

– É o destino – repetiu. – Alguém lá em cima deve ter escrito que nós nos encontraríamos novamente, bruxo, e que você voltaria a salvar minha pele. Lembro-me de que andaram falando sobre isso em Hamm, logo depois de você me ter livrado daquele encanto de pássaro.

– Uma coincidência – disse Geralt friamente. – Apenas uma coincidência, Freixenet.

– Que coincidência, que nada! Com todos os diabos, se não fosse você, eu ainda seria um pelicano...

– Você foi um pelicano? – perguntou uma excitada Ciri. – Um pelicano de verdade? Uma ave?

– Isso mesmo. – O barão arreganhou os dentes. – Fui enfeitiçado por uma dessas... vagabundas... que morra de peste negra... Para se vingar...

– Na certa você não lhe deu uma pele de raposa – constatou a menina, franzindo o nariz –, um... regalo.

– Houve outro motivo. – Levemente enrubescido, ele lançou um olhar furioso para a garota. – Mas o que isso poderia lhe interessar, sua fujona de uma figa?

Ciri fez cara de ofendida e virou a cabeça.

– Sim. – Freixenet tossiu. – Onde foi mesmo que eu parei?... Ah, sim, em Hamm, no fato de você me ter livrado daquele encanto. Se não fosse você, eu teria permanecido como um pelicano até o fim de meus dias, sobrevoando lagos, cagando sobre galhos e iludindo-me com a ideia de que poderia ser salvo por uma camisa tecida com fibras de urtigas por minha irmãzinha com um afã digno de uma causa maior. Com todos os diabos, quando me lembro daquela camisa, tenho vontade de dar um pontapé em alguém. Aquela cretina...

— Não fale assim — sorriu o bruxo. — Ela teve a melhor das intenções. Foi mal informada, apenas isso. Existe uma porção de mitos sobre a arte de desfazer feitiços. E assim mesmo você teve sorte. Ela poderia, por exemplo, tê-lo feito mergulhar num caldeirão de leite fervendo. Ouvi falar de um caso assim. De todo modo, vestir uma camisa de urtigas não faz mal à saúde, apesar de nada ajudar quando se trata de encantamentos.

— É possível que você tenha razão. Talvez eu estivesse exigindo demais dela. Elisa sempre foi boba; desde criancinha é tola e linda... um excelente material para esposa de um rei.

— O que é um lindo material? — perguntou Ciri. — E por que para esposa?

— Já lhe disse para não se meter onde não foi chamada, sua fedelha. Sim, Geralt, tive muita sorte por você ter aparecido em Hamm àquela hora e também por o cunhadinho-rei ter se disposto a pagar aqueles poucos ducados pelo desenfeitiçamento.

— E você sabia, Freixenet — falou Geralt, sorrindo ainda mais —, que a notícia sobre aquele acontecimento espalhou-se por vários reinos?

— A versão verdadeira?

— Não completamente. Em primeiro lugar, adicionaram-lhe dez irmãos.

— Não diga! — exclamou o barão, tossindo. — O que quer dizer que, se incluirmos Elisa, nós teríamos sido doze? Que coisa mais imbecil! Minha mãe não era coelha!

— E isso não é tudo. As pessoas acharam que um pelicano era uma ave pouco romântica.

— O que não deixa de ser verdade. Não há nada de romântico nele! — concordou Freixenet, fazendo uma careta e apalpando o peito envolto em tiras feitas de casca de bétula. — E então? Em que me transformaram naquela versão?

— Num cisne. Quero dizer, em cisnes, porque não se esqueça de que vocês eram onze.

— E posso saber em que, com todos os diabos, um cisne é mais romântico do que um pelicano?

— Não sei.

— Eu também não, mas sou capaz de apostar que na versão espalhada por aí Elisa conseguiu me desenfeitiçar com a ajuda daquela horrível camisa de urtigas.

— Você acertou em cheio. E como está Elisa?

— A coitadinha contraiu tuberculose. Não vai durar muito.

— Muito triste.

— Muito triste — confirmou Freixenet, indiferente, olhando para o lado.

— Mas voltemos àquele feitiço. — Geralt apoiou as costas na parede de galhos trançados. — Você não teve recaída? Não lhe crescem penas?

— Graças aos deuses, não — suspirou o barão. — Tudo está bem. A única coisa que me sobrou daqueles tempos é o gosto por peixes. Para mim, Geralt, não existe nada melhor para comer do que peixe. Às vezes costumo ir cedinho de madrugada ao mercado de peixes, e antes de os pescadores conseguirem me arrumar algo mais decente, pego um ou dois punhados de alburnetes, um par de enguias, robalinhos ou carpas... É um prazer, não uma necessidade.

— Ele foi um pelicano — falou Ciri lentamente, olhando para Geralt. — E você o livrou do encanto. Você sabe desfazer feitiços?

— É mais do que claro — afirmou Freixenet — que ele sabe. Todos os bruxos sabem.

— Bru... bruxo?

— Você não sabia que ele é bruxo? O famoso Geralt de Rívia? É verdade, como uma pirralha como você poderia saber o que é um bruxo? Hoje em dia não é como foi outrora. Agora os bruxos são muito raros e difíceis de encontrar. Você nunca viu um bruxo?

Ciri meneou a cabeça muito devagar, sem desgrudar os olhos de Geralt.

— Para seu conhecimento, moleca, um bruxo é... — O barão interrompeu-se e empalideceu ao ver Braenn adentrar a cabana. — Não, não quero! Não vou mais permitir que me enfiem qualquer coisa goela abaixo! Nunca mais! Geralt, diga a ela...

— Acalme-se.

Braenn nem se dignou de olhar para Freixenet; foi diretamente para onde estava Ciri, de cócoras junto do bruxo.

— Venha — disse. — Venha comigo, migalhinha.

— Para onde? — indagou a menina. — Não quero. Quero ficar com Geralt.

— Vá com ela. — O bruxo forçou um sorriso. — Vá brincar com Braenn e outras jovens dríades. Elas vão lhe mostrar Duén Canell...

— Braenn não vendou meus olhos — falou Ciri muito lentamente. — Quando vínhamos para cá, ela não vendou meus olhos, mas vendou os seus. Foi para você não poder retornar aqui depois de partir. Isso quer dizer...

Geralt olhou para Braenn. A dríade deu de ombros e, em seguida, abraçou a garota.

— Isso quer dizer... — a voz de Ciri falhou. — Isso quer dizer que nunca mais poderei sair daqui, não é verdade?

— Ninguém escapará de seu destino.

Todos se viraram ao som daquela voz. Uma voz calma, porém sonora, dura e decidida, que exigia obediência e não aceitava contestação. Braenn fez uma reverência, e Geralt ajoelhou-se sobre um joelho.

— Dama Eithné...

A Senhora de Brokilon usava um longo e ondulante traje verde-claro. Assim como a maior parte das dríades, era esbelta e de pequena estatura, mas a cabeça majestaticamente erguida, o rosto de traços sérios e a boca decidida faziam com que parecesse mais alta e mais poderosa. Seus cabelos e olhos eram cor de prata derretida.

Entrou na cabana escoltada por duas dríades mais jovens, armadas com arcos. Sem dizer uma palavra, fez um gesto com a cabeça para Braenn. Esta imediatamente pegou a mãozinha de Ciri e puxou-a na direção da saída, inclinando respeitosamente a cabeça. Ciri, pálida e assustada, andou com passos inseguros e tensos. Ao passarem perto de Eithné, a dríade de cabelos prateados fez um gesto rápido com a mão, pegou o queixo da menina, ergueu sua cabeça e por muito tempo manteve os olhos fixos nos da menina. Geralt viu que Ciri tremia.

— Vá — disse Eithné finalmente. — Vá, criança. Não tenha medo de nada, já que nada mais poderá mudar seu destino. Você está em Brokilon.

Ciri foi obedientemente com passinhos miúdos atrás de Braenn. Ao chegar à saída, virou-se. O bruxo notou seus lábios trêmulos e seus olhos verdes brilhantes de lágrimas. Não disse uma palavra. Voltou a inclinar respeitosamente a cabeça e permaneceu ajoelhado sobre um joelho.

— Erga-se, Gwynbleidd. Seja bem-vindo.

— Salve, Eithné, Senhora de Brokilon.

— Novamente tenho o prazer de recebê-lo em minha Floresta, apesar de você ter vindo aqui sem meu conhecimento e sem minha concordância. Adentrar Brokilon sem meu conhecimento e sem minha concordância é altamente perigoso, Lobo Branco. Até mesmo para você.

— Vim aqui na qualidade de emissário.

— Ah, sim. — A dríade deu um leve sorriso. — É daí que vem sua ousadia, para não usar palavras mais duras e mais apropriadas para descrever seu ato. Geralt, a imunidade de emissários é um costume adotado pelos humanos. Eu não o aceito. Não reconheço nada que seja humano. Aqui é Brokilon.

— Eithné...

— Cale-se — interrompeu-o a Senhora de Brokilon, sem elevar a voz. — Ordenei que você fosse poupado. Você sairá vivo de Brokilon, mas não por ser emissário, mas por outras razões.

— Você não está interessada em saber de onde venho e em nome de quem?

— Para ser sincera, não. Aqui é Brokilon. Você vem de fora, de um mundo que não me importa. Por que deveria perder tempo ouvindo emissários? O que podem significar para mim umas propostas ou uns ultimatos ditados por alguém que pensa e sente diferentemente de mim? Que interesse posso ter pelo que pensa o rei Venzlav?

— Como soube que vim a mando do rei Venzlav? — espantou-se Geralt.

— Mas é tão claro... — respondeu a dríade, com um sorriso. — Ekkehard é muito tolo. Ervyll e Viraxas me odeiam demais. Brokilon não faz fronteiras com outros reinos.

— Vejo que você sabe muito sobre o que se passa além de Brokilon, Eithné.

— Sei de muitas coisas, Lobo Branco. É o privilégio de minha idade. E agora, com sua permissão, gostaria de resolver determinado assunto. Esse homem com aparência de urso — a dríade parou de sorrir e olhou para Freixenet — é seu amigo?

— Um conhecido. Eu o desenfeiticei algum tempo atrás.

— O problema — falou Eithné, com a voz fria — é que não sei bem o que fazer com ele. Afinal, a esta altura, não posso simplesmente mandar matá-lo. Estaria disposta a permitir que ele se recupere, mas isso representa um perigo. Não me parece ser um fanático, portanto deve ser um caçador de escalpos. Sei que Ervyll paga pelo escalpo de uma dríade. Não lembro mais quanto, sem contar que o preço aumenta com a queda do valor da moeda.

— Você está enganada. Ele não é um caçador de escalpos.

— Então por que ele se meteu em Brokilon?

— Porque procurava a menina, que estava sob sua guarda. Arriscou a vida para encontrá-la.

— O que não foi muito inteligente — disse Eithné, impassível. — O que ele fez nem pode ser chamado de arriscar a vida. Ele foi para a morte certa. Ainda está vivo graças à saúde de ferro e à impressionante resistência física. No que se refere àquela criança, ela sobreviveu também por puro acaso. Minhas meninas não atiraram nela porque acharam que se tratava de um puck ou de um leprechaum.

Eithné olhou mais uma vez para Freixenet, e Geralt percebeu que seus lábios haviam perdido a dureza.

— Muito bem. Vamos tentar tirar algum proveito deste dia — afirmou, aproximando-se com as duas dríades do leito de ramos.

Freixenet empalideceu e encolheu-se todo, o que de maneira alguma tornou-o menor.

Eithné o observou por alguns instantes com os olhos semicerrados.

— Você tem filhos? — perguntou finalmente. — Estou falando com você, seu tarugo.

— Como?!

— Acho que me expressei muito claramente.

— Eu não... sou... — gaguejou Freixenet — não sou casado.

— Não estou interessado em sua vida familiar. O que me interessa é saber se você é capaz de despertar algo do meio dessas coxas obesas. Em nome da Grande Árvore! Quero saber se você já engravidou alguma mulher!

— Sim... sim, grande dama, só que...

Fithné fez um gesto desleixado com a mão e se virou para Geralt.

— Ele ficará em Brokilon — falou — até ficar totalmente curado e por mais um tempinho. Depois... depois poderá ir para onde quiser.

— Agradeço-lhe, Eithné. — O bruxo inclinou-se. — E quanto à... menina? O que vai acontecer com ela?

— Por que você pergunta? — A dríade mirou-o com seus olhos argênteos. — Você sabe.

— Ela não é uma simples criança camponesa. É uma princesa.

— Isso não me impressiona, nem faz diferença.

— Escute...

— Nem uma palavra mais, Gwynbleidd.

Geralt calou-se, mordendo os lábios.

— E quanto a minha missão?

— Muito bem, vou ouvir o que tem a dizer — suspirou a dríade. — Não por curiosidade, mas por apreço a você, para que possa dizer a Venzlav que cumpriu sua missão e receber a paga que ele lhe prometeu para chegar até mim. Mas não agora. Estarei ocupada. Vá ao anoitecer a minha árvore.

Quando ela saiu, Freixenet ergueu-se sobre um cotovelo, gemeu, tossiu e cuspiu na mão.

— De que se trata, Geralt? Por que deverei ficar aqui por mais um tempinho? E por que ela queria saber se eu tenho filhos? Em que enrascada você me meteu?

O bruxo se sentou.

— Você salvou sua cabeça, Freixenet — respondeu, com voz cansada. — Você será um dos muito poucos que saíram daqui com vida, pelo menos nos últimos tempos. E vai ser pai de uma pequena dríade. Talvez de mais do que uma.

— Como? Você está dizendo que devo me tornar um... reprodutor?!

— Você pode chamar isso como quiser, mas sua escolha é muito limitada.

— Compreendo — sorriu o barão lascivamente. — Paciência; já vi prisioneiros trabalhando em minas e cavando canais... Se é para escolher, prefiro isso... Tomara que não me faltem forças. Elas são muitas...

— Pare de sorrir como um imbecil — irritou-se Geralt — e de ficar imaginando coisas! Não conte com homenagens, música, vinho, leques de plumas e enxames de dríades apaixonadas. Haverá uma, talvez duas, e sem paixão alguma. Elas abordarão o assunto de maneira bem objetiva... e você, mais ainda.

— Aquilo não lhes causa prazer? Pelo menos, espero que não lhes desagrade.

— Não seja ingênuo. Por esse aspecto, elas não se diferenciam em nada das mulheres. Pelo menos fisicamente.

— O que quer dizer?...

— Que dependerá de você elas sentirem prazer ou não. Mas isso não alterará em nada o fato de elas só estarem interessadas no resultado. Sua pessoa tem significado secundário. Ah, sim... Nunca tome a iniciativa.

— Como assim?

— Se você encontrá-la pela manhã — explicou o bruxo, paciente —, você deverá cumprimentá-la elegantemente, e nem pense em fazer alguma observação jocosa ou dar uma piscadela. Para as dríades, esse assunto é muito sério. Se ela lhe sorrir ou se aproximar, poderá trocar algumas palavras com ela, de preferência sobre árvores. Se você não entende de árvores, então fale do tempo. No entanto, se ela fingir que não o viu, mantenha distância não apenas dela, mas também das outras. Além disso, jamais tente tocá-las com segundas intenções. Para uma dríade que ainda não está pronta, essas coisas não existem. Toque uma delas e vai levar uma facada, porque ela não terá compreendido sua intenção.

— Vejo que você é entendido em acasalamento de dríades — sorriu Freixenet. — Já teve a oportunidade de desfrutar esse conhecimento?

O bruxo não respondeu. Diante de seus olhos, uma linda e esbelta dríade ria com insolência. "Vatt'ghern, bloede caérme. Um bruxo, maldita sorte. O que você nos trouxe, Braenn? Para que precisamos dele? Um bruxo não serve para nada..."
— Geralt?
— O que foi?
— E a princesa Cirilla?
— Esqueça-a. Vai ser transformada numa dríade, e daqui a dois ou três anos será capaz de disparar uma flecha no próprio irmão, caso este tente adentrar Brokilon.
— Que merda! — praguejou Freixenet, fazendo uma careta. — Ervyll vai ficar furioso. Geralt, não haveria um jeito...
— Não — cortou-o o bruxo. — Nem tente. Você não sairia vivo de Duén Canell.
— O que quer dizer que a garotinha está perdida.
— Para vocês, sim.

VI

Como era de esperar, a árvore de Eithné era um carvalho — na verdade, três carvalhos enleados, ainda viçosos e sem sinal algum de ressecamento, embora Geralt lhes desse no mínimo trezentos anos. Os carvalhos eram ocos por dentro e a cavidade tinha as dimensões de uma ampla sala, com pé-direito alto e teto que se afunilava à medida que subia. O interior, iluminado por uma lamparina que não soltava fumaça, havia sido transformado numa simples residência, mas nem um pouco primitiva.

Eithné estava ajoelhada no centro sobre algo que parecia ser uma esteira de fibras. Diante dela, dura e imóvel como uma pedra, encontrava-se Ciri, sentada com as pernas encolhidas, lavada, curada do resfriado, os enormes olhos esmeraldinos arregalados. O bruxo notou que seu rosto, agora desprovido da sujeira e da expressão de um diabinho maroto, era bem bonito.

Eithné, lentamente e com carinho, penteava os compridos cabelos da menina.

— Entre, Gwynbleidd. Sente-se.

Antes de sentar-se, Geralt dobrou um joelho, num cumprimento cerimonial à dona do lugar.

— Descansou? — indagou a dríade, sem olhar para ele e sem parar de pentear a menina. — Quando você pode partir? Que tal amanhã de manhã?

— Assim que a Senhora de Brokilon ordenar — respondeu Geralt friamente. — Basta uma palavra sua para que eu cesse de importuná-la com minha presença em Duén Canell.

— Geralt — falou Eithné, virando lentamente a cabeça em sua direção. — Não me entenda mal. Eu o conheço e respeito. Sei que nunca fez mal a uma dríade, ondina, sílfide ou ninfa; ao contrário, por mais de uma vez você saiu em defesa delas e lhes salvou a vida. Mas tudo isso não muda nada. Coisas demais nos separam. Pertencemos a mundos distintos. Não quero e não posso fazer exceções. Para ninguém. Não vou perguntar se entendeu tudo o que lhe disse, porque sei que é assim. Pergunto apenas se você aceita.

— E qual seria o impacto de eu aceitar ou não?

— Nenhum, porém quero saber.

— Aceito — afirmou Geralt. — E quanto a ela, a pequena Ciri? Ela também pertence a um mundo distinto do seu.

Ciri olhou para ele assustada e, em seguida, ergueu os olhos para a dríade. Eithné sorriu.

— Não por muito tempo — disse.

— Eithné, eu lhe peço... Reflita.

— Refletir sobre o quê?

— Entregue-a a mim. Deixe que ela volte comigo para o mundo ao qual pertence.

— Não, Lobo Branco — respondeu a dríade, voltando a enfiar o pente nos acinzentados cabelos da garotinha. — Não vou devolvê-la. Você, mais do que ninguém, deveria entender isso.

— Eu?!

— Você. As notícias do mundo exterior acabam sempre chegando a Brokilon. Notícias sobre certo bruxo que, ao prestar determinados serviços, costuma arrancar das pessoas estranhas promessas. "Você me dará aquilo que encontrar em casa ao retornar e que não esperava." "Você me dará o que já tem, mas do que ainda não sabe." Soa-lhe familiar? Faz muito tempo que vocês tentam comandar o destino. Querendo evitar que desapareçam para sempre e sejam esquecidos, buscam meninos marcados pela fortuna para serem seus sucessores. Portanto, por que você se espanta com o que faço? Eu me preocupo com o destino das dríades. Não acha justa essa preocupação? Para cada dríade morta pelos humanos, uma menina humana.

— Ao detê-la, você despertará inimizade e desejo de vingança, Eithné. Você despertará um ódio terrível.

— O ódio dos humanos não é novidade para mim. Não, Geralt. Não vou devolvê-la. Especialmente por ela estar sadia, o que não é muito frequente nos dias de hoje.

— Não é frequente?

A dríade fixou no bruxo os enormes olhos cor de prata.

— Os humanos enjeitam suas filhas doentes para que nós as recolhamos. Difteria, escarlatina, escorbuto e, ultimamente, até varíola. Eles acham que não possuímos imunidade e que as epidemias vão acabar conosco ou, pelo menos, nos dizimar. Desiluda-os, Geralt. Nós temos algo muito maior do que imunidade. Brokilon zela por suas crianças.

Eithné calou-se, inclinou a cabeça e, com extremo cuidado, pôs-se a desembaraçar com o pente uma mecha de cabelos tão enredados que teve de usar também a outra mão.

— Será que agora eu poderia — pigarreou o bruxo — passar para o assunto com o qual o rei Venzlav enviou-me para cá?

— Vale mesmo a pena perder tempo com isso? — Eithné ergueu a cabeça. — Para que tanto esforço? Sei perfeitamente o que deseja o rei Venzlav. Para isso, não é preciso ter poderes de adivinhos. Ele quer que eu lhe devolva Brokilon, certamente até o rio Vda, o qual, pelo que me consta, ele considera, ou mais precisamente gostaria de considerar, a fronteira natural entre Brugge e Verden. Em troca, imagino que ele me ofereça um enclave, um pequeno pedaço de uma floresta. E certamente garante com a palavra e a proteção reais que aquela minúscula porção de selva pertencerá a mim por séculos e séculos e que ali ninguém ousará perturbar as dríades; que as dríades poderão viver naquele minúsculo rincão em paz. Venzlav gostaria de dar fim de uma vez por todas a uma guerra com Brokilon que dura duzentos anos. E, para isso, as dríades teriam de dar de mão beijada aquilo em cuja defesa lutam e morrem há duzentos anos. Entregar assim, sem mais nem menos? Entregar Brokilon?

Geralt permaneceu calado. Nada tinha a acrescentar. A dríade sorriu.

— Não foi exatamente desse jeito que soou a proposta real, Gwynbleidd? Ou talvez o rei tenha sido mais sincero, dizendo: "Não erga a cabeça, seu monstro da floresta, besta da selva, relíquia do passado, mas ouça o que queremos nós, o rei Venzlav. Queremos cedros, carvalhos, nogueiras, mognos, bétulas douradas e pinheiros altos como mastros, porque Brokilon fica pertinho daqui, enquanto nós precisamos trazer madeira do outro lado das montanhas. Queremos o ferro e o cobre que estão sob o solo. Queremos o ouro depositado sobre Craag Na. Queremos derrubar árvores com serras e machados e cavoucar sem termos de ficar atentos a silvos de flechas. E, por fim, queremos o mais importante: queremos finalmente ser um rei a quem esteja subordinado tudo o que está em seu reino. Não queremos ter em nosso reino nenhuma Brokilon, uma floresta cujo acesso nos é vedado, uma floresta que nos irrita, nos enfurece e tira o sono de nossas pálpebras, porque somos seres humanos, porque dominamos o mundo todo. Poderemos, se quisermos, tolerar neste mundo alguns elfos, algumas dríades ou ondinas, desde que não demonstrem demasiado atrevimento. Submeta-se a nossa vontade, bruxa de Brokilon. Ou morra."

— Eithné, você mesma admitiu que Venzlav não é tolo nem fanático. Certamente sabe que ele é um rei justo, que ama a paz. Ele sofre com todo esse derramamento de sangue...

— Se ele se mantiver longe de Brokilon, não cairá uma só gota de sangue.

— Você sabe muito bem que não é assim. — Geralt ergueu a cabeça. — Muitas pessoas foram mortas em Queimados, Oitava Milha e Montes Corujeiros. Houve mortes em Brugge e na margem esquerda do rio Tira, fora das fronteiras de Brokilon.

— Os lugares que você mencionou — retrucou a dríade calmamente — fazem parte de Brokilon. Eu não reconheço os mapas humanos, nem suas fronteiras.

— Mas lá não existem mais florestas. Elas foram derrubadas há mais de cem anos!

— O que são cem anos, ou cem invernos, para Brokilon?

Geralt calou-se.

A dríade colocou de lado o pente e alisou os cabelos acinzentados de Ciri.

— Aceite a proposta de Venzlav, Eithné.

Ela o encarou friamente.

— E o que ganharemos com isso? Nós, filhas de Brokilon?

— A possibilidade de sobrevivência. Não, Eithné, não me interrompa. Sei o que você quer dizer. Compreendo seu orgulho pela independência de Brokilon. No entanto, o mundo está mudando. Algo está acabando. Queira ou não, a dominação do mundo pelos humanos já é um fato. Somente sobreviverão aqueles que se assimilarem aos humanos. Os demais estão fadados a desaparecer. Eithné, existem florestas nas quais dríades, ondinas e elfos vivem em paz, porque chegaram a um acordo com os humanos. Afinal, somos tão próximos... Os homens podem ser pais dos filhos de vocês. O que lhe traz a guerra que você está travando? Os potenciais pais de seus filhos caem abatidos por suas flechas. E qual o resultado disso? Quantas das dríades que vivem hoje em Brokilon são de sangue puro? E quantas delas são meninas humanas raptadas e transformadas? Por falta de escolha, você precisa aproveitar a presença de alguém como Freixenet. Por mais que eu olhe em volta, são poucas as pequenas dríades que vejo por aí. Vejo apenas ela... uma assustada pirralha humana drogada por narcóticos e paralisada de medo...

— Pois saiba que não tenho medo de nada! — gritou Ciri repentinamente, adotando por um momento sua usual aparência de um pequeno diabinho. — E não estou drogada! Imagine! Nada de mau pode me acontecer! Não tenho medo! Minha avó diz que as dríades não são más, e minha avó é a pessoa mais inteligente do mundo! Minha avó... Minha avó diz que deveria haver mais florestas como esta...

A menina calou-se e abaixou a cabeça. Eithné soltou uma gargalhada.

— Criança de Sangue Antigo — afirmou. — Sim, Geralt. Como pode ver, as Crianças de Sangue Antigo das quais falam as profecias continuam nascendo. E você diz que algo está acabando... E preocupa-se com o fato de nós sobrevivermos ou não...

— A pirralha deveria casar-se com Kristrin de Verden — interrompeu-a Geralt. — É uma pena que não vai. Kristrin assumirá o trono após a morte de Ervyll, e quem sabe se ele, sob a influência de uma esposa com tais convicções, não interromperá as investidas contra Brokilon?

— Não quero aquele Kristrin! — gritou fininho a menina, com forte brilho nos olhos verdes. — Que Kristrin encontre para si um lindo e tolo material! Eu não sou um material! Não serei uma princesa!

— Fique quieta, Criança de Sangue Antigo — falou a dríade, abraçando Ciri. — Não grite. Definitivamente, você não será uma princesa.

— Definitivamente — repetiu o bruxo, amargo. — Tanto você, Eithné, como eu sabemos muito bem quem ela acabará sendo. Vejo que isso já foi decidido. Paciência. Que resposta devo levar ao rei Venzlav, Senhora de Brokilon?

— Nenhuma.

— Como, nenhuma?

— Nenhuma. Ele vai entender. Já antes, muito antes, quando Venzlav ainda não tinha nascido, Brokilon costumava ser assediada por arautos. Soavam cornos e trombetas, brilhavam armaduras, tremulavam flâmulas e bandeiras. "Submeta-se, Brokilon!", gritavam. "O rei Cabradentes, senhor das Colinas Carecas e dos Prados Úmidos, exige que você se submeta, Brokilon!" E a resposta de Brokilon foi sempre a mesma. Quando você sair de minha Floresta, Gwynbleidd, pare por um instante, vire-se e escute. A resposta de Brokilon virá do sussurro das folhas. Transmita-a a Venzlav e diga-lhe que ele jamais ouvirá outra enquanto houver carvalhos em Duén Canell... enquanto permanecer uma só árvore e viver uma só dríade.

Geralt permaneceu calado.

— Você diz que algo está acabando — continuou Eithné lentamente. — Não é verdade. Há coisas que nunca acabam. Você me fala da sobrevivência. Eu luto pela sobrevivência. Porque Brokilon perdura graças a minha luta, porque as árvores vivem mais tempo que os homens, bastando apenas protegê-las de seus machados. Você me fala de reis e príncipes. Quem são eles? Os que eu conheço não passam de esbranquiçados esqueletos nas necrópoles de Craag Ann, lá, no fundo da floresta, deitados em criptas de mármore, sobre pilhas de metal dourado e pedrinhas coloridas. Enquanto isso, Brokilon persiste, as árvores sussurram sobre ruínas de palácios e raízes racham lápides de mármore. Será que esse seu Venzlav se lembra de quem foram os tais reis? E você, Gwynbleidd, se lembra? Caso não se lembre, como pode afirmar que algo está acabando? Como pode saber a quem foi predestinada a extinção e a quem a eternidade? Você sabe, pelo menos, o que é o destino?

— Não — admitiu Geralt. — Não sei. Mas...

— Se você não sabe — interrompeu-o —, então não há lugar para "mas" algum. Você não sabe. Simplesmente não sabe.

Eithné calou-se, levou a mão à testa e virou o rosto.

— Quando você esteve aqui pela primeira vez, há anos — voltou a falar —, também não sabia. E Morénn... minha filha... Geralt, Morénn está morta. Morreu à beira do rio Tira, defendendo Brokilon. Não consegui reconhecê-la quando a trouxeram. Seu rosto fora esmagado pelos cascos dos cavalos de vocês. Destino? E hoje você, um bruxo que não pôde dar um filho a Morénn, me aparece trazendo pela mão uma Criança de Sangue Antigo, uma menina que sabe o que é o destino. Não se trata de um conhecimento adequado para você, um conhecimento que você possa aceitar. Ela simplesmente crê. Repita, Ciri, o que você tinha acabado de me dizer antes da entrada desse bruxo, Geralt de Rívia, o Lobo Branco. O bruxo que não sabe. Repita, Criança de Sangue Antigo.

— Digníss... nobre senhora — falou Ciri, com voz hesitante. — Não me detenha aqui. Eu não posso... Eu quero... voltar para casa. Quero voltar para casa com Geralt. Eu preciso... ir com ele...

— Por que com ele?

— Porque ele... porque ele é meu destino.

Eithné virou-se e encarou o bruxo. Seu rosto estava muito pálido.

— O que você tem a dizer sobre isso?

Geralt não respondeu. Eithné bateu com as mãos, chamando Braenn, que, emergindo da noite escura como um fantasma, adentrou a parte oca do carvalho carregando uma grande taça de prata em ambas as mãos. O medalhão no pescoço do bruxo começou a trepidar rápida e ritmicamente.

A dríade de cabelos de prata se levantou.

— O que você tem a dizer sobre isso? — repetiu. — Ela não quer ficar em Brokilon! Não deseja tornar-se uma dríade! Não quer substituir minha Morénn. Quer ir embora daqui, quer partir atrás de seu destino! Não é assim, Criança de Sangue Antigo? Não é isso mesmo que você quer?

Ciri meneou a cabeça. Seus ombros tremiam. O bruxo achou que já vira o bastante.

— Por que você tortura essa criança, Eithné? Daqui a um instante você lhe dará Água de Brokilon para beber, e tudo o que ela quiser deixará de ter significado. Por que está fazendo isso? E por que o faz em minha presença?

— Quero mostrar-lhe o que é o destino. Quero provar-lhe que nada acaba. Que tudo está começando justamente agora.

— Não, Eithné — retrucou o bruxo, levantando-se. — Sinto estragar-lhe o prazer dessa demonstração, mas não tenho a intenção de presenciá-la. Você foi longe demais, Senhora de Brokilon, em sua intenção de sublinhar o precipício que nos separa. Vocês, o Povo Antigo, gostam de repetir que não sabem o que é ódio, que esse sentimento é exclusivo dos humanos. Mas isso não é verdade. Vocês sabem muito bem o que é ódio e são capazes de odiar, só que de maneira diferente, com mais inteligência e menos agressão, porém, provavelmente por causa disso, de modo muito mais cruel. Aceito seu ódio, Eithné, em nome de todos os seres humanos. Fiz por merecê-lo. Sinto por Morénn.

A dríade não respondeu.

— E é exatamente essa a resposta que devo levar a Venzlav de Brugge? Uma ameaça e uma provocação? Uma patente comprovação do ódio e do Poder que permanecem adormecidos entre estas árvores e em cujo nome daqui a pouco uma criança humana tomará um veneno que destruirá sua memória, recebendo-o das mãos de outra criança humana que já teve a memória e a psique destruídas? E é essa a resposta que deverá levar a Venzlav um bruxo que conhece e aprendeu a gostar dessas duas crianças? Um bruxo culpado pela morte de sua filha? Muito bem, Eithné. Será feita sua vontade. Venzlav ouvirá sua resposta, ouvirá minha voz, verá meus olhos e lerá neles tudo o que deverá ser lido. No entanto, não sou obrigado, e nem quero, olhar para o que vai se passar aqui.

Eithné continuou calada.

— Adeus, Ciri. — Geralt ajoelhou-se e abraçou a menina. Os ombros dela tremiam fortemente. — Não chore. Você sabe que nada de mau pode lhe acontecer aqui.

A garota fungou. O bruxo se ergueu.

— Adeus, Braenn — falou para a jovem dríade. — Cuide-se e sobreviva; sobreviva tanto quanto sua árvore e Brokilon. E mais uma coisa...

— Sim, Gwynbleidd? — Braenn ergueu a cabeça e Geralt notou que seus olhos estavam úmidos.

— É muito fácil matar com arco e flecha, minha jovem. Também é fácil soltar a corda e pensar que não fui eu, e sim a flecha. Minhas mãos não estão manchadas com o sangue daquele garoto. Não fui eu quem o matou. Foi a flecha. Só que as flechas não sonham à noite. Desejo-lhe que também não sonhe à noite, bela dríade de olhos azuis. Adeus, Braenn.

— Mona... — balbuciou Braenn. A taça que segurava nas mãos tremia e o transparente líquido em seu interior ondulou perigosamente.

— O que você disse?

— Mona! — gemeu ela. — Meu nome é Mona! Dama Eithné! Eu...

— Basta! — exclamou Eithné com severidade. — Controle-se, Braenn.

Geralt riu secamente.

— Eis sua predestinação, Senhora da Floresta. Respeito sua teimosia e sua luta, mas sei que muito em breve você estará lutando sozinha. A última dríade de Brokilon enviando para a morte as últimas jovens que, apesar de tudo, ainda conseguem se lembrar de seu nome original. Assim mesmo, Eithné, desejo-lhe boa sorte. Adeus.

— Geralt... — sussurrou Ciri, que permanecera sentada com a cabeça abaixada. — Não me deixe... sozinha...

— Lobo Branco — disse Eithné, abraçando os ombros encolhidos da menina. — Você teve de esperar até ela lhe pedir que não a abandone? Que você fique a seu lado até o fim? Por que você quer abandoná-la num momento como este? Deixá-la entregue à própria sorte? Para onde quer fugir, Gwynbleidd? E de quê?

Ciri abaixou ainda mais a cabeça, mas não se pôs a chorar.

— Até o fim. — O bruxo meneou a cabeça. — Muito bem, Ciri. Você não vai ficar sozinha. Estarei a seu lado. Não tenha medo de nada.

Eithné pegou a taça das trêmulas mãos de Braenn e ergueu-a.

— Você sabe ler Runas Antigas, Lobo Branco?

— Sei.

— Então leia o que está gravado na taça. Esta taça vem de Craag An. Ninguém mais se lembra dos reis que dela beberam.

— Duettaeánn aef cirrán Cáerme Gláeddyv. Yn á esseáth.

— Você sabe o que quer dizer isso?

— A espada do destino tem dois gumes... Um deles é você.

— Levante-se, Criança de Sangue Antigo. — Na voz da dríade soou uma ordem à qual não era possível desobedecer, um poder ao qual não havia como resistir. — Beba. É Água de Brokilon.

Geralt mordeu os lábios, fitando os olhos argênteos de Eithné. Não olhava para Ciri, cujos lábios se aproximavam da beirada da taça. Já vira aquilo antes: convulsões, tremores e um assombroso e horripilante grito apagando-se suavemente, seguidos de um vazio torpor e apatia nos olhos que se abriam devagar. Já vira aquilo.

Ciri bebeu. Uma lágrima escorreu pelo rosto imóvel de Braenn.

— Já chega. — Eithné pegou a taça e colocou-a no chão. Em seguida, acariciou com as duas mãos os longos cabelos da menina, que caíam em ondas acinzentadas sobre os ombros. — Criança de Sangue Antigo — falou. — Escolha. Quer permanecer em Brokilon ou partir em busca de seu destino?

O bruxo, estupefato, sacudiu a cabeça. Ciri respirava um tanto mais rapidamente e seu rosto enrubescera. E nada mais. Nada.

— Quero partir em busca de meu destino — disse sonoramente, fixando os olhos direto nos da dríade.

— Pois que assim seja — afirmou Eithné, com voz curta e fria.

Braenn soltou um profundo suspiro.

— Quero ficar sozinha — falou Eithné, virando-se de costas. — Saiam, por favor.

Braenn agarrou Ciri e tocou no ombro de Geralt, mas o bruxo afastou sua mão.

— Agradeço-lhe, Eithné.

A dríade voltou-se lentamente para ele.

— Por que você me agradece?

— Pelo destino — respondeu Geralt, sorrindo. — Por sua decisão. Porque aquela não era Água de Brokilon, não é verdade? O destino de Ciri era o de voltar para casa, e você, Eithné, fez o papel do destino. É por isso que lhe agradeço.

— Quão pouco você sabe sobre o destino — retrucou a dríade amargamente. — Quão pouco você sabe, bruxo. Quão pouco você vê. Quão pouco você compreende. Você me agradece? Agradece o papel que representei? Um espetáculo circense? Um truque, uma mistificação, um embuste? O fato de a espada do destino ter sido, em sua opinião, feita de madeira coberta com reluzente tinta dourada? Se você vê as coisas assim, então vá em frente: não me agradeça, e sim me desmascare. Demonstre que está com a razão. Atire em meu rosto sua verdade, mostre-me como triunfa a sóbria verdade humana, a mente sã graças à qual, segundo o entendimento de vocês, os humanos dominarão o mundo. Ainda sobrou um pouco de Água de Brokilon. Você terá a coragem de tomá-la, conquistador do mundo?

Geralt, apesar de irritado com as palavras da dríade, hesitou, mas só por um instante. A Água de Brokilon, mesmo autêntica, não tinha efeito algum sobre ele, já que era imune a todas as suas toxinas e substâncias alucinatórias. Aquela, porém, não podia ter sido Água de Brokilon, pois Ciri a bebera e nada lhe acontecera. Estendeu as mãos na direção da taça, mirando os olhos cor de prata da dríade.

A terra fugiu sob seus pés e desabou sobre seus ombros. O possante carvalho girou e tremeu. Com enorme esforço, o bruxo abriu os olhos e tateou em volta com mãos entorpecidas. Foi como se tivesse erguido uma lápide de mármore. Viu sobre si o rosto de Braenn e, atrás dele, os olhos de Eithné brilhando como mercúrio. E mais um par de olhos, verdes como esmeraldas. Não, um pouco mais claros, como a tenra grama primaveril. O medalhão em seu pescoço não parava de tremer.

— Gwynbleidd — ouviu. — Olhe atentamente. Não, de nada lhe adiantará cerrar os olhos. Olhe. Olhe para seu destino. Está se lembrando?

Uma cortina de fumaça rompida repentinamente por uma explosão de luminosidade, pesados candelabros com velas de cera derretida, paredes de pedra, uma íngreme escada. E, descendo os degraus, uma jovem de olhos verdes e cabelos cinzentos com um diadema adornado com uma gema belamente lapidada, trajando um vestido azul-argênteo com a cauda suportada por um pajem de casaco escarlate.

— Está se lembrando?

Sua própria voz dizendo... dizendo...

— Voltarei daqui a seis anos...

Um caramanchão, calor, perfume de flores, o pesado e monótono zumbido de abelhas. Ele, de joelhos, dando uma rosa a uma mulher de cabelos cinzentos saindo por debaixo de um fino aro dourado. Nos dedos da mão que recebia a rosa, anéis com esmeraldas, enormes cabochões verdes.

— Volte — dizia a mulher. — Volte para cá se mudar de ideia. O que lhe foi predestinado não sairá daqui.

"Nunca voltei", pensou. "Nunca voltei... lá. Nunca voltei para..."

Para onde?

Cabelos acinzentados. Olhos verdes.

Novamente sua voz no meio da escuridão, num negrume no qual tudo desaparecia. Fogueiras e mais fogueiras até onde a vista podia alcançar. Uma nuvem de centelhas na fumaça purpúrea. Belleteyn! Noite de maio! No meio da fumaça, dois olhos cor de violeta ardendo num pálido rosto triangular semiencoberto por uma onda de cachos negros.

Yennefer!

– Não basta.

Os finos lábios do espectro se contorceram repentinamente, enquanto sobre a pálida bochecha deslizava uma lágrima – rápido, cada vez mais rápido, como uma gota de cera derretida sobre o corpo de uma vela.

– Não basta. Vai ser preciso algo mais.

– Yennefer!

– Nulidade por nulidade – disse o espectro, com a voz de Eithné. – A nulidade e o vazio que estão em você, conquistador do mundo que nem consegue conquistar a mulher que ama e que parte e foge tendo o destino ao alcance da mão. A espada do destino tem dois gumes. Um deles é você. E o outro? O que é o outro, Lobo Branco?

– O destino não existe – ouviu a própria voz. – Não existe. Não existe. A única coisa predestinada é a morte.

– É verdade – concordou a mulher de cabelos acinzentados e sorriso misterioso. – Isso é verdade, Geralt.

A mulher vestia uma armadura ensanguentada, com mossas e furos produzidos por lanças ou alabardas. Um filete de sangue escorria do canto de seus lábios, contorcidos num sorriso desagradável e misterioso.

– Você zomba do destino – afirmou ela, sem parar de sorrir. – Você zomba dele e brinca com ele. A espada do destino tem dois gumes. Um deles é você. E o outro é o quê? A morte? Mas somos nós que morremos... que morremos por sua causa. Como a morte não pode alcançá-lo, ela se contenta conosco. A morte o acompanha passo a passo, Lobo Branco. No entanto, são os outros que morrem. Por sua causa. Você se lembra de mim?

– Ca... Calanthe!

– Você pode salvá-lo. – A voz de Eithné vinha de trás da cortina de fumaça. – Você pode salvá-lo, Criança de Sangue Antigo. Antes que ele afunde na nulidade pela qual se apaixonou, na escura floresta que não tem fim.

Olhos verdes como a grama na primavera. Um toque. Vozes gritando num coro incompreensível. Rostos.

Já nada mais via. Caía num precipício, no vácuo, na escuridão. A última coisa que ouviu foi a voz de Eithné:
— Que assim seja.

VII

— Geralt! Acorde! Por favor, acorde!

O bruxo abriu os olhos e viu o sol, um ducado dourado com bordas bem definidas, bem alto, sobre as copas das árvores, por trás do opaco véu da neblina matinal. Estava deitado sobre um leito de musgo úmido e esponjoso, a raiz de uma árvore machucando-lhe as costas.

Ciri estava ajoelhada a seu lado, sacudindo-o pelas abas do gibão.

— Que droga... — praguejou ele, olhando em volta. — Onde estou? Como vim parar aqui?

— Não sei — respondeu a menina. — Acabei de acordar junto de você, sentindo-me terrivelmente cansada. Não consigo me lembrar... Sabe de uma coisa? Trata-se de feitiços!

— Você está certa — disse Geralt, sentando-se e retirando um punhado de folhas aciculares de dentro do colarinho. — Está mais do que certa, Ciri. Aquela desgraçada Água de Brokilon... Desconfio que as dríades andaram brincando à nossa custa.

Ergueu-se, levantou a espada que jazia a seus pés e atirou o cinturão sobre o ombro.

— Ciri...
— Sim?
— Você também brincou à minha custa.
— Eu?
— Você é filha de Pavetta e neta de Calanthe de Cintra. Você sabia desde o início quem eu era?

— Não. — A menina enrubesceu. — Não desde o início. Foi você quem desenfeitiçou meu pai, não é verdade?

— Não foi bem assim. — Geralt meneou a cabeça. — Quem o fez foram sua mãe e sua avó. Eu apenas ajudei.

— Mas a babá dizia... dizia que eu estava predestinada. Porque sou uma Inesperada. Uma Criança Surpresa.

— Ciri. — O bruxo olhou para ela, balançando a cabeça e sorrindo. — Creia-me que você é a maior surpresa que eu poderia ter encontrado.

— Ah! — O rosto da menina brilhou de alegria. — Então é verdade! Sou predestinada. A babá dizia que viria um bruxo de cabelos brancos que me levaria com ele. E a vovó gritava... Mas isso não importa! Aonde você vai me levar?

— Para sua casa. Para Cintra.

— Mas... mas eu pensei que...

— Você terá tempo de pensar pelo caminho. Vamos, Ciri. Precisamos sair de Brokilon. Este lugar é muito perigoso.

— Eu não tenho medo!

— Mas eu tenho.

— A vovó dizia que os bruxos não têm medo de nada.

— A vovó exagerou, e muito. Vamos embora, Ciri. Se eu pelo menos tivesse ideia de onde estamos... — Olhou para o sol. — Muito bem. Vamos arriscar... Iremos por aqui.

— Não — disse Ciri, franzindo o nariz e apontando na direção oposta à escolhida por Geralt. — Por aqui.

— E como você sabe?

— Simplesmente sei — respondeu Ciri, dando de ombros e lançando-lhe um esmeraldino olhar desarmado e surpreso. — Não sei bem como... Só sei que sei...

"Filha de Pavetta", pensou Geralt. "Uma Criança... de Sangue Antigo. É bem possível que ela tenha herdado algo da mãe."

— Ciri. — Desabotoou a camisa e puxou para fora o medalhão. — Toque nisto.

— Oh! — A menina abriu a boca de espanto. — Que lobo horrendo! Que dentes enormes!

— Toque.

— Oh!

O bruxo sorriu; também sentira o violento tremor do medalhão e a poderosa onda percorrendo o cordão de prata.

— Ele se mexeu! — gritou Ciri. — Ele tremeu todo!

— Eu sei. Vamos, Ciri. Escolha o caminho.

— São feitiços, não é verdade?
— Evidentemente.
As coisas se passaram como ele imaginara. A menina pressentia a direção a ser tomada. Por quais meios, ele não sabia. Mas em pouco tempo, bem menos do que ele esperava, chegaram à trifurcação que, pelo menos no entendimento dos seres humanos, formava a fronteira de Brokilon. Eithné, como ele bem se lembrava, não a reconhecia.
Ciri mordiscou os lábios, franziu o nariz, hesitou e ficou olhando para as três esburacadas estradas de terra batida com marcas de cascos de cavalo e rodas de carroça. Geralt, porém, já sabia onde estava e não precisava nem queria depender das inseguras habilidades da menina. Tomou a estrada que ia para o leste, na direção de Brugge. Ciri, com o nariz ainda franzido, olhou para a estrada que ia para o oeste.
— Aquele caminho leva ao castelo de Nastrog — disse o bruxo, de maneira jocosa. — Você ficou com saudade de Kristrin?
A menina resmungou baixinho e seguiu-o obedientemente, mas ficou virando a cabeça e olhando para trás.
— O que foi, Ciri?
— Não sei. Mas este caminho é ruim, Geralt.
— Por quê? Estamos indo para Brugge, ao encontro do rei Venzlav, que mora num lindo castelo. Tomaremos um bom banho e dormiremos em camas de verdade com cobertores de penas...
— Este caminho é ruim — repetiu ela.
— É verdade que já vi estradas melhores. Pare de franzir o nariz, Ciri. Apresse-se.
Passaram por uma curva ladeada por espessos arbustos e ficou patente que Ciri estava certa.
Foram cercados repentinamente por homens com capacete pontudo e cota de malha coberta por túnica azul-escura com o escudo xadrez em preto e dourado de Verden sobre o peito. Cercaram-nos, porém nenhum deles aproximou-se ou tocou na arma.
— De onde e para onde? — latiu um atarracado indivíduo metido num gasto traje verde que, apoiado sobre as pernas arqueadas, se plantara diante de Geralt. Seu rosto era escuro e en-

rugado como uma ameixa ressecada. Um arco e uma aljava com flechas de empenagem branca sobressaíam de trás dos ombros.

— De Queimados — mentiu o bruxo, apertando significativamente a mão de Ciri. — Estou voltando para casa, em Brugge. E vocês?

— Somos membros da Guarda Real — respondeu o desconhecido, de maneira mais polida, como se apenas naquele momento tivesse percebido a espada presa às costas de Geralt. — Nós...

— Traga-o aqui, Junghans! — gritou alguém do meio dos homens que estavam mais longe. Os soldados se apartaram.

— Não olhe, Ciri — falou Geralt rapidamente. — Vire para o outro lado. Não olhe.

Uma árvore atravessada na estrada impedia a passagem, e as partes brancas do tronco cortado destacavam-se na mata que margeava o caminho. Diante da árvore havia uma carroça com uma lona cobrindo a carga. Pequenos cavalos peludos, enrascados em freios e arreios, com os dentes amarelos arreganhados e o corpo crivado de flechas, jaziam em torno da carroça. Um deles, ainda vivo, estrebuchava.

Havia também corpos de homens, deitados no meio de escuras manchas de sangue ressecado, pendendo das laterais da carroça e encolhidos junto às rodas.

Do meio do grupo de homens armados perto da carroça surgiram dois, dos quais logo se aproximou um terceiro. Os outros — eram em torno de dez — permaneceram imóveis, segurando seus cavalos.

— O que aconteceu aqui? — indagou o bruxo, colocando-se numa posição que ocultava a cena do massacre dos olhos de Ciri.

Um zarolho com uma malha de aço curta e botas de cano alto examinou Geralt de alto a baixo, esfregando o queixo com barba por fazer. Seu antebraço esquerdo estava protegido por um pedaço de couro gasto e brilhante, que indicava tratar-se de um arqueiro.

— Um assalto — respondeu ele secamente. — As pantânamas da floresta mataram esses mercadores, e nós estamos investigando o caso.

— Pantânamas assaltando mercadores?!

— Não está vendo? — retrucou o arqueiro, apontando para a carroça. — Todos estão tão crivados de flechas que mais parecem ouriços. E isso, numa estrada! Essas bruxas da floresta estão ficando cada vez mais ousadas. Antes, era perigoso entrar nas florestas; agora, nem se pode viajar pelas estradas que as margeiam.

— E quem são vocês? — perguntou o bruxo, semicerrando os olhos.

— Soldados de Ervyll. Da decúria de Nastrog. Servíamos sob as ordens do barão Freixenet, mas o barão foi morto em Brokilon.

Ciri abriu a boca, mas Geralt apertou fortemente sua mão para que se mantivesse calada.

— Sangue por sangue, digo eu! — trovejou o companheiro do zarolho, um gigante com um casaco coberto de afiados pregos de latão. — Sangue por sangue! Isso não pode ficar impune. Primeiro, o barão Freixenet e a princesinha de Cintra, raptada; agora, esses mercadores. Pelos deuses, precisamos vingar-nos! Senão, amanhã ou depois de amanhã, começarão a assassinar as pessoas na porta de suas choupanas!

— Brick está certo — falou o zarolho. — E quanto a você, irmãozinho, de onde é?

— De Brugge — mentiu o bruxo.

— E essa pequena? É sua filha?

— Sim. — Geralt voltou a apertar a mão de Ciri.

— De Brugge — repetiu Brick, franzindo o cenho. — Deixe que eu lhe diga, irmãozinho, que seu rei Venzlav permite que essas aberrações da natureza fiquem cada vez mais insolentes. Ele não quer se unir a nosso Ervyll, nem a Virax de Kerack. Se atacássemos Brokilon dos três lados, acabaríamos com aquela imundice de uma vez por todas...

— O que levou a esse massacre? — perguntou Geralt devagar. — Alguém sabe? Algum dos mercadores sobreviveu?

— Não há testemunhas — respondeu o zarolho. — Mas nós sabemos como tudo se passou. Junghans é um guarda-caças e sabe ler rastros como se fossem livros. Conte-lhe, Junghans.

— Pois não — falou o de rosto enrugado. — As coisas se passaram assim: os mercadores estavam viajando pela estrada e caíram numa armadilha. Como o senhor pode ver, uma bétula recém-

-derrubada atravessa a estrada. No meio dos arbustos há muitos rastros, o senhor gostaria de vê-los? Quando os viajantes pararam para remover a árvore, foram atacados com flechas vindas do meio daquelas bétulas e acabaram sendo mortos num piscar de olhos. E, como o senhor pode ver, as flechas são típicas de pantânamas... penas coladas com resina e a parte de trás da haste envolta em alburno...

— Estou vendo — interrompeu-o o bruxo, olhando para os cadáveres. — E tenho a impressão de que alguns deles sobreviveram às flechas e tiveram a garganta cortada... com faca.

Por trás dos soldados que estavam a sua frente surgiu mais um, magro e baixo, trajando um gibão de pele de alce. Tinha cabelos escuros muito curtos e bochechas azuladas, indicando uma barba espessa recém-cortada. Para o bruxo, bastou um rápido olhar para as delgadas e compridas mãos metidas em luvas negras sem dedos, para os opacos olhos de peixe, para a espada e para o punho das adagas que se destacavam de trás do cinturão e de dentro do cano das botas. Já tivera muitas oportunidades de ver um assassino para não reconhecer de imediato mais um.

— Seus olhos são muito aguçados — falou o moreno lentamente. — A bem da verdade, você enxerga muita coisa.

— O que vem a calhar — observou o zarolho. — Assim, ele poderá contar o que viu a seu rei, embora Venzlav continue afirmando que não se devem matar pantânamas, porque elas são boas e simpáticas. Na certa, ele as visita nas noites de maio e transa com elas. Por esse aspecto, é possível que elas sejam boas e simpáticas, algo que nós mesmos vamos testar quando pegarmos uma delas viva.

— Ou mesmo semiviva — riu Brick. — Mas onde se meteu aquele druida de merda? Já é quase meio-dia e nem sinal dele. Está na hora de partirmos.

— O que vocês pretendem fazer? — perguntou Geralt, sem soltar a mão de Ciri.

— E o que você tem a ver com isso? — sibilou o moreno.

— Calma, Levecque — disse o zarolho, com um sorriso sinistro. — Para que tanta agressividade? Nós somos gente honesta. Não temos segredos. Ervyll ficou de nos enviar um druida, um grande mágico, capaz até de conversar com árvores. Ele vai nos conduzir através da floresta para vingarmos a morte de Freixenet e tentar resgatar a princesinha. Isto aqui não é um passeio, irmãozinho; é uma expedição puni... puni...

— Punitiva — soprou-lhe Levecque.

— Pois é. Você tirou a palavra de minha boca. Portanto, aconselho-o a partir daqui imediatamente, irmãozinho, porque as coisas poderão ficar pretas.

— Siiim — falou Levecque, espichando a palavra e olhando para Ciri. — Este lugar é muito perigoso, especialmente para menininhas. As pantânamas não fazem outra coisa a não ser tentar pôr as mãos em garotinhas como esta. E aí, pequenina? A mamãe está esperando por você em casa?

Ciri, tremendo de medo, fez um sinal positivo com a cabeça.

— Seria horrível — continuou o moreno, sem desviar os olhos de Ciri — se você não chegasse. Na certa, ela correria até o rei e lhe diria: "Vossa Majestade foi complacente com as dríades, e agora tem minha filha e meu marido pesando em sua consciência". Quem sabe se, confrontado com esse fato, Venzlav não voltaria a pensar numa aliança com Ervyll?

— Deixe isso para lá, senhor Levecque — rosnou Junghans, e seu rosto enrugou-se ainda mais. — Deixe-os em paz.

— Adeus, pequenina. — Levecque esticou o braço e acariciou a cabeça de Ciri, que recuou, assustada. — O que foi? Está com medo de mim?

— É que você tem sangue na mão — sussurrou o bruxo.

— Ah... — Levecque ergueu a mão. — De fato. É o sangue daqueles coitados. Estive verificando se algum deles ainda estava vivo. Infelizmente, as pantânamas são exímias arqueiras.

— Pantânamas? — disse Ciri, com voz trêmula e sem reagir ao aperto da mão do bruxo. — Não, distintos cavaleiros. Os senhores estão enganados. As dríades jamais fariam uma coisa dessas!

— O que você está dizendo, menininha? — indagou o moreno, semicerrando os olhos.

Geralt olhou para os lados, avaliando as distâncias.

— As dríades jamais fariam uma coisa dessas, nobre guerreiro — repetiu Ciri. — Isso é óbvio!

— E por que é óbvio?

— Por causa dessa árvore... Ela foi derrubada com um machado! E uma dríade nunca feriria uma árvore, não é verdade?

— É verdade. — Levecque lançou um olhar para o zarolho. — Você é uma mininha muito esperta. Diria até que esperta demais.

O bruxo já havia notado a delgada mão enluvada movendo-se lentamente, como uma aranha, na direção da empunhadura da adaga. Embora o moreno não desgrudasse os olhos de Ciri, Geralt sabia que o golpe seria desferido nele. Aguardou o momento em que Levecque tocou na arma e o zarolho reteve a respiração.

Três movimentos. Apenas três. Com a manga de tachões de prata do gibão, acertou a lateral da cabeça do moreno. Ainda antes de este atingir o chão, o bruxo já se encontrava entre Junghans e o zarolho, enquanto sua espada, saltando de dentro da bainha, silvava no ar, destroçando a têmpora de Brick, o gigante de casaco coberto de pregos de latão.

— Fuja, Ciri!

O zarolho sacou sua espada, mas não a tempo. O bruxo golpeou-o em diagonal no peito, de baixo para cima e, no mesmo impulso, de cima para baixo, transformando o soldado num ensanguentado X.

— Rapazes! — urrou Junghans para o resto da companhia. — A mim!

Ciri correu até uma faia e, parecendo um esquilo, subiu rapidamente pelo tronco, escondendo-se no meio dos galhos. O arqueiro disparou uma flecha em sua direção, porém errou o alvo. Os demais soldados se espalharam, formando um semicírculo e preparando seus arcos e flechas. Geralt, ainda agachado depois de golpear o zarolho, fez com os dedos o Sinal de Aard e lançou-o não diretamente neles, pois ainda estavam distantes, mas na estrada de areia, cobrindo-os com uma espessa nuvem de poeira.

Junghans, pulando agilmente para um lado, tirou outra flecha da aljava.

— Não! — gritou Levecque, erguendo-se do chão, com uma espada em uma das mãos e uma adaga na outra. — Deixe-o para mim, Junghans!

O bruxo girou agilmente sobre os calcanhares, ficando de frente para ele.

— Ele é meu — disse o moreno, sacudindo a cabeça e enxugando a bochecha e a boca com o antebraço. — É só meu!

Geralt, inclinado, começou a avançar em semicírculo, mas Levecque resolveu atacar diretamente, aproximando-se dele em dois pulos.

"Ele é muito bom", pensou o bruxo, aparando com dificuldade a lâmina da espada do assassino e, ao mesmo tempo, desviando o corpo da adaga. Não contra-atacou propositalmente, pulando para um lado e contando que o adversário tentaria desferir um novo golpe, com o que perderia o equilíbrio. Mas Levecque não era principiante. Também se inclinou e começou a andar em semicírculo, com passos macios e felinos. De repente pulou para frente, girou a espada como se fosse a pá de um moinho e chegou bem perto de Geralt, que se limitou a dar um rápido drible, forçando o atacante a recuar. O moreno adotou uma posição de defesa, ocultando às costas a mão com a adaga. No entanto, mesmo provocado tão abertamente, o bruxo não atacou. Sem diminuir a distância que os separava, voltou a rodeá-lo.

— Então é isso? — rosnou Levecque. — Vamos prolongar a brincadeira? Por que não? Nunca é demais quando a brincadeira é boa!

Pulou, girou a lâmina da espada e desferiu um, dois, três golpes em rápida sucessão, tentando, ao mesmo tempo, atingir o oponente com a adaga segura na mão esquerda. Geralt não atrapalhou seu ritmo: aparava as lâminas, desviava-se e voltava a andar em semicírculo, obrigando o adversário a girar constantemente o corpo. De repente, Levecque recuou e passou a se mover no sentido oposto.

— Toda brincadeira — bufou por entre os dentes semicerrados — tem de chegar ao fim. O que você dirá de um golpe final, seu espertalhão? Um golpe definitivo, depois do qual derrubaremos sua fedelha de cima da árvore. O que acha disso?

Geralt notou que Levecque estava observando sua sombra, esperando que esta chegasse até ele, o que seria uma indicação de que o sol estaria brilhando diretamente em seus olhos. Diante disso, parou de se mover, para facilitar a tarefa do assassino. Então, estreitou as pupilas, transformando-as em dois pequenos traços verticais, e, para manter as aparências, enrugou levemente o rosto, fingindo ter ficado cegado pelos raios solares.

Levecque avançou, girou, mantendo o equilíbrio com a mão da adaga esticada para um lado, e, com uma quase impossível torção da munheca, desferiu um golpe de baixo para cima, mirando a virilha do bruxo. Este também avançou, aparou o golpe contorcendo o braço de maneira igualmente quase impossível, afastou o adversário com o ímpeto da parada e acertou sua bochecha esquerda com a ponta da lâmina da espada. O moreno cambaleou, levando as mãos ao rosto. O bruxo fez uma pirueta, transferiu o peso do corpo para a perna esquerda e, com um golpe rápido e curto, cortou sua carótida. Levecque, esguichando sangue, encolheu-se, caiu de joelhos, inclinou-se ainda mais e caiu de vez, enfiando o rosto na areia.

Geralt virou-se lentamente na direção de Junghans, que, com o enrugado rosto contorcido num esgar de raiva, apontava para ele um arco com a corda estendida. O bruxo abaixou-se, segurando a espada com ambas as mãos. Os demais soldados também ergueram o arco.

– Estão esperando o quê? – berrou o arqueiro. – Disparem log...

Tropeçou, cambaleou, deu uns passinhos para frente... e tombou de cara no chão, com uma flecha espetada na nuca. A empenagem da flecha era de penas de faisão com listras amarelas pintadas com tinta feita de casca de árvore.

Outras flechas, vindas da escura parede da floresta, silvavam, descrevendo parábolas no ar. Voavam aparentemente devagar e com calma, as penas farfalhando, e pareciam adquirir cada vez mais velocidade e força apenas ao atingir seus alvos. E atingiam-nos inapelavelmente, derrubando os mercenários de Nastrog sobre a arenosa estrada como se fossem girassóis derrubados por um cajado.

Os que conseguiram sobreviver correram para os cavalos, esbarrando uns nos outros. As flechas não paravam de zunir, alcançando-os enquanto corriam, mesmo quando já estavam nas selas. Somente três conseguiram partir a galope, gritando e esporeando as montarias a ponto de lhes sangrar o ventre. No entanto, eles não foram muito longe, pois a floresta bloqueou sua passagem. De repente, a arenosa estrada banhada pelo sol foi substituída por uma espessa e intransponível parede de troncos negros.

Os mercenários empinaram os cavalos e, apavorados e sem compreender o que se passava, conseguiram fazê-los dar meia-volta. As flechas, porém, não pararam de voar, atingindo-os e derrubando-os das selas.

Depois, tudo ficou em silêncio.

A parede que fechava o caminho tremulou, começou a se deformar, brilhou com as cores do arco-íris... e sumiu. A estrada voltou a ser visível e, sobre ela, destacava-se um cavalo cinza com um cavaleiro – um homem robusto, com vasta barba amarelo-acinzentada, vestindo um longo casaco de pele de foca atravessado diagonalmente por uma echarpe de lã quadriculada.

O cavalo cinza avançava lentamente, virando a cabeça, mordendo os freios, erguendo as patas, desviando-se dos cadáveres e relinchando diante do cheiro de sangue. O cavaleiro, sentado ereto na sela, ergueu a mão e uma lufada de vento agitou as folhas dos ramos das árvores.

Do meio dos arbustos que margeavam a floresta começaram a surgir pequenas silhuetas em justos trajes verdes e marrons e rosto com listras pintadas com tinta feita de casca de nozes.

– Ceádmil, Wedd Brokiloéne! – gritou o cavaleiro. – Fáill, Aná Woedwedd!

– Fáill! – respondeu uma voz vinda da floresta como um sopro de vento.

As silhuetas marrom-esverdeadas foram desaparecendo uma após a outra, dissolvendo-se na folhagem da floresta. Restou apenas uma, com farta cabeleira cor de mel, que deu alguns passos à frente.

– Va fáill, Gwynbleidd! – gritou, aproximando-se mais.

– Adeus, Mona – falou o bruxo. – Não vou me esquecer de você.

– Pois deve esquecer – afirmou ela secamente, ajeitando a aljava às costas. – Não existe Mona. Mona foi um sonho. Eu sou Braenn. Braenn de Brokilon.

Fez um aceno com a mão... e sumiu.

O bruxo virou-se.

— Myszowor — disse, olhando para o cavaleiro montado no cavalo cinza.

— Geralt. — O cavaleiro lançou-lhe um olhar frio. — Um encontro assaz interessante. Mas comecemos com as coisas mais importantes. Onde está Ciri?

— Aqui! — gritou a menina, totalmente oculta pela folhagem. — Já posso descer?

— Sim — respondeu o bruxo.

— Mas eu não sei como!

— Do mesmo jeito que você subiu, só que no sentido inverso.

— É que estou com medo. Estou no topo da árvore.

— Desça imediatamente, já lhe disse! Precisamos ter uma conversa séria, senhorita!

— Sobre o quê?

— Sobre o fato de você ter subido na árvore em vez de fugir para a floresta. Se você tivesse feito isso, eu teria corrido atrás de você e não precisaria... Ah, deixe para lá! Desça!

— Fiz exatamente como o gato daquela história que você contou. Não importa o que eu faça, tudo sempre está errado. Por que será? Gostaria de saber...

— Eu também gostaria — falou o druida, descendo do cavalo. — E sua avó, a rainha Calanthe, também gostaria de saber. Portanto, desça daí, princesa.

A árvore se agitou, folhas e galhos secos começaram a cair. Em seguida, ouviu-se o som de pano sendo rasgado, e finalmente apareceu Ciri, deslizando pelo tronco. No lugar do capuz, seu casaco tinha um pitoresco pedaço de tecido esgarçado.

— Tio Myszowor!

— Em pessoa — respondeu o druida, abraçando a menina.

— Foi a vovó quem o enviou, tio? Ela está muito preocupada?

— Não muito — sorriu Myszowor. — Ela está ocupada demais na preparação das varas com as quais vai surrar seu traseiro. A volta para Cintra, Ciri, vai levar bastante tempo. Dedique-o a pensar numa explicação plausível para seu comportamento. Se quiser um conselho, a explicação deverá ser muito curta e objetiva, para que possa ser dita muito, mas muito rapidamente. Assim mesmo, acredito que no fim você vai ter de gritar, princesa. E gritar muito, muito alto.

Ciri fez uma careta de dor, franziu o nariz, fungou e, inconscientemente, levou as mãos ao lugar ameaçado.

— Vamos embora daqui — falou Geralt, olhando em volta. — Vamos embora daqui, Myszowor.

VIII

— Não — disse o druida. — Calanthe mudou de planos e não quer mais que Ciri se case com Kristrin. Ela tem lá seus motivos. Além disso, acho que não preciso lhe explicar que, depois dessa horrenda história do falso ataque aos mercadores, o rei Ervyll perdeu muito conceito a meus olhos, e saiba que meus olhos são altamente respeitados em Cintra. Não, nem penso em passar por Nastrog em nosso caminho de volta. Vou levar a pequena diretamente para Cintra. Venha conosco, Geralt.

— Para quê? — perguntou o bruxo, lançando um olhar para Ciri, que dormia debaixo da árvore coberta pela samarra de Myszowor.

— Você sabe muito bem para quê. Essa criança está predestinada a você. Já é a terceira vez, sim, a terceira vez que seus caminhos se cruzam. Em sentido figurado, evidentemente, sobretudo no que se refere às duas vezes anteriores. Não creio que você possa chamar isso de mera coincidência.

— Não faz diferença o nome que eu dê a isso — respondeu o bruxo, sorrindo com desagrado. — A questão não é essa, Myszowor. Para que eu deveria ir a Cintra? Já estive lá, nossos caminhos já se cruzaram, como você mesmo observou... E daí?

— Geralt, àquela época você exigiu um juramento de Calanthe, de Pavetta e do marido desta. O juramento continua válido. Ciri é a Surpresa. O destino demanda...

— Que eu pegue a criança e a transforme em bruxo? Uma menina? Olhe bem para mim, Myszowor, e me diga se você pode me imaginar como uma bela donzela.

— Aos diabos com esse seu código de bruxos! — enervou-se o druida. — De que você está falando, afinal? O que uma coisa tem a ver com a outra? Não, Geralt. Como vejo que você não entendeu patavina, sinto-me forçado a lançar mão de palavras mais simples. Ouça, qualquer imbecil, até você, pode exigir um juramento e extorquir uma promessa sem que necessariamente aconteça algo extraordinário por causa disso. O que é extraordinário é a criança, assim como é extraordinário o vínculo que se forma quando a criança nasce. Preciso ser ainda mais claro? Muito bem, Geralt. Desde o nascimento de Ciri, tudo o que você quer ou planeja não tem significado algum, assim como não importa o que você não quer ou àquilo a que você renuncia. Com todos os diabos! Compreenda, de uma vez por todas, que você não conta mais. Deu para entender?!

— Não precisa gritar, senão vai acordá-la. Nossa Surpresa está dormindo. E, quando ela acordar... Myszowor, saiba que é possível... ou é preciso... renunciar mesmo às coisas mais extraordinárias.

— Você está mais do que ciente — falou o druida, olhando friamente para o bruxo — de que jamais poderá ter um filho próprio.

— Estou.

— E, assim mesmo, você renuncia?

— Renuncio. Ou será que não tenho esse direito?

— Sim — disse Myszowor —, você tem todo o direito, mas correndo certos riscos. Há uma antiga profecia segundo a qual a espada do destino tem...

— ...dois gumes — concluiu Geralt. — Ouvi falar dela.

— Então faça o que achar melhor. — O druida virou a cabeça e deu uma cusparada. — E pensar que eu estava pronto a pôr minha cabeça em risco por sua causa...

— Você?!

— Sim, eu. Ao contrário de você, eu acredito no destino. E sei que é perigoso brincar com uma espada de dois gumes. Não brinque, Geralt. Aproveite a chance que lhe apareceu. Faça daquilo que o liga a Ciri um normal e sadio laço de uma menina com seu protetor. Porque, se você não fizer... tal laço pode revelar-se de outra forma. Uma forma horrível, negativa e destrutiva. Quero proteger disso tanto ela como você. Se quisesse levá-la com você, eu não me oporia e assumiria o risco de ter de explicar a Calanthe a razão de minha atitude.

— E como você pode saber se Ciri quer vir comigo? Por causa de uma antiga profecia?

— Não — respondeu Myszowor, sério. — Por ter notado que ela adormeceu somente depois de você tê-la aninhado em seus braços. Pelo fato de ela sussurrar seu nome durante o sono e procurar sua mão com a dela.

— Já chega — disse Geralt, levantando-se —, porque estou a ponto de ficar emocionado. Passe bem, barbudo. Minhas saudações a Calanthe. E quanto a Ciri... invente algo.

— Você não vai conseguir escapar, Geralt.

— Escapar do que me foi predestinado? — falou o bruxo, ajeitando os estribos de um dos cavalos que sobreviveram às flechas.

— Não. — O druida olhou para a adormecida Ciri. — Dela.

Geralt sacudiu a cabeça e pulou na sela. Myszowor permaneceu sentado, remexendo com uma vara as brasas da quase apagada fogueira.

O bruxo cavalgou lentamente entre as urzes que chegavam até os estribos por uma trilha que levava ao vale, na direção da negritude da floresta.

— Geraaaalt!

Virou-se. Ciri estava de pé, no topo de uma elevação, uma pequenina figura com cabelos cinzentos flutuando ao vento.

— Não vá embora!

O bruxo acenou.

— Não vá embora! — gritou ela fininho. — Não vá embooora!

"Tenho de ir", pensou. "Tenho de fazer isso, Ciri. Porque... porque eu sempre vou embora."

— Não adianta! Não vai conseguir! — continuou a gritar a menina. — Não pense que vai conseguir, porque não vai! Porque eu sou predestinada a você, ouviu?

"Não, não existe predestinação. A única coisa à qual somos predestinados é a morte. É a morte que é o outro gume da espada do destino. Um deles sou eu. E o outro é a morte, que me acompanha passo a passo. Não posso nem me é permitido colocar você em risco, Ciri."

— Eu sou sua predestinação! — chegou-lhe aos ouvidos, vindo daquela elevação... cada vez mais baixo, cada vez mais desesperadamente.

Cutucou o cavalo com os calcanhares e seguiu em frente, afundando na escura, fria e úmida floresta... nas amigáveis e tão bem conhecidas trevas que pareciam não ter fim.

ALGO MAIS

I

Yurga nem ergueu a cabeça ao ouvir o som de cascos de cavalo nas tábuas da ponte. Limitou-se a soltar um gemido, largar o aro da roda com a qual lidava e mergulhar debaixo da carroça o mais rápido que pôde. Encolhendo-se ao máximo e esfregando com as costas a áspera camada de estrume e lama ressecada que cobria a parte externa do fundo do veículo, tremia de medo e gemia baixinho.

O cavalo aproximou-se lentamente da carroça. Yurga podia ver como ele pisava cuidadosamente sobre as ripas apodrecidas e cobertas de musgo.

– Saia daí – falou o invisível cavaleiro.

Yurga encolheu-se ainda mais, enquanto o cavalo bufava e batia com o casco.

– Calma, Plotka – disse o cavaleiro, dando tapas carinhosos no pescoço de sua montaria. – Saia daí debaixo, meu bom homem. Não lhe farei mal algum.

Apesar de o mercador não ter acreditado por completo na declaração do desconhecido, algo em sua voz parecia acalmar e intrigar ao mesmo tempo, embora ela soasse de uma forma que dificilmente poderia ser descrita como agradável. Yurga, rezando para uma dezena de deuses ao mesmo tempo, tirou a cabeça de debaixo da carroça.

O cavaleiro tinha cabelos brancos como leite presos na testa por uma tira de couro e trajava uma longa capa preta de lã, que cobria a anca de sua montaria castanha. Não olhou para Yurga. Inclinado na sela, examinava a roda da carroça, afundada até o cubo numa fenda entre duas ripas quebradas. Ergueu a cabeça de repente, passou um rápido olhar pelo mercador e, com o rosto impassível, ficou observando a vegetação em ambos os lados do desfiladeiro.

Yurga levantou-se, piscou e esfregou o nariz com a mão suja de graxa. O cavaleiro fixou seus olhos nele. Eram escuros, semicerrados, penetrantes e agudos como arpões. O mercador permaneceu calado.

– Nós dois, sozinhos, não conseguiremos tirá-la daí – falou finalmente o desconhecido, apontando para a roda enfiada na fenda. – Você viajava sozinho?

– Com dois empregados – murmurou Yurga. – Mas os desgraçados fugiram.

– O que não me espanta – disse o cavaleiro, olhando para o fundo do desfiladeiro. – Definitivamente, não é de espantar. Acho que você deveria seguir o exemplo deles, o mais rápido possível.

Yurga não seguiu o olhar do desconhecido. Não queria ver a pilha de crânios, costelas e outros ossos que jaziam espalhados por entre as pedras e emergiam das folhas de bardanas e urtigas que cresciam no leito de um riacho seco. Tinha medo de que bastaria apenas mais uma espiada nos dentes arreganhados, nas escuras órbitas das caveiras e nos ossos quebrados para que todo o resto de sua desesperadora coragem o abandonasse e escapasse como o ar de uma bexiga de peixe. E então sairia correndo dali com um grito abafado na garganta, assim como fizeram o cocheiro e seu ajudante menos de uma hora antes.

– O que está esperando? – indagou o desconhecido com voz baixa, virando o cavalo. – Que escureça? Aí, será tarde demais. Eles virão buscá-lo assim que escurecer, ou até mais cedo. Vamos, pule na garupa de meu cavalo e vamos embora daqui o mais rápido que pudermos.

— E a carroça, meu senhor? — gemeu Yurga, sem saber se de medo, desespero ou raiva. — E as mercadorias, que representam um ano inteiro de trabalho? Prefiro morrer a deixá-las!

— Acho que você ainda não sabe direito onde está, meu amigo — falou o estranho calmamente, apontando com a mão para o horrendo cemitério debaixo da ponte. — Você diz que não vai deixar sua carroça? Pois eu lhe digo que, assim que escurecer, você não conseguiria se safar nem com todo o tesouro do rei Dezmond, quanto mais com essa sua carroça de meia-tigela. Com todos os diabos, de onde você tirou a ideia de cortar caminho passando por este lugar horrendo? Não sabe o que se aninhou aqui desde os tempos da guerra?

O mercador meneou a cabeça, indicando que não sabia.

— Você não sabe — falou o desconhecido pausadamente. — Mas você viu o que jaz lá embaixo, não viu? Não podia ter deixado de ver. São os que resolveram passar por aqui a fim de encurtar o caminho. E você diz que não vai deixar a carroça. O que será que você carrega nela?

Yurga não respondeu. Olhando para o cavaleiro com ar sombrio, hesitava entre responder "estopa" e "panos velhos".

O desconhecido não pareceu especialmente interessado na resposta a sua pergunta. Acalmava sua égua, que mordia o freio e sacudia a cabeça.

— Senhor... — murmurou o mercador finalmente. — Ajude-me. Salve-me. Eu lhe serei grato até o fim de meus dias... Não me abandone... Dar-lhe-ei qualquer coisa que o senhor pedir, mas não me deixe sozinho aqui...

O cavaleiro virou rapidamente a cabeça em sua direção, apoiando as mãos no arção da sela.

— O que você disse?

Yurga abriu a boca, mas permaneceu calado.

— Que você me dará qualquer coisa que eu pedir? Repita isso.

O mercador engoliu em seco, amaldiçoando-se por ter falado demais. Por sua cabeça passavam as mais mirabolantes imagens das incríveis coisas que aquele homem estranho poderia exigir. A maior parte delas, até mesmo o direito de desfrutar semanalmente o corpo de sua jovem esposa, Zlotolika, não parecia tão terrível quanto a perspectiva da perda da carroça ou a possibilidade de acabar repousando no fundo do desfiladeiro como mais um daqueles esqueletos esbranquiçados. A rotina de comerciante sempre o obrigara a fazer cálculos e tomar decisões com surpreendente rapidez. O desconhecido, embora não tivesse a aparência de um simples vagabundo ou de um daqueles saqueadores tão frequentes nas estradas depois da guerra, tampouco poderia ser um nobre, um dignitário ou um orgulhoso cavaleiro andante que se acha o máximo e tem prazer todo especial em abusar de seus semelhantes. Yurga avaliou-o em não mais do que vinte peças de ouro. No entanto, sua natureza de negociante refreou-o de mencionar um preço específico, e ele se limitou a repetir "uma eterna gratidão".

— O que eu perguntei — lembrou-lhe o homem gentilmente — foi se você me dará qualquer coisa que eu pedir.

Não havia saída. Yurga voltou a engolir em seco e fez um sinal afirmativo com a cabeça. O desconhecido, contrariamente ao que esperava o mercador, não soltou uma risada vitoriosa. Ao contrário, não demonstrou sinal de alegria algum pelo triunfo na negociação. Inclinou-se na sela e cuspiu no desfiladeiro.

— Onde fui me meter... — falou soturnamente. — Será que não tinha nada melhor a fazer?... Bem, paciência. Vou tentar tirá-lo dessa enrascada, embora não tenha tanta certeza de que tudo não vai terminar de maneira trágica para nós dois. Mas, se der certo, você me dará...

Yurga encolheu-se, prestes a chorar.

— Você me dará aquilo — recitou rapidamente o cavaleiro de capa preta — que encontrar em casa ao retornar e que não esperava. Promete?

O mercador gemeu e sacudiu afirmativamente a cabeça.

— Muito bem — disse o desconhecido, fazendo uma careta. — Agora, afaste-se... Ou melhor, enfie-se novamente debaixo da carroça, porque está começando a escurecer.

Dito isso, o homem saltou do cavalo e tirou a capa. Yurga viu uma grande espada presa a suas costas por um cinturão atravessado diagonalmente no peito. Lembrou-se vagamente de que já ouvira falar de pessoas que carregavam armas daquele jeito. O gibão de couro negro de mangas adornadas com tachões de prata poderia indicar que o desconhecido fosse de Novigrad ou de suas redondezas, embora tal moda tivesse se popularizado ultimamente em vários países, sobretudo entre os adolescentes, só que o desconhecido não era um deles.

Depois de tirar o alforje do lombo do cavalo, o desconhecido se virou. Numa corrente de prata em volta de seu pescoço, balançava um medalhão redondo. Debaixo dos braços, ele trazia um pequeno baú chapeado de ferro e um comprido embrulho envolto em peles e tiras de couro.

— Você ainda não se escondeu debaixo da carroça? — indagou.

Yurga viu que o medalhão continha a imagem de uma cabeça de lobo com a bocarra aberta e presas à mostra. Foi o que bastou para que se lembrasse.

— O senhor é... um bruxo?

O desconhecido deu de ombros.

— Você acertou. Sou um bruxo. Agora, afaste-se. Vá para o outro lado da carroça, não saia de lá e fique em silêncio, porque preciso ficar sozinho por alguns momentos.

Yurga obedeceu. Agachou-se junto da roda, protegendo-se com a lona que cobria a carroça. Não queria ver o que fazia o desconhecido do outro lado do veículo e muito menos os ossos no fundo do desfiladeiro. Diante disso, ficou olhando para suas botas e os tufos de musgo que emergiam das apodrecidas tábuas da ponte.

Um bruxo.

O sol estava se pondo.

Ouviu passos.

O desconhecido saiu de trás da carroça e se encaminhou lentamente, muito lentamente, para o centro da ponte. Estava de costas para Yurga, que percebeu que a espada que tinha às costas não era mais a mesma que vira anteriormente. Agora, tratava-se de uma arma esplendorosa; a empunhadura, o guarda-mão e as guarnições da bainha brilhavam como estrelas, refletindo o lusco-fusco vespertino que decaía lentamente. Na verdade, já estava praticamente escuro, e a coloração dourado-purpúrea que havia pouco pendia sobre a floresta apagara-se por completo.

— Senhor...

O homem virou a cabeça... e o mercador mal conseguiu reprimir um grito de horror.

O rosto do desconhecido estava branco e tão poroso que lembrava uma ricota recém-desembrulhada de um pano. Já seus olhos... pelos deuses, Yurga jamais vira olhos como aqueles!

— Para trás da carroça! Imediatamente! — falou o homem, numa voz rouca e diferente da que o mercador ouvira antes.

Yurga sentiu um repentino desejo de urinar. O desconhecido voltou a virar-se e caminhou ainda mais pela ponte.

Um bruxo.

O cavalo amarrado à lateral da carroça bufou, relinchou surdamente e bateu os cascos nas ripas.

Um mosquito zumbiu junto da orelha do mercador, que não fez um gesto sequer para espantá-lo. Zumbiu outro e, em seguida, mais um. Um verdadeiro enxame de mosquitos e mais mosquitos berrava no meio da folhagem do outro lado do desfiladeiro.

Berravam e uivavam.

Yurga, com os dentes trincados a ponto de doerem, deu-se conta de que não se tratava de mosquitos.

Da escura vegetação da beira do desfiladeiro foram emergindo pequenas e disformes silhuetas, não maiores do que quatro palmos e horrendamente magras, mais parecendo esqueletos. Moviam-se com estranhas passadas de garça, erguendo violentamente e bem alto os joelhos ossudos. Os olhos, encravados sob a testa achatada e enrugada, emitiam um brilho amarelado, enquanto a larga boca de sapo mostrava fileiras de brancos dentes pontudos. Aproximavam-se sibilando.

O desconhecido, que até então havia permanecido imóvel como uma estátua no meio da ponte, ergueu repentinamente a mão direita, cruzando os dedos de maneira esquisita. Os horrendos anões recuaram e sibilaram ainda mais forte, mas logo em seguida voltaram a avançar cada vez mais rápido, erguendo as longas e finas patas providas de garras.

Ouviu-se um som de garras raspando madeira numa das tábuas do lado direito, e um dos monstrinhos surgiu de súbito na ponte, enquanto os demais, com saltos indescritíveis, aceleraram o avanço. O desconhecido girou sobre os calcanhares, a lâmina da espada, inesperadamente desembainhada, brilhou e a cabeça da criatura que tentava subir na parte lateral da ponte voou para longe, traçando um semicírculo de sangue atrás de si. Em seguida, o homem lançou-se sobre o grupo dos monstrinhos, desferindo golpes à esquerda e à direita. Agitando as patas e uivando como loucos, os pequenos seres passaram a atacá-lo por todos os lados, sem se importar com a lâmina afiada como navalha.

Yurga, encolhido, colou-se à carroça. Algo caiu junto de seus pés, respingando sangue sobre ele. Era uma longa e ossuda pata provida de quatro garras e coberta por escamas de queratina como as dos pés de galinha.

O mercador soltou um grito. Sentiu que algo passava rapidamente a seu lado. Encolheu-se ainda mais, querendo mergulhar debaixo da carroça, mas outra criatura pousou em sua nuca, enquanto uma pata com unhas afiadas arranhava sua fronte e sua bochecha. Cobriu os olhos, urrou, sacudiu a cabeça, ergueu-se de um pulo e, com passos vacilantes, cambaleou para o centro da ponte, tropeçando nos cadáveres de monstros espalhados sobre as tábuas. A batalha na ponte continuava com força total. Yurga não conseguia enxergar nada além de uma grande confusão e de uma massa compacta de corpos agitados, do meio dos quais vez por outra emergia o brilho da lâmina de prata.

– Socoorrooo! – uivou, sentindo presas afiadas atravessarem o grosso pano do capuz de seu gibão e se cravarem na parte de trás do pescoço.

– Abaixe a cabeça!

Yurga colocou o queixo o mais junto possível do peito, capturando com os olhos o brilho da lâmina que, silvando no ar, passou raspando pelo capuz. Ouviu uma horripilante crepitação e sentiu um líquido escorrer por seu corpo como se alguém tivesse virado sobre ele um balde de água morna. Em seguida, caiu de joelhos, puxado para baixo por um já inerte peso pendendo da nuca.

Diante de seus olhos, outros seres foram surgindo de debaixo da ponte. Saltitando como monstruosos gafanhotos, agarraram-se às coxas do desconhecido. O primeiro, acertado na fuça, deu uns passos vacilantes e desabou sobre as ripas. O segundo, atingido pela ponta da espada, caiu contorcendo-se espasmodicamente. Os demais cobriram o homem de cabelos brancos como uma colônia de formigas, empurrando-o para a beirada da ponte. Mais um monstro voou, dobrado para trás, esguichando sangue e urrando desesperadamente. No mesmo instante, todo o amontoamento atingiu a beira da ponte e desabou no desfiladeiro. Yurga atirou-se no chão, cobrindo a cabeça com as mãos.

De debaixo da ponte chegavam estridentes gritos de triunfo dos monstros, que logo se transformaram em uivos de dor, silenciados por silvos de espada. Depois emanaram da escuridão o rufo de pedras chocando-se umas contra as outras e a crepitação de ossos e esqueletos sendo pisados e amassados, seguidos de novos silvos de espada e de um repentinamente interrompido crocito desesperador, capaz de congelar o sangue nas veias.

E, então, tudo ficou em silêncio, num silêncio mortal cortado apenas pelos gritos de uma ave assustada no meio das gigantescas árvores nas profundezas da floresta. Por fim, até a ave calou-se.

Yurga ergueu a cabeça e levantou-se com grande esforço. O silêncio continuava; a floresta, emudecida de horror, não emitia som algum, nenhuma folha ousou farfalhar. Nuvens esparsas obscureciam o céu.

— Ei...

O mercador virou-se. O bruxo estava parado diante dele, imóvel, negro e com a brilhante espada na mão abaixada. Yurga notou algo estranho em sua postura, meio inclinada para um lado.

— O que há com o senhor?

O bruxo não respondeu. Deu um passo à frente de maneira pesada e maljeitosa, contorcendo o quadril esquerdo. Estendeu o braço e apoiou-se na carroça. Yurga viu o sangue escuro e brilhante cair sobre as ripas da ponte.

— O senhor está ferido!

O bruxo permaneceu calado. Olhou para o mercador, pendeu repentinamente sobre a proteção lateral da carroça e deslizou devagar para o piso da ponte.

II

— Cuidado, devagar... A cabeça... Ergam a cabeça dele!
— Aqui, aqui, para cima da carroça.
— Pelos deuses, ele vai sangrar até a morte... Senhor Yurga, o sangue encharcou o curativo e voltou a escorrer...
— Não falem! Não vamos perder tempo! Pokwit, mexa-se! Cubra-o com a pele de ovelha. Vell, não está vendo como ele treme?
— Talvez devêssemos derramar um pouco de vodca em sua boca...
— Na boca de um inconsciente? Você é mais tolo do que eu imaginava, Vell. Mas passe a vodca para cá, porque preciso tomar uns tragos... Seus patifes, cachorros, covardes de merda! Como puderam fugir daquela maneira, deixando-me sozinho na ponte?
— Senhor Yurga! Ele está murmurando algo!
— O quê?
— Algo incompreensível... soa como se fosse o nome de alguém...
— Nome? Que nome?
— Yennefer...

III

— Onde estou...?
— Continue deitado, meu senhor. Não se mexa, por favor, senão tudo vai se romper e rasgar de novo. Aqueles monstros morderam-no até os ossos e o senhor perdeu muito sangue... Não está me reconhecendo? Sou eu, Yurga, a quem o senhor salvou lá na ponte... está lembrado?
— Ah...
— Está com sede?
— Muita...
— Então beba isto. O senhor está ardendo em febre.
— Yurga... Onde estamos?
— Viajando em cima da carroça. O senhor não deve falar, nem se mexer. Precisamos sair destas florestas e chegar perto de algum

vilarejo. Uma vez ali, vamos ter de encontrar alguém que entende de ferimentos. O que fizemos em sua perna não parece ser suficiente. O senhor não para de sangrar.

— Yurga...

— Sim, meu senhor?

— Naquele meu bauzinho... um frasco... com lacre verde. Tire o lacre e me dê... num caneco qualquer. Se quer continuar vivo, lave bem o caneco e não deixe ninguém tocar no frasco... Rápido, Yurga. Que droga! Como esta carroça sacoleja... O frasco, Yurga...

— Pronto... Beba.

— Obrigado... Agora, preste atenção. Em questão de minutos vou entrar em sono profundo. Vou delirar e ficar me agitando, para então cair em estado cataléptico, parecendo que morri. Mas isso não é nada, não se assuste.

— Continue deitado, meu senhor, para que a ferida não volte a se abrir e o senhor não perca o pouco sangue que lhe restou.

O bruxo deixou-se cair sobre a pilha de peles, sentiu o mercador cobrindo-o com a samarra e uma coberta fedendo a suor de cavalo. A carroça sacudia terrivelmente, e cada sacudida lhe provocava uma dor insuportável na coxa e na bacia. Geralt trincou os dentes. Sobre sua cabeça via bilhões de estrelas junto das copas das árvores e tão perto que parecia bastar estender a mão.

Andava escolhendo o caminho que fosse o mais distante possível da luz, do brilho das fogueiras, sempre na área das sombras. Não era tarefa fácil; piras de troncos de abeto ardiam por toda parte, erguendo ao céu suas chamas vermelhas pontilhadas de centelhas, destacando a escuridão com faixas menos densas de colunas de fumaça, crepitando e explodindo, brilhando entre as silhuetas de dançarinos.

O bruxo se deteve para deixar passar um ensandecido bando que vinha em sua direção bloqueando a passagem e soltando gritos selvagens. Alguém agarrou-o pelo ombro, tentando colocar em sua mão um caneco de madeira cheio de espumante cerveja. Geralt recusou, empurrando com delicadeza, mas de maneira decidida, o cambaleante personagem, que, segurando um jarro, respingava o precioso líquido em todos a sua volta. Não queria beber.

Não numa noite como aquela.

Perto dali, num estrado de tábuas de bétula junto de uma enorme fogueira, um louro Rei de Maio com calças de cânhamo e guirlanda na cabeça beijava uma ruiva Rainha de Maio e apalpava seus seios sob sua fina e suada blusa bordada. O monarca estava bastante embriagado e balançava perigosamente, apoiando-se nas costas da Rainha e apertando-a com a mão que segurava um caneco de cerveja. A Rainha, também não muito sóbria e com sua guirlanda caída sobre os olhos, abraçava-o pelo pescoço, ensaiando uns passos de dança. Debaixo do estrado, a multidão cantava, gritava e sacudia as pilastras ornadas com coroas de flores e folhas.

– Belleteyn! – gritou no ouvido de Geralt uma jovem não muito alta. Puxando-o pela manga, forçou-o a entrar no alegre cortejo, pondo-se a dançar com a saia esvoaçante e a cabeleira entrelaçada com flores.

O bruxo permitiu que ela o envolvesse na dança, girando graciosamente e desviando dos demais pares.

– Belleteyn! Noite de Maio!

Junto deles, gritinhos e risadas nervosas de outra jovem fingindo oferecer resistência a um rapaz que a arrastava para a escuridão, fora do alcance da luz. O cortejo formou uma fila indiana e serpenteou por entre as fogueiras. Alguém tropeçou e caiu, rompendo a corrente de mãos dadas e dividindo a procissão em grupos menores.

A jovem, com a testa decorada com folhas, aproximou-se de Geralt repentinamente e, arfando, colou seu corpo ao dele. O bruxo abraçou-a com mais força do que pretendia, sentindo na palma das mãos o calor de seu corpo através do fino tecido de linho. A jovem ergueu a cabeça. Seus olhos estavam fechados e seus dentes brilhavam sob o levemente curvado lábio superior. Cheirava a suor, a juncos, a fumaça e a desejo.

"Por que não?", pensou Geralt, apalpando-lhe as costas e o vestido e deliciando-se com o úmido e vaporoso calor em seus dedos. A jovem não fazia seu tipo; era baixa demais e muito roliça. Sentia sob a mão o local onde a apertada cintura do vestido penetrava em seu corpo, dividindo suas costas em duas claramente definidas protuberâncias arredondadas, num lugar no qual não deveriam existir. "Por que não?", pensou. "Afinal, numa noite como esta, isso não terá a menor importância."

Belleteyn... Fogueiras e mais fogueiras. Belleteyn. Noite de Maio.

A fogueira mais próxima devorou com estalo uma porção de galhos secos que nela fora atirada, explodindo numa chama dourada que iluminou tudo a sua volta. A jovem abriu os olhos e os dirigiu para cima, para o rosto dele. Geralt ouviu como ela aspirou com força e enrijeceu o corpo, enquanto as mãos, apoiadas em seu peito, empurravam-no com violência. Soltou-a imediatamente. A jovem hesitou. Distanciando o tronco com os braços levemente estendidos, não desgrudou o quadril de sua coxa. Com a cabeça abaixada, deixou cair os braços e afastou-se, olhando para o lado. Ficaram os dois assim, imóveis, até o cortejo voltar ao ponto no qual estavam, metendo-se entre eles e separando-os. A jovem virou-se rapidamente e fugiu, tentando juntar-se, desajeitada, à procissão. Olhou para trás, uma única vez.

Belleteyn...

"O que estou fazendo aqui?"

Uma estrela brilhou no céu, atraindo seu olhar. O medalhão pendurado em seu pescoço tremeu. Geralt dilatou instintivamente as pupilas e, sem dificuldade, penetrou a escuridão.

A mulher não era camponesa. As camponesas não costumavam usar longas capas de veludo negro. As camponesas, carregadas ou arrastadas por homens para dentro do mato, gritavam, soltavam risadinhas, sacudiam as pernas e se agitavam como trutas tiradas da água. Nenhuma delas dava a impressão de ter conduzido para o matagal um rapaz de cabelos claros e camisa aberta no peito.

As camponesas não usavam no pescoço fitinhas de veludo cobertas de diamantes e estrelas de obsidiana.

— Yennefer.

Um par de arregalados olhos cor de violeta brilhando num pálido rosto triangular.

— Geralt...

A mulher largou a mão do louro querubim de peito desnudo, que brilhava de suor como uma chapa de aço. O rapaz cambaleou e caiu de joelhos, girando a cabeça, piscando repetidas vezes e olhando em volta. Ergueu-se lentamente, lançou para eles um olhar surpreso e confuso e foi andando com passos hesitantes na direção das fogueiras. A feiticeira nem sequer olhou para ele. Observava atentamente o bruxo, a mão apertando com força a borda da capa.

— Que bom vê-la de novo — falou Geralt, com a maior naturalidade.

De imediato sentiu diminuir a tensão que surgira entre eles.

— O mesmo digo eu — respondeu ela, sorrindo.

O bruxo teve a impressão de que o sorriso era um tanto forçado, mas não podia ter certeza.

— Não posso negar que este nosso encontro tenha sido uma total surpresa para mim. O que está fazendo aqui, Geralt? Ah... Perdoe minha falta de tato. Está mais do que claro que você está fazendo o mesmo que eu. Afinal, é Belleteyn. Só que você me pegou em flagrante delito, se é que posso me expressar assim.

— Atrapalhei você.

— Sobreviverei — riu ela. — A noite é uma criança. Quando quiser, enfeitiçarei outro.

— É uma pena eu não ser capaz disso. — Geralt se esforçava para aparentar indiferença. — A jovem que estava comigo fugiu assim que viu meus olhos na claridade da fogueira.

— Ao amanhecer — disse a feiticeira, com um sorriso cada vez mais forçado —, quando elas estiverem totalmente endoidadas, não darão importância a detalhes de tal natureza. Pode estar certo de que acabará arrumando uma...

— Yen... — O bruxo queria dizer algo, mas as palavras ficaram travadas em sua garganta.

Ficaram entreolhando-se por bastante tempo, enquanto os rubros reflexos das chamas das fogueiras dançavam em seu rosto. Finalmente Yennefer soltou um profundo suspiro e fechou os olhos por um instante.

— Geralt, não. Não vamos começar...

— É Belleteyn — interrompeu-a o bruxo. — Você se esqueceu?

Yennefer aproximou-se dele lentamente, colocou as mãos em seu ombro e, lenta e cuidadosamente, aninhou-se em seus braços, encostando a testa em seu peito. Geralt acariciou seus cabelos, negros como asas de graúna e com cachos enrolados como serpentes.

– Creia-me, Geralt – sussurrou ela, erguendo a cabeça. – Caso se tratasse apenas disso, eu não hesitaria nem por um momento. Mas isso não faz sentido algum. Tudo vai recomeçar e acabar como da última vez. Não faz sentido nós...

– E desde quando tudo tem de fazer sentido? É Belleteyn.

– Belleteyn. E daí? Algo nos atraiu a estas fogueiras, a este monte de pessoas alegres e descontraídas. Pretendíamos dançar, fazer loucuras e desvairar um pouco, aproveitando o anual relaxamento de costumes, sempre umbilicalmente atado às festividades que se repetem em cada ciclo da natureza. E eis que damos de cara um com o outro, após... Quanto tempo se passou? Um ano?

– Um ano, dois meses e dezoito dias.

– Estou comovida. Foi intencional?

– Sim. Yen...

– Geralt – interrompeu-o ela, afastando-se e erguendo a cabeça. – Vamos deixar bem claro: não quero.

O bruxo meneou a cabeça, indicando que a situação fora colocada de maneira suficientemente clara.

Yennefer atirou a capa sobre um dos ombros. Usava blusa branca finíssima e saia preta, apertada com um cinto de elos prateados.

– Eu não quero – repetiu – começar tudo de novo. A ideia de fazer com você aquilo... aquilo que eu pretendia fazer com aquele lourinho... Tal pensamento, Geralt, parece-me feio e humilhante, tanto para mim como para você. Entendeu?

O bruxo voltou a acenar afirmativamente com a cabeça. A feiticeira olhou para ele.

– Você não vai embora?

– Não.

– Está zangado?

– Não.

– Então vamos sair daqui, para mais longe desta confusão, e tentemos bater um papo descompromissado. Porque quero que você saiba que fiquei contente com este encontro. Vamos sentar e conversar. Está bem?

— Está bem, Yen.

Afastaram-se para o outro lado do prado, junto da negra parede da floresta, evitando pisar em casais abraçados. Tiveram de caminhar bastante para encontrar um lugar onde pudessem estar a sós, até uma seca elevação marcada por um zimbro esbelto como um cipreste.

Yennefer tirou a presilha da capa e estendeu-a na grama. Geralt sentou-se a seu lado. Queria muitíssimo abraçá-la, mas não o fez só de birra. Ela ajeitou a blusa, lançou-lhe um olhar penetrante, soltou um suspiro e o abraçou. O bruxo poderia ter suspeitado que ela o faria. Para ler pensamentos, Yennefer tinha de fazer um esforço, mas, quando se tratava de intenções, ela as percebia instintivamente.

Permaneceram calados por um bom tempo.

— Oh, com todos os diabos — falou a feiticeira por fim, erguendo o braço e pronunciando um encanto.

Sobre suas cabeças surgiram bolas vermelhas e verdes, que explodiam no ar formando emplumadas flores coloridas. Das fogueiras, chegaram até eles risos e exclamações de alegria.

— Belleteyn — disse ela amargamente. — Noite de Maio... O ciclo se repete. Que se divirtam... se puderem.

Nas redondezas havia outros feiticeiros. Em pouco tempo subiram aos céus três relâmpagos alaranjados e, do outro lado, de dentro da floresta, explodiu um autêntico gêiser de multicoloridos meteoros. As pessoas em torno das fogueiras soltaram gritos de espanto e admiração. Embora tenso, Geralt ficou acariciando os cachos de Yennefer, aspirando seu perfume de lilás e groselha. "Se eu desejá-la demais, ela vai logo detectar e ficar na defensiva. Ficará eriçada como um ouriço e se afastará de mim. O melhor que posso fazer é perguntar o que há de novo em sua vida..."

— Não há nada de novo em minha vida — afirmou ela, com um leve tremor na voz. — Nada que valha a pena contar.

— Não faça isso comigo. Não leia minha mente. Fico encabulado.

— Perdoe-me. Foi uma coisa instintiva. E quanto a você, Geralt, o que há de novo em sua vida?

— Nada. Nada que valha a pena contar.

Ficaram em silêncio.

— Belleteyn! — rosnou ela repentinamente. Geralt sentiu como ela ficou tensa e como o ombro apoiado em seu peito se enrijecia. — Veja como eles estão se divertindo, festejando o eterno e cíclico renascimento da natureza. E nós? O que estamos fazendo aqui? Nós, relíquias condenadas à extinção e ao esquecimento? A natureza se renova, os ciclos se repetem. Mas nós, não. Não podemos nos repetir. Fomos privados dessa possibilidade. Deram-nos a capacidade de fazer coisas incríveis com a natureza, algumas até em contradição a ela, e, ao mesmo tempo, tiraram de nós aquilo que nela é o mais simples e o mais natural. Qual a vantagem de vivermos por mais tempo do que eles? Após nosso inverno, não haverá uma primavera, nós não renasceremos; tudo aquilo que terminar terminará conosco. E, apesar disso, tanto você como eu seremos atraídos por aquelas fogueiras, mesmo que nossa presença aqui não passe de um cruel e blasfemo deboche dessa festividade.

Geralt ficou calado. Não gostava quando ela caía naquele estado cuja fonte ele conhecia até demais. "Aqui está ela de novo se martirizando com isso", pensou. Houve uma época em que pareceu que ela se esquecera, que se conformara como fizeram outras. Abraçou-a com força e ficou se balançando para a frente e para trás, como se aninhasse uma criança. Ela não objetou. Geralt não se espantou, pois sabia que era exatamente disso que ela precisava.

— Sabe de que senti mais falta, Geralt? — falou ela, mais calma. — De seu silêncio.

Geralt tocou seus cabelos e sua orelha com os lábios. "Desejo-a, Yen", pensou. "Desejo-a, e você sabe disso."

— Sei — sussurrou ela.

—Yen...

— Somente hoje — disse ela, soltando um suspiro e olhando para ele com olhos bem abertos. — Somente esta noite, que passará logo. Que isto seja nosso Belleteyn. Separar-nos-emos amanhã cedo. Peço-lhe que não conte com mais nada do que isto, porque não posso... não poderia... Perdoe-me. Se o ofendi, dê-me um beijo e vá embora.

— Se eu a beijar, não poderei ir embora.
— Era com isso que eu contava.

Yennefer inclinou a cabeça para trás. Geralt encostou seus lábios nos dela. Com cuidado — primeiro o superior, depois o inferior. Entrelaçou os dedos em seus cachos, tocou sua orelha, seu brinco de diamantes, seu pescoço. Yennefer, retribuindo o beijo, colou seu corpo ao dele. Com dedos experientes, desatou facilmente os fechos do gibão, enquanto se deitava de costas na capa estendida sobre o macio leito de musgo. Geralt encostou os lábios em seu seio, sentindo o bico endurecer e se destacar debaixo do fino tecido da blusa. Sua respiração tornava-se nervosa.

— Yen...
— Não diga nada... Por favor...

O contato com sua lisa e fresca pele, que eletrizava os dedos e a palma das mãos. O calafrio nas costas arranhadas por suas unhas. Das fogueiras provinham gritos, cantos, assovios e uma distante coluna de centelhas envoltas em fumaça purpúrea. Carícias e toques. Dela e dele. Arrepios. E impaciência. Os deslizantes afagos nas esbeltas coxas envoltas em seu quadril prendendo-o como uma tenaz.

Belleteyn!

Respiração misturada com um suspiro. Brilhos debaixo das pálpebras, cheiro de lilás e groselha. O Rei e a Rainha de Maio? Um blasfemo deboche? Um olvido?

Belleteyn! Noite de Maio!

Um gemido. Dela? Dele? Negros cachos sobre olhos e lábios. Dedos entrelaçados de mãos trêmulas. Um grito. Dela? Cílios negros e úmidos. Um gemido. Dele?

Silêncio. Toda a eternidade contida num silêncio.

Belleteyn... Fogueiras sem fim...

— Yen?
— Sim, Geralt?
— Você está chorando?
— Não!
— Yen...
— Eu prometi a mim mesma... Prometi...
— Não diga mais nada. Não é preciso. Você está com frio?

— Estou.
— E agora?
— Está bem melhor; mais quente.

O céu clareava num ritmo assustador. A negra parede da floresta adquiria contornos, fazendo surgir da disforme escuridão uma clara e serrilhada linha de copas de árvores. Por trás dela aparecia o azulado prenúncio da alvorada, estendendo-se ao longo do horizonte e apagando as lamparinas das estrelas. O ar esfriou. O bruxo abraçou-a mais forte, cobrindo-a com a capa.

— Geralt?
— Sim?
— Está amanhecendo.
— Eu sei.
— Feri você?
— Levemente.
— Vai começar de novo?
— Nunca acabou.
— Por favor... Você faz com que eu me sinta...
— Não fale nada. Está tudo bem.

O cheiro de fumaça que vagava por entre as urzes. O cheiro de lilás e groselha.

— Geralt?
— Sim?
— Você se lembra de nosso encontro nos Montes Desnudos? E daquele dragão dourado... Como mesmo ele se chamava?
— Três Gralhas. Lembro-me.
— Ele nos disse...
— Lembro-me, Yen.

Yennefer beijou-o no lugar onde o pescoço se transformava em clavícula; depois, colocou lá sua cabeça, fazendo cócegas com seus cachos.

— Fomos feitos um para o outro — sussurrou. — É bem possível que até predestinados para que isso aconteça. No entanto, nada resultará disso. É uma pena, mas quando amanhecer vamos ter de nos separar. Não pode ser de outra maneira. Temos de nos separar para não nos ferirmos. Nós, os predestinados um ao outro, os feitos um para o outro. É uma pena. Aquele ou aqueles que nos fizeram um para o outro deveriam ter se preocupado com algo mais. A predestinação por si só não basta. É preciso algo mais. Perdoe-me, mas eu tinha de lhe dizer isso.

— Eu sei.
— Eu sabia que não fazia sentido nós nos amarmos.
— Pois saiba que estava enganada. Fez sentido, apesar de tudo.
— Vá até Cintra, Geralt.
— O quê?
— Vá até Cintra. Vá até lá e, dessa vez, não renuncie. Não faça aquilo que você fez antes... quando lá esteve...
— Como sabe disso?
— Sei tudo sobre você. Será que se esqueceu? Vá a Cintra, vá para lá o mais rápido possível. Aproximam-se tempos muito difíceis. Difíceis e maus. Você tem de chegar lá a tempo...
— Yen...
— Por favor, não diga mais nada.

O ar cada vez mais frio, e o dia cada vez mais claro.

— Não vá embora ainda. Esperemos o raiar do sol.
— Esperemos.

IV

— Não se mova, meu senhor. Tenho de trocar os curativos, porque o ferimento está infeccionado e sua perna incha assustadoramente. Pelos deuses, como está feia... Precisamos achar logo um médico...

— Foda-se o médico — gemeu o bruxo. — Passe para cá meu bauzinho, Yurga. Ótimo; pegue esse frasco e derrame seu conteúdo diretamente sobre a ferida. Oooh, puta merda!!! Não foi nada; continue derramando... Oooh!!! Já basta. Agora, faça um curativo e me cubra...

— Mas é que sua coxa está inchando a olhos vistos, meu senhor. E a febre não baixou...

— Foda-se a febre. E, Yurga...
— Sim, meu senhor?
— Eu me esqueci de lhe agradecer...

– Não cabe ao senhor agradecer, mas a mim. Lá naquela ponte, o senhor salvou minha vida, e ao me defender foi terrivelmente ferido. Quanto a mim, o que fiz demais? Prestei ajuda a um ferido, apliquei nele um curativo, coloquei-o numa carroça e não o deixei morrer? É a coisa mais comum no mundo, senhor bruxo.

– Não tão comum como você pensa, Yurga. Já fui abandonado assim... em situações semelhantes... como um cão... e por mais de uma vez...

O mercador abaixou a cabeça e ficou calado por um momento.

– O que se pode fazer? – murmurou finalmente. – Vivemos num mundo asqueroso, mas isso não é motivo para nós nos tornarmos também asquerosos. Precisamos de bondade e de ternura. Foi o que me ensinou meu pai e é o que ensino a meus filhos.

O bruxo permanecia calado, olhando para os galhos das árvores pendentes sobre a estrada, que se deslocavam à medida que avançava a carroça. Sua coxa latejava, mas a dor sumira.

– Onde estamos?

– Já atravessamos o vau do rio Trava e estamos nas florestas de Machun. Saímos de Temeria e entramos em Sodden. O senhor estava dormindo quando paramos na fronteira e os guardas revistaram a carroça. Devo lhe dizer que eles ficaram muito espantados com sua aparência, porém o mais graduado deles conhecia o senhor e nos deixou passar sem demora.

– Me conhecia?

– Claramente. Chamou o senhor de Geralt de Rívia. É esse seu nome?

– Sim.

– Aquele guarda nos prometeu enviar alguém com a notícia de que precisamos urgentemente de um médico. E eu lhe enfiei algo na mão para que não se esquecesse.

– Obrigado, Yurga.

– Não, senhor bruxo. Como já lhe disse, sou eu que lhe agradeço. E não somente isso, pois ainda lhe devo algo. Nós combinamos... O que aconteceu, senhor? Está passando mal?

– Yurga... O frasco com lacre verde...

— Mas, meu senhor, o senhor vai novamente... O senhor nem pode imaginar quanto gritou enquanto dormia...

— Eu preciso, Yurga...

— O senhor é quem manda. Espere um momento, que vou pegar aquele caneco. Pelos deuses, precisamos de um médico urgentemente, senão...

O bruxo virou a cabeça. Ouviu gritos de crianças brincando no fosso seco que circundava os jardins de um castelo. Eram em torno de dez. Os meninos faziam uma algazarra que feria os ouvidos, um querendo falar mais alto que o outro com sua voz fininha e excitada, às vezes transformada em falsete. Correndo no fundo do fosso, pareciam um cardume de velozes peixinhos que mudavam inesperadamente de direção, porém sempre se mantinham juntos. Como costuma ocorrer nessas ocasiões, um esbaforido garotinho corria atrás dos mais velhos, mas sem qualquer chance de alcançá-los.

— São muitos — observou o bruxo.

Myszowor sorriu, fazendo uma careta de desagrado.

— Efetivamente são muitos — confirmou.

— E qual deles... qual deles é a famosa Criança Surpresa?

O druida desviou o olhar.

— Não me é permitido, Geralt...

— Calanthe?

— É claro. Não creio que você tenha tido qualquer ilusão quanto à possibilidade de ela lhe entregar a criança tão facilmente. Afinal, você teve o prazer de conhecê-la. Vou lhe contar uma coisa da qual não deveria falar, na esperança de que você vai compreender. Espero, também, que você não me dedure a ela.

— Pode falar.

— Quando a criança nasceu, ela me chamou e ordenou que eu achasse você... e o matasse.

— E você recusou.

— Não se recusa nada a Calanthe — afirmou Myszowor seriamente, fixando os olhos nos do bruxo. — Quando eu estava pronto para partir, ela me chamou de novo e retirou a ordem, sem explicação alguma. Tome muito cuidado quando estiver com ela.

— Pode deixar, que serei cuidadoso. Mas antes, Myszowor, conte-me exatamente o que se passou com Duny e Pavetta.

— Eles estavam navegando de Skellige para Cintra. Foram pegos por uma tempestade em alto-mar. A única coisa que sobrou do navio foi um pedaço de madeira. O fato de a criança não ter viajado com eles é muito estranho e inexplicável. Eles haviam planejado levá-la e, no último instante, desistiram da ideia. Ninguém sabe qual foi o motivo de tal decisão, principalmente por Pavetta nunca se separar dela...

— E como Calanthe suportou aquilo?

— Como você imagina?

— Compreendo.

Urrando como um bando de goblins, as crianças escalaram a parede do fosso e passaram correndo por eles. Geralt notou que logo na primeira fila da barulhenta manada corria uma menina, magra e agitada como os garotos e diferenciando-se deles apenas por uma longa trança de cabelos claros. Soltando gritos selvagens, retornaram ao fosso, metade deles, entre os quais a menina, deslizando pela íngreme escarpa sobre o traseiro. O esbaforido garotinho que tentava alcançar os demais tropeçou, caiu e rolou ladeira abaixo, arranhando o joelho e abrindo um berreiro. Os outros garotos cercaram-no, riram de sua desgraça e seguiram adiante. No entanto, a menininha ajoelhou-se ao lado do pequeno e, abraçando-o e secando suas lágrimas, ficou lambuzando com pó e sujeira sua carinha.

— Vamos, Geralt. A rainha nos aguarda.

— Vamos, Myszowor.

Calanthe estava sentada num banquinho com encosto pendurado por duas correntes ao galho de uma gigantesca tília. Parecia estar dormindo, mas os ocasionais movimentos das pernas pondo o balanço em movimento eliminavam tal impressão. Três jovens a acompanhavam. Uma delas estava sentada no chão, junto do balanço, e seu vestido branco destacava-se do verde da grama como um floco de neve. As outras duas, não muito distantes, conversavam entre si e separavam lenta e cuidadosamente os emaranhados ramos de amoreiras.

— Majestade — falou Myszowor, fazendo uma reverência.

A rainha ergueu a cabeça. Geralt ajoelhou-se sobre um joelho.

— Bruxo — disse a rainha secamente.

Como na última vez em que se viram, Calanthe estava adornada com esmeraldas que combinavam com a cor de seu vestido — e de seus olhos. Também portava um fino aro de ouro sobre os cabelos acinzentados. No entanto, suas mãos brancas, que Geralt guardara na memória como delgadas, estavam diferentes. A rainha engordara.

— Saudações, Calanthe de Cintra.

— Saudações, Geralt de Rívia. Pode levantar-se. Estava aguardando-o. Myszowor, caro amigo, acompanhe as jovens ao castelo.

— Às ordens, Majestade.

Calanthe e Geralt ficaram sozinhos.

— Seis anos — falou Calanthe, sem sorrir. — Você é assustadoramente pontual, bruxo. Houve momentos... que digo eu... houve anos inteiros nos quais eu me iludia com a ideia de você ter esquecido ou que outros motivos impediram-no de vir a Cintra. Não; não é que eu tivesse desejado que lhe acontecesse uma desgraça, mas não podia deixar de levar em consideração a pouco segura característica de sua profissão. Dizem que a morte o segue passo a passo, Geralt de Rívia, mas que você nunca olha para trás. Depois, quando Pavetta... Você já soube?

— Sim — respondeu Geralt, abaixando a cabeça. — E quero que saiba que sinto de todo coração...

— Não — interrompeu-o Calanthe. — Aquilo foi há muitos anos. Como você pode ter percebido, não estou mais de luto. Estive por suficiente tempo. Pavetta e Duny... Predestinados um ao outro. Até o fim. Como é possível não acreditar no poder do destino?

A rainha mexeu a perna, pondo o balanço em movimento.

— E o bruxo retornou após seis anos, conforme combinado — disse lentamente, enquanto um sorriso misterioso curvava seus lábios. — Voltou e exigiu o cumprimento da promessa. O que acha, Geralt? Que daqui a cem anos será assim que os contadores de fábulas descreverão nosso encontro? Acho que será exatamente assim, apenas colorindo o relato, tocando cordas sensíveis, despertando emoções. Sim, eles são mestres nisso. Posso imaginar como será. Escute, por favor. E o cruel bruxo falou: "Cumpre a promessa, rainha, ou cairá sobre ti minha maldição". E a rainha, com o rosto coberto de lágrimas, caiu de joelhos diante do bruxo, gritando: "Piedade! Não tire de mim essa criança! É a única coisa que me sobrou!"

— Calanthe...

— Não me interrompa — repreendeu-o a rainha. — Não reparou que estou lhe contando uma fábula? Portanto, continue escutando. O cruel e malvado bruxo bateu com os pés no chão, agitou os braços e gritou: "Ai de ti, perjura, protege-te da vingança do destino. Se não cumprires o juramento, não escaparás do devido castigo". E a rainha respondeu: "Que seja, bruxo. Que seja como exige o destino. Olhe para lá, onde brincam dez crianças. Você reconhecerá a que lhe foi predestinada, partirá com ela e me deixará com o coração despedaçado".

Geralt ficou em silêncio.

— Imagino que na fábula — continuou Calanthe, cujo sorriso foi ficando cada vez mais desagradável — a rainha terá permitido ao bruxo adivinhar por três vezes. Mas nós não estamos numa fábula, Geralt. Nós estamos aqui... você, eu e nosso problema. Não se trata de um conto de fadas, mas da vida real. De uma vida miserável, má, pesada, que não poupa erros, injustiças, desapontamentos e desgraças; que não poupa ninguém: nem bruxos, nem rainhas. E é por isso, Geralt de Rívia, que você poderá adivinhar uma única vez.

O bruxo continuava calado.

— Uma única vez — repetiu a rainha. — Mas, como já disse, isto não é uma fábula, e sim uma vida que nós mesmos temos de preencher com momentos de felicidade, porque, como bem sabe, não se pode confiar no destino e em seus sorrisos. Por isso, independentemente do resultado de sua escolha, não partirá daqui com as mãos vazias. Levará com você uma criança. Uma criança que escolher. Uma criança que você transformará num bruxo, evidentemente desde que ela resista à Prova das Ervas.

Geralt, surpreso, ergueu violentamente a cabeça. Calanthe sorriu. O bruxo conhecia aquele sorriso: horrendo, mau e desprezível por não ocultar sua falsidade.

— Você se espantou — constatou ela. — Creia-me que estudei bastante esse assunto. Como a criança de Pavetta tem chances de se tornar um bruxo, eu me ocupei disso com afinco. No entanto, as fontes que consultei não conseguiram me responder à seguinte pergunta: se pegarmos dez crianças, quantas delas serão capazes de resistir à Prova das Ervas? Você não poderia ter a gentileza de satisfazer minha curiosidade sobre esse ponto?

– Vossa Majestade – respondeu Geralt – estudou bastante o assunto para saber que o código e o juramento de bruxos me proíbem de mencionar esse nome, quanto mais discuti-lo.

Calanthe repentinamente enfiou os saltos dos sapatos na terra, freando o balanço.

– Três, no máximo quatro, em cada dez – falou, meneando a cabeça num fingido ato de profunda reflexão. – Uma seleção rigorosa, diria até que muito rigorosa. E isso em cada etapa. Primeiro a Escolha, depois as Provas. E então as Mutações. Quantos adolescentes ganham por fim medalhões e espadas de prata? Um em dez? Um em vinte?

O bruxo não respondeu.

– Fiquei refletindo sobre essa questão por muito tempo – continuou ela, já sem sorrir – e cheguei à conclusão de que a seleção das crianças na etapa da Escolha tem pouca importância. Afinal, Geralt, que diferença faz qual é a criança que vai enlouquecer recheada de narcóticos e acabar morrendo? O que importa de quem é o cérebro que explodirá por excesso de visões ou de quem são os olhos que saltarão das órbitas em vez de se transformarem em olhos de gato? Que diferença faz se a criança que morrerá afogada em vômitos e no próprio sangue for realmente a predestinada ou apenas outra, acidental? Responda-me.

O bruxo cruzou os braços sobre o peito para ocultar seu tremor.

– Para quê? – indagou. – Você realmente espera ouvir uma resposta?

– É verdade. Não espero. – A rainha voltou a sorrir. – Como sempre, você é infalível em suas conclusões. No entanto, e se eu, embora não espere uma resposta direta, estiver disposta a dedicar uma benévola atenção a suas espontâneas e sinceras palavras? Às palavras que, quem sabe, você gostaria de poder expulsar de seu interior com tudo aquilo que lhe esmaga a alma? Mas, se não quiser, paciência. Sigamos em frente, pois temos de fornecer material aos contadores de fábulas. Vamos proceder à escolha da criança, bruxo.

— Calanthe — falou Geralt, fixando os olhos diretamente nos dela. — Não vale a pena preocupar-se com os contadores de fábulas, pois, se não tiverem material suficiente, acabarão inventando algo. De outro lado, se eles dispuserem de material autêntico, vão distorcê-lo. Como bem observou, em nosso caso, não se trata de um conto de fadas, mas da vida real. Miserável e má. Portanto, deixemos de lado o lero-lero e examinemos a questão da maneira mais decente e adequada possível. Limitemos a quantidade de danos infligidos a outros ao mínimo indispensável. Na fábula, a rainha realmente precisa implorar ao bruxo, e este bate com os pés no chão e exige o que quiser. Na vida real, a rainha pode simplesmente dizer: "Por favor, não leve a criança". E o bruxo talvez responda: "Já que você está pedindo, não levarei", partindo na direção do sol poente. Só que um contador de fábulas não ganharia nem um copeque de seus ouvintes por um conto de fadas com esse final; no máximo, um chute no traseiro... porque um final desses não emociona ninguém.

A rainha parou de sorrir, e em seus olhos brilhou algo que Geralt tivera a oportunidade de ver anteriormente.

— O que você quer dizer com isso? — sibilou.

— Que não precisamos ficar brincando de esconde-esconde, Calanthe. Você sabe o que tenho em mente. Partirei daqui assim como vim. Com que intuito eu deveria escolher uma criança? Para quê? Você acha que faço tanta questão disso? Que vim para cá movido pela obsessão de levar seu neto? Não, Calanthe. É bem possível que eu apenas queira olhar para a criança... olhar nos olhos do destino... Mas não precisa ter medo... Não vou levá-la; basta que você me peça...

A rainha ergueu-se de um pulo, e em seus olhos ardeu uma chama esverdeada.

— Pedir? — exclamou, furiosa. — Pedir a você? Ter medo de você, seu maldito feiticeiro? Como ousa atirar em meu rosto sua desprezível piedade? Acusar-me de covarde? Questionar minha vontade? Vejo que ao falar com você de igual para igual despertei sua insolência! Tenha cuidado com o que diz!

O bruxo decidiu não responder, chegando à conclusão de que o melhor a fazer era apoiar-se num joelho e abaixar a cabeça. Acertou em cheio.

— Ainda bem — grunhiu Calanthe, de pé na frente dele, com as mãos cerradas. — Finalmente. Essa é a posição mais indicada diante de uma rainha quando se está respondendo a perguntas que ela se digna a fazer. E, se o que ela lhe disser não for uma pergunta, mas uma ordem, então você deverá abaixar ainda mais a cabeça e partir para executá-la sem a mínima hesitação. Entendido?

— Sim, Majestade.

— Muito bem. Pode se erguer.

Geralt levantou-se. Calanthe ficou olhando para ele, mordendo os lábios.

— Você ficou muito melindrado com minha explosão? Refiro-me à forma, não ao conteúdo.

— Não muito.

— Ótimo. Vou me esforçar para não explodir mais. Como lhe disse, há dez crianças naquele fosso. Escolha a que lhe parecer a mais adequada, leve-a com você e faça dela um bruxo, pois assim exige o destino. E, se não for o destino, então saiba que quem o exige sou eu.

Geralt fitou a rainha nos olhos e inclinou-se respeitosamente.

— Seis anos atrás — falou —, eu provei a Vossa Majestade que há coisas mais fortes que os desejos de um monarca. E, pelos deuses, já que elas existem, então terei de provar tal fato de novo. Vossa Majestade não me forçará a fazer uma escolha que não tenho intenção de fazer. Peço desculpas pela forma, mas não pelo conteúdo.

— Tenho muitas masmorras debaixo de meu castelo. Estou avisando: mais uma palavra sua e você desaparecerá nelas.

— Nenhuma daquelas crianças que estão brincando no fosso é adequada para tornar-se um bruxo — afirmou Geralt lentamente. — Além disso, o filho de Pavetta não se encontra entre elas.

Calanthe semicerrou os olhos. O bruxo nem pestanejou.

— Venha comigo — disse ela finalmente, girando sobre os calcanhares.

Geralt seguiu-a ao longo de floridos arbustos, canteiros de flores e cercas vivas. A rainha entrou num caramanchão com cortinas rendadas. Em seu interior havia quatro poltronas de vime em volta de uma mesa de malaquita. Sobre o rajado tampo suportado por quatro grifos repousavam um jarro e quatro taças de prata.

— Sente-se e sirva-nos.

Calanthe sentou-se, brindou-o e bebeu de maneira vigorosa, como um homem. Geralt fez o mesmo, mas de pé.

— Sente-se — repetiu ela. — Quero conversar com você.

— Sou todo ouvidos.

— Como você sabia que o filho de Pavetta não estava entre aquelas crianças no fosso?

— Não sabia — respondeu Geralt sinceramente. — Resolvi arriscar.

— Ora, ora. Deveria ter suspeitado. E quanto ao fato de nenhuma delas ser adequada para tornar-se um bruxo? Como você pôde avaliar isso? Com magia?

— Calanthe — sussurrou o bruxo. — Eu não precisei nem constatar nem conferir. Você estava certa naquilo que afirmou antes. Qualquer criança serve. O que decide é a seleção... Depois.

— Pelos deuses dos mares, como costuma dizer meu eternamente ausente marido! — riu a rainha. — Quer dizer que tudo aquilo não passa de um monte de mentiras? A Lei da Surpresa? As lendas sobre crianças que ninguém esperava ou que foram as primeiras a sair ao encontro de quem retornava ao lar? Sempre suspeitei disso! Trata-se de um jogo, uma brincadeira com o destino! Mas é um jogo terrivelmente perigoso, Geralt.

— Estou ciente disso.

— Um jogo no qual sempre alguém sai prejudicado. Com que intuito, responda-me, pais ou tutores são obrigados a prestar juramentos tão difíceis e pesados? Por que suas crianças são tiradas deles? Afinal, o mundo está cheio de crianças que não precisam ser tiradas de ninguém. Nas estradas vagueiam centenas de órfãos sem teto. Em qualquer vilarejo é possível comprar uma criança por um preço vil. Antes da colheita, um camponês pode lhe vender uma com prazer, porque logo fará outra. Portanto, por que você extorquiu um juramento de Duny, de Pavetta e de mim? Por que veio aqui exatamente seis anos após o nascimento da criança? E por que, com todos os diabos, agora não a quer mais e afirma que não tem utilidade para ela?

Geralt não respondeu. Calanthe meneou a cabeça.

— Você não responde — constatou, apoiando-se no encosto da poltrona. — Vamos nos debruçar sobre o motivo de seu silêncio. A lógica é a mãe de todo conhecimento. E o que a lógica nos diz? Ela nos diz que temos diante de nós um bruxo à procura do destino oculto numa estranha e duvidosa Lei da Surpresa. O bruxo encontra a tal predestinação e, repentinamente, desiste dela. Não quer, conforme ele mesmo afirma, a Criança Surpresa. Seu rosto é pétreo; sua voz, metálica e gelada. Acredita que a rainha, que, afinal de contas é uma mulher, deixará ser enganada, tapeada pela aparência de uma dura masculinidade. Não, Geralt. Não pretendo poupá-lo. Sei o motivo pelo qual se recusa a escolher a criança. Você se recusa porque não acredita na predestinação. Porque não tem certeza. E, quando você não tem certeza de algo... fica com medo. Sim, Geralt. Você é guiado pelo medo. Você está com medo. Tente negar isso.

O bruxo colocou lentamente a taça na mesa. E o fez assim para que o toque da prata sobre a malaquita não revelasse o incontrolável tremor de sua mão.

— Você não nega?

— Não.

Calanthe inclinou-se rapidamente e agarrou-o firmemente pela mão.

— Você subiu muito em meu conceito — falou... e sorriu.

Dessa vez seu sorriso foi bonito, e Geralt, involuntariamente, sorriu de volta.

— Como você adivinhou, Calanthe?

— Não adivinhei — respondeu ela, sem soltar sua mão. — Resolvi arriscar.

Ambos riram ao mesmo tempo. Depois, ficaram sentados em silêncio em meio ao verdor, ao cheiro das flores de cerejeira, ao calor e ao zumbido de abelhas.

— Geralt?

— Sim, Calanthe?

— Você não acredita em predestinação?

— Acho que não acredito em mais nada. Quanto à predestinação... Temo que somente ela não seja suficiente. É preciso algo mais.

— Tenho de perguntar-lhe uma coisa. E quanto a você? Afinal, parece que você mesmo foi uma Criança Surpresa. Myszowor afirma...

— Não, Calanthe. Myszowor pensava em algo totalmente diverso. Acho que ele sabe a verdade, mas, quando lhe é conveniente, aproveita-se desse confortável mito. Não é verdadeira a lenda de eu ser aquele que foi encontrado em casa apesar de não ser esperado. Não é verdade que eu tenha me tornado um bruxo exatamente por causa disso. Sou um simples garoto abandonado, Calanthe. O indesejado bebê de uma mulher da qual não me lembro, mas sei quem é.

A rainha olhou fixamente para ele, que, porém, não continuou.

— Todas as histórias vinculadas à Lei da Surpresa são lendas?

— Todas. É difícil chamar um mero acaso de destino.

— No entanto, vocês, bruxos, não param de procurar?

— Não paramos. Mas isso não faz sentido. Nada faz sentido.

— Vocês acreditam que uma Criança Surpresa passará pelas Provas sem correr risco?

— Nós acreditamos que uma criança dessas não precisará se submeter às Provas.

— Mais uma pergunta, bruxo. De cunho bastante pessoal. Você permite?

O bruxo fez um sinal afirmativo com a cabeça.

— Como é sabido por todos, não existe maneira melhor de transmitir as características hereditárias do que a natural. Você foi submetido às Provas e sobreviveu. Portanto, se faz tanta questão de uma criança que tenha capacidade de resistência e características específicas... por que não procura uma mulher que possa... Não estou sendo indelicada? Mas creio que acertei, não é verdade?

— Como sempre — sorriu o bruxo, triste —, você é infalível em suas deduções, Calanthe. É claro que você acertou. Só que isso de que você fala é inalcançável para mim.

— Perdão — disse Calanthe, com o sorriso sumindo de seu rosto. — Afinal, trata-se de algo humano.

— Não, não é humano.
— Quer dizer... que nenhum bruxo...
— Nenhum. A Prova das Ervas, Calanthe, é realmente tenebrosa. E aquilo que fazem com os garotos na etapa das Mutações é ainda pior. E irreversível...
— Não me venha com sentimentalismos — resmungou ela —, porque isso não combina com você. Não importa o que lhe fizeram. Posso ver o resultado, que, para meu gosto, é totalmente satisfatório. Se eu pudesse ter certeza de que a criança de Pavetta se tornaria parecida com você, não hesitaria nem um segundo.
— Acontece que o risco é demasiadamente grande — Geralt apressou-se em observar. — Como você mesma disse, de cada dez crianças, sobrevivem, no máximo, quatro.
— E, com todos os diabos, você acha que a Prova das Ervas é a única coisa arriscada? Que os bruxos são os únicos a correr riscos? A vida, Geralt, está repleta de riscos, porque na vida também há uma seleção. Uma seleção por meio de acidentes, doenças, guerras. Opor-se ao destino pode ser tão arriscado quanto colocar-se em suas mãos. Geralt... Eu estaria propensa a lhe entregar essa criança, mas acontece... que eu também estou com medo.
— Mesmo que você me entregasse a criança, eu não a levaria. Não poderia assumir tal responsabilidade, nem concordaria em que ela pesasse em sua consciência. Não gostaria que a criança se lembrasse de você no futuro como... como eu...
— Você odeia aquela mulher, Geralt?
— Minha mãe? Não, Calanthe. Imagino que ela deparou com uma escolha... Ou talvez nem tivesse uma escolha... Não... ela teve. Como você sabe, bastaria um apropriado feitiço ou um elixir... Uma escolha. Uma escolha que tem de ser respeitada, pois se trata de um inabalável e santo direito de cada mulher. Nesses casos, não há lugar para qualquer tipo de emoções. Ela teve o inabalável direito de optar... e optou. Mas acho que um encontro com ela... a expressão em seu rosto ao me ver... me daria um quê de perverso prazer, se é que você sabe do que estou falando.
— Sei muito bem do que você está falando — sorriu a rainha.
— No entanto, as chances de você desfrutar esse prazer são míni-

mas. Não sei avaliar sua idade, bruxo, mas parto do princípio de que é muito mais velho do que aparenta. Assim, aquela mulher...

— Aquela mulher — cortou-a Geralt friamente — com certeza aparenta ser muito mais jovem do que eu.

— Ela é uma feiticeira?

— Sim.

— Que interessante... Sempre pensei que as feiticeiras não pudessem...

— Na certa, ela deve ter pensado o mesmo.

— Na certa. Mas você tem razão: não vamos ficar divagando sobre o direito de uma mulher tomar certas decisões, porque esse é um assunto que foge ao âmbito de nossa discussão. Voltemos a nosso problema. Sua decisão de não levar a criança é irreversível?

— Irreversível.

— E se... se o destino não for apenas um mito? Se ele existir de fato, não haverá o perigo de ele querer se vingar?

— Se ele quiser se vingar em alguém, será em mim — respondeu o bruxo, calmo. — Sou eu que o estou desafiando. Você cumpriu sua parte do trato. De outro lado, se o destino não for uma lenda, então eu teria de escolher a criança certa entre as que você me apresentou. A criança de Pavetta é uma delas?

— É — confirmou Calanthe. — Você gostaria de vê-la? De olhar nos olhos do destino?

— Não. Não quero. Renuncio, desisto. Renuncio à criança. Não quero olhar nos olhos do destino porque não acredito nele. Porque sei que para ligar duas pessoas não basta o destino; é preciso algo mais. Não dou a mínima a um destino desses e não irei atrás dele como um cego conduzido pela mão, ingênuo e ignorante. Essa minha decisão é irrevogável, Calanthe de Cintra.

A rainha levantou-se e sorriu. O bruxo não conseguiu decifrar o que se ocultava por trás daquele sorriso.

— Pois que seja assim, Geralt de Rívia. É bem possível que seu destino tenha sido mesmo o de renunciar e desistir. Acredito que tenha sido exatamente assim. Quero que saiba que, caso você tivesse escolhido... caso você tivesse escolhido corretamente, de acordo com as regras, aquele destino do qual você tanto zomba acabaria zombando de você... e de maneira muito mais cruel.

Junto do caramanchão havia uma roseira. O bruxo pegou uma flor, ajoelhou-se sobre um joelho e ofereceu-a à rainha com as duas mãos, inclinando a cabeça.

— É uma pena eu não tê-lo conhecido mais cedo, Cabelos Brancos — murmurou Calanthe, pegando a flor. — Erga-se.

Geralt obedeceu.

— Se você mudar de ideia — falou a rainha, aproximando a rosa do rosto. — Se decidir... Volte a Cintra. Estarei a sua espera. E seu destino também o estará aguardando. Talvez não para sempre, mas certamente por algum tempo.

— Adeus, Calanthe.

— Adeus, bruxo. Cuide-se. Ainda há pouco, tive um pressentimento... Um estranho pressentimento de que o estou vendo pela última vez.

— Adeus, Majestade.

V

Acordou e, com grande surpresa, constatou que a dor na coxa cessara. Teve ainda a impressão de que parara de atormentá-lo o latejamento provocado pela pele inchada. Quis esticar o braço para tocar o ferimento, mas não conseguiu se mexer. Até se dar conta de que a única coisa que o imobilizava era o peso das peles que o cobriam, sentira um frio e horrendo pavor percorrer sua espinha, cravando-se em suas entranhas como garras de um gavião. Ficou fechando e abrindo ritmicamente os dedos e repetindo mentalmente a si mesmo: "Não, não estou... paralisado".

— Você acordou.

Não era uma pergunta, e sim uma afirmação feita com uma voz clara e macia. Voz de mulher. Certamente jovem. Virou a cabeça e gemeu, tentando erguer-se.

— Não se mexa. Pelo menos, não tão rápido. Está doendo?

— Nnn... — A fina camada de saliva ressecada que cobria seus lábios se rompeu. — Nnão. As feridas, não... As costas...

— São as escaras. — A desapaixonada e fria constatação não parecia combinar com aquela voz macia. — Já vou dar um jeito nelas. Por enquanto, beba isto. Devagar, em pequenos goles.

O sabor e o cheiro dominantes no líquido eram de zimbro. "Um remédio antigo", pensou. Zimbro ou hortelã, dois ingredientes sem importância, cuja única função era a de camuflar a verdadeira composição de um remédio. Apesar disso, ele conseguiu identificar bovista-plúmbea e, talvez, juntocacho. Sim, certamente juntocacho, porque era com ele que se neutralizavam as toxinas e se limpava o sangue contaminado por gangrena ou por uma severa infecção.

– Beba tudo. Devagar, para não engasgar.

O medalhão em seu pescoço começou a vibrar levemente, o que queria dizer que o líquido continha também alguma poção mágica. Com esforço, Geralt abriu bem os olhos. Assim, quando ela ergueu sua cabeça, pôde vê-la mais detalhadamente. Era miudinha, trajava roupas masculinas e seu rosto era pequeno e pálido.

– Onde estamos?

– Na clareira dos destiladores de piche.

Com efeito, no ar podia-se sentir o cheiro de alcatrão. O bruxo ouviu vozes provenientes da direção da fogueira. Alguém acabara de jogar nela mais gravetos secos, e uma imensa chama ergueu-se com estrondo. Geralt aproveitou a repentina claridade para olhar mais atentamente para a mulher. Seus cabelos estavam presos por uma tira de couro de cobra. Os cabelos...

Uma sufocante dor na garganta e no manúbrio do esterno... Mãos repentinamente crispadas...

Seus cabelos eram ruivos, que, à luz da chama da fogueira, pareciam ser vermelhos como cinábrio.

– Está doendo? – A mulher detectara sua emoção, porém sem saber o motivo. – Já, já... Um momento...

Geralt sentiu uma repentina onda de calor emanando das mãos da mulher, espalhando-se por suas costas e descendo até as nádegas.

– Vamos virá-lo – disse ela. – Não tente fazer isso sozinho. Você ainda está muito fraco. Ei, alguém pode vir aqui para me ajudar?

Passos, sombras, silhuetas. Alguém se inclinou sobre ele. Yurga.

– Como o senhor está se sentindo? Melhor?

— Ajudem-me a virá-lo de barriga para baixo — falou a mulher. — Mas com cuidado e devagar... Assim... Ótimo. Obrigada.

Deitado de bruços, Geralt não precisava olhar mais para ela; não precisava mais correr o risco de encontrar seus olhos. Acalmou-se e conseguiu controlar o tremor das mãos. Ela poderia tê-lo pressentido. Ouviu o som metálico das fivelas de sua bolsa e o barulho provocado pelo choque de frascos com potes de porcelana. Ouviu sua respiração e sentiu o calor de sua coxa, já que ela estava ajoelhada bem perto dele.

Não podendo mais suportar o prolongado silêncio, indagou:

— Minha ferida lhe deu muito trabalho?

— Sim, bastante — respondeu ela friamente. — É o que costuma ocorrer com ferimentos provocados por mordidas. É o pior tipo de ferida. Mas não creio que isso seja novidade para você, bruxo.

"Ela sabe. Ela está remexendo minha mente. Será que vai decifrá-la? Não creio que queira. E sei a razão para não querer. Está com medo."

— Sim, não creio que não seja novidade para você — repetiu ela, voltando a mexer nos utensílios de vidro. — Vi muitas cicatrizes em seu corpo... Acabei dando um jeito nelas. Como pode ver, sou uma feiticeira. E, ao mesmo tempo, uma curandeira. Uma especialização.

"Correto", pensou Geralt, mantendo-se em silêncio.

— No que refere a seu ferimento — a mulher retomou calmamente a conversa —, o que salvou sua vida foi seu batimento cardíaco, quatro vezes mais lento que o das pessoas normais. Não fosse isso, você não teria sobrevivido; posso fazer essa afirmação com toda a certeza. Vi o que você tinha amarrado na perna... Aquela pretensa imitação de curativo que, no entanto, não passava de uma prova irrefutável de incompetência.

Geralt permaneceu calado.

— Depois — continuou a curandeira, suspendendo a camisa do bruxo até a nuca — você teve uma infecção típica de ferimentos produzidos por mordidas. Ela foi detida a tempo. O elixir que você tomou ajudou? Sem dúvida, mas não consigo compreender por que você ingeriu também drogas alucinógenas. Fartei-me de ouvir seus delírios, Geralt de Rívia.

"Ela está lendo minha mente", pensou; "apesar de tudo, está lendo. Ou será que Yurga lhe revelou meu nome? Talvez eu mesmo tenha falado demais sob o efeito da 'gaivota negra'. Ninguém sabe... Mas de nada lhe servirá conhecer meu nome. De nada. Ela não sabe quem sou. Não tem a mais vaga ideia."

Sentiu ela friccionar delicadamente suas costas com uma fria pomada cheirando a cânfora. Suas mãos eram pequenas e muito macias.

— Perdoe-me por fazer isso da maneira clássica — falou. — Eu poderia curar suas escaras com magia, mas gastei muita energia tratando de sua perna e não estou me sentindo muito bem. Fechei e suturei tudo o que podia em sua ferida, e você já não corre mais perigo algum naquela região. No entanto, não se levante nos próximos dois dias. Mesmo quando cosidas com magia, as veias e artérias teimam em se abrir, provocando severas hemorragias internas. Obviamente, a cicatriz ficará para sempre; mais uma para sua coleção.

— Obrigado... — agradeceu Geralt, com a bochecha encostada nas peles para distorcer a voz e camuflar sua artificial sonoridade. — Posso saber a quem estou agradecendo?

"Ela não vai me dizer", pensou. "Ou então vai mentir."

— Chamo-me Visenna.

"Sei disso."

— Fico feliz — disse ele, sempre com a bochecha encostada nas peles — pelo fato de nossos caminhos terem se cruzado, Visenna.

— Foi por mero acaso — respondeu ela com indiferença, colocando de volta a camisa em suas costas e cobrindo-a com um casaco de lã. — A notícia de que meus serviços eram necessários chegou a mim pelos guardas da fronteira. E eu tenho esse estranho costume de vir sempre quando alguém precisa de mim. Agora, ouça com atenção: vou deixar esta pomada com aquele mercador. Peça a ele que a friccione em suas costas duas vezes ao dia, de manhã e ao anoitecer. Ele afirma que você lhe salvou a vida, portanto é sua vez de retribuir.

— E quanto a mim, como eu poderia recompensar você, Visenna?

— Não falemos disso. Eu não cobro dos bruxos. Se quiser, pode chamar isso de solidariedade, de solidariedade profissional. E de simpatia. E, em razão dessa simpatia, quero que aceite um conselho de amiga ou, se preferir, uma recomendação de curandeira. Pare de tomar alucinógenos. Essas drogas não curam. Não curam nada.

— Obrigado, Visenna, pela ajuda e pelo conselho. Obrigado... por tudo.

Geralt tirou o braço de debaixo das cobertas de pele e tateou o joelho de Visenna, que tremeu lentamente, pegando sua mão e apertando-a de leve. Ele liberou delicadamente os dedos e alisou com eles seu antebraço. Como esperava, a pele de Visenna era lisa como a de uma jovem. Voltou a colocar os dedos em sua mão, apertando-a com força.

O medalhão em seu pescoço vibrou e se moveu.

— Obrigado, Visenna — repetiu, controlando o tremor da voz.
— Estou realmente feliz por nossos caminhos terem se cruzado.

— Foi por mero acaso... — disse ela, mas sem a frieza anterior.

— Ou quem sabe se não foi o destino? — indagou Geralt, espantado pelo fato de sua excitação e seu nervosismo terem desaparecido sem deixar vestígio algum. — Você acredita no destino, Visenna?

— Sim — respondeu ela, porém não de imediato. — Acredito.

— E no fato de que — continuou ele — pessoas ligadas pelo destino sempre acabam se encontrando?

— Também... O que você está fazendo? Não se vire...

— Quero olhar para seu rosto, Visenna. Quero ver seus olhos. E você... você tem de ver os meus.

Ela fez um movimento como se quisesse erguer-se, mas permaneceu a seu lado. Geralt virou-se lentamente, fazendo uma careta de dor. Havia mais claridade, pois alguém acabara de atirar mais lenha na fogueira.

Visenna não se moveu mais. Apenas virou levemente a cabeça e ficou de perfil, tornando o tremor de seus lábios mais evidente. Apertou os dedos com força sobre a mão de Geralt.

Ele a observava.

Não havia semelhança alguma. Nariz pequeno. Queixo fino. Calada. Repentinamente, ela inclinou-se e fixou os olhos nos de Geralt. De perto. Sem dizer uma palavra.

– O que achou deles? – perguntou ele calmamente. – De meus olhos melhorados? São tão... incomuns. Você sabe, Visenna, o que se faz para melhorar os olhos dos bruxos? Você sabe que isso nem sempre é possível?

– Pare – falou ela, num tom suave. – Pare, Geralt.

– Geralt... – O bruxo sentiu de repente que algo se rompia em seu interior. – Esse é o nome que me foi dado por Vesemir. Geralt de Rívia! Aprendi, até, a imitar o sotaque de Rívia. Provavelmente movido pela necessidade interior de ter uma pátria... mesmo que inventada. Foi Vesemir quem me deu esse nome. E foi Vesemir quem, também, me revelou o seu. Embora a contragosto.

– Calma, Geralt, calma.

– Você me diz agora que acredita no destino. E àquela época... àquela época você acreditava? Ah, sim, devia acreditar. Devia acreditar que o destino faria com que nos encontrássemos. O que poderia ser uma explicação para o fato de você jamais ter se esforçado para promover este encontro.

Visenna permanecia calada.

– Eu sempre quis... Fiquei matutando sobre o que eu lhe diria quando finalmente nos encontrássemos. Fiquei imaginando qual seria a pergunta que eu lhe faria. Achava que aquilo me daria um tipo de prazer... de prazer perverso...

Aquilo que brilhava na bochecha de Visenna era uma lágrima. Sem dúvida alguma era uma lágrima. Geralt sentiu um aperto dolorido na garganta. Sentiu cansaço. Sono. Fraqueza.

– Quando estiver mais claro... – gemeu. – Amanhã, quando o sol estiver brilhando, olharei em seus olhos, Visenna... E lhe farei minha pergunta. Ou não a farei, porque é tarde demais. O destino? Sim, Yen estava certa. Não basta ser predestinado. É preciso algo mais... Mas, amanhã, olharei diretamente em seus olhos... Sob o brilho do sol...

– Não – respondeu ela com voz doce, baixa, aveludada, que feria, que arranhava camadas de lembranças, de lembranças que não havia mais, que nunca estiveram presentes, mas que, no entanto, existiram.

– Sim! – protestou ele. – Sim. É o que quero...

— Não. Agora você vai adormecer e, quando despertar, não vai mais querer. Com que intuito deveríamos mirar-nos sob o brilho do sol? O que mudará isso? Não é possível voltar para trás nem mudar o que quer que seja. Qual o sentido em fazer-me perguntas, Geralt? Será que o fato de eu não poder responder a elas lhe dará mesmo aquele perverso prazer? O que ganharemos ao nos ferirmos mutuamente? Não, não vamos olhar um para o outro sob o brilho do sol. Durma, Geralt. Aliás, não foi Vesemir quem lhe deu esse nome. Embora tal detalhe, assim como todo o resto, nada mude nem faça voltar ao que era, eu queria que você soubesse. Fique bom. Cuide-se. E não tente procurar-me...

— Visenna...

— Não, Geralt. Agora... agora você vai adormecer. E eu... eu terei sido seu sonho. Adeus.

— Não! Visenna!

— Adormeça. — Na aveludada voz soou uma discreta ordem que quebrava qualquer resistência, rasgando-a como a um tecido. Um repentino calor emanou de sua mão. — Adormeça.

Geralt adormeceu.

VI

— Já estamos em Trásrios, Yurga?

— Desde ontem, senhor Geralt. Em breve chegaremos ao rio Jaruga e depois de atravessá-lo estaremos em minha região. Olhe, até os cavalos sacodem a cabeça e trotam mais rapidamente. Sentem que estamos perto de casa.

— Casa... Você mora na cidade?

— Nos arrabaldes.

— Que interessante... — disse o bruxo, olhando em volta. — Quase não dá para ver vestígios da guerra. Andaram dizendo que esta região foi particularmente destruída.

— É verdade — falou Yurga. — Se houve algo que não faltou por aqui foram ruínas. Se o senhor olhar com mais atenção, vai notar que quase todas as choupanas e cercas brilham com madeiramento novo. E, quando atravessarmos o rio, o senhor verá que lá a situação foi ainda pior, porque a guerra arrasou com tudo... Mas o que se há de fazer? Uma guerra é uma guerra e é preciso viver. Passei por maus bocados quando os Negros atravessaram nossa terra. Para dizer a verdade, àquela época tudo indicava que eles a transformariam num deserto. Muitos dos que fugiram naquela ocasião nunca mais retornaram. Mas seu lugar foi ocupado por outros, novos. A vida tem de continuar.

– Isso é fato – resmungou Geralt. – A vida tem de continuar. Não importa o que houve. É preciso viver...

– Pois é. Tome, senhor Geralt. Pode vestir suas calças. Eu as remendei a ponto de parecerem novas. É como com a terra. Foi rasgada pela guerra, perfurada pelo ferro das armas, dilacerada, sangrada. Agora, porém, será como nova. E vai ser ainda mais fértil. Mesmo os que morreram nesta terra serão úteis a ela adubando a gleba. Por enquanto, está sendo difícil ará-la, já que os campos estão cheios de ossos e ferro, mas a terra acabará vencendo até o metal.

– E vocês não têm medo de que os nilfgaardianos... os Negros possam voltar? Eles já conhecem o caminho através das montanhas...

– É lógico que temos medo. E daí? Devemos nos sentar, chorar e ficar tremendo? É preciso viver. E o que será será. Afinal, não dá para evitar o que foi predestinado.

– Você acredita no destino?

– E como poderia não acreditar? Depois de nosso encontro na ponte daquele lugar encantado, quando o senhor me salvou a vida? Oh, senhor bruxo, o senhor vai ver como minha Zlotolika vai cair a seus pés...

– Pare com isso. Para ser totalmente sincero, eu devo mais a você do que você a mim. Lá, naquela ponte... Afinal, esse é meu trabalho, Yurga, minha profissão. Eu defendo as pessoas em troca de dinheiro, e não por ter bom coração. Yurga, você não ouviu o que as pessoas falam dos bruxos? Que não se sabe quem é pior: se eles ou os monstros que eles matam...

– Isso não é verdade, meu senhor. Não sei por que está falando desse jeito. E eu não tenho olhos para ver? Embora o senhor tenha sido moldado do mesmo barro que aquela curandeira...

— Visenna...

— Ela não nos disse seu nome, mas veio para cá o mais rápido que pôde, porque sabia que precisávamos dela. Alcançou-nos somente ao anoitecer e passou a se ocupar do senhor assim que desceu da sela. Oh, meu senhor, como ela teve trabalho com sua perna... Os encantos que ela lançou fizeram o ar crepitar, assustando-nos a tal ponto que fugimos para a floresta. E depois... depois seu nariz começou a sangrar. Pelo jeito, esse negócio de encantamentos é uma coisa muito complicada. E o senhor precisava ver com que cuidados ela se ocupou do senhor, como...

— Como uma mãe? — indagou Geralt, cerrando os dentes.

— Precisamente. O senhor acertou em cheio. E quando o senhor adormeceu...

— Sim, Yurga?

— Ela mal conseguia manter-se de pé, pálida como uma folha de papel. No entanto, assim mesmo, foi falar conosco e perguntou se algum de nós precisava de ajuda. Curou um destilador de piche cujo braço havia sido esmagado por um tronco de árvore, recusou qualquer tipo de pagamento e ainda nos deixou uma porção de remédios. Não, senhor Geralt. Eu sei que no mundo se fala disso e daquilo de bruxos e feiticeiras. Mas não entre nós. Nós, os habitantes de Sodden Superior e o povo de Trásrios, sabemos bem. Devemos demais aos feiticeiros para não saber como eles são de fato. Aqui, em nosso meio, a memória deles não está em boatos e fofocas, e sim esculpida em pedra. O senhor mesmo vai poder constatar isso assim que sairmos deste bosque. Mas o senhor deve saber disso muito mais do que eu. Afinal, aquela batalha foi comentada pelo mundo todo, e ainda nem se passou um ano. O senhor, certamente, ouviu falar dela.

— Eu não estava aqui — murmurou o bruxo. — Por mais de um ano estive no Norte, mas ouvi falar... A Segunda Batalha por Sodden...

— Exatamente. O senhor já vai ver o monte e a rocha. Antigamente, chamávamos aquele monte de Montanha do Gavião, mas agora todos o chamam de Montanha dos Feiticeiros ou Montanha dos Catorze. Porque naquele monte havia vinte e dois deles, aquela posição foi defendida por vinte e dois feiticeiros, dos quais morreram catorze. Foi uma batalha terrível, senhor Geralt. A terra parecia empinar, fogo caía do céu feito chuva, trovões ribombavam um atrás do outro... O campo em volta encheu-se de cadáveres. E os feiticeiros derrotaram os Negros, quebrando a Força que os conduzia. Catorze deles morreram naquela batalha. Catorze heróis sacrificaram a vida... Mas o que está se passando com o senhor? O senhor não está se sentindo bem?

– Não tenho nada. Continue seu relato, Yurga.

– A batalha foi terrível. Oh, se não fossem os feiticeiros em cima daquele monte, é pouco provável que estivéssemos conversando hoje, a caminho de casa, porque não estaríamos aqui; nem a casa, nem eu e, talvez, nem o senhor... Sim, estamos aqui graças aos feiticeiros. Catorze deles morreram defendendo o povo de Sodden e Trásrios. É verdade que houve também outros, guerreiros e nobres, assim como camponeses, que se armaram com o que podiam: forcados, foices, até simples paus... Todos demonstraram coragem e muitos morreram. Mas os feiticeiros... Para um guerreiro, o ato de morrer numa batalha é algo normal, pois foi essa a profissão que ele escolheu, além de a vida ser curta de qualquer maneira. Mas os feiticeiros, que podem viver tanto tempo quanto quiserem, não hesitaram nem por um momento.

– Não hesitaram – repetiu o bruxo, esfregando a testa com a mão. – Eles não hesitaram. E eu estava no Norte...

– O que há com o senhor?

– Nada.

– Sim... E agora nós todos, os habitantes da região, levamos flores a esse monte e, no mês de maio, durante Belleteyn, arde em seu topo um fogo, que arderá por séculos e séculos, assim como aqueles catorze viverão eternamente na memória de nosso povo. E viver assim, na memória das pessoas, é algo... algo mais. Algo mais, senhor Geralt!

– Você tem razão, Yurga.

– Todas nossas crianças conhecem de cor os nomes daqueles catorze, gravados numa pedra que fica no topo do monte. O senhor não acredita? Então ouça: Axel, chamado de o Escravo, Triss Merigold, Atlan Kerk, Vanielle de Brugge, Dagoberto de Vola...

— Pare, Yurga.
— O que aconteceu? O senhor está pálido como a morte.
— Nada.

VII

Caminhava morro acima devagar, com cuidado e atento ao trabalho dos tendões e músculos no ferimento curado por magia. Embora a ferida parecesse estar totalmente sanada, Geralt continuava protegendo a perna e não arriscava apoiar nela todo o peso de seu corpo. Fazia calor, e o cheiro da vegetação subia-lhe à cabeça, deixando-o atordoado, mas atordoado de maneira agradável.

O obelisco não ficava no centro do platô no topo do monte; estava recuado, atrás de um círculo formado por pedras de arestas pontudas. Caso tivesse subido até lá pouco antes do pôr do sol, a sombra do menir caindo sobre o círculo de pedras estaria mostrando precisamente seu centro e indicando a direção na qual estavam virados os rostos dos feiticeiros durante o desenrolar da batalha. Geralt olhou naquela direção, na direção dos infindáveis campos ondulados. Se ali ainda havia ossos dos que pereceram, e certamente havia, eles estavam ocultos pelos caules da grama. Um solitário gavião com asas estendidas descrevia círculos no céu sobre o monte, o único ponto móvel numa paisagem esmorecida pelo calor.

O obelisco tinha uma base bastante larga – para abraçá-la, seria preciso que pelo menos quatro ou cinco homens se dessem as mãos. Era mais do que claro que jamais poderia ter sido levado ao topo do monte sem a ajuda de magia. A face do menir virada para o círculo de pedras era polida e continha caracteres rúnicos, os nomes dos catorze que ali tombaram.

Geralt aproximou-se devagar. Yurga não mentira: junto da base do obelisco jaziam pencas de flores, simples flores do campo: papoulas, malvas, lupinos, miosótis.

Os nomes dos catorze.

Leu lentamente, de cima para baixo, enquanto diante de seus olhos apareciam os rostos daqueles que conhecera.

Triss Merigold, a alegre feiticeira de cabelos castanhos, sempre rindo e mais parecendo uma adolescente. Gostava dela, e ela, dele.

Lawdobor de Murivel, com quem quase chegou a brigar em Wyzim, quando flagrou o feiticeiro trapaceando num jogo de dados, com a ajuda de uma discreta telecinesia.

Lytta Neyd, mais conhecida como Coral por causa da cor do batom que usava. A feiticeira intrigou-o com o rei Belohun, o que o levou a passar uma semana na masmorra do castelo. Ao ser solto, foi procurá-la para pedir satisfações e, sem saber como nem quando, acabou em sua cama, na qual passou a semana seguinte.

O velho Gorazd, que ofereceu cem marcos para que ele lhe permitisse examinar seus olhos e outros mil para poder dissecá-los "não forçosamente hoje", como se expressara na ocasião.

Sobravam três nomes.

Ouviu um leve farfalho a suas costas e se virou.

Estava descalça e trajava um simples vestido de linho. Uma guirlanda de margaridas adornava os longos cabelos claros que lhe caíam livremente sobre os ombros.

– Olá – saudou-a.

Ela ergueu para ele um par de frios olhos azuis e não respondeu.

Geralt notou que não estava bronzeada. Aquilo lhe pareceu estranho, já que naquela época do ano, final do verão, quando todas as jovens estavam queimadas de sol, seu rosto e seus braços descobertos tinham apenas um colorido levemente dourado.

– Você trouxe flores?

Ela sorriu, baixando os cílios. Geralt sentiu um vento frio. Ela passou por ele sem dizer uma palavra e ajoelhou-se ao pé do menir, tocando a pedra com a mão.

– Eu não trago flores – disse, erguendo a cabeça. – E estas, que jazem aqui, são para mim.

Geralt olhava para ela. Estava ajoelhada numa posição que o impedia de enxergar o último nome gravado. Contra o fundo da negra pedra do menir, ela parecia luminosa, extraordinariamente luminosa.

– Quem é você? – indagou.

Ela sorriu e Geralt voltou a sentir um sopro gélido.

— Você não sabe?

"Sei", pensou ele, olhando para o frio azul-celeste de seus olhos. "Sim, eu sei."

Estava calmo. Não sabia estar de outra forma. Pelo menos, não mais.

— Sempre quis saber qual é sua aparência, senhora.

— Não precisa ser tão formal comigo — respondeu ela, em voz baixa. — Afinal, conhecemo-nos há anos.

— Conhecemo-nos — confirmou Geralt. — Dizem que você me segue passo a passo.

— E é verdade. Mas você nunca olhou para trás. Até hoje. Hoje foi a primeira vez que você se virou.

Geralt permaneceu calado. Não tinha o que dizer. Sentia-se cansado.

— Como... como isso vai se passar? — perguntou finalmente, de maneira fria, sem emoção.

— Pegarei você pela mão — explicou ela, fitando-o diretamente nos olhos. — Pegarei você pela mão e o levarei através de um prado, no meio de uma neblina úmida e fria.

— E depois? O que há depois da neblina?

— Nada — sorriu ela. — Depois não há mais nada.

— Você me seguiu passo a passo — disse o bruxo —, mas atacou outros, os que eu encontrava pelo caminho. Por quê? Foi para que eu ficasse só, não é verdade? Para que eu finalmente começasse a sentir medo? Pois vou lhe confessar uma verdade. Sempre tive medo de você. Sempre. Se não olhava para trás, era por medo. Medo de vê-la ali, juntinho de mim. Sempre tive medo; toda a minha vida foi passada em meio a medo. Tive medo... até hoje.

— Até hoje?

— Sim. Até hoje. Estamos cara a cara e eu não sinto medo. Você me tirou tudo. Até a capacidade de sentir medo.

— Então me diga, Geralt de Rívia, por que seus olhos estão cheios de medo? Suas mãos tremem, você está pálido. Por quê? Você tem tanto medo assim do último nome, do décimo quarto nome gravado no obelisco? Se quiser, posso revelá-lo a você.

— Não precisa. Sei qual é. O círculo está se fechando; a serpente está cravando os dentes na própria cauda. É assim que deve ser. Você e aquele nome. E flores. Para ela e para você. O décimo quarto nome gravado na pedra, o nome que pronuncio no meio da noite e sob o brilho do sol, no frio, no calor e na chuva. Não, não tenho medo de proferi-lo agora.

– Então o profira.

–Yennefer...Yennefer de Vengerberg.

– E as flores são para mim.

– Vamos acabar com isso de uma vez por todas – falou ele, com esforço. – Pegue-me... Pegue-me pela mão.

Ela se ergueu e se aproximou. Geralt sentiu o frio que dela emanava, um frio agudo e penetrante.

– Não hoje – afirmou. – Um dia, sim. Mas não hoje.

–Você tirou tudo de mim...

– Não – interrompeu-o. – Eu não tirei nada. Eu só pego pela mão. Para que ninguém se sinta sozinho naquele momento. Sozinho, no meio da neblina... Até a vista, Geralt de Rívia. Um dia desses.

Geralt não respondeu. Ela virou-se lentamente e se afastou envolta numa neblina que repentinamente cobriu o topo do monte, numa branca e úmida neblina na qual se dissolveram o obelisco, as flores junto de sua base e os catorze nomes nele gravados. Não havia mais nada além da neblina e da grama brilhando com gotículas de água, uma grama que cheirava atordoadamente, de forma pesada e doce a ponto de fazer doer as têmporas, até o esquecimento, o cansaço...

– Senhor Geralt! O que aconteceu? O senhor está bem? Adormeceu? Eu bem que avisei que o senhor ainda estava muito fraco. Por que o senhor resolveu subir até o topo do monte?

– Adormeci – respondeu o bruxo, piscando e esfregando as mãos no rosto. – Adormeci... Não foi nada, Yurga; é este calor...

– É verdade que o calor está infernal... Temos de prosseguir nossa viagem. Vamos, vou ajudá-lo a descer por este declive.

– Não tenho nada...

– Nada? Então gostaria de saber por que o senhor está cambaleando. Por que cargas-d'água o senhor resolveu escalar esta elevação num calor destes? Quis ler os nomes deles? Bastava me perguntar e eu lhe recitaria todos... O que foi? O senhor está passando mal?

— Nada... Yurga... Você realmente sabe de cor todos aqueles nomes?

— É lógico que sei.

— Muito bem. Vou testar como está sua memória... O último. O décimo quarto. Qual é?

— Como o senhor é incrédulo! Não acredita em nada e em ninguém. Quer verificar se estou mentindo? Eu não lhe disse que aqui cada criança conhece aqueles nomes de cor e salteado? O senhor quer saber o último? Pois não. O último é Yol Grethen, de Carreras. O senhor o conheceu?

Geralt esfregou as pálpebras com o dorso da mão e olhou para o menir. Para todos os nomes.

— Não — respondeu. — Não conheci.

VIII

— Senhor Geralt?

— Sim, Yurga?

O mercador inclinou a cabeça e ficou calado por um tempo, enrolando no dedo uma fina tira de couro com a qual consertava a sela do bruxo. Por fim ergueu a cabeça e cutucou as costas do cocheiro.

— Monte num dos cavalos, Pokwit. Eu mesmo vou conduzir a carroça. Sente-se na boleia, senhor Geralt. Quanto a você, Pokwit, não precisa ficar cavalgando a nosso lado. Queremos conversar e não precisamos de seus ouvidos!

Plotka, trotando atrás da carroça, deu um relincho e um puxão na corda que a prendia a ela. Na certa ficou com inveja da égua de Pokwit, que partiu alegremente pela estrada.

Yurga estalou a língua e bateu de leve com as rédeas no lombo dos cavalos.

— Pois é... — começou, hesitante. — O fato é que eu prometi ao senhor... Lá na ponte... Eu lhe fiz um juramento...

– Não se preocupe – interrompeu-o o bruxo rapidamente. – Não vai ter de cumpri-lo, Yurga.

– Mas é lógico que vou ter de cumpri-lo – respondeu o mercador, quase rispidamente. – Minha palavra não é feita de fumaça. Aquilo que eu encontrar em casa sem ter esperado que lá estivesse será do senhor.

– Deixe isso para lá. Não quero nada de você. Estamos quites.

– Não, senhor Geralt. Se eu encontrar algo assim em casa, será um sinal do destino. E, quando alguém zomba ou tenta enganar o destino, então o destino o castiga severamente.

"Sei disso", pensou o bruxo. "E como sei..."

– Mas... senhor Geralt...

– Sim?

– Eu não vou encontrar nada inesperado em casa. Nada, principalmente uma criança, que era o que o senhor tinha em mente. É preciso que saiba, senhor bruxo, que minha mulher, Zlotolika, não pode ter mais filhos após o nascimento do segundo. Portanto, queiramos ou não, não haverá lá uma criança. Pelo jeito, o senhor errou de alvo, senhor Geralt.

O bruxo não respondeu, Yurga também se manteve em silêncio e Plotka relinchou mais uma vez, sacudindo a cabeça.

– No entanto, tenho dois filhos – falou por fim o mercador, olhando em frente, para a estrada. – Dois rapazes sadios e espertos. Está mais do que na hora de encaminhá-los como aprendizes de uma arte ou de um ofício. Pensei em o primeiro se especializar comigo na arte de comércio. Já o segundo...

Geralt ficou calado.

– O que o senhor tem a dizer? – perguntou Yurga, virando a cabeça e encarando o bruxo. – Quando, lá na ponte, o senhor exigiu de mim uma promessa, tinha em mente uma criança para ser aprendiz do ofício de bruxo. Então, por que a criança deveria ser inesperada? Não poderia ser uma esperada? Eu tenho dois filhos; um deles poderia estudar para se tornar um bruxo. É uma profissão como outra qualquer; nem melhor nem pior.

– Você tem certeza – murmurou Geralt – de que ela não é pior?

Yurga semicerrou os olhos.

– Defender pessoas e lhes salvar a vida é uma coisa boa ou ruim? E aqueles catorze, no topo do monte? E o senhor, naquela ponte, estava praticando o bem ou o mal?

– Não sei – respondeu o bruxo com esforço. – Não sei, Yurga. Em alguns momentos acho que sei, mas em outros sou assolado por dúvidas. Você gostaria que seu filho tivesse esse tipo de dúvidas?

– Pois que as tenha – retrucou o mercador, com toda seriedade. – Que as tenha, porque ter dúvidas é uma pura e boa característica humana, e somente o mal nunca as tem, senhor Geralt. Além disso, ninguém escapa ao que lhe foi predestinado.

O bruxo nada disse.

A estrada serpenteava ladeando uma alta escarpa, passando debaixo dos ramos de bétulas que, embora inclinadas, mantinham-se presas quase milagrosamente ao vertical talude. Suas folhas estavam douradas. "Outono", pensou Geralt, "novamente outono." No fundo do vale brilhava um rio. Viam-se o novo posto fronteiriço, os telhados das choupanas e os desbastados pilares do píer. Ouvia-se o rangido de uma grande roda. A balsa estava se aproximando da margem, formando uma onda a sua frente, rompendo a água com a proa achatada e dispersando aglomerados de folhas e caules de feno que boiavam na superfície como um imundo tapete de poeira. As grossas cordas puxadas pelos balseiros rangiam horrivelmente, enquanto a compacta multidão à beira do rio fazia uma barulheira insuportável. Havia de tudo naquela algazarra: gritos de mulheres, blasfêmias de homens, choros de crianças, mugidos de gado, relinchos de cavalos, balidos de cabras. Um monótono e grave som de medo.

– Afastem-se! Fora daqui, seus cães imundos! – berrava um cavaleiro com a cabeça envolta em ataduras. Seu cavalo, afundado até a barriga no rio, erguia o máximo que podia as patas dianteiras, respingando água para todos os lados.

No píer, uma gritaria infernal; lanceiros afastavam brutalmente as pessoas, batendo nelas a torto e a direito com a haste das lanças.

– Afastem-se da balsa! – gritava o cavaleiro, agitando a espada. – Ela é de uso exclusivo dos militares! Afastem-se, senão vou cortar algumas cabeças!

Geralt puxou as rédeas, freando a égua, que dançava junto da beira da escarpa.

No fundo do desfiladeiro, em meio aos sons metálicos de choques de armas e armaduras, marchava um destacamento de infantaria pesada, levantando uma nuvem de poeira que cobria o grupo de infantaria leve que vinha logo atrás.

– Geraaaalt!

O bruxo olhou para baixo. De cima de uma carroça cheia de gaiolas de madeira que fora empurrada para fora da estrada, pulava e acenava para ele um esbelto homem com traje cor de cereja e chapeuzinho com pena de garça. Nas gaiolas agitavam-se galinhas e gansos.

– Geraaaalt! Sou eu!

– Jaskier! Venha para cá!

– Afastem-se, afastem-se da balsa! – urrava no píer o cavaleiro com cabeça enfaixada. – A balsa é para ser usada exclusivamente por soldados! Se querem passar para o outro lado do rio, seus cães danados, então peguem seus machados e vão para a floresta para construir outras balsas! Esta aqui é de uso exclusivo dos militares!

– Pelos deuses, Geralt. – O poeta arfava, depois de escalar com esforço a escarpa. Seu casaco cor de cereja parecia estar coberto de flocos de neve por causa das penas das aves domésticas nele grudadas. – Você vê o que está acontecendo? Os de Sodden já devem ter perdido a batalha e estão batendo em retirada. O que estou dizendo? Isto aqui não é uma retirada, é uma fuga! E nós temos de fugir daqui para o outro lado de Jaruga...

– O que você está fazendo aqui, Jaskier? Como veio parar nestas bandas?

– O que estou fazendo aqui? – berrou o bardo. – E você ainda pergunta? Estou fugindo, como todos. Passei o dia inteiro naquela maldita carroça! Um filho da puta qualquer roubou meu cavalo na noite passada! Geralt, eu lhe imploro: tire-me deste inferno! Acredite no que estou dizendo: os nilfgaardianos podem chegar aqui a qualquer momento, e quem não conseguir proteger-se deles do outro lado do rio acabará com a garganta cortada. Passado ao fio da espada, compreendeu?

– Não entre em pânico, Jaskier.
Embaixo, no píer, cavalos forçados a subir na balsa relinchavam e pisoteavam as toras que formavam o piso. Gritaria. Agitação. O chape de uma carroça empurrada da balsa para dentro da água, o mugido de bois com o focinho mantido sobre a superfície. Geralt viu vários fardos e caixotes cair da carroça, resvalar na borda da balsa e partir flutuando rio abaixo. No desfiladeiro, nuvens de poeira e ruído de cascos.
– Um a um! – gritava a plenos pulmões o homem com cabeça enfaixada, atirando o cavalo sobre a multidão. – Vamos manter a ordem, seus filhos de uma cadela! Um a um!
– Geralt – gemeu Jaskier, agarrando o estribo da montaria do bruxo. – Você está vendo o que se passa lá embaixo? Jamais conseguiremos chegar até aquela balsa. Os soldados vão usá-la para atravessar o maior número deles possível e depois atearão fogo a ela para que não possa servir aos nilfgaardianos. Não é assim que se costuma fazer durante as guerras?
– Sim – confirmou Geralt, movendo positivamente a cabeça. – É assim que se costuma fazer. No entanto, o que não consigo entender é o motivo de tanto pânico. Será que essa é a primeira guerra que eles vivenciam? Não passaram por outras? Como sempre, as tropas dos reis se enfrentarão, algumas cabeças serão arrebentadas e, logo em seguida, os reis chegarão a um acordo, assinarão um tratado e aproveitarão a ocasião para tomar um porre. Para aqueles que neste exato momento esmagam suas costelas naquela balsa, basicamente nada mudará. Portanto, para que essa agitação toda?
Jaskier, sem soltar o estribo, olhou para ele fixamente.
– Pelo que parece, Geralt, as informações que você recebeu são muito falhas – falou. – Ou então você não conseguiu captar seu significado. Não se trata de uma simples guerra provocada por problemas sucessórios ou por um pedaço de terra. Não é um confronto de dois feudos que os camponeses apenas observam sem interromper o trabalho.
– Se não é isso, então o que é? Explique-me, por favor, pois não tenho a menor ideia de que se trata. Para ser completamente sincero, nem estou muito interessado nessa questão, mas gostaria que você me esclarecesse.

— Nunca houve uma guerra como essa — falou o bardo, em tom grave. — As tropas de Nilfgaard deixam atrás de si terras queimadas e cadáveres. Campos inteiros repletos de cadáveres. Essa é uma guerra de extermínio, de extermínio total. Nilfgaard contra todos. As crueldades...

— Não há nem nunca houve guerras sem crueldades — interrompeu-o o bruxo. — Você está exagerando, Jaskier. O que está se passando com aquela balsa é o que costuma acontecer em qualquer guerra. Trata-se de uma... se é que posso me expressar assim... uma tradição militar. Desde que o mundo é mundo, os exércitos que atravessam países conquistados matam, saqueiam, queimam e violentam, não necessariamente nessa ordem. Desde que o mundo é mundo, no decurso de uma guerra os camponeses se escondem nas florestas, com suas mulheres e com o que puderam amealhar. E, quando tudo está terminado, retornam...

— Não nessa guerra, Geralt. Após essa guerra não haverá quem retorne nem lugar ao qual se possa retornar. Nilfgaard deixa atrás de si apenas cinzas e cadáveres. Forcas e estacas estendem-se por milhas ao longo das estradas, colunas de fumaça erguem-se aos céus até onde a vista pode alcançar. Você disse que, desde que o mundo é mundo, nunca houve nada parecido? Pois acertou. Desde que o mundo é mundo. Pelo menos, nosso mundo, porque parece que os nilfgaardianos vieram de trás das montanhas para destruir o mundo que nós conhecemos.

— Isso não faz o menor sentido. A quem pode interessar destruir o mundo? As guerras não são travadas para destruir. As guerras são travadas por dois motivos: poder e dinheiro.

— Não filosofe, Geralt! O que está acontecendo nessa guerra não poderá ser mudado com filosofia! Por que não ouve? Por que não vê? Por que não quer compreender? Acredite em mim. O rio Jaruga não conseguirá deter o avanço dos nilfgaardianos. Assim que chegar o inverno e o rio congelar, eles seguirão em frente. Estou lhe dizendo que temos de fugir para o Norte; talvez eles não consigam chegar até lá. Mas, mesmo que não cheguem, nosso mundo jamais voltará a ser como foi. Geralt, não me deixe aqui! Sozinho, não conseguirei sobreviver! Não me abandone!

— Você deve ter endoidado de vez — respondeu o bruxo, inclinando-se na sela. — Só tendo enlouquecido de medo é que você poderia pensar que eu o abandonaria. Dê-me sua mão e salte para a garupa. Não temos o que fazer aqui, pois jamais conseguiremos subir na balsa. Vou levá-lo rio acima, onde poderemos achar um barco ou uma jangada.

— Os nilfgaardianos vão nos cercar. Estão muito próximos. Você viu aquele destacamento de cavalaria? Era óbvio que estava vindo diretamente do campo de batalha. Devemos seguir rio abaixo, na direção da saída do Ina.

— Pare de ser ave de mau agouro. Você vai ver que conseguiremos passar por eles. Se seguirmos a correnteza, estaremos nos deslocando com uma multidão de fugitivos, não encontraremos nenhum barco livre e nos meteremos numa situação igual à daqui a cada balsa que chegarmos. Devemos ir no sentido inverso, contra a corrente. Não precisa ter medo; eu lhe asseguro que você chegará ao outro lado do rio, nem que seja num tronco de árvore.

— Mas mal dá para ver a outra margem!

— Pare de se lamuriar. Já lhe disse que vou conseguir que você atravesse o rio.

— E quanto a você?

— Pule no cavalo, Jaskier. Conversaremos pelo caminho. Só que sem esse saco! Quer quebrar o lombo de Plotka?

— Esta é Plotka? Plotka era baia, enquanto esta é zaina.

— Todas as éguas que tive se chamavam Plotka. Você está cansado de saber disso, portanto não me enrole. Jogue fora esse saco. O que você tem nele, afinal? Ouro?

— Manuscritos! Poemas! E um pouco de comida...

— Jogue-o no rio. Você terá a oportunidade de escrever novos versos, e, no que se refere à comida, vou repartir a minha com você.

Jaskier adotou um ar triste, mas não perdeu tempo, atirando com ímpeto o saco no rio. Saltou sobre a garupa do cavalo e agarrou-se ao cinturão do bruxo.

— Vamos em frente, Geralt — apressou-o, nervoso. — Não percamos tempo e entremos na floresta antes...

— Pare com isso, Jaskier, porque seu pânico está começando a contagiar Plotka.

— Não brinque com coisas sérias. Se você tivesse visto o que eu...

— Cale a boca de uma vez por todas! Já estamos a caminho; quero arrumar uma travessia para você antes que escureça.

— Para mim? E você?

— Eu tenho alguns assuntos para resolver deste lado do rio.

— Você deve ter enlouquecido, Geralt. Resolveu morrer de repente? Que tipo de assuntos?

— Assuntos que não têm nada a ver com você. Vou até Cintra.

— Cintra? Cintra não existe mais.

— O que você disse?!

— Que Cintra não existe mais. Em seu lugar há ruínas e um monte de cinzas. Os nilfgaardianos...

— Desça do cavalo, Jaskier.

— O quê?

— Desça do cavalo! — repetiu o bruxo, virando-se na sela.

O trovador olhou para seu rosto, saltou do cavalo o mais rápido que pôde, recuou um passo e tropeçou.

Geralt desmontou lentamente. Passou as rédeas sobre a cabeça da égua, ficou parado por um tempo, parecendo desorientado, e percorreu a mão enluvada pelo rosto. Em seguida, sentou-se na beira de uma cratera feita por uma árvore tombada, debaixo de um arbusto de corniso de brotos vermelho-sangue.

— Venha aqui, Jaskier — disse. — Sente-se e me fale de Cintra. Tudo.

O poeta sentou-se.

— Os nilfgaardianos entraram no país por um desfiladeiro — começou a contar após um momento de silêncio. — Eram milhares. Cercaram as tropas de Cintra no vale do Marnadal. Travou-se uma batalha que durou um dia inteiro, desde o raiar até o pôr do sol. Os guerreiros de Cintra lutaram bravamente, mas foram dizimados. O rei foi morto, e a rainha...

— Calanthe.

— Sim. A rainha assumiu o comando, não permitiu que os sobreviventes se dissipassem e juntou quantos pôde em torno de si e da bandeira. Seus guerreiros conseguiram romper o cerco e recuaram para o outro lado do rio, na direção da cidade. Isto é... aqueles que sobreviveram.

— E Calanthe?
— Com um pequeno grupo ficou protegendo a retirada através do rio. Dizem que lutou como um homem, que se atirava nos lugares onde havia maior tumulto. Ao atacar a infantaria nilfgaardiana, teve sua armadura perfurada pelas lanças do inimigo. Gravemente ferida, foi levada para a cidade. O que há nesse cantil, Geralt?
— Vodca. Quer um gole?
— É lógico.
— Continue. Conte-me tudo.
— O fato é que a cidade nem chegou a se defender. Não houve cerco, pois não havia quem pudesse assumir a defesa nas muralhas. Os cavaleiros que sobreviveram, com suas famílias e a rainha, embarricaram-se no castelo. Os nilfgaardianos não tiveram dificuldade em derrubar as barricadas, pois seus feiticeiros fizeram voar pelos ares o portão principal e boa parte dos muros. Resistiu apenas a torre defensiva, aparentemente protegida por poderosos feitiços, porque não sucumbiu à magia dos nilfgaardianos. Apesar disso, após quatro dias de luta, os nilfgaardianos conseguiram entrar nela. Não encontraram uma só pessoa viva. Ninguém. As mulheres mataram os filhos, os homens mataram as mulheres e se lançaram sobre as próprias espadas, ou então... O que se passa com você, Geralt?
— Continue, Jaskier.
— Ou então... como Calanthe... se atiraram de cabeça do topo da torre. Dizem que ela pediu que a atirassem, mas ninguém quis. Assim, ela mesma arrastou-se até uma das ameias do adarve e... se jogou. Parece que fizeram coisas horríveis com seu corpo. Não quero falar dis... Geralt, o que foi?
— Nada. Jaskier... Em Cintra havia... uma garotinha. A neta de Calanthe, com dez, onze anos de idade. Seu nome era Ciri. Você ouviu algo sobre ela?
— Não, mas o que se passou na cidade e no castelo foi um autêntico massacre e quase ninguém escapou com vida. Além disso, conforme já lhe falei, todos os que defendiam a torre morreram; a maior parte das mulheres e crianças das famílias mais nobres abrigou-se exatamente lá.

O bruxo ficou calado.
— A tal Calanthe. Você a conhecia? — indagou Jaskier.
— Sim.
— E Ciri, a menininha da qual você perguntou?
— Também.
Uma rajada de vento vinda do rio enrugou a superfície da água, sacudiu galhos das árvores e fez cair centenas de folhas. "Outono", pensou o bruxo, "novamente outono."
Levantou-se.
— Você acredita no destino, Jaskier?
O trovador ergueu a cabeça e o encarou com olhos arregalados.
— Por que você pergunta?
— Responda.
— Pois bem... acredito.
— E você sabe que o destino por si só não é suficiente? Que é preciso algo mais?
— Não compreendo.
— Você não é o único a não compreender, mas saiba que é assim mesmo. É preciso algo mais. O problema é que eu... que eu nunca saberei o quê.
— O que está acontecendo com você, Geralt?
— Nada. Venha. Monte na garupa. Não vamos desperdiçar o dia. Não temos ideia de quanto tempo levaremos para encontrar um barco, e vamos precisar de um barco grande, porque não pretendo abandonar Plotka.
— Quer dizer que vamos atravessar o rio juntos? — alegrou-se o poeta.
— Sim, pois não tenho mais nada a procurar deste lado do rio.

IX

— Yurga!
— Zlotolika!
A mulher corria desde a porteira, agitando os cabelos que se soltaram debaixo do lenço, tropeçando e gritando. Yurga atirou as rédeas para seu ajudante, saltou da carroça e correu a seu encon-

tro. Agarrou-a fortemente pela cintura, ergueu-a do chão e girou-a no ar.

— Estou aqui, Zlotolika! Voltei!

— Yurga!

— Voltei! Pessoal, abram as portas! O patrão voltou! Oh, Zlotolika!

Estava molhada e cheirava a sabão. Na certa estivera lavando roupa. Yurga colocou-a no chão, mas mesmo assim ela não o soltou, permanecendo agarrada a seu corpo, trêmula e cálida.

— Vamos para casa, Zlotolika.

— Pelos deuses, você voltou... Passei noites sem dormir... Yurga... Passei noites sem dormir...

— E eu voltei. E voltei rico, Zlotolika. Está vendo a carroça? Ei, Pokwit, cruze a porteira! Está vendo a carroça, Zlotolika? Trago muitos produtos para...

— Yurga, não estou interessada na carroça e em seu conteúdo... Você voltou... inteiro... com saúde...

— E rico, estou lhe dizendo. Você já vai ver...

— Yurga? E quem é ele? Aquele vestido de preto? Pelos deuses, ele tem uma espada...

O mercador olhou para trás. O bruxo desmontara e, virado de costas, fingia estar arrumando algo nos estribos. Não olhava para eles, nem se aproximava.

— Vou lhe contar mais tarde. Oh, Zlotolika, se não fosse ele... E como estão as crianças? Sadias?

— Sadias, Yurga, sadias. Elas foram para o campo caçar passarinhos, mas os vizinhos já devem tê-las avisado que você voltou, e logo, logo o trio todo estará aqui...

— Trio?! O que é isso, Zlotolika? Por acaso...

— Não... Mas há uma coisa que preciso lhe contar... Você não vai ficar bravo comigo?

— Eu? Bravo com você?

— É que eu acolhi uma menininha, Yurga. Peguei-a dos druidas, você sabe, daqueles que depois da guerra ficaram recolhendo nas florestas crianças órfãs e sem teto... quase mortas de fome... Yurga? Você está zangado?

Yurga levou a mão à testa e se virou. O bruxo caminhava lentamente atrás da carroça, conduzindo seu cavalo. Não olhava para eles; mantinha a cabeça virada para o outro lado.

– Yurga?

– Oh, deuses... – gemeu o mercador. – Oh, deuses! Zlotolika... Algo que eu não esperava! Em casa!

– Não fique zangado, Yurga... Você vai gostar dela... A menininha é esperta, simpática, trabalhadeira... Um pouco esquisita. Não quer dizer de onde vem e, quando perguntada, se põe a chorar. Então parei de perguntar. Yurga, você sabe como sempre quis ter uma filha... Yurga, o que está se passando com você?

– Nada – respondeu o mercador com voz baixa. – Nada. É o destino. Durante toda a viagem, ele ficou falando enquanto dormia ou delirando em febre: destino, destino e mais destino... Pelos deuses... É um assunto para mentes melhores que as nossas, Zlotolika. Não temos a capacidade de entender o que pensam pessoas como ele, com o que sonham. São coisas além de nossas mentes...

– Papai!!!

– Nadbor! Sulik! Como vocês cresceram! Parecem dois tourinhos! Quero abraçá-los, venham aqui...

Interrompeu-se ao ver uma pequena e magrinha figura de cabelos acinzentados que vinha lentamente atrás dos dois garotos. A menina olhou para ele, e Yurga viu um par de olhos verdes como a grama primaveril, brilhando como duas estrelas. Viu como a menina repentinamente se pôs a correr e ouviu seu grito, fino e penetrante:

– Geralt!

O bruxo virou-se com a rapidez de um raio e correu a seu encontro. Yurga olhava encantado. Nunca imaginara que um homem pudesse mover-se com tal velocidade.

Encontraram-se no meio do pátio. A menina de cabelos cinzentos num vestido cinza, o bruxo de cabelos brancos num traje de couro preto brilhando com tachões de prata, uma espada às costas. O bruxo com saltos suaves, a menina com passinhos miúdos. O bruxo de joelhos, os finos bracinhos da menina em volta de seu pescoço, os cabelos cinzentos caídos nos ombros. Zlotolika soltou um grito surdo. Yurga abraçou-a e, sem dizer uma palavra, apertou-a contra seu peito, aninhando os dois garotos com o outro braço.

— Geralt! — repetia a garota, grudada ao peito do bruxo. — Você me achou! Eu sabia! Eu sempre soube! Sabia que você me encontraria!

— Ciri — murmurou o bruxo.

Yurga não podia ver seu rosto, oculto por uma cinzenta cabeleira. Via apenas um par de mãos metidas em luvas negras apertando as costas e os ombros da menina.

— Você me encontrou! Oh, Geralt! Quanto tempo eu esperei! Foi uma espera muito longa... Agora, ficaremos juntos, não é verdade? Ficaremos juntos para valer, não é? Diga, Geralt! Para sempre! Diga!

— Para sempre, Ciri.

— Assim como diziam, Geralt! Assim como diziam... Sou seu destino? Diga, Geralt! Sou seu destino?

Yurga viu os olhos do bruxo e espantou-se. Ouvia o silencioso choro de Zlotolika, sentindo o tremor de seus ombros. Ficou olhando para o bruxo, aguardando, tenso, sua resposta. Sabia que não compreenderia seu significado, mas ficou aguardando. Sua espera foi recompensada.

— Você é algo mais, Ciri. Algo mais.

Map

Milhas: 0 — 100 — 200 — 300

Northern regions
- Rakverelin
- Jedd Gynvael
- KOVIR
  - Rio Tango
  - Lan Exeter
- POVISS
  - Pont Vanis
- Ct

Central / Eastern
- Tret
- Novigrad
- Roggeveen
- Thanedd
- Oxenfu(rt)
- BEŁOBYERIS
- Gors Velen
- Wyzim
- Dorian
- Maribor
- C...

Western coast
- Cidaris
- CIDARIS
- Bremervoord
- Kerack
- KERACK
- HAMM
- Hamm
- VERDEN
- Nastrog
- BROKILON

Southern regions
- Brugge
- BRUGGE
- Mayena
- BAIXO SODDEN
- Rozrog
- Sodrog
- Rio Jaruga
- Dillingen
- ALTO SODDEN
- Cintra
- CINTRA
- ERLENWALD
- Attre
- Peixe de Mar
- Klamat
- NILFGAARD

Islands
- SKELLIGE
- Kaer Trolde